天才小毒妃

천재소독비 16

ⓒ지에모 2019

초판1쇄 인쇄	2019년 10월 11일
초판2쇄 발행	2020년 12월 8일

지은이	지에모 芥沫
옮긴이	전정은 · 홍지연

펴낸이	박대일
편집	이문영 · 박지해 · 임유리 · 신지연 · 이지영
마케팅	임유미 · 손태석
디자인	박현주
일러스트레이션	우나영

펴낸곳	파란미디어
출판등록	2004년 9월 14일 제313-2004-00214호

주소	03992 서울시 마포구 동교로23길 14 국제빌딩 6층
전화	02.3141.5589 영업부 070.4616.2012 편집부
팩스	02.3141.5590
전자우편	paranbook@gmail.com
카페	http://cafe.naver.com/paranmedia
페이스북	http://www.facebook.com/paranbook

ISBN	978-89-6371-700-5(04820)
	978-89-6371-656-5(전26권)

천재소독비

16

天才小毒妃

지에모 莃沫 지음 | 전정은 · 홍지연 옮김

파란

차례

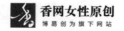

그의 대답은

꼬맹이는 지난번에 심각한 부상을 입었지만, 아무리 심각해도 전에 해독을 위해 피를 뽑은 것만큼 원기가 상하지는 않았다.

독 저장 공간에서 치료하는 중에도 그는 운석 엄마의 생각을 느낄 수 있었고, 밖에서 하는 말을 다 들을 수 있었다.

운석 엄마가 진왕부에 돌아왔을 때 꼬맹이는 깨어났다. 공자의 냄새를 맡았기 때문이었다.

그것은 인간 세상에서 가장 맑은 향기였다. 가장 맑은 영혼을 가진 자만 그런 깨끗한 향기를 풍길 수 있었다.

꼬맹이는 여전히 손바닥만큼 자그마했고, 털이 복슬복슬한 게 눈처럼 하얀 솜털 뭉치 같았다.

사실 꼬맹이는 진작부터 나오고 싶었으나 그럴 기력이 없었다. 애쓰고 노력한 끝에 겨우 독 연못을 빠져나와 독 저장 공간에서 나올 수 있었다.

창문을 뛰쳐나간 꼬맹이는 바로 불당으로 달려가 가장 익숙한 그 창문 안으로 뛰어들었다. 그곳에 가니 침상에 옆으로 누워 있는 공자가 보였다.

하얀 적삼을 입은 공자는 이불을 반 정도 덮었고, 머리 뒤로 흐트러진 길고 긴 머리카락이 베개 위에 퍼져 있었다.

자는 모습은 깨어 있을 때보다 더 온화하고 평온해 보였다.

평소 엄격하고 예의바른 모습은 잘 보이지 않았고, 꼬맹이조차 본 적 없는 나른한 모습이 엿보였다. 이 남자가 만약 예절을 다 내려놓고 게으름을 피우며 멋대로 군다면 어떤 모습일지, 상상이 되지 않았다.

공자, 당신은 대체 어떤 사람일까?

꼬맹이는 탁자 위에 앉아 푹 빠진 눈빛으로 공자의 얼굴을 바라보았다. 볼수록 익숙해서 어디선가 본 것 같은 느낌이 들었다.

어떻게 그럴 수 있을까?

설마 전에 공자를 만난 적이 있어? 그런데 지금 잊은 걸까?

꼬맹이는 확실히 잘 잊어버렸다. 하지만 공자 나이 겨우 스물 남짓인데, 설마 20여 년 전 일까지 기억이 안 나려고?

꼬맹이가 곰곰이 회상한 결과, 정말 많은 일이 생각나지 않았다. 어쩌면 너무 오래 갇혀 있어서 이 감옥 아니면 저 감옥 기억만 남아, 재미없고 무미건조해 별로 기억할 게 없는 걸지도 몰랐다.

한 시진 정도 지나자 날이 밝아왔다. 꼬맹이는 침상에 뛰어올라 공자의 품속을 파고들어 가장 편안한 위치를 잡은 후 잠이 들었다!

진왕부는 마치 하늘 위에 뜬 달처럼 고요했다.

이때, 목령아는 혼자 진왕부 후문 계단에 앉아 있었다. 순찰을 돌던 초서풍은 그 모습을 보고, 고칠소가 멀지 않은 지붕 위에서 달빛을 받으며 자고 있다고 알려 주려 했다.

하지만 초서풍은 잠시 망설였다가 쓸데없는 참견을 하지 않기로 했다. 초서풍은 정말 고칠소가 싫었다. 그는 목령아처럼 좋은 여자가 고칠소 같은 인간 말종에게 모욕을 받아서는 안 된다고 생각했다.

어째서인지 그는 문득 당 소주가 떠올랐다. 당리는 이제 당문의 문주이나, 초서풍은 여전히 당 소주라고 부르는 게 익숙했다.

그가 기억하기로 당 소주는 약성 목씨 집안의 천재 약제사에게 관심이 있었다. 그런데 어쩌다가 영정 같은 여자에게 넘어갔을까?

당 소주는 영정을 굴복시켰을까. 전쟁이 곧 시작되면 무기상은 그들에게 아주 중요했다!

목령아는 자기 무릎 위에 엎드려 자는 것 같기도 했고 아닌 것 같기도 했다. 사실 그녀는 피곤해서 엎드려 있었다. 한밤중이 되어서야 진료가 끝났고, 또 몇몇 하인들과 약재 상황을 조사했다.

원래는 약귀당 후원 침소에 가서 잤어야 했지만, 물 한 모금 마실 겨를 없이 바로 진왕부로 달려왔다. 그녀는 입구에 도착하여 굳게 닫힌 후문을 본 후에야 깨달았다.

지금은 밤이 깊었구나. 모두 흩어져 자고 있겠구나. 칠 오라버니를 볼 수 없겠구나.

그녀 자신조차 왜 이곳에 앉아 있는지 알 수 없었다. 날이 밝을 때까지 기다린다고 뭐 달라질까? 그녀는 여전히 약귀당으로 돌아가서 계속 바쁘게 지내야 했다.

하지만 그녀는 앉았고, 앉고 나니 일어나고 싶지 않았다. 어쩌면 속으로 욕심을 부리고 있는지도 몰랐다. 칠 오라버니가 이 문으로 들어갈지도 모른다는 과욕을 부리고 있는 걸지도 몰랐다.

칠 오라버니는 늘 신출귀몰하게 다녔고, 한밤중에도 이곳저곳으로 뛰어다니곤 했었잖아?

칠 오라버니, 지난번에 그렇게 령아에게 작별 인사도 하지 않고 가 놓고, 이제 돌아와서 령아를 만나 주지 않는 거야?

령아가 오라버니에게 특별한 사람은 아니지만, 그래도, 그래도 어려서부터 알고 지낸 친구잖아.

칠 오라버니, 대체 령아를 어떻게 생각하는 거야?

그날 밤, 목령아는 결국 고칠소를 만나지 못했다. 날이 밝자 그녀는 게으름을 피우지 않았고, 기지개를 켠 후 바로 약귀당으로 돌아가 분주한 하루를 시작했다.

그녀 자신도 알아채지 못했지만, 그녀의 무릎은 젖어 있었다.

햇살이 서재를 비추며 한운석의 얼굴에 닿자, 한운석은 바로 잠에서 깨어났다.

햇살은 이 침궁의 어두움과 서늘함을 몰아냈다. 한운석이 독 저장 공간을 살펴보니 그곳에 꼬맹이는 없었다.

오늘은 일정이 **빡빡**했다. 약귀당, 백리 장군부, 중남도독부에 다 가야 했다. 가는 곳마다 처리할 일이 산더미처럼 쌓여 있었고, 최후의 결정을 내려야 했다.

하지만 만일에 대비해서, 먼저 고북월에게 가서 꼬맹이가 그곳에 있는지 확인하기로 했다.

그녀는 들어서자마자 고북월이 꼬맹이와 대화하는 모습을 보았다. 고북월은 아주 작은 목소리로 말하고 있었는데, 이해한 건지 아닌지 꼬맹이는 연신 고개를 끄덕이며 그의 말에 반응했다.

사람과 다람쥐 사이에 전혀 위화감이 느껴지지 않았고, 도리어 말로 표현할 수 없을 정도로 사이가 좋아 보였다.

"역시 여기 있었군요."

한운석이 웃으며 말했다.

"어젯밤에 몰래 들어왔습니다. 저도 아침에야 발견했습니다."

고북월이 웃으면서 꼬맹이를 손에 안고 가볍게 어루만졌다.

"이 녀석이 저와 인연이 있는지, 제 곁에 있는 것을 좋아하는군요."

"그러게요. 아직 다 낫지도 않았는데, 얌전히 상처를 치료하지 않고 당신이 있는 이곳으로 달려와 놀고 있으니 말이에요."

한운석은 꾸짖듯이 말했지만, 속으로는 꼬맹이를 아주 많이 아꼈다.

가끔씩 그때 천산의 장면 하나하나가 그녀의 머릿속에 떠오르곤 했다. 만약 꼬맹이가 없었다면 지금까지 살아남을 수 있었을까. 상상도 되지 않았다.

그녀는 꼬맹이가 뛰어오르고 달리는 능력이 우수하다는 건 알았지만, 커다란 하얀 늑대로 변신해서 그렇게 엄청난 폭발력을 발휘할 줄은 생각도 못 했다.

그녀는 고북월의 손에서 꼬맹이를 받아 들고 가볍게 어루만졌다.

꼬맹이는 그녀의 손에서 꼬물거리며 다정하게 굴었다.

"이 녀석이 변신한 모습을 본 적 없죠?"

한운석이 웃으며 말했다.

"엄청 큰 하얀 늑대로 변신해요. 당신도 보면 놀랄 걸요."

꼬맹이는 불만스럽다는 듯 나른하게 고개를 들고 한운석을 노려보았다.

하지만 한운석은 그 모습을 보지 못했다.

운석 엄마, 제발 공자 앞에서 내 인상을 망가뜨리지 말아요, 네?

고북월은 뜻밖이었지만 놀라지 않고 담담하게 웃으며 말했다.

"설랑雪狼이군요. 털이 눈처럼 하얗고 깨끗하지요. 왕비마마는 독종의 후예이니, 독짐승이 반드시 목숨을 걸고 보호하며 생사를 함께 할 겁니다."

"설랑, 맞아요!"

한운석이 고개를 끄덕이며 꼬맹이를 들어 다정하게 얼굴에 갖다 댔다. 꼬맹이는 포동포동한 발로 한운석을 가볍게 치면서 장난쳤다.

한운석이 웃으며 말했다.

"고 의원, 꼬맹이가 이렇게 당신을 좋아하니, 나중에 이 녀석이 회복되면 당신에게 선물로 주어 당신을 지키게 할게요, 어때요?"

고북월은 일개 의원이요, 닭 잡을 힘 하나 없이 약하니 보호가 필요했다.

꼬맹이의 눈동자가 바로 반짝반짝 빛났다. 하지만 고북월이 웃으며 말했다.

"저도 녀석을 좋아하니, 가끔씩 저와 함께 지내며 기분 전환만 하면 됩니다. 선물로 주시는 일은 감당하기 힘듭니다."

꼬맹이는 뒤에 하는 말은 제대로 듣지 않고, 공자가 '저도 녀석을 좋아하니'라는 말만 들었다.

공자, 당신은 꼬맹이가 당신을 좋아한다는 걸 알고, 당신도 꼬맹이를 좋아하는데, 그런데, 왜…… 왜 우리는 함께할 수 없죠?

대화 중에 시종이 백리명향의 도착을 알렸다.

한운석은 고북월의 침술 전수를 지연시키고 싶지 않았다. 그녀는 꼬맹이를 고북월에게 건네고, 백리명향과 살짝 인사한 후 바로 나갔다.

용비야는 한운석의 서신과 함께 고북월의 서신도 받았다.

고북월의 서신이 아무리 중요해도 그는 가장 먼저 한운석의 서신부터 열어 보았다.

그런데 서신에는 달랑 두 줄만 적혀 있었다.

용비야, 보고 싶어요.
용비야, 이 바보.

그는 미간을 매만지며 서신을 쳐다보았다. 한참 후, 마음 가득한 기쁨이 그의 입가에 소리 없는 웃음으로 드러났다.

그가 서재에서 사용하는 먹물은 아주 진귀한 잠산묵湛山墨으로, 그 특유의 향기 때문에 그녀가 서재에 갔음을 알아차렸다.

그는 서신에 깊이 빠져 있다가, 검종 노인이 다가오자 급하게 서신을 집어넣고 보여 주지 않았다.

기쁜 표정은 엄숙함으로 바뀌었다. 용비야는 붓을 들어 서신 뒤에 몇 글자를 써 내려갔다.

"보아하니 큰일은 아닌 듯하구나."

검종 노인이 놀리듯 말했다.

용비야는 아랑곳하지 않고 먹이 마를 때까지 기다린 후 조심스럽게 서신을 접어 봉투에 도로 집어넣었다.

그 모습을 본 검종 노인은 이해되지 않았다.

"비야, 그 서신을…… 보내지 않는 게냐?"

"보내지 않습니다."

용비야가 담담하게 말했다.

"답을 쓰고도 보내지 않다니, 대체 뭐라고 썼느냐?"

검종 노인이 이런 호기심을 보일 때도 있다니! 아마도 이 각

별한 제자에게만 갖는 호기심일 것이다.

하지만 용비야는 검종 노인의 이런 질문을 차단하며 서신을 품속에 넣었고, 고북월의 서신을 열어 보았다.

고북월은 중남도독부 상황을 상세하게 설명했고, 일을 알맞게 처리했으며 백리명향이 천산에 갈 것이라고 언급했다.

이번에 검종 노인이 또 다가오자 용비야는 피하지 않고 도리어 서신을 검종 노인에게 건넸다.

"백리명향?"

검종 노인은 잠시 망설이다가 물었다.

"이 여자는 믿을 수 있느냐?"

"인어족 사람은 믿어도 됩니다. 안심하십시오."

용비야가 차갑게 말했다.

"침술을 써서 상처를 치료해? 이 말을 그 아이가 믿었다고?"

검종 노인은 웃음이 났다. 그는 지금까지 한운석이 아주 똑똑한 줄 알았다.

"종종 어리석게 굴곤 합니다."

용비야의 말투에는 애정이 뚝뚝 묻어났다. 한참 후, 그는 가볍게 한숨을 내쉬었다.

"그녀는 고북월의 말은 의심한 적이 없습니다."

"나중에 이 여자가…… 너를 믿지 않는 어리석음을 범할까 걱정이구나."

검종 노인이 담담하게 말했다.

사실 한운석은 서진 황족의 후예였으나, 용비야는 이 사실을 검종 노인에게 말하지 않았다. 초서풍과 당리조차 잘 모르는 일이었다. 벙어리 할멈이 죽은 후, 진상은 그 자신만 알았다.

이 일이야말로 가장 통제하기 어려웠다.

용비야는 대답하지 않았다. 그의 심각한 눈빛을 보고 검종 노인도 더는 묻지 않았다. 그는 곧 존자들을 모셔와 용비야의 상처를 치료했다.

전에 내공으로 상처를 치료해야 한다느니, 1년 반은 지나야 회복된다느니 하는 말은 모두 첩자에게 들으라고 한 말이었다.

용비야의 부상은 존자의 도움과 함께 그의 기본 실력까지 더해져, 길어도 한 달이면 완치될 수 있었다.

사실 지난번 존자들이 상처를 치료했던 닷새 동안 그는 깨어 있었고, 한운석이 문 앞에서 힘들게 기다린다는 사실도 알았다. 하지만 그는 마음을 모질게 먹고 그녀를 만나지 않았다.

한운석이 그토록 마음 아파하지 않았다면, 용비야가 심각한 중상을 입었다고 첩자가 믿었을까?

진왕부의 복병, 천산의 첩자, 혁역련에게 지시한 자, 그가 몸에 서정력을 숨기고 있음을 아는 자, 배후에서 이 모든 것을 조종하고 있는 검은 손.

그는 진작부터 그 상대를 주시하고 있었다!

두 사람은 물과 불

존자의 치료를 받은 후, 용비야의 안색은 아주 좋아졌다. 바깥 공기를 좀 쐬어야 했지만, 지금 그는 반드시 '침상에서 일어나지 못해야' 했다.

구현궁에는 천산 제자 중에서 뽑은 시종들이 꽤 많았는데, 대부분 열 살 정도 되었을 때 뽑혀 왔다. 검종 노인이 그들에게 검술을 지도한 적은 있었으나 살짝 언급 정도만 했을 뿐 진짜로 검술을 전수했다고 볼 수는 없었다.

첩자의 존재를 알고도 용비야는 따로 조사하지 않았다. 그 이유는 첫째, 경솔한 행동으로 적의 경계를 살까 염려했고, 둘째, 그럴 필요도 없었으며, 셋째, 장계취계를 취하기 위해서였다.

혁역련이 바로 좋은 예였다. 배후의 그 늙은 여우가 길러 낸 사람은 그리 쉽게 주인을 배신하지 않았다.

용비야는 겉으로는 아무것도 하지 않았지만, 뒤에서는 조용히 모든 것을 준비해 두었다. 그의 수완은 늘 상대를 속수무책으로 만들었다.

지금 그는 편안한 자세로 대나무 침상에 기댄 채, 가슴에 손을 얹고 있었다. 전에 받았던 서신을 그곳에 넣어 둔 듯했다.

얼마 지나지 않아, 그가 갑갑할까 염려하며 검종 노인이 찾아왔다.

사실 용비야는 원래 아주 갑갑한 사람이었다. 말할 필요가 없으면 하루 종일 입도 뻥긋하지 않을 수 있었다.

어려서부터 그가 자라 온 모습을 다 지켜본 검종 노인도 그의 성격을 잘 알았다. 그러니 실제로는 검종 노인이 갑갑해서, 무료함을 달래고자 용비야를 찾아온 것이었다. 갑갑함을 못 견디고, 오랫동안 갑갑하게 지내면 마음에 병이 나는 사람들이 있었다.

한운석의 서신을 꺼내려는 순간 검종 노인이 들어오자, 용비야는 얼른 손을 떼고 자는 척했다. 검종 노인이 앞에 와 앉았는데도 그는 움직이지 않았다.

검종 노인이 가볍게 기침을 몇 번 하고는 말했다.

"지난번 네가 부탁했던 약은 아직 소식이 없다. 그런데 이 늙은이가 최근 단약 하나를 구했는데⋯⋯."

말이 끝나기도 전에 용비야가 눈을 번쩍 떴다.

지난번 그는 검종 노인에게 단목요의 내상을 어떻게 치료했는지 물으면서 고북월의 상황을 이야기했었다. 검종 노인은 '회룡단回龍丹'이라는 약을 알려 주었으나, 아직도 구하지 못했다.

"그 단약은 무엇입니까?"

용비야가 진지하게 물었다.

"허허, 자는 게 아니었느냐? 그 고북월이라는 자가⋯⋯."

검종 노인의 표정이 야릇하게 변하기 시작했다.

"여자가 아니라 다행이구나. 여자였다면 네가 이렇게 긴장하는 모습을 보고, 운석이 가만두지 않을 게야⋯⋯."

이런 화제 앞에서 용비야가 무시하는 눈빛으로 검종 노인을 흘끗 쳐다보는 것 외에 뭘 할 수 있을까?

그는 검종 노인을 가볍게 무시한 후 다시 누워서 계속 '잠'을 잤다.

"갈수록 제멋대로구나!"

검종 노인은 허허 웃으며 말했다.

"방금 '봉서鳳栖'라는 단약을 구했다. 우선 그 약을 먹고 몸 조리를 잘하면, 단기간에 공력이 이, 삼 할 정도 회복될 수 있을 거다."

그 말에 용비야가 눈을 반짝이며 바로 몸을 일으켰다.

"그럼 제가 서신을 보내겠습니다."

검종 노인은 용비야가 서두르는 모습을 보며 충고하지 않을 수 없었다.

"비야, 잘 생각해라. 그자가 일단 회복되면 그 무공 수준은 너와 나보다 높을 수 있다. 열 길 물속은 알아도 한 길 사람의 속은 모르는 법이야. 게다가 그자는 서진 황족의 가장 충성스러운 신하가 아니냐. 너와 그자는 본래 물과 불 같은 관계다……."

용비야는 이미 서신을 다 썼다. 평소 말하던 대로 몇 마디만 간결하게 적은 후, 그는 고개를 들고 검종 노인을 바라보았다. 그 역시 주저하는 듯했다.

"다시 생각해 봐라."

검종 노인이 설득했다.

용비야는 한참 생각한 뒤, 결국 손을 내밀었다. 한마디도 하지 않았지만 검종 노인은 그 뜻을 알아채고 단약을 줄 수밖에 없었다.

서신을 보낸 후, 검종 노인의 안색은 아주 심각했고, 용비야는 도리어 아무 일도 없었던 것처럼 굴었다. 그는 비밀 시위를 불러 당리 쪽 상황을 물어보았다.

"전하, 당 문주께서 1년 안에 반드시 무기상을 손에 넣을 수 있다며 안심하라고 하셨습니다."

비밀 시위가 사실대로 보고했다.

용비야는 화를 냈다.

"본 왕이 다섯 번이나 물었지만, 매번 같은 대답이라니, 무슨 뜻이냐? 밖에서는 당문이 영씨 집안 무기상에 물건을 공급한다는 소문이 도는데, 이건 어찌 된 일이냐?"

비밀 시위는 용비야의 이 말을 당문에 그대로 전달했다.

며칠 안 되어서 용비야는 스무 장에 달하는 서신을 받았다. 서신에는 당리가 밀월 이후 지금까지 어떻게 영정의 환심을 샀는지, 얼마나 낭만적으로 영정을 감동시켰고, 오해를 만들어 영정을 질투하게 했는지, 어떤 식으로 밀고 당기기를 해서 영정을 노심초사하게 만들었는지까지 아주 상세하게 적혀 있었다.

당리는 마지막에 만약 용비야가 한운석을 제대로 휘어잡지 못하면 언제든 그에게 배워도 좋다고 덧붙였다. 그가 1년 안에 한운석도 고분고분하게 만들어 줄 수 있다며, 3년 안에 애 둘은 거뜬히 안겨 주겠다고 장담했다.

20

서신을 보는 용비야의 표정은 상상 이상이었다!

이때 당리는 당 부인의 원락 돗짚자리에 누워 데굴거리며
웃고 있었다.

"하하하! 어머니, 형이 천산에서 쫓아 내려와서 날 죽이려
들지 않을까요?"

당 부인은 몹시 즐거워하며 말했다.

"아니, 쫓아 내려와서 널 남자 구실 못 하게 만들겠지!"

당리는 상처 받은 얼굴로 고개를 들었다.

"친어머니 맞으세요?"

"이따가 영정이 정말 올까?"

당 부인이 물었다.

"반드시 와요!"

당리는 자신만만했다.

"영씨 집안이 아직까지 폭우이화침이 못 쓰게 되었다는 사실
을 발견하지 못했으니……."

당 부인은 내내 이 일을 궁금해했다.

"아마 쓰지 않겠죠. 흐흐, 천천히 알아보라고 해요."

당리가 웃으며 말했다.

"쉿……."

당 부인은 시녀의 암호 소리를 듣고 경계하기 시작했다.

"왔다, 어서!"

오늘 당리와 당 부인은 영정에게 고육책을 쓸 계획이었다.

밀월 이후 당문으로 돌아온 당리와 영정은 일상으로 돌아왔다. 당리는 문주 자리를 계승한 후 각종 등급의 암기 제작과 설계를 관리하기 시작했고, 영정은 서신을 통해 멀리서도 그녀의 대규모 사업들을 경영했다. 그중 가장 큰 사업은 바로 무기상이었다.

두 사람은 각자 할 일을 했다. 함께 있을 때는 늘 당리가 먼저 도발해서 치고받고 싸우다가 결국 당리가 온갖 방법을 써서 그녀를 달래면서 끝이 났다. 몇 번은 당리가 아무리 달래도 영정이 웃지 않자, 이례적으로 당문 기밀 등급의 암기 제조방에 그녀를 데려가기도 했었다.

당리는 '공처가'라는 단어 뜻이 무엇인지 아주 잘 보여 주었다. 거의 모든 당문 사람들이 지금껏 당리처럼 부인을 아끼는 남자는 본 적이 없다고 했다.

이런 말을 듣고 영정이 속으로 무슨 생각을 하는지는 알 수 없었다. 어쩌면 당리가 정말 그녀를 사랑하게 됐다고 믿었을지도 몰랐다.

며칠 전, 그녀는 기분이 안 좋은 척 연기하며, 당리가 아무리 물어도 대답해 주지 않았다. 결국 당리가 화를 내고 나서야 그녀는 무기상이 최근 장사가 잘 안 된다며, 너무 오랫동안 새 무기를 내놓지 못해 경쟁 상대에게 큰 계약 몇 건을 뺏겼다고 말했다.

당리는 아주 자상하게 그녀에게 말했다.

'정아, 뭘 무서워하는 거야, 내가 있잖아! 전쟁에 쓰기 좋은 당문 암기들이 있어. 내가 공짜로 물건을 공급해 주면 되지. 이 소식을 발표하면, 놓쳤던 계약도 되찾을 수 있을 거야!'

당리가 큰소리친 다음 날, 영정은 정말 소식을 발표했고, 운공대륙 전체가 시끌벅적해졌다.

당문 암기를 무기로 사용할 수 있게 되면 군대 전투력도 배가될 게 틀림없었다.

이 소식을 듣고 가장 기뻐한 것은 영승이었다. 영정의 무기상에서 무기를 어떻게 팔든지, 결국에는 다 그의 손에 들어오기 때문이었다.

영정은 소식을 발표한 후 바로 당리를 찾아가 암기 종류와 수량에 대해 자세하게 의논하려 했다. 그런데 당리가 우물쭈물하기 시작했고, 영정은 바로 기분이 나빠졌다.

전에는 당리를 괴롭히려고 일부러 기분 나쁜 척했다면, 이번에는 그녀 자신도 진짜 화가 난건지 거짓 연기인지 분간이 되지 않았다.

오늘 아침에 그녀는 또 당리에게 따졌고, 당리는 오후에 반드시 답을 주겠다며 굳게 맹세했다. 하지만 해가 지려는 지금까지도 당리는 돌아오지 않았다.

영정은 어디서도 그를 찾을 수 없자, 결국 어쩔 수 없이 당 부인의 원락을 찾아 왔다. 당 부인의 처소는 당문 전체에서 그녀가 가장 오고 싶지 않은 장소였다.

밖의 발걸음 소리가 가까워지자 당리는 바로 당 부인에게 채찍을 건넸다.

"어머니, 괜찮으니까 세게 때리세요."

당리가 영정에게 그런 엄청난 일을 허락한 건, 고육계를 써서 시간을 끌기 위해서였다.

당 부인은 아들의 연극에 맞춰 주기로 약속했지만, 손에 채찍을 쥐고 나니 도저히 내리칠 수 없었다.

"아들, 살살 몇 번 치면 되겠지?"

"영정이 눈 먼 바보인 줄 아세요? 죽을 만큼 때리지 않으면 믿겠어요?"

당리가 진지하게 말했다.

"어머니, 마음을 독하게 가지셔야 해요. 안 그러면 1년 안에 무기상도 손에 못 넣고, 문주 자리도 못 지켜요!"

"그……, 그럼 네 아버지에게 가라! 네 아버지더러 때리라고 해!"

당 부인은 초조해졌다.

"어머니가 때려야 믿죠!"

당리는 말과 동시에 채찍을 뺏어 들고 재빨리 자신을 향해 몇 번 내리쳤다. 때릴 때마다 살이 찢기고 터져 차마 눈 뜨고 볼 수 없었다.

사실 당리는 무예를 익힌 자라 이 정도 채찍질은 그리 힘들지 않았다. 기껏해야 몸에 상처를 입는 것뿐이니 충분히 견딜 수 있었다.

두 다리를 내리친 후 그 다음에는 등 쪽을 여러 차례 세게 내리쳤다. 그는 온몸에 상처를 낸 후에야 당 부인에게 채찍을 주었다.

당 부인은 눈에 눈물이 그렁그렁했지만, 당리는 웃으며 말했다.

"어머니, 이제 곧 도착해요! 서두르세요, 일을 망치면 안 돼요! 그 못된 여자를 아주 혼내 줄 거예요!"

당 부인은 상처 가득한 아들 몸을 보다가, 들떠서 웃고 있는 그의 얼굴을 바라보았다. 문득 그녀의 마음에 불안감이 스쳤다. 지금 아들 눈에 빛나는 저 눈빛은 제 아버지의 젊은 시절과 너무 닮았다.

분명 누군가를 좋아할 때 볼 수 있는 활기찬 모습이었다.

당 부인은 자신의 착각이기를 바랐다. 그녀는 채찍을 움켜쥐고 얼른 태도를 바꾼 후, 울면서 당리를 호되게 꾸짖었다.

"이 불효막심한 놈! 집안을 말아먹을 녀석아! 다 내 탓이다, 내가 널 너무 오냐오냐하며 길렀어!"

당 부인은 안타까운 마음을 숨기기 위해 더욱 소리 높여 외쳤다.

"당리 이 녀석아, 당문 암기는 외부에 팔지 않는 것이 조상 대대로 내려온 규율임을 모른단 말이냐? 우리 당문이 속세와 떨어져 사는 기초란 말이다! 초반에 이렇게 큰 잘못을 저지르면, 앞으로 당문에 얼마나 골치 아픈 일이 많이 생기겠느냐? 잘 들어라, 어림도 없다! 이 일은 절대 허락할 수 없어!"

영정은 문 앞에 서서 두 팔로 팔짱을 끼고 잠자코 듣기만 했다. 예리하고 매서운 눈동자로 그녀는 당리의 상처를 관찰하고 있었다.

"어머니, 어쨌든 영정과의 약속은 반드시 지킬 거예요! 오늘 날 때려죽인다고 해도 내 생각은 바뀌지 않아요! 당문의 문주는 나예요, 아버지가 아니라고요!"

당리가 화내며 말했다.

말이 떨어지자마자 당 부인이 채찍을 세차게 휘둘렀고, 당리의 살이 터져 나갔다.

"불효자! 불효막심한 놈! 오늘 널 죽이면 죽였지, 조상 대대로 지켜 온 규율을 망치게 둘 수 없다!"

당 부인은 말하면서 또 채찍질을 했다.

그런데 영정은 그 자리에 꼼짝도 하지 않고 서 있었다. 당 부인은 마음이 찢어지는데도 계속 때릴 수밖에 없었다.

영정이 과연 막아설까?

진짜와 가짜

당 부인은 영정이 막아서길 기다렸다. 하지만 당리를 세 번째 내리치는 순간에도 영정은 그 자리에 꼼짝도 하지 않고 서 있었다. 당 부인이 슬쩍 곁눈질해서 보니 영정은 당리가 맞는 모습을 감상이라도 하듯 아주 재미있다는 표정을 짓고 있었다!

이런 모습을 어찌 참고 있을까?

이 여자의 마음은 돌처럼 딱딱했다. 요 며칠 동안 당리가 애쓴 것도 다 헛고생이었다!

"영정, 감히 여기가 어디라고 왔느냐?"

당 부인은 그제야 그녀를 발견한 것처럼, 갑자기 그녀에게 달려들어 매섭게 채찍을 휘둘렀다.

영정은 깜짝 놀라 가까스로 피했다.

"다 너 때문이다! 네가 우리 아들을 먼저 유혹했어도, 우리 당문은 네 체면을 생각해서 정식으로 혼인시켜 주었다. 그런데 넌 대체 무슨 생각이냐? 우리 당문을 이렇게 뒤흔들어 놔야 속이 시원하겠느냐?"

당 부인은 연극 속에 진심을 담아 다시 한번 채찍을 휘둘렀다. 영정은 이번에도 피하는 데 성공했다.

그녀는 순간 교활한 눈빛을 번뜩이더니, 밖으로 도망치지 않고 안으로 뛰어 들어와 당리 뒤에 숨었다.

이건…….

당 부인과 당리는 속으로 아차 싶었다.

당 부인은 되돌아와 연극을 계속할 수밖에 없었다.

"당리, 비켜라! 내 오늘 이 요물스러운 것을 제대로 손봐줘야 겠다. 가만 놔두면, 당문이 영씨가 아니라 당씨 집안이라는 사 실도 잊고 지내겠구나!"

"못 비켜요!"

당리는 아주 용맹스럽게 나섰다.

"당장 비키지 못해?"

당 부인이 다시 말했다.

"못 비켜요, 때려죽이신다고 해도 안 비켜요!"

당리가 큰 목소리로 말했다. 영정은 그의 뒤에 숨어서 두 손 으로 그의 옷을 단단히 붙들고 있었다.

"마지막으로 말한다! 비켜라!"

당 부인은 아들이 위기에서 벗어날 방법을 생각해 내기를 기 다리고 있었다!

당리는 타협할 도리가 없어 당 부인이 알아서 **빠져나가** 주기 를 기다리고 있었다.

결국 당 부인은 당리를 세 번 정도 내리친 후, 분노로 심장병 이 발작한 것처럼 연기하며 채찍을 떨어뜨렸다. 한 손으로 탁 자를 짚고, 다른 한 손으로 가슴을 붙잡은 채 숨을 가쁘게 몰아 쉬느라 말도 나오지 않았다.

"어머니, 어머니, 왜 그러세요? 누구 없느냐!"

당리가 고함쳤다.

시녀가 바로 달려왔다. 당 부인 원락의 시녀들은 모두 눈치가 빨랐다. 당 부인이 아픈 척 연기하는 데 익숙했던 이들은 하나같이 허둥대는 표정을 지으며 당 부인을 안채로 모셔 갔고, 따로 의원을 부르지 않았다.

"정아, 걱정 말고 먼저 돌아가 있어. 난 어머니를 살필게."

당리가 진지하게 말했다.

그런데 영정은 그의 상처도, 당 부인의 병에도 관심을 보이지 않고 물었다.

"그럼 암기는?"

그 순간, 당리는 피를 토할 뻔했다.

하지만 그는 꾹 참았다. 자신의 '부인 사랑' 전략이 통하지 않을 리 없다고 믿었다.

"괜찮아, 걱정 마! 너와 한 약속은 내가 꼭 지킬 거야!"

당리가 진지하게 대답했다.

"그럼 안심이야!"

영정은 아주 즐거워하며 웃었다. 일부러 그러는 게 분명했다.

당 부인의 원락에서 나왔을 때, 그녀는 더 즐거워하며 웃었다. 당리가 저런 잔재주로 그녀를 속이려 하다니, 꿈도 야무지지!

그날 밤, 당리가 처소로 돌아왔을 때 영정은 이미 옆으로 누워 등을 보인 채 자고 있었다.

당리는 몸의 상처를 하나도 치료하지 못했다. 이제 막 당 부인 처소에서 돌아온 듯했다.

고개를 쭉 빼고 들여다보니 영정이 정말 자고 있었다.

문득 그의 입가에 자조적인 웃음이 걸렸다. 다 연극에 불과한데, 누가 누구를 먼저 굴복시키는지 치열하게 겨루는 상황인데도, 영정이 이렇게 깊이 잠든 모습을 보고 있자니 마음이 차갑게 식어 버리는 것 같았다.

그는 영정을 깨우지 않았다. 겉옷을 벗고 상반신만 드러낸 채 후원에 가서 물을 한 바가지 뒤집어썼다. 얼어붙을 듯이 차가운 물이 머리에서부터 쏟아지자 온몸의 상처가 살을 에듯 아파오기 시작했고, 어지러운 머리가 맑아지는 것 같았다.

"당리, 죽고 싶어?"

갑자기 뒤에서 영정의 목소리가 들려왔다.

당리가 돌아보니 영정이 얇은 잠옷 치마를 입고 계단 위에 서 있었다. 검은 머리카락은 흐트러져 있었고, 아름다운 얼굴은 이제 막 잠에서 깬 듯했다.

그녀는 혼인 후에도 계속 남장을 고집했기 때문에, 이런 모습은 침상에서만 볼 수 있었다.

방금 한 말만 무시한다면, 그녀는 바람 불면 쓰러질 듯 여리고 연약한 여자처럼 보였고, 보호 본능을 불러일으켰다.

하지만 이 여자는 평범한 남자가 지켜 줄 수 있는 인물이 아니었다.

당리는 얼른 정신을 차리고 큭큭 웃었다.

"내가 시끄럽게 해서 깼어?"

"그래!"

영정이 언짢아하며 말했다.

"한밤중에 씻으려거든 다른 데 가서 씻으면 되잖아?"

당리는 정말 상상 이상으로 성격이 좋았다. 그는 여전히 웃으며 말했다.

"어서 가서 자, 감기 조심해야지. 내가 다른 곳으로 갈게."

그가 정말 가려하자 영정은 도리어 화를 냈다.

"이리 와, 시끄러운 소리에 깨서 잠이 안 와!"

당리는 순순히 돌아왔다.

"그럼 대화 상대가 되어 주지."

영정은 그를 흘겨보고는 그 손을 끌고 방 안으로 들어갔다. 그녀는 전혀 상냥하지 않고 아주 난폭하게 그를 의자에 앉혔다. 그리고 수건을 꺼내 그의 몸을 닦아 주었는데, 상처에 닿을 때는 아주 주의를 기울였다.

그녀는 갖고 있던 최고의 금창약을 꺼내 조심스럽게 발라 주었다. 부부 간의 정을 주체하지 못할 때를 제외하고, 당리는 처음으로 이 여자의 부드러운 모습을 보았다.

곧 상반신 상처에 약을 다 발랐다. 당리는 흠뻑 젖은 바지를 보며 몰래 사악한 웃음을 지었다.

"벗어, 얼른!"

영정은 미간을 잔뜩 찌푸린 채 아주 기분 나쁜 표정을 지었다. 시끄러운 소리가 잠을 깨워서인지, 당리 몸에 상처가 아직 치료되지 않았기 때문인지 알 수 없었다.

당리는 얼른 짧은 바지만 남기고 옷을 벗었다. 영정은 웅크리고 앉아 그에게 약을 발라 주었다. 당리의 착각일까. 영정이 앉을 때, 그는 그녀의 탄식 소리를 들은 듯했다.

영정, 세상 어떤 일이 철석처럼 굳은 마음을 가진 너를 탄식하게 만들 수 있지?

두 다리에 있는 채찍 상처에 약을 다 바른 후, 영정은 약을 탁자에 던지며 차갑게 경고했다.

"또 시끄럽게 해서 날 깨우면, 알아서 해!"

그녀가 침상에 누웠고, 당리는 짧은 바지 하나만 입은 채 한쪽에 덩그러니 남겨졌다.

차갑게 식어 버린 그의 마음이 따뜻해지는 듯했다. 그는 곧 영정 옆에 누웠다. 처음에는 조심스러웠지만, 나중에는 선을 넘었다. 우선 옆에 누워 가까이 다가간 후, 커다란 손으로 그녀의 허리를 감쌌다.

"당리!"

영정이 무거운 목소리로 경고했다.

당리는 짐짓 못 들은 척하며 큰 손을 가만두지 못하고 움직이다가, 나직이 그녀의 이름을 불렀다.

"정정……, 정정……."

고요한 밤, 어느새 익숙해져 버린 품 속, 연인의 속삭임 같은 목소리, 무엇이 진실이고 무엇이 거짓인지, 누가 연기를 하고 누가 지켜보고 있는지, 그리고 또 누가 그 안에 몰입해 버린 것인지는 이제 중요하지 않았다.

촛불이 꺼지고 장막이 내려왔다. 넋을 잃을 정도로 서로에게 가장 깊이 빠진 순간, 영정의 부드러운 목소리가 들렸다.

"아리, 당신 상처……."

당리는 그녀의 입을 막았다.

"추국화 아래라면 죽음도 영광이지."

그는 그녀가 가장 좋아하는 꽃이 추국화라는 걸 기억하고 있었다…….

당리가 사랑에 빠져 있을 때, 저 멀리 약귀당에 있는 한운석은 의성으로 떠나기 전 당리를 걱정하고 있었다.

"영정을 속이기 위해서라지만, 이런 소식이 퍼지면 당문이 번거로워질 텐데."

한운석이 진지하게 말했다.

당리가 영정의 무기상과 협력하여 암기를 판매하겠다고 약속한 것은, 사람들에게 당문의 규칙이 그리 엄하지 않다고 알려주는 신호였다.

"아이고, 당 소주……, 서두르면 일을 그르치기 마련인데!"

초서풍도 걱정이 이만저만이 아니었다. 그는 속으로 진왕 전하가 행동하기 전에 당문이 큰 사고만 안 치면 다행이라고 생각했다.

고북월은 이런 일들을 잘 몰랐기 때문에 많은 말을 하지 않았다. 그는 약재 목록 몇 개를 목령아와 황경진에게 전달했다.

"제가 보충한 것이니 참고해 주십시오."

약귀당의 모든 일을 잘 처리한 후, 고북월은 역병을 예방하는 약방문도 작성했다. 그는 목령아에게 약을 조제한 뒤 주머니에 나눠 담아 군, 현, 향, 진, 촌에 있는 각 관리들을 시켜 집집마다 지급하는 방법을 제안했다.

한운석은 고북월의 꼼꼼함에 탄복할 수밖에 없었다. 중남부 지역은 의원이 줄고 환자는 나날이 늘고 있는 상황이라, 대규모 역병이 쉽게 발생할 수 있었다.

한운일은 약방문을 보면서 고북월에게 여러 가지 궁금한 것을 물어보았고, 고북월은 참을성을 갖고 설명해 주었다. 혁련 부인은 옆에 앉아 이 모습을 보면서, 무슨 생각을 하는지 어딘가에 정신이 팔려 있었다.

"일곱째 소실댁, 일이가 또 키가 큰 것 같네요."

한운석이 웃으며 말했지만, 혁련 부인은 아무 반응이 없었다.

"어머니, 누나가 말하잖아요! 내 키가 컸다고!"

한운일이 큰 목소리로 말했다.

그제야 혁련 부인은 정신을 차렸다.

"그래, 그래, 키가 많이 자랐지!"

"일곱째 소실댁이 많이 피곤한가 보군요. 일찍 돌아가 쉬세요. 우리가 없는 동안 고생스럽겠지만 일이와 함께 와서 도와주세요."

한운석이 말했다.

혁련 부인은 그녀를 살짝 흘기며 말했다.

"무슨 남처럼 그렇게 서먹하게 구니."

한운석도 할 일을 다 마치고 나서야 혁련 부인, 한운일과 몇 마디 나눌 틈이 생겼다. 하지만 그녀는 곧 떠나야 했다. 계속 꾸물거리다가는 날이 밝을 것 같았다.

백리명향은 일찌감치 비밀리에 떠났고, 한운석과 고북월은 진왕부로 돌아가지 않고 바로 약귀당에서 출발했다. 고칠소는 밤새도록 그림자도 보이지 않았다.

목령아, 황경진과 혁련 부인 모자는 뒤에서 그들을 배웅했다. 마차가 멀어져 보이지 않게 되었을 무렵, 혁련 부인이 물었다.

"참, 이번에 어디로 가는 거예요? 방금 묻는 걸 깜빡했네요."

"사람을 구하러 가요."

목령아가 대답했다. 황경진은 말없이 속으로 냉소를 지었다.

"누구를 구하러 가나요?"

한운일이 궁금해하며 물었다.

목령아는 한운일의 머리를 쓰다듬으며 말했다.

"누나도 몰라. 너희 누나가 돌아오면 다시 물어보는 게 어때?"

"네!"

한운일이 순순히 대답했다.

다음 날 새벽, 목령아는 모처럼 약귀당에 가지 않았다. 그녀는 비밀 시위에게 자신을 한운석 일행에게 데려다 달라고 부탁했고, 과연 그곳에는 고칠소가 있었다.

"아니, 이번에 우리와 함께 가는 거였어?"

고칠소는 인정머리 없이 웃었다. 그는 목령아가 갈 수 없다는 걸 뻔히 알고 있었다.

목령아는 소매에서 약 한 병을 꺼내 그에게 건넸다.

"받아요. 의성에 돌아가서 그자들에게 복수할 거잖아요. 몸 조심해요."

깜짝 놀란 고칠소는 곧 분노한 표정으로 한운석을 노려보았다. 목령아는 역시 그가 고칠찰이라는 것, 의성에서 버려졌다는 것을 진작에 알고 있었다!

한운석은 고칠소의 시선을 피하며 앞쪽으로 말을 몰았다.

"우린 앞에서 기다리고 있을게!"

고북월과 비밀 시위도 바로 그녀를 따라갔고, 그곳에는 고칠소와 목령아, 두 사람만 남았다.

한운석을 향한 고칠소의 분노는 항상 금방 타올랐다가 순식간에 사그라들어, 마치 없던 일처럼 되었다.

어쨌든 약귀당에 자주 있을 것도 아니니, 이 아이가 알게 되었다면 어쩔 수 없지 뭐.

그는 이미 큭큭 웃고 있었다. 목령아가 진작 자신의 신분을 알았던 것에 대해서도 더 묻지 않고, 약병을 손에 든 채 물었다.

"이건 뭐하는 물건이야?"

"내가 새로 개발한 약이에요. 목숨을 지켜야 할 때 쓰는 건데 정말 부득이한 상황이 아니면 사용하지 말아요."

목령아가 아주 진지하게 말했다.

"네 말은…… 죽기 직전에만 쓸 수 있다는 거야?"

고칠소가 물었다.

"불길한 말 하지 말고요!"

목령아가 눈을 부라렸다.

그는 시원스럽게 받아 주었다.

"기억할게, 돌아가."

"칠 오라버니, 다…… 다들 꼭 조심해야 해요."

목령아는 발길이 떨어지지 않았다.

그녀는 알고 있었다. 아무리 신비한 약인 것처럼 설명해도 칠 오라버니는 열어 보지 않을 것이다. 그의 약 재주는 그녀보다 몇 배는 뛰어났고, 눈이 너무 높아서 그녀의 약은 거들떠보지도 않았다.

사실 약병 안에 있는 것은 약이 아니라 쪽지였다.

칠 오라버니는 보지 않겠지만, 적어도 몸에는 지니고 있겠지. 마치 그녀가 곁에 있는 것처럼.

"칠 오라버니, 먼저 가세요. 령아는 가는 모습을 보고 있을 게요."

목령아는 말하면서 목이 메어 왔다. 늘 이렇게 급하게 사라지니, 언제 다시 만날 수 있을까?

의성이라는 이 난관을, 무사히 넘길 수 있을까?

첩자의 사정

　목령아가 가는 모습을 보고 있겠다고 말하자 고칠소는 바로 고개를 끄덕였다.

　"그래, 그럼 우린 갈게!"

　고칠소가 돌아선 직후, 목령아의 마음은 '쿵' 소리와 함께 산산조각 났다.

　문득 너무 후회스러웠다. 왜 충동적으로 쫓아왔을까? 왜 계속 연기하지 못했을까. 그 사람이 고칠찰인 걸, 의성에서 버려진 아이라는 걸, 오늘 한운석, 고북월과 함께 출발할 거라는 걸 왜 모르는 척하지 못했을까. 아니, 오늘 아침에 모르는 척 진왕부로 달려가 그를 찾을 수도 있었다.

　아무것도 모르는 척 고칠찰에게 '난 칠 오라버니를 좋아해요, 칠 오라버니가 보고 싶어요.'라고 말할 수도 있었다. 칠 오라버니만 만날 수 있다면, 칠 오라버니와 웃으며 이야기할 수 있다면, 칠 오라버니가 계집애라고 불러주기만 한다면 평생 만족할 수 있었다.

　하지만 앞으로는 아무 말도 할 수 없게 되었다⋯⋯.

　그녀는 눈물을 흘리지 않았다. 다만 산산조각 난 마음을 주워 담아 다시 붙였다.

　강인한 마음이란, 영원히 깨지지 않는 마음이 아니었다. 몇 번이고 부서져도 다시 이어 붙여, 또 무너질 순간을 의연하게 맞이할 수 있는 마음이었다.

"칠 오라버니, 령아가 기다릴게요!"

비밀 시위가 재촉하러 온 후에야 목령아는 아쉬운 마음을 달래며 발길을 돌렸다.

목령아가 한운석 일행을 쫓아올 수 있었던 것은 비밀 시위가 안내해 준 덕분이었다. 하지만 영남성에 숨어 있는 첩자들은 한운석 일행이 떠났다는 사실은 알았으나, 그들을 따라잡지 못했고, 어디로 가서 무엇을 하는지는 더더욱 알지 못했다.

혁련 부인은 아침 일찍 먼저 약귀당에 들렀다가 집안일을 핑계로 나온 뒤 중간에 한 골목으로 들어갔다.

"이런 것도 제대로 알아내지 못하다니, 주군께서 책망하시면 우리가 다 책임져야 한다!"

복면 차림의 남자는 빛을 등지고 있어 건장한 뒷모습만 보였다.

"성과星戈, 저들은 하나같이 영민한 자들이다. 대체 어떻게 물어보라는 거냐? 운석은 돌아온 후에 소소옥에 대해서, 고북월의 중독에 대해서도 캐묻지 않았다. 뭔가 아는 게 있는 것 같단 말이다!"

혁련 부인이 걱정스럽게 말했다.

"정말 아는 게 있었다면, 지금까지 네가 살아 있을 성싶으냐? 한운석이 너처럼 착하고 인자한 어머니인 줄 알아?"

남자가 무시하듯 웃었다.

"혁련취향, 일을 제대로 처리하면 네 아들을 괴롭히지 않겠다. 넌 계속 한씨 집안 부인 노릇을 하고, 네 아들도 한씨 집안의 유일한 후계자가 될 수 있어. 한씨 집안의 그 많은 가산이면 너희 모자 둘이 평생 걱정 없이 살 수 있겠지. 하지만 만약 일이 잘못되면……."

성과라고 불리는 남자가 말을 다 하기도 전에 혁련 부인이 기겁했다.

"뭘 어쩌려는 거냐? 절대 일이를 건드리지 않겠다고 약속했잖아!"

첩자는 바로 혁련 부인이었다. 처음 북려국에서 한종안에게 시집왔을 때, 주군은 그녀의 임무가 무엇인지 알려 주지 않고 그저 잘 살라고만 했다. 그녀의 성은 원래 혁련씨도 아니었지만, 주군은 그녀의 성씨를 바꾸며 자신이 어디서 왔는지 잊지 말라고 했다.

그녀는 천진난만하게도 주군이 임무를 내려 주지 않은 것은, 그녀를 놓아준다는 뜻이라고 생각했다. 그녀는 한씨 집안으로 시집와서 분수에 만족하며 지금껏 다투지 않고 살아왔다. 그리고 최근 몇 년 동안 주군도 그녀에게 연락하지 않았다.

그런데 몇 달 전 갑자기 성과가 그녀를 찾아왔다. 그는 진왕부와 약귀당의 정보를 내놓으라며 일이의 목숨을 갖고 위협했다.

만약 성과가 그녀 앞에서 칼을 휘두르지 않았다면, 사실이라고 믿을 수 없었을 것이다.

오랜 세월이 흘렀기에 그녀는 정말 주군이 자신을 잊었다고 생각했다!

할 수만 있다면 그녀도 한운석을 배신하고 싶지 않았다. 한운석이 없었다면 그녀와 한운일이 지금 어떤 신세로 전락했을지 상상도 되지 않았다.

하지만 일을 위해서, 그녀는 어쩔 수 없이 주군의 명령을 받들어야 했다.

"흐흐, 혁련취향, 나이를 먹고도 어찌 이리 유치하게 구느냐?"

성과가 차갑게 웃었다.

"내가 너희를 놓아주면, 주군은? 그분의 손에서 벗어날 수 있을 것 같으냐?"

"주군은 대체 뭘 하시려는 거냐?"

혁련 부인이 분노하며 물었다.

"그건 너와 나 같은 자가 물을 수 있는 질문이 아니다. 네 본분을 기억해라. 그리고, 한운석과 고북월이 어디로 갔는지 빨리 알아내라!"

성과는 말을 마치고 가려 했다.

혁련 부인이 다급하게 물었다.

"소소옥 그 아이는…… 살아 있느냐?"

성과는 바로 불쾌해하며 말했다.

"감히 그 아이에 대해 물어? 그 계집이 하마터면 네 신분을 폭로하려 했던 걸 모르느냐? 너는 주군이 한씨 집안 가장 깊이 숨겨 둔 바둑돌이다. 그날 내가 재빠르게 나서지 않았다면, 너는 물론 나까지 큰일 날 뻔했다!"

혁련 부인은 안절부절못했지만 더는 묻지 못하고 성과가 골목 끝 어둠 속으로 사라져가는 모습을 지켜만 보았다.

과연 혁련 부인은 가장 깊이 숨겨진 바둑돌이었다. 소소옥이 우연히 마주치지 않았다면, 용비야가 계속 사람을 붙여 소소옥에게 주의를 기울이지 않았다면, 누구도 혁련 부인을 의심하지 못했을 것이다.

용비야와 고북월은 이 일을 알고 있었지만 한운석은 몰랐다. 그녀는 떠나기 전에 초서풍에게 이 일을 몰래 알아보라고 특별히 분부하기까지 했다. 용비야가 말하지 않으면, 한운석은 영원히 그녀가 아는 '일곱째 소실댁'이 자신을 배신했을 거라고 생각도 못 할 것이다.

소소옥은 우연히 공을 세운 격이었으나, 안타깝게도 지금 그녀의 처지는 전혀 좋지 못했다.

소소옥은 벌써 닷새 동안 아무것도 먹지 못했다. 음식은 고사하고 물도 마시지 못했다.

아주 깊고 어두운 원형 모양의 감방은 말라 버린 우물 같았다. 주변 벽에는 이끼와 이름 모를 덩굴들이 가득했다. 소소옥은 힘없이 한쪽에 엎어져서 방금 잘라낸 덩굴 잎을 씹고 있었다. 열흘 밤낮이 지나는 동안 이 덩굴 잎이 아니었으면 진작 죽었을 것이다.

소소옥은 지금도 누가 자신을 납치했는지 몰랐다. 이들은 보름에 한 번씩 그녀에게 음식과 물을 가져다주었다. 아무리 배

고파도 단번에 다 먹어 치울 수 없어서, 늘 남겨 두었다가 천천히 먹었다. 다 먹고 나면 덩굴 잎으로 허기를 채웠다.

그녀는 초천은이 가르쳐 준 훈련 내용은 모두 잊었다. 하지만 일부 생존 기술은 기억하고 있었기 때문에 그녀는 그리 쉽게 죽지 않았다.

그녀는 몸을 웅크린 후, 허리까지 오는 머리카락을 흐트러뜨려 몸을 덮어 따뜻하게 한 뒤 잠을 청했다. 수면은 체력을 아끼고 음식 소화 시간을 최대한 늦추는 가장 좋은 방법이었다.

그런데 갑자기 감방 문이 열렸다. 그녀는 바로 경계에 들어갔다. 지금은 식사를 넣어 줄 때가 아니었다.

열여섯이나 열일곱 살쯤 돼 보이는 소녀가 안으로 들어왔다. 깨끗한 분홍색 옷차림은 이 어둡고 더러운 감옥에서 더욱 눈에 띄었다.

어둠 속에 있는 소소옥은 그녀의 얼굴이 잘 보이지 않았다. 하지만 그녀의 크고 빛나는 눈동자가 반짝이는 것은 알 수 있었다. 소소옥은 자신도 모르게 눈을 깜빡였다. 그녀는 속으로 자신의 눈동자가 그녀보다 더 크고 빛날 거라고 생각했다.

"어머, 아직도 안 죽었어?"

여자는 아주 신랄하게 말했다.

"오늘 오면 시체를 처리할 줄 알았는데, 이건 기분이 좋아야 하는 거야, 나빠야 하는 거야?"

소소옥은 지지 않고 말했다.

"죽은 게 네 아버지야, 아니면 어머니야? 시체를 치우러 온 거냐?"

그 말에 안 그래도 썰렁한 옥방이 더 싸늘해졌다. 그 한기에
밖에 있던 시위마저 자신도 모르게 모골이 송연해졌다.

옥아 낭자의 기분을 상하게 하면 큰일인데! 옥아 낭자는 주
군이 가장 믿는 제자였고, 주군만큼 수법이 무시무시했다.

이 '옥아' 낭자란 소소옥이 아니라 지금 눈동자에 분노의 불
을 켜고 있는 여자를 말했다.

"아버지, 어머니의 시체?"

옥아 낭자는 갑자기 냉소를 지었다.

"이를 어쩌나. 난 어려서부터 아버지와 어머니가 안 계셔서
시체를 치울 필요가 없는데."

그녀는 말하면서 소소옥에게 다가갔다. 소소옥은 자신을 향
해 강력한 살기가 다가옴을 느꼈다.

이 여자의 무공이 자신보다 훨씬 뛰어남을 짐작할 수 있었
다. 어떻게 해야 하지?

소소옥은 구석에 웅크리고 앉아 꼼짝도 하지 않고 여자가 자
기 앞에 올 때까지 보고만 있었다.

갑자기!

소소옥이 흙을 한 움큼 집어 여자에게 뿌렸다. 여자는 옆으
로 피하며 재미있다는 듯 어깨에 튄 흙을 털었다.

소소옥은 이 흙 속에 독을 썼기 때문에 속으로 기뻐하고 있
었다. 그런데 여자가 경멸하는 눈빛으로 바라보며 말했다.

"얄팍한 잔재주로 감히 번데기 앞에서 주름을 잡다니, 가소

롭구나!"

그녀는 말을 내뱉은 뒤 웅크리고 앉아 한 손으로 소소옥의 오른쪽 어깨를 눌렀다. 오른손으로 또 독을 쓰려고 했던 소소옥은 팔을 들 수 없었다. 여자는 곧 소소옥의 왼쪽 어깨도 눌렀다.

"독술을 할 줄 알아? 넌 대체 누구냐?"

소소옥은 화난 목소리로 물었지만 속으로는 놀라고 있었다. 수천 마리의 개미가 양쪽 팔을 물어뜯는 것 같은 느낌이 들었다. 살을 다 물어뜯고 뼛속까지 파고드는 듯했다. 말로 표현하기 힘들 정도로 시큰거리게 아팠다!

"내가 누구인지는 중요치 않아. 중요한 건 고칠소가 누구냐는 거지!"

여자가 물었다.

"난 몰라! 잘 모르는 사람이야!"

소소옥이 큰 소리로 답했다.

"말을 안 하겠다?"

여자가 웃었다.

"난 몰라. 안다면 당연히 말했을 거야!"

소소옥의 말은 사실이었다. 자신과 상관도 없는 사람 때문에 이런 고생을 할 리 없었다. 어깨에 있는 독을 풀지 않으면 그녀의 두 팔은 못쓰게 되었다.

"그럼 좋아. 다시 묻지. 한운석 등에 봉황 깃 모양의 모반이 있어?"

여자가 다시 물었다.

소소옥은 뭔가 익숙한 느낌이 들었지만, 도무지 생각나지 않았다.

"있어?"

여자는 상당한 인내심을 발휘해 다시 물었다.

"몰라!"

소소옥은 큰 소리로 대답했다. 모르기도 했지만, 안다고 해도 절대 말해 줄 수 없었다.

주인에 대한 일은 단 하나도 알려 줄 수 없었다!

여자는 더 찬란하게 웃었다. 그 빛나는 큰 눈동자가 어둠 속에서 생기를 발했다.

"좋아. 그럼 네가 아는 것은 무엇이냐?"

"난 아무것도 몰라. 난 그냥 시녀일 뿐이라고!"

소소옥이 욕을 퍼부었다.

"너도 남 아래 있는 개니까, 잘 알 거 아냐!"

짝!

여자가 호되게 따귀를 날려 소소옥을 바닥에 쓰러뜨렸다. 양팔이 너무 아파서 손도 움직일 수 없는 상태에서도, 소소옥은 여자를 매섭게 노려보았다. 그 무시무시하고 음험한 눈빛에 여자는 더 이상 다가가지 못했다.

"나이도 어린 게 아주 잘 참는구나. 한 달의 시간을 주마. 네가 그때까지 살아 있으면 우리 천천히 즐겨 보자!"

여자는 말을 마치고 소매를 떨치며 나가 버렸다.

감옥에서 나오자 햇빛이 여자의 젊은 얼굴과 한참 음험한 눈빛을 보였던 큰 눈동자까지 두루 비추었다.

그녀는 바로 백언청의 제자이자 군역사의 사매인 백옥교였다. 말할 것도 없이 혁련 부인의 주군은 바로 백언청이었다!

"옥아 낭자, 주군께서 재촉하고 계십니다."

시종이 작은 목소리로 보고했다.

"알았다."

백옥교는 작은 목소리로 분부했다.

"저 계집을 잘 지켜라. 한운석의 시녀였다. 놔두면 앞으로 쓸 데가 있을 거야."

백옥교는 말을 마친 후 서둘러 백언청을 찾아갔다. 백언청은 길가 마차에서 그녀를 기다리고 있었다.

"사부님, 그 계집은 아무것도 말하지 않았습니다."

그녀가 사실대로 보고했다.

"급할 것 없다."

백언청은 손에 든 기보를 내려놓고 물었다.

"옥아, 한운석과 고북월이 어디로 갔을 것 같으냐?"

"천산일까요? 고북월의 의술이 훌륭하다고 들었는데, 용비야를 치료하러 천산에 간 건 아니겠죠?"

백옥교가 물었다.

참새, 주군은 누구

백언청은 처음으로 확신이 서지 않았다. 여러 추측을 해 보았지만 확실치 않았다.

"지금 이런 시기에 한운석이 천산에 갈 리 없다."

그는 혼잣말을 하듯 중얼거렸다.

"영남을 떠나는 건 더더욱 안 될 말이지. 그런데 왜? 어째서?"

그는 말하면서 백옥교를 바라봤다.

"옥아, 왜인 것 같으냐?"

"아니면 약성에 간 걸까요?"

백옥교가 또 말했다.

사실 생각이 있는 사람이라면 누구나 지금 이런 상황에서 한운석이 용비야를 대신해 중남부 지역을 안정시키고 내란을 막아야 한다는 것을 알 수 있었다.

의성이 중남 지역을 봉쇄한 것이 내란의 근본 원인이었다. 백리원룡이 중남도독부를 완전히 장악하고 의성과 끝까지 싸우겠노라 주장했어도, 한운석 일행이 죽음을 자초하러 의성에 갈 정도로 어리석을 리 없었다! 가도 아무 소용없는데!

군사를 이끌고 의성을 토벌하러 갈 수는 있었다. 그건 의약 산업 전체를 넘어 운공대륙 각계 세력과 모든 백성의 분노를 살 뿐이었다.

그것은 독종의 잔당인 한운석이 천하에 큰 해악을 끼쳤다는 죄만 증명하는 꼴이었다.

"사부님, 만약 저들이 약성과 손을 잡고 의성에 맞선다면 승산이 있을까요?"

백옥교가 물었다.

"없다."

백언청은 확신을 갖고 말했다.

"의학과 약학은 본디 하나다. 약왕 노인이 도울 수는 있겠으나 약성이 이 일에서 약왕 노인의 체면을 세워 주진 않을 거다. 두고 봐라. 약왕 노인은 한운석을 잠시 도울 수 있을지는 몰라도 평생 도울 수는 없다."

약왕 노인의 약려에 있는 약으로 모든 사람을 도울 수는 없었다. 대부분 환자들은 보통 일반적인 질병을 앓기 때문에 약성의 약이 필요하지, 약려의 약은 필요치 않았다.

백옥교는 이해되지 않았다.

"사부님, 그럼 저들은 대체 어디로 간 걸까요?"

백언청은 그녀를 한 번 보고는 말이 없었다.

백옥교는 사부가 답답했지만 전처럼 그렇게 무섭지 않았다. 그래서 잠시 기다렸다가 조심스레 물었다.

"사부님, 한운석이 정말 봉황 깃 모양의 모반을 갖고 있나요? 그건 뭐죠?"

사부가 시켜서 소소옥을 심문하러 가긴 했지만, 그녀 자신도 그게 무엇인지는 몰랐다.

백언청이 듣고도 대답하기 싫은 건지, 아니면 듣지 못한 건지, 어쨌든 그는 계속 백옥교의 질문에 답하지 않았다.

백옥교도 그의 성미를 잘 알았기에 더 이상 묻지 않았다.

그녀는 지금까지도 사부가 한운석을 죽이려는 건지 살리려는 건지 그 입장을 종잡을 수 없었다.

생각이 여기까지 미치자 백옥교는 사형인 군역사가 떠올랐다.

며칠 전 막 도착한 소식에 따르면 사형과 두 황자가 동오족과 크게 충돌하면서 태자가 중상을 입었다. 동오족의 의술 수준은 아주 낮았기 때문에, 사형은 얼른 태자를 데리고 서둘러 돌아와 치료하려고 했다. 그러나 이황자가 되돌아가지 않고 반드시 말을 사겠다며 고집을 부리는 바람에 아직도 동오에 머무르고 있었다.

백옥교는 이 모든 게 사형의 음모임을 알았다. 태자는 아마 오는 길에 죽을 것이고 이황자의 상황도 그리 좋지 못할 게 뻔했다. 사형이 북려국 황제의 분노를 어떻게 대처하려고 하는지, 더군다나 언제쯤에야 말을 살 수 있을지 알 수 없는 노릇이었다.

사형은 동오에서 목숨을 내걸고 있는데 사부는 뒤에서 이리 많은 일을 벌여 놓았다!

"가지 않고 멍하니 서서 뭐하는 거냐?"

백언청이 차갑게 말했다.

백옥교는 고분고분 마차에 올라탄 후 순진하게 물었다.

"사부님, 우린 어디로 가요?"

"의성!"

백언청이 차갑게 말했다.

열흘 정도 지나면 의성의 행림 대회가 시작되었다. 운공대륙 최고의 의술을 대표하는 그런 행사에 당연히 참석하여 시야를 넓혀야 했다.

게다가 고운천이 중남도독부를 전면 봉쇄하는 것 외에 또 어떤 수단으로 한운석에게 맞설지 그는 아주 궁금했다.

그가 오랫동안 계획해 놓은 모든 것이 이제 다 준비되었다.

용비야는 삼국이 전쟁을 벌이는 동안 가만히 앉아서 어부지리를 노렸다. 하지만 그는 매미를 잡으려는 사마귀를 뒤에서 노리는 참새가 되어, 용비야가 심혈을 기울여 세운 계획을 모조리 뺏으려 했다!

원래 계획은 이러했다. 군역사의 기마대가 도착한 후 한 달 정도 훈련하면, 세 나라도 전쟁에 어느 정도 지칠 때가 되었다. 삼국이 모두 많은 피해를 입고, 양식과 약재가 모자라는 상황에서 북려국의 철기병이 남하하면, 삼국을 소탕하고 바로 중남도독부까지 몰아붙일 수 있었다.

그는 용비야의 강력한 수군이 동해 지역을 통해 북상하면 북려국의 동쪽 국경을 위협할 수 있다는 사실도 물론 알고 있었다. 하지만 용비야에게 절대 그럴 기회를 줄 리 없었다.

그는 아주 대단한 비밀을 손에 쥐고 있었다. 가장 결정적인 순간에 용비야를 무너뜨리고 그가 가진 모든 세력을 완전히 분열시키기에 충분한 비밀이었다!

최근 그는 계속 기다리면서 천산의 상황에 집중했다.

하지만 생각지 못한 변고에 부딪혔다. 그는 한운석이 독종의 후예라는 사실이 폭로될 줄 몰랐고, 영승이 그 많은 홍의대포를 찾아내 예정보다 일찍 삼국 전쟁을 끝낼 줄도 몰랐으며, 더군다나 용비야가 서정력을 통제하게 될 줄은 생각도 못 했다.

그의 계획은 완전히 무너졌다. 하지만 상황이 나쁘지는 않았다. 아니, 도리어 전보다 더 그와 북려국에 유리하게 돌아갔다.

지금 그는 두 가지만 하면 되었다. 하나는, 계속 기다리는 일이었다. 의성이 중남도독부를 완전히 봉쇄하고 영승이 군사를 이끌고 남하하기를 기다리는 일이었다. 두 번째는, 한운석을 압박하여 그녀를 막다른 골목으로 몰아가는 일이었다.

사람은 점점 더 궁지에 몰려야, 마음속 원한이 더 커지기 마련이었다.

그는 소요성 사람을 부추겼지만 정말 한운석을 죽일 생각은 없었다. 그저 그녀 마음속 원한을 자극하려고 했다. 하지만 안타깝게도 소요성 사람이 공격하기도 전에 고칠소가 나서 버렸다.

여기까지 생각한 후, 백언청은 매처럼 날카로운 두 눈을 천천히 떴다.

"고칠소는…… 대체 어떤 사람일까?"

백언청이 의성으로 향하는 지금, 한운석 일행도 의성으로 가는 길이었다. 이들 모두가 의성에서 우연히 만나게 될지는 알 수 없는 일이었다.

한운석 일행은 말을 타고 달려갔다. 인적이 드문 산을 통과하며 3일 밤낮 길을 재촉한 끝에 드디어 성읍이 눈에 들어왔다.

"왕비마마, 이 산을 내려가면 사람이 많아집니다. 만일에 대비하여 위장을 하는 편이 좋겠습니다."

고북월이 말했다.

사실 이들은 거리낄 것 없이 의성을 방문해도 되었지만, 고북월은 몸을 낮추고 신중을 기하며 누구에게도 행적을 알리지 않음으로써 다른 문제를 방지하려 했다.

고북월과 용비야는 이런 점에서 아주 닮았다. 둘 다 감정을 드러내지 않았고, 일단 공격하면 치명적인 일격을 날려 절대적인 승리를 거두었다.

결과는 같아도 과정은 달랐다. 용비야는 잔인하고 지독했으나, 고북월은 따스하고 부드러웠다.

초서풍은 이미 큰 마차를 준비해 옆에서 기다리고 있었다. 한운석은 의성에 의원을 찾아가는 병약한 여자로 위장하기로 했다.

한운석이 마차에 올라타 변장하려는데 고칠소가 막아섰다. 그는 턱을 매만지면서 고북월을 관찰하기 시작했다.

"고 의원, 본 도련님이 보기에 당신이 환자 역할로 딱일 듯한데. 따로 꾸미지 않아도 환자 같은걸."

고북월은 자조하듯이 웃었다. 한운석은 얼굴이 어두워져서 팔꿈치로 고칠소의 가슴을 세게 찔렀다.

"아이고, 나 다쳤어!"

고칠소는 과장된 몸짓으로 가슴을 누르며 한운석의 어깨를 붙들었다. 마치 그녀를 잡지 않으면 당장이라도 쓰러질 것 같은 모습으로 말했다.

"독누이, 다들 따로 연기할 것 없어. 연기는 내가 할게. 넌 내 부인이 되어서 내 곁에서 한 걸음도 떠나지 말고 시중을 들어. 고북월은 의원이지만 날 고치지 못해서, 우리 두 사람이 함께 의성에 의원을 구하러 가는 거야!"

고북월은 웃고 있었지만 한운석은 말이 없었다. 초서풍은 고칠소의 손을 세차게 뿌리쳤다.

"고칠소, 한 번만 더 무례하게 굴면 가만있지 않겠다!"

고칠소는 짧게 대답했다.

"재미없어!"

"소칠……."

한운석이 갑자기 웃으며 아주 상냥하게 그를 불렀다.

아주 불길한 예감에 휩싸인 고칠소는 정색을 하고 진지하게 말했다.

"원래 계획한 대로 하자. 괜히 시간을 허비하지 말고 서둘러 가야지."

원래 계획대로라면, 한운석이 환자, 고북월은 그녀의 오라버니, 그리고 고칠소는 시종이었다.

"소칠, 당신은 시종을 하기에는 너무 아름답게 생겼어. 내 생각에 당신은……."

"칠 오라버니가 딱이지."

고칠소는 웃는 것도 아름다웠다.

"독누이, 너도 나처럼 아름답게 생겼어."

한운석은 확실히 아름다웠다. 특히나 웃을 때 나타나는 분위기는 타고난 것으로, 후천적으로 길러 내려 해도 기를 수 없었고, 아무리 좋은 연지와 분을 바른다고 해도 흉내 낼 수 없었다.

그녀는 고칠소보다 더 예쁘게 웃으며 말했다.

"아니, 당신은 비밀 시위에 딱이야. 모습을 드러내지 마!"

고북월은 하하 소리 내어 웃기 시작했고, 초서풍은 뭐라고 해야 좋을지 몰랐다. 왕비마마에게 비밀 시위단은 고칠소를 원하지 않는다고 말해도 될까?

이때 서동림이 옆에서 불쑥 튀어나왔다.

"고칠소, 사실 넌 우리와 함께 갈 필요 없다."

고칠소가 서동림의 목숨을 구해 주긴 했지만, 진왕 전하를 향한 서동림의 결연한 충성심은 변함없었고 앞으로도 영원히 배신할 리 없었다.

충성이란 무엇인가? 그것은 목숨을 걸고 진왕 전하와 왕비마마의 금보다 고귀한 사랑을 지키는 일이었다!

고칠소가 눈을 가늘게 뜨고 서동림을 바라보았다. 그가 입을 열기 전에 서동림이 말했다.

"아무 말도 하지 마라. 목숨을 원한다면 돌려주겠다."

모처럼 고칠소가 뭇 사람의 공격 대상이 되었다. 그가 반격하려는 순간, 서신을 전하는 매가 도착했다.

다들 특별한 서신 봉투를 보고 진지해지기 시작했다. 평소에 쓰던 하얀색이 아니었다. 특별히 만든 것 같은 이 서신은 연보라색 바탕에 매화 가지와 낙화가 그려져 있었다.

서신을 손에 든 한운석은 단번에 용비야의 낙관을 알아보았다. 그녀는 놀라고 기쁜 마음에 얼른 서신을 열었다. 서신 종이도 옅은 보라색에 매화가 흩날리고 있었다.

고북월과 고칠소는 약속이라도 한 듯, 둘 다 조용히 그 모습을 바라보았다.

고북월이야 늘 조용한 사람이었지만, 고칠소까지 한운석 앞에서 잠잠하게 만들 수 있는 사람은 용비야뿐이었다.

"왕비마마, 전하께서 마마에게 서신을 보내실 때는 특별한 봉투를 쓰십니까?"

초서풍이 일부러 침묵을 깨뜨렸다.

한운석은 그의 말이 들리지 않았다. 그녀의 생각은 온통 서신에만 집중되었다. 그녀는 한참 보고 있다가 결국 멍한 표정으로 고개를 들어 사람들을 바라보았다.

"왜 아무것도 안 적혀 있지?"

그랬다. 용비야가 그녀에게 보낸 답장은 텅 비어 있었다.

이게 무슨 뜻이야?

그녀는 서신에서 보고 싶다고, 그를 바보라고 욕했다. 그런데 그는 텅 빈 서신을 보내? 대체 무슨 말을 하려는 거지?

한운석은 정말 이해가 되지 않았다. 하지만 주변 사람들은 다들 머쓱해져 누구도 그녀에게 대답해 줄 수 없었다.

그들 부부 사이에 나누는 정분이요, 용비야가 부인에게 치는 장난이었다. 남들이 어떻게 설명해 줄 수 있을까?

고칠소마저도 침묵하고 있었다.

한운석은 곧 분위기가 이상함을 감지하고 얼굴이 새빨개졌다. 그녀는 너무 궁금한 나머지 생각나는 대로 말했을 뿐, 그 순간에는 용비야가 그녀를 놀리는 장난이라고는 생각도 못 했다!

"나, 나는 옷 갈아입으러 갈게!"

그녀는 서신을 소매 안에 넣고 당황해하며 마차에 올랐다. 마차에서 그녀는 옷 갈아입을 생각은 하지 않고 서신을 꺼내 자세히 들여다보기 시작했다⋯⋯.

그와 같은 심각함

한운석은 마차 안에서 아무것도 적혀있지 않은 용비야의 서신을 몇 번이고 반복해서 살펴보았다. 봉투 안쪽까지도 빠짐없이 살폈지만, 먹을 쓴 흔적 하나 없이 아주 깨끗했다.

이건 무슨 뜻이야?

용비야가 처음으로 그녀에게 보낸 서신이었다. 정확하게 말하자면 이건 답장이었는데, 아무것도 적지 않은 답장을 보내다니.

설마 표현을 잘 못해서 아예 아무 말도 안 했나? 만약 그런 거라면 한운석은 정말 실망스러웠다.

어쩌면 한운석이 공연한 생각을 했을지도 몰랐다. 그녀는 뭔가 좋지 않은 예감이 들었다. 아무것도 적혀있지 않은 회신은 용비야스럽지 않았다.

그였다면 아무리 표현을 잘 못해도 '서신 받았다.' 같은 한마디라도 했을 것이다.

어쩌면 그녀가 쓸데없는 생각을 한 걸지도 몰랐다. 깜짝 즐거움을 주려고 준비하는 첫 단계일지도 몰라. 한운석은 이렇게 자신을 안심시켰다.

지금 이런 중요한 시기에 한운석은 자신이 애정 문제로 고민한다는 게 무척…… 창피했다!

그녀는 용비야에게 다시 서신 두 개를 보냈다. 한 통에서는 오는 동안의 상황을 설명하고, 그의 내상이 잘 회복되고 있는 지 궁금해했다. 다른 한 통에는 역시 그 한마디였다.

용비야, 보고 싶어요.

다들 변장을 끝냈다. 고칠소는 뭐라고 해도 절대 비밀 시위로 분장하려 들지 않았기 때문에 결국 처음 계획대로 했다.

한운석은 병약한 부잣집 아가씨로 변장했고, 고북월은 잘생긴 얼굴에 구레나룻 수염을 붙여서 한운석의 오라버니가 되었다. 고칠소는 인피면구를 빌려 시위 겸 마부로 위장했다. 초서풍과 서동림은 다른 비밀 시위들과 함께 보이지 않는 곳에 숨어서 이들을 따라왔다.

이들은 산을 넘고 도착한 성읍에서 따뜻한 밥 한 끼만 먹고는 더 이상 머무르지 않고 계속 이동했다.

그날 밤, 다 같이 교외에서 야영할 때 고북월은 비밀리에 용비야의 밀서를 받았다. 밀서에는 단약 하나가 들어 있었는데, 바로 검종 노인의 그 봉서단이었다.

이 단약은 고북월을 완치시킬 수는 없었지만, 단기간 내 고북월의 내공을 이 할에서 삼 할까지 회복시킬 수 있었다. 이 할이 될지 삼 할이 될지는 고북월 개인 노력에 달렸다.

서신은 아주 짧게 단약의 효능과 수련 시 주의 사항이 적혀 있었고, 그 외에는 아무 말도 없었다. 심지어 용비야는 이 약이 어디서 났는지, 왜 그에게 주는지도 설명하지 않았다.

그 짧은 몇 마디를 고북월은 오랫동안 바라보았다. 대체 무슨 생각을 하는지 한참 정신을 차리지 못했다.

이 얼마나 흥분되는 일인가!

내공을 모두 잃고 다시는 회복될 수 없음을 알게 되었을 때, 그는 절망했다! 아무리 파란만장한 상황에도 놀라지 않던 그였지만, 수많은 밤을 홀로 보낸 후에야 겨우 현실을 받아들일 수 있었다.

그런데 이제 절망 속에서 희망이 생겨났다!

그는 어려서부터 고된 훈련을 통해 영술을 익혔다. 영술에는 할아버지와 부모님이 남겨 주신 마지막 추억이, 서진 황족 수호의 막중한 책임이, 마음 깊은 자리를 내어 준 여자를 보호할 수 있는 능력이 담겨 있었다. 이 영술이 드디어 회복된다니!

이제 얼마 후면 정말 제대로 다시 일어날 기회가 생겼다.

그런데…….

그런데 그의 눈빛에서는 흥분이나 기쁨은 전혀 찾아볼 수 없었고, 도리어 심각한 기색이 역력했다.

안타깝게도 한운석은 지금 고북월의 모습을 보지 못했다. 봤다면 분명 고북월의 심각한 눈빛이 용비야 눈에서 여러 번 보았던 눈빛과 아주 비슷함을 알아챘을 것이다.

왜 이리도 심각할까?

고북월은 용비야가 단독 밀서를 보내면 다 읽은 후 늘 찢어 버렸다. 하지만 지금 이 서신은 고이 접어 봉투에 넣은 후 소매

속에 숨겼다.

그리고 전혀 주저하지 않고 단약을 먹었다.

고북월이 생각하는 믿음은 누군가를 좋아하는 마음과 같았다. 마음을 정하면 주저하지 않고 뒤돌아보지 않았다.

만물이 고요한 가운데 한운석은 혼자 마차 안에서 잤고, 고북월은 마차를 지키며 밖에서 졸고 있었다. 비밀 시위가 주변 곳곳에 흩어져 교대로 야경을 섰기 때문에 고북월이 경계할 대상은 고칠소뿐이었다. 하지만 고칠소는 아주 경계하기 쉬운 상대였다. 그는 아주 똑똑했지만 오로지 한운석에게만 관심이 있었다. 한운석과 상관없으면 뭔가 이상한 낌새가 보여도 깊이 알아내려 하지 않았다.

봉서단을 먹은 후, 고북월은 밤마다 힘든 수행을 시작했다.

며칠간 길을 재촉하면서 어느덧 여정의 절반에 이르렀고, 행림 대회가 시작될 날도 점점 다가왔다.

물론 며칠 동안 운공대륙 정세에는 적잖은 변화가 있었다.

약성은 결국 의성의 압박을 견디지 못했다. 약성에서는 잠시 약귀당, 중남도독부와 모든 협력 관계를 끊고, 한운석의 출신이 확실해진 뒤에 다시 협력을 고려하겠다고 발표했다.

약성을 장악하고 있는 왕씨 집안은 용비야에게 충성을 다했지만, 제 코가 석자인 상황에서는 충성을 논할 수 없었다. 다행히 왕공은 그래도 인간미가 있어서, 협력 중지 발표 며칠 전에 약귀당이 약재를 대량으로 구매할 수 있게 해 주었고, 바로 물건을 보내 주었다.

"흐흐, 이럴 줄 알았지. 그때 목씨 집안의 제한을 다 풀었어야 했어."

고칠소는 불만스러웠다. 약성을 손에 넣기 위해 그와 목령아는 감옥까지 다녀왔다.

당시 연심 부인은 분만 촉진 사건을 자백하겠으니 목씨 집안을 좀 봐 달라고 요청했었고, 용비야는 왕씨 집안을 시켜 목씨 집안의 일부 제약을 풀어 주었다. 의성에서 빠져나갈 퇴로를 마련하는 한편, 나중에 목령아가 목씨 집안을 다시 일으키길 바라서였다.

어쨌든 약성에서 왕씨 집안만 세력이 커지는 것은 용비야의 최종 목적이 아니었다. 하지만 목령아는 몸이 열 개라도 부족할 만큼 바빴고, 한운석의 독종 신분은 너무 일찍 밝혀졌다.

"아직 이레나 여드레쯤은 견딜 만합니다. 큰 역병만 돌지 않으면, 비축해 둔 약재로 충분할 겁니다."

고북월이 말했다.

"약왕이 답신을 보냈어요. 우리를 돕고 싶어 하는군요."

한운석이 진지하게 말했다.

"왕비마마, 약왕 노인은 급한 불을 끄는 방법일 뿐, 근본적인 문제 해결은 될 수 없습니다. 절대 무엇도 약속해 주지 마십시오."

고북월은 진지한 표정으로 말을 이었다.

"만에 하나 약 비축량이 부족하면, 과하게 좋은 것을 사용하면 됩니다. 약귀곡에 등급 약재가 많을 테니, 이 기회에 약성과 의성의 코를 납작하게 해 주고, 백성의 마음도 사로잡을 수 있습니다."

가장 많이 소진되는 약재는 등급 약재가 아니라 평소 자주 사용되는 일반 약재였다. 하지만 등급 약재로도 일부 경미한 질병을 치료할 수 있었고, 효과는 즉각 나타났다. 관건은 고칠소가 기꺼이 내줄 수 있느냐였다!

고칠소는 색기 넘치는 웃음을 지으며 말했다.

"독누이가 원하면 약귀곡은 물론 내 목숨까지도 기꺼이 내어 주지."

분명 아주 심각한 문제를 이야기하고 있는데, 고북월과 고칠소는 가볍게 말했다.

만약 두 사람이 없었다면 한운석이 얼마나 어려운 처지에 놓였을지 알 수 없는 일이었다.

약 문제는 한시름 놓았고, 의원 문제는 진작 걱정을 덜었다. 최근 계속해서 목령아의 서신을 받았는데, 내용을 보니 거의 매일 열 명 정도 되는 의원들이 먼 길을 마다하지 않고 약귀당을 찾아왔고, 황경진의 지시에 따라 중부 삼군과 강남 여러 도시의 의관에 파견되었다고 했다.

고북월이 한운석에게 선사한 깜짝 선물이었다. 그녀는 평소 별로 사귀는 사람이 없어 보였던 이 '집돌이'가 이토록 인맥이 넓을 줄은 상상도 못 했다. 어떤 대가도 바라지 않고 그를 도우려는 사람이 이렇게나 많았다니.

물론 의성은 이미 중남도독부 경내에 남아 있는 의원의 진료 자격을 모두 박탈한다고 선언했다. 약성도 그를 따라 모든 약방에 금지령을 발표하여, 해당 의원들이 쓴 약방문에는 약재 판매를 금지했다.

즉 중남도독부의 의학 체계는 의성과 약성으로부터 완전히 벗어나 자급자족 형태가 되었다.

장기적으로 보면 막다른 길이었지만, 단기적으로는 아주 효과가 좋았다. 꿈틀거렸던 내란의 불길도 이제 거의 꺼졌다. 의관 부족 문제가 바로 해결되니 백성의 원망도 사그라졌기 때문이었다. 대부분 백성은 눈앞에 벌어지는 상황만 볼 뿐이었다. 의성의 '대의'를 위해, 독종이 '천하에 해를 끼친다'는 이유로, 치료를 거절하며 중남도독부에 항의할 환자는 없었다.

"이제 나설 때가 됐어요."

한운석이 진지하게 말했다.

중남도독부는 공개적으로 의성과 끝까지 싸우겠노라고 선언했지만, 당사자인 그녀는 공식적으로 인정한 게 없었다. 중남부 지역 내부 상황이 안정을 찾은 지금, 그녀가 나서서 신분을 인정하고, 공개적으로 의성의 무자비함을 성토하며, 의성이 독종을 모독한 것에 대해 의문을 제기한다면, 중남도독부의 사기가 진작되고 중남부 지역 백성의 지지도 받을 수 있을 것이다.

"나도 함께 나설래!"

고칠소는 한운석의 이 말을 오랫동안 기다려 왔다.

고북월은 정말 오라버니라도 된 것처럼 두 사람을 바라보며 웃었다.

"서두르지 마십시오. 아직 때가 아닙니다. 첩자 배후의 그 늙은 여우를 경계해야 합니다."

고북월은 가장 신중한 사람이었다. 그는 아예 공격하지 않든가, 공격을 하게 되면 절대 실수하지 않았다.

지금 가장 중요한 문제는 순조롭게 의성에 도착해 행림 대회에 참석할 수 있느냐였다.

한운석과 고칠소는 약속이라도 한 듯 고개를 끄덕였다. 이번 여정에서 고북월을 향한 한운석의 믿음과 호감은 더 커졌다. 고칠소 역시 언제부터인지 고북월을 바라보는 눈빛이 예전보다 훨씬 고분고분해졌다.

천하 그 누구도 이들이 지금 의성으로 향하고 있음을 짐작하지 못했다. 세상을 뒤흔들 일을 하러 간다는 것은 더더욱 몰랐다!

각 세력들은 모두 중남도독부가 어떻게 될지 구경하고 있었다! 심지어 중남도독부가 몇 달이나 버티나 내기하는 사람들도 많았다.

서부 전장의 군영에 있는 영승은 방금 초천은을 이기고 돌아와 아주 기분이 좋았다.

원래부터 키 크고 늘씬한 그가 오늘 은백색의 전포를 입고 서 있으니, 마치 눈앞에 높은 산이 우뚝 서 있는 듯, 감히 도발할 수 없는 느낌이 들었다.

"열흘 안에 본 왕이 반드시, 초천은이 무기를 버리고 항복하게 만들겠다!"

그는 큰 소리로 웃고 있었지만, 그 표정과 목소리에는 여전히 범접할 수 없는 근엄함이 서려 있었다.

"그럼 열흘 후에 우리 군대는 남쪽으로 이동합니까?"

부장이 크게 기뻐했다.

"중남도독부의 그 고북월이라는 의원이 수완이 좋아서, 한운석을 도와 꽤 많은 의원을 끌어모았다지."

영승이 물었다.

"그러게 말입니다. 적어도 반년은 버틸 수 있을 듯합니다."

부장은 탄복하지 않을 수 없었다.

"그 홍의대포들이 없었다면, 이 전쟁 역시 반년이 지나도 끝나지 않았을 겁니다."

영승도 속으로 기뻐했다. 그의 과감한 결단 덕에 중남부 지역에 쳐들어갈 기회를 잡을 수 있었다. 하지만 그의 진짜 목적은 전쟁이 아니라, 바로 한운석이었다.

그는 의성의 사냥개가 되거나 의성을 위해 한운석을 붙잡고 싶은 생각은 없었다. 그저 한운석을 내놓으라고 중남도독부를 압박할 핑계가 필요했을 뿐이었다.

한운석을 손에 넣어야, 초청가의 입에서 영족의 행방을 알 기회가 생겼다⋯⋯.

격변 전날, 각자의 상황

열흘.

초천은은 이미 마지막 성까지 물러났다. 영승이 이 성을 함락하는 데는 열흘이면 충분했다. 초천은이 이 성을 빼앗기면, 강성황제는 당장 멈추게 하고 항복할 게 분명했다. 이 성을 넘어가면 금방 도성 요새로 돌진할 수 있기 때문이었다.

탁자 위에 펼친 지도를 보며 늘 냉정하고 침착했던 영승은 자신도 모르게 조바심이 났다. 그는 잠시 생각에 잠겼다가 차갑게 명령했다.

"공격 명령을 전해라!"

부장은 깜짝 놀랐다. 영왕이 마지막 전투를 어떻게 멋지게 마무리 지을지 의논하려고 그를 부른 줄 알았는데, 갑자기 공격 명령이라니.

"영왕 전하, 오늘 밤에…… 공격합니까?"

부장이 떠보듯 물었다.

"그렇다!"

영승은 주저하지 않고 대답했다.

부장은 지금껏 영왕의 명령을 거역한 적이 없었다. 게다가 이것은 군령이었다. 하지만 이번에는 목숨을 걸고 나서야 했다.

"영왕 전하, 소장의 말을 용서하십시오. 오늘 밤은 공격하기에 가장 좋은 때가 아닙니다."

열흘 넘게 격전을 벌이다가 어제 막 전투가 끝났고, 형제들은 아직 숨도 제대로 돌리지 못했다. 부상자 수도 조사 중이었고, 일부 군수품도 보충해야 했다.

연이어 승리를 거두었으니 사기가 좋을 때 그대로 밀어붙여 단숨에 전쟁을 끝내야 했지만, 그래도 2, 3일은 쉬어야 했다!

"영왕 전하, 이렇게 경솔하게 나서면 적군이 준비되지 못한 상황에서 칠 수 있다고 해도, 우리 군대 역시 우위를 점할 수 없습니다."

부장이 또 설득했다.

많은 충고와 분석을 해줄 것도 없이, 영승은 곧 정신을 차렸다. 언제가 최적의 공격 시기인지는 그가 부장보다 더 잘 알았다.

그는 눈을 내리깔았다. 그의 시선은 지도를 보는 듯도 했고, 어딘가 먼 곳을 유리하는 듯도 하며, 무슨 생각을 하는지 알 수 없었다.

부장은 영승이 말이 없자, 감히 더 권하지 못하고 옆에서 기다렸다. 한참 후, 영승은 조용히 그에게 나가라고 손짓했다.

영승은 침묵하는 것처럼 보였지만, 사실 그의 마음속에는 거친 파도가 요동치고 있었다.

그는 방금 전 자신의 결정에 놀랐다. 오랫동안 전쟁터를 누비며 후방에서 전략을 세워 왔던 그였다. 방금 대체 무엇 때문에 이성을 잃고 그런 선택을 했을까. 부장이 과감하게 간언하지 않고 이 군령을 그대로 전달했다면, 결과는 생각만 해도 끔찍했다!

왜 이렇게 서부 전선 전쟁을 빨리 끝내고 중남부 지역을 공격하고 싶어 하지? 무엇 때문에?

그는 커다란 지도를 따라 한 바퀴 걸으며, 마디마디가 선명한 큰 손으로 탁자를 가볍게 두드리다가 결국 자리에 앉았다.

그는 용비야와 빨리 승부를 겨루고 싶어서, 빨리 영족 행방을 알아내려고 서두르다 보니 그랬을 거라고 생각했다.

조용히 술을 몇 잔 마신 후, 그는 가라앉은 목소리로 물었다.

"상황은 어떻게 되어 가고 있느냐?"

가까이서 그를 모시는 자만이 그 뜻을 알아챌 수 있었다. 시종이 대답했다.

"아직 찾고 있습니다, 다만……."

"다만?"

평온을 되찾은 겉모습과 달리, 짜증 섞인 말투가 결국 그의 속내를 드러냈다.

"다만…… 찾기가 정말 어렵습니다."

시종은 난감한 얼굴로 대답했다.

금침 하나를 찾기 위해 여러 사람을 보내서 한운석이 다녀간 장소며 치료한 사람까지 모조리 찾아다녔지만 어떤 실마리도 찾아내지 못했다.

수많은 사람 중에서 사람 하나 찾기도 어려운데, 금침은 말해 무엇 하랴?

"찾기 쉬웠다면 왜 너희를 시켰겠느냐?"

영승이 언짢은 말투로 물었다.

시종은 어쩔 도리가 없어 감히 물어 보았다.

"전하, 한운석의 금침이 필요하시다면 나중에 한운석을 붙잡은 후에 내놓으라고 하면 되지 않습니까? 이렇게 힘들게 찾아도 꼭 찾는다는 보장은 없습니다."

그 말에 영승이 천천히 고개를 돌렸다. 그의 눈빛을 보자 시종은 등이 서늘해지고 온몸에 소름이 돋는 것 같았다.

시종은 더는 쳐다볼 엄두가 나지 않아 알아서 고개를 숙이고 조용히 물러났다.

큰 막사 안에 영승 홀로 남았다. 그는 술잔을 들고 얇은 입술로 잔 가장자리를 매만지며 생각에 잠긴 듯했다.

영승이 조급하게 군대를 끌고 남하하려는 이때, 초천은 팽팽한 긴장 속에 있었다. 그는 이미 고북월로부터 무슨 일이 있어도 영승을 견제하고 이달 말까지 버티라는 명령을 받았다.

초천은은 한운석의 신분에 놀람과 동시에, 용비야와 고북월이 뭘 하려는 건지 도무지 가늠할 수 없었다. 그저 용비야의 명령에 복종할 수밖에 없었다. 그래도 용비야와 고북월이 그를 대신해 영승에게 제대로 복수만 해 준다면 기쁠 수 있었다.

영승과 초천은이 흥분과 걱정 가운데 지내는 것과 달리, 항복한 용천묵은 도리어 홀가분했다. 그가 무능한 게 아니라 병력이 바닥났기 때문에 벌어진 결과였다. 영승의 홍의대포 공격을 한 달 동안 버틴 것만도 그는 목씨 집안 군대가 아주 자랑스러웠다.

영승에게 큰 성 네 개를 내주었으니 이제는 정말 동부 지역 한 모퉁이만 차지한 신세가 되었다.

"목 대장군, 진왕이 언제 천산에서 내려올 것 같소?"

용천묵이 물었다. 요즘 많은 사람이 용비야의 입장에 대해 논하고 있었다.

독종 일이 밝혀진 후, 용비야가 천산에서 하는 모든 일은 그저 소문으로만 전해졌고, 지금까지도 한운석이 독종의 잔당이라는 사실에 대해 공개적인 입장을 표명하지 않았다. 게다가 왜 아직도 천산에 남아 있는지 이유를 아는 자가 없었다.

"천산에 머물 이유는 없겠지요?"

목 대장군은 수염을 매만지며 확신 없이 말했다.

목 대장군을 오랜만에 만난 사람이라면, 목 대장군이 변했다고 생각했을 것이다. 군인의 강직함과 혈기는 줄었고, 용의주도하고 노련한 문관의 모습이 짙어졌다.

하지만 용천묵은 그렇게 생각하지 않았다. 그는 천녕국 조정에서 늘 중립을 지켰던 목 대장군을 잘 알고 있었다. 특히 목 대장군이 그에게 목유월을 시집보낸 후, 그는 목 대장군이 절대 단순한 무장에 머물 인물이 아님을 점점 더 확신했다. 그에 비하면 목청무는 오히려 훨씬 순수했다.

물론 용천묵은 이 모든 생각을 마음에 깊이 묻어 두고 누구에게도 드러낸 적이 없었다.

"아직까지 하산했다는 소식은 듣지 못했고, 중남도독부도 별다른 움직임이 없소."

용천묵이 말했다.

목 대장군이 웃으며 말했다.

"폐하, 한운석은 독종의 후예입니다. 진왕이 이 바둑돌을 버릴 거란 생각은 안 해 보셨습니까?"

용천묵이 대답하기도 전에 목청무가 다급하게 말했다.

"아닙니다! 진왕 전하가 그럴 리 없습니다! 진왕 전하에게 진왕비는 한낱 바둑돌이 아닙니다!"

목 대장군이 언짢은 눈길로 노려보았다.

"뭘 그리 흥분하느냐?"

"사실을 말했을 뿐입니다."

목청무가 중얼거리며 말했다.

"하하, 짐도 진왕이 그렇게 무정하지 않을 거라 믿소. 게다가 진왕은 의성에 약한 모습을 보일 사람이 아니오."

용천묵이 웃으며 말했다.

"폐하, 지금 우리 세력을 생각할 때, 의성이든 중남도독부든 그 누구에게도 미움을 살 수 없습니다. 이 일과 관련해서는 의성 편에도 서지 마시고, 한운석을 옹호해서도 안 됩니다."

목 대장군이 진지하게 충고하며 초지일관 중립적인 태도를 보였다.

용천묵과 목청무는 이런 태도가 마음에 들지 않았다. 말이 중립이지, 줏대 없이 이리저리 흔들리는 꼴이었다.

용천묵이 반박하려 했으나 목 대장군은 그럴 틈을 주지 않고 화제를 돌렸다.

"폐하, 최근 조정에 후사에 관한 이야기가 끊이지 않고 있습니다. 나이를 생각하십시오. 선제께서는 지금 폐하 나이에 이미 황자가 셋이었습니다."

용천묵에게는 황후인 목유월뿐 아니라 최근 1, 2년 동안 태황태후가 간택해 준 여러 후궁들이 있었다.

하지만 그는 누구에게나 냉담해 아직까지 후궁에서 기쁜 소식이 들리지 않았다. 궁 안팎으로 용천묵이 남색을 탐한다는 소문까지 돌았다.

"음, 알았소."

목 대장군이 재촉할 때마다 용천묵은 늘 이런 말로 대충 얼버무렸다.

그는 목 대장군이 황실 자손을 번성케 하라고 재촉하는 것뿐 아니라, 목유월을 너무 괴롭히지 말라고 암시하고 있음을 알고 있었다.

목 대장군의 권고, 아니 어쩌면 경고는 늘 적당한 선에서 그쳤다.

"전하께서 알고 계시다니 마음을 놓겠습니다."

그는 말을 마친 후 자리에서 물러났지만, 궁 밖으로 나가거나 목유월을 찾아가지 않고 태황태후를 만나러 갔다.

용천묵은 전에 호기심이 동하여 몇 번 따라간 적이 있었다. 가 보니 무슨 대단한 일이 있는 게 아니라 태황태후와 함께 바둑을 두는 것뿐이었다.

운공대륙 중부 지역의 세 나라가 각자 다른 생각을 품고 있
는 이때, 저 멀리 북쪽에 있는 북려국 황제는 많은 생각을 할
겨를이 없었다. 북려국 태자가 죽었기 때문이었다!

북려국 태자는 동오족과의 싸움 중 중상을 입는 바람에 군역
사의 호송을 받으며 급히 귀국하고 있었으나, 안타깝게도 도성
에 도착하기 전에 사망했다.

북려국 도성 하늘에는 깊고 어두운 먹구름이 드리워져 언제
든 폭풍우와 천둥 번개가 내리칠 분위기였다.

어서방에 있는 북려국 황제는 가장 아끼는 백자 향로를 산산
조각 냈다. 정확하게 군역사의 이마에 부딪힌 후 바닥에 떨어
진 백자 향로가 요란한 소리와 함께 부서졌다.

군역사는 이미 그의 앞에서 3일 밤낮을 무릎 꿇고 있었다.
몸은 온통 상처투성이었지만, 그중에서도 이마 상처가 가장 두
드러졌다. 꽤 많은 피를 흘렸으나, 지금은 상처 위로 피가 딱딱
하게 굳었고, 흐트러진 머리카락에 가려져 보일락 말락 했다.
원래부터 차갑고 사악한 얼굴에 이 상처까지 더해져 야성미를
물씬 풍겼다.

북려국 황제가 욕을 퍼붓고 울분을 터뜨리는 일도 이제 거의
끝이 났다.

커다란 어서방에는 앉아 있는 주군과 무릎 꿇은 신하, 두 사
람뿐이었다.

하루 종일 침묵한 끝에 북려국 황제도 피곤한 듯 잠긴 목소리로 물었다.

"네 사부는?"

"잘 모릅니다. 사부가 늘 비밀스럽게 다니는 걸 부황께서도 아시지 않습니까."

군역사가 사실대로 대답했다.

그는 정말 사부가 어디 갔는지 몰랐다. 그는 사부가 궁에서 그가 돌아오기를 기다리고 있을 줄 알았다. 하지만 그를 맞이한 것은 북려국 황제의 3일 밤낮 이어진 욕설과 발길질이었다.

실망하지 않았다면 거짓말이었다. 사부가 있었다면 적어도 북려국 황제가 이성을 잃지는 않았을 것이다. 본디 사부와 함께 꾸민 계략이었다. 그는 사부가 그를 대신해 모든 것을 준비할 줄 알았지, 돌아온 직후 혼자 사태를 직면하게 될 줄은 몰랐다.

하지만 너무 실망했다면 그것도 거짓말이었다. 군역사는 사부가 반드시 처리해야 할 일이 있는 거라고 생각했다. 그렇지 않았다면, 이렇게 중요한 시기에 자기 혼자 북려국 황제를 상대하게 두지 않았을 것이다.

태자는 물론 그의 손에 죽었다. 북려국 황제가 아무리 멍청해도 의심할 수 있었다! 이 난관을 넘어가기란 결코 쉽지 않았다.

"너조차도 모르다니, 허허!"

북려국 황제가 냉소를 퍼부었다.

군역사는 대답하지 않았다. 그는 속으로 사부가 없는 상황에서 어떻게 설득해야 북려국 황제가 그를 믿어 줄지 고민하고 있었다.

그의 계획대로라면 얼마 후에 이황자도 동오족 사람의 칼에 죽게 되었다. 만약 북려국 황제가 그를 믿어 주지 않으면 다시 동오족에게 가서 시신을 수습할 수 없었고, 말을 사 오는 일도 어려워졌다.

북려국 황제는 결국 어서방을 나가 버렸다. 하지만 군역사에게 일어나라고 명하지 않았기 때문에 군역사는 계속 무릎을 꿇고 있을 수밖에 없었다.

운공대륙의 각 세력에게는 각자의 사정이 있었고, 용비야는 저 높은 천산에서 각 세력의 움직임을 지켜보고 있었다.

이날, 그가 막 검종 노인과 바둑 한 판을 끝냈을 때, 시종이 와서 백리명향의 도착을 알렸다.

네 글자, 못 합니다

백리명향이 천산에 도착한 소식을 듣고도 용비야는 여전히 눈을 내리뜬 채 느긋하게 바둑돌을 챙겼다.

"지금쯤 그들도 의성에 도착했겠군요."

그들이란 당연히 한운석과 고북월이었다.

"사흘 후가 행림 대회인데 여태 의성에 도착하지 못하면 곤란하지."

검종 노인이 웃으며 말했다.

과연 얼마 후, 비밀 시위가 무사히 도착했음을 알리는 고북월의 서신을 가져왔다.

"아주 기대됩니다."

며칠간 딱딱하게 굳어 있던 용비야의 얼굴에 모처럼 웃음이 떠올랐다.

검종 노인은 태연스레 수염을 쓰다듬었지만, 속으로는 몹시 흥분하고 있었다. 이번 행림 대회는 아마 운공대륙의 역사를 다시 쓰게 될 것이다.

한운석 일행이 무사히 의성에 도착했다는 것을 확인하자 마침내 용비야도 조마조마하던 마음을 내려놓았다. 이제 그도 내공 회복 마지막 단계로 들어가야 했다.

이 마지막 단계는 무척 중요해서 조금이라도 착오가 있으면 목숨이 위험할 수도 있었다. 그렇게 되면 존자라고 해도 돌이킬 수 없었다. 그래서 그와 존자는 상의 끝에 이곳이 아닌 존자들이 수행하는 산 동굴에서 마지막 단계를 진행하기로 했다.

"사부님, 가시겠습니까?"

용비야가 물었다.

"백리명향은? 최소한 직접 가서 데려와야 하지 않겠느냐?"

검종 노인이 제안했다.

"사람을 보내 데려오게 하면 됩니다. 며칠간 곁채에 머물라고 하시지요."

용비야가 담담하게 말했다.

검종 노인은 의아해했다.

"정말이냐?"

"무슨 문제라도 있습니까?"

용비야가 반문했다.

"비야, 연기하지 않고서 어찌 물고기를 낚겠느냐?"

검종 노인도 더는 말을 돌리지 않고 명확하게 물었다.

백리명향이 이곳에 온 것은 미끼였고, 그 목적 중 하나는 그 늙은 여우를 끌어내는 것이었다. 혁역련이 용비야 앞에서 지연 전술을 쓴 것은, 혁역련과 구현궁의 염탐꾼 뒤에 있는 늙은 여우가 서정력에 관해 무척 잘 알고 있다는 뜻이었다. 어쩌면 그가 동진 제국의 태자라는 것까지 알고 있을지도 몰랐다.

서정력 수련에는 세 단계가 있었다. 첫 번째는 서정인을 받아 그 봉인으로 힘을 숨긴 채 서정력을 길러 내는 것이고, 두 번째는 서정력을 장악하고 자유롭게 운용하는 것이며, 세 번째는 서정력과 본래 가진 내공을 하나로 합쳐 무적의 경지에 이르는 것이었다. 그때가 되면 천산의 존자들도 그를 해칠 수 없으니, 산 아래 평범한 속인들은 말할 것도 없었다.

용비야가 내상만 치료하면 두 번째 단계를 완성해 서정력을 완전히 장악할 수 있었다. 하지만 세 번째 단계, 즉 서정력과 본래 가진 내공을 합치고 무적의 경지까지 수련하고자 하면, 반드시 무공 기재의 도움을 받아 쌍수雙修(도교의 내단 수련법 중 하나. 둘을 함께 수련한다는 뜻인데, 둘이란 해석에 따라 심장과 신장이 되기도 하고 두 사람이 되기도 함)를 해야만 뜻을 이룰 수 있었다.

설사 그가 신통력을 가졌다 한들 혼자서는 세 번째 단계를 완성할 수 없었다. 바꿔 말하면, 무공의 기재를 찾지 못하거나 그 무공의 기재가 누군가에게 제압당했다면, 그가 가진 서정력은 영원히 두 번째 단계에 머물 수밖에 없었다.

백리명향은, 당연히 무공의 기재가 아니었다. 용비야는 그저 백리명향을 가짜 무공 기재로 만들어 늙은 여우를 유인하려는 것뿐이었다. 그 늙은 여우가 백리명향을 의심한다면 필시 다시 움직일 게 분명했다.

용비야는 눈을 찡그리며 검종 노인을 바라보았다.

"무슨 연기 말씀입니까?"

"최소한 네가 그 낭자를 중시한다는 것은 보여 줘야지."

검종 노인은 갑자기 좋은 생각이 난 듯 몹시 기뻐하며 용비야에게 속삭였다.

"비야, 서정력 수련에서 가장 꺼리는 것이 바로 정이다. 차라리 일거양득을 노려 보자꾸나. 네가 거짓으로 백리 낭자를 받아들이면, 첫째는 운석 그 아이의 부담을 덜 수 있고 둘째는 그 늙은 여우를 속일 수도 있지 않겠느냐!"

서정력이 가장 꺼리는 것은 정이었다. 만약 한운석이 무공을 할 줄 알고, 언젠가 용비야와 칼을 맞대는 날이 온다면 용비야의 서정력은 거의 사라질 것이다.

만약 용비야가 세 번째 단계까지 수련해 서정력과 본래 내공을 합쳤다면, 한운석과 칼을 맞대는 순간 서정력이 사라지는 동시에 가진 모든 내공을 잃게 되어 있었다.

그 이유는 단 하나, 그의 마음속에 그녀가 있기 때문이었다.

그에게는 가장 큰 약점이자 가장 치명적인 약점이었다. 만약 그 늙은 여우가 서정력을 잘 알고 용비야를 처치하고자 한다면 한운석을 노릴 게 분명했다.

그러니 검종 노인의 제안이 꼭 나쁜 방법은 아니었다. 기왕 백리명향이 천산에 왔으니 잠시 한운석 자리에 '대신' 앉혀 놓고 위험을 짊어지게 하는 것도 나쁘지 않았다.

용비야는 그 말을 듣고 아무 반응이 없었다.

검종 노인이 재빨리 덧붙였다.

"비야, 백리 낭자가 네가 마음에 둔 사람이자 너와 쌍수할 사람이라면, 그 늙은 여우는 필시 당장 움직일 것이다."

마침내 용비야가 곁눈으로 검종 노인을 바라보더니, 짤막하게 내뱉었다.

"못 합니다!"

"비야, 언젠가는 네 신분을 밝혀야 한다. 운석 그 아이를 평생 속일 수는 없지 않느냐. 그때 잘 설명하면 그 아이도 이해해 줄 게다."

검종 노인이 말했다.

"못, 합, 니, 다!"

용비야가 힘을 주어 대답했다.

검종 노인은 그래도 권유해 보려고 했지만 용비야는 차갑게 끊었다.

"사부님, 노망이라도 드셨습니까?"

"뭐라고!"

검종 노인은 기가 찼다. 이 제자는 갈수록 예의가 없어지고 있었다.

"그렇게 황당무계한 이야기를 늙은 여우가 믿으리라 생각하십니까?"

용비야가 차갑게 말했다.

"사람을 보내 백리명향을 데려와서 침을 놓는다는 명분으로 이곳에 머물게 하시면 됩니다. 일부러 떠들썩하게 알릴 필요도 없습니다."

일부러 떠들썩하게 알릴수록 의심만 커질 뿐이었다. 그 늙은 여우를 붙잡으려면 서두르지 말고 천천히 도모해야 했다.

소요성이 총출동해 한운석을 죽이려던 것은 필시 그 늙은 여우가 부린 수작 때문이었으나 다행히 고칠소가 나서서 도와주었다. 지금도 고칠소가 한운석 곁에 있으니 적어도 그녀의 안전은 지킬 수 있었다.

그는 차라리 고칠소에게 마음의 빚을 질망정 시시한 연극으로 자신을 괴롭히고 싶진 않았다. 한운석이 오해하는 모습을 상상만 해도…… 스멀스멀 두려움이 피어올랐다!

검종 노인은 생각에 잠긴 듯 고개를 끄덕였다.

"허허, 비야, 너는 여우 마음속에 들어간 늑대로구나!"

검종 노인은 무예를 익힌 사람이고 실력으로 검종 종주 자리에 오른 고수답게 견식이 넓고 경험도 풍부했지만, 권모술수에서는 용비야만 못하다는 것을 인정할 수밖에 없었다.

검종 노인은 곧 사람을 보내 백리명향을 데려오게 했다. 그후 두 사람은 비밀 통로를 이용해 방을 벗어나면서 이야기를 나눴다.

"비야, 사실대로 말해 보아라. 어째서 동진 이야기를…… 여태 운석 그 아이에게 숨겼느냐?"

검종 노인이 소리 죽여 물었다.

누군가 직접 용비야에게 이런 질문을 한 것은 아마 처음이었다.

당자진과 여 이모, 심지어 당 부인과 당리도 호기심을 느꼈지만, 그가 아직 한운석을 완전히 믿지 않아서라고 추측하기만 할 뿐 묻지는 않았다.

동진 이야기는 뭐니 뭐니 해도 가장 큰 비밀이고, 최적의 순간이 오기 전까지는 밝힐 필요가 없었다. 하지만 정해진 때가 되면 반드시 밝혀야 했다.

그 신분은 그에게는 자랑거리이자 부담이었고, 또 책임이었다.

설사 그가 새로운 황조를 세워 운공대륙의 신기원을 열겠다는 꿈을 꾼다 해도, 똑같이 자신의 신분을 받아들여야 하고 똑같이 동진의 역사를 존중해야 했다.

그의 어깨에는 너무도 많은 희망이 얹혀 있었다. 그것 때문에 지칠 수는 있어도 불평할 수는 없었다. 그가 태어날 때부터 가지고 있었던 것들이기 때문이었다. 그는 동진의 태자로 태어났고 그 사실을 받아들여야만 했다.

어째서 한운석에게 말하지 않았느냐고?

사실은 그 자신도 이유를 몰랐다. 한운석이 그의 신분을 알면 어떤 반응을 보일까? 그가 아는 한운석이라면 무척 기뻐하고 놀라워하겠지.

하지만 그녀가 자신의 신분을 알면 또 어떻게 될까? 짐작이 가지 않았다.

무슨 일이든 시작하기만 하면 그의 마음속에는 이미 그 대강과 결론이 들어 있었다. 하지만 유독 이 일만은 확신이 들지 않았다.

자신에 대한 확신이 없는 것인지, 아니면 그녀에 대한 확신이 없는 것인지, 그도 알 수가 없었다.

넋이 나간 용비야를 검종 노인이 슬쩍 떠밀었다.

"무슨 생각을 그리 하느냐? 계당에서 그 아이가 너를 보호하려고 발휘했던 힘은 모두가 목격했다. 그래, 그 아이까지 경계하는 것이냐?"

검종 노인이 물었다.

용비야는 이 화제를 이어 가고 싶지 않아 대충 대답했다.

"제 목숨이 그녀 손에 달렸는데 경계하지 않을 수 있겠습니까?"

검종 노인은 큰 소리로 웃었다.

"네가 그 아이를 경계한다면 그 아이가 널 해칠 수 있는 사람이 되지도 않았겠지! 허허허!"

그랬다. 속으로 경계하는 상대라면 진심으로 대한다고 할 수 없고, 진심으로 대하지 않는 사람이라면 그의 서정력을 없앨 수도 없었다.

"그러니 좋지 않습니까?"

용비야는 마음에도 없는 말을 했다. 한운석의 출신 이야기는 검종 노인에게도 숨겼다.

벙어리 노파가 죽은 후 이 세상에 그녀의 출신을 아는 사람은 그 혼자 남았다. 그런데 얼마 전 그 사실을 아는 또 다른 사람이 있다는 것을 알았다. 비록 같은 입장은 아니지만 그는 그 사람이 자신의 믿음을 저버리지 않기를 바랐다.

스승과 제자 두 사람은 한참 동안 침묵을 지켰다. 비밀 통로를 빠져나온 뒤 다시 한참 산길을 걷고 나자 존자들이 수행하는 현빙동玄冰洞에 도착했다. 한여름인데도 얼굴을 덮치는 한기는 섣달 북풍처럼 뼈가 에일 듯 차가웠다.

존자 한 사람이 입구에서 기다리고 있었다. 존자들은 한마음으로 무예를 익힐 뿐 속세의 일에 귀를 기울이거나 끼어들지 않았다. 그들이 도우러 나선 것은 오로지 서정력 때문이었다. 서정력이 나타나면 무림에서는 무적이었다.

동진 황족 중에서 서정력을 연성한 사람은 여태 아무도 없었다. 그리고 서정력이 동진 황족 손에 들어가기 전에도 무림에서 이를 연성한 사람은 더더욱 없었다. 존자들은 언젠가 용비야의 몸에서 서정력의 진정한 위력을 볼 수 있기를 바랐다.

용비야를 동굴 입구까지 배웅한 검종 노인은 감개무량함을 금치 못했다.

"언제쯤 너와 쌍수할 사람을 찾을 수 있을꼬."

용비야와 함께 수련하며 그를 무적의 경지로 끌어올려 줄 사람은 반드시 무공의 기재여야 했다. 구체적으로 말하면 서정력을 버텨 낼 수 있는 단전을 가진 사람이어야 했다.

검종 노인이 단목요를 아낀 진짜 이유는 단목요의 천부적인 자질이 낙청령과 무척 닮았기 때문이었지만, 용비야의 쌍수 상대로 생각했던 까닭도 있었다.

비록 단목요는 서정력을 견딜 수준에 이르지 못했지만, 검종 노인은 그녀가 기본을 잘 닦으면 언젠가 용비야의 쌍수 상대가 될 수 있으리라는 희망을 품고 있었다.

그녀가 좋은 짝을 찾고 낙청령보다 행복한 삶을 사는 것을 보면, 그도 어느 정도 위로를 받을 수 있을 것이라 생각했다.

하지만 애석하게도 사람의 헤아림은 하늘의 헤아림을 넘지 못했다. 한바탕 광기가 훑고 지나간 그날 밤 이후로 오늘 이날까지, 검종 노인은 다시는 단목요를 언급하지 않았다. 하지만 그렇다고 해서 상처를 잊은 것은 아니었다.

미쳐 버리면 상처를 드러내고 고통을 쏟아 낼 수 있지만, 미치지 않으면 상처를 꼭꼭 숨기고 고통을 가려야만 했다.

그렇다면 미치는 편이 좋을까, 미치지 않는 편이 좋을까? 그 기분은 직접 겪어 봐야만 알 수 있었다.

용비야는 동굴로 들어가다 말고 문득 뒤를 돌아보았다.

"사부님, 그 사람은 이미 찾았습니다."

검종 노인은 몹시 놀라 반사적으로 물었다.

"누구냐?"

그의 머릿속에 자연스럽게 무림의 고수들이 떠올랐다. 그런 천부적인 자질을 가진 사람이라면 필시 일류 고수일 텐데 애석하게도 그가 아는 고수를 전부 떠올려 봐도 누군지 짐작이 가지 않았다.

그는 고씨가 아니었다

비록 누군지 짐작할 수는 없지만, 그래도 검종 노인은 놀라고 기뻐했다. 그런 사람을 찾기 어렵다거나 용비야와 쌍수하기 어려운 상황일까 봐 걱정한 적은 없었다. 걱정스러웠던 것은 이 세상에 그런 사람이 존재하지 않을지도 모른다는 것이었다.

"비야, 어서 말해 다오. 대체 누구냐?"

검종 노인은 긴장한 나머지 근엄함까지 내던지고 물었지만, 용비야는 그를 향해 싱긋 웃기만 했다.

"비밀입니다!"

"비야, 이 사부에게도 숨기려는 건 아니겠지?"

검종 노인은 대답을 재촉하며 질문을 쏟아 냈다.

"비야! 어서 말해 보라니까. 대체 누구냐? 이 고약한 녀석! 거기 서라! 내 말이 안 들리느냐?"

"……."

"대체 누구냐니까? 남자냐, 여자냐? 몇 살이냐? 너와는 어떤 사이냐? 언제 그 사람을 찾았느냐?"

검종 노인은 수많은 질문을 하며 몇 걸음 쫓아갔지만, 용비야는 다시 뒤를 돌아보지 않았다.

검종 노인은 화가 나서 기절할 것 같았다. 용비야의 상황이 급하지만 않았다면 쫓아가서 그를 붙잡고 속 시원해질 때까지 캐물었을지도 몰랐다.

저 고약한 녀석이 거짓말을 하지는 않았을 텐데, 대체 언제 쌍수할 사람을 찾아냈을까? 정말 해도 너무하는구나! 사부에게 마저 숨기다니!

대체 누굴까?

그 후 며칠간 용비야는 존자들과 함께 폐관했고, 검종 노인은 그 '비밀' 때문에 내내 울적해했다. 물론 백리명향에게 진실을 알려 주고 늙은 여우를 끌어내기 위해 연기를 하라고 다짐하는 것은 잊지 않았다.

백리명향은 진실을 알고 나자 아주 차분해졌다. 그녀는 용비야가 요양하는 곳 옆방에 묵으며 매일 세 차례씩 용비야의 방을 들락거렸고, 한번 들어가면 대략 반 시진 정도 머물렀다.

반 시진이면 침을 놓기에 딱 알맞은 시간이었다. 하지만 실제로 그녀는 텅 빈 방을 지키며 하루하루를 1년처럼 보내야 했다.

천산에 오른 지 며칠이 지났지만 여태 진왕 전하를 보지도 못했다.

전혀 실망하지 않았다고 하면 거짓말이었다. 그녀도 자신이 그 정도로 고상하지 않다는 것을 인정해야 했다. 감정을 통제할 수 있다면, 누군가를 좋아하든 좋아하지 않든 무슨 의미가 있을까? 무슨 수로 행복이나 불행을 느낄까?

감정이란 통제할 수는 없지만 극복할 수는 있었다.

백리명향도 사서 걱정하는 성격이었다. 그녀는 차 탁자 옆에 앉아 한참, 아주 한참을 생각했다. 가장 많이 생각한 것은 역시 왕비마마의 허리에 있는 봉황 깃 모반의 비밀이었다.

만약 언젠가 전하가 왕비마마의 출신을 알게 되면, 그래도 왕비마마를 총애할까?

만약 언젠가 왕비마마가 자신의 출신을 알게 되면, 그래도 그처럼 전하를 좋아할까?

만약……, 만약…….

만약 두 사람이 끝내 적이 되면, 백리명향 자신의 마음은 어디로 가야 할까?

그녀가 이 비밀을 폭로하진 않겠지만, 그래도 언젠가는 밝혀질 비밀이었다. 적어도 전하의 신분은 영원히 숨길 수 없었다.

진왕 전하가 사용했던 다기가 보이자 백리명향은 저도 모르게 손을 뻗었다. 하지만 손이 주인의 잔에 닿기 전에 가만히 한숨을 쉬며 손을 내렸다.

가령, 가령 두 사람이 사랑하지 않게 된다면, 그렇다면 그녀 자신은 사랑할 수 있게 될까?

여기까지 생각하자 백리명향은 갑자기 자조 섞인 웃음을 터트렸다.

오늘 대체 왜 이러지? 뭐 하러 그런 생각까지 하는 거야?

설령 언젠가 두 사람이 사랑하지 않게 되더라도 그녀가 사랑할 수는 없었다! 그는 그녀의 주인이고 그녀는 그의 부하였다. 그녀에게 사랑할 자격이 있기나 할까?

게다가 그 두 사람이 사랑하지 않게 될 리도 없었다.

설사 출신을 알게 되더라도 약간의 증오가 더해질 뿐 여전히 사랑할 것이다. 사랑과 증오가 겹쳐 평생토록 얽혀 있을 것이다.

"왕비마마, 그런 날이 오더라도 부디 진왕 전하를 믿어 주세요."

백리명향은 혼잣말을 중얼거렸다.

오늘 시간도 거의 다 되었다. 백리명향은 침구를 정리하고 밖으로 나갔다. 문밖에는 시위 두 사람이 지키고 있었다. 자주 그녀에게 말을 걸던 이들인데 오늘도 예외는 아니었다.

"백리 낭자, 진왕 전하의 상처는 좋아졌습니까?"

시위가 물었다.

백리명향은 가볍게 한숨지었다.

"상처가 워낙 심각해서 좋아지려면 1년 정도 걸릴 거예요."

"낭자께서 오시지 않았습니까? 낭자께서는 어떤 침술을 사용하십니까? 그리고 왕비마마는요? 돌아오지 않으십니까?"

시위가 또 물었다.

"말씀드려도 못 알아들으실 거예요. 그만 가 보겠습니다."

백리명향이 지나가려는데 시위가 또다시 캐물었다.

"백리 낭자, 그럼 낭자께선 1년 넘게 진왕 전하를 따라다니셔야겠군요?"

백리명향은 생긋 웃을 뿐 대답하지 않았다. 밤이 되면 검종 노인을 따라 밤새워 무예를 익혔기 때문에 지금은 돌아가서 잠을 자야 했다.

어쨌든 그녀로선 최선을 다해 진짜처럼 연기해서 임무를 완수해야만 했다!

백언청이 의성에 도착할 무렵 백리명향이 천산에 갔다는 소식이 그의 귀에 들려왔다.

"백리명향?"

백언청이 중얼거렸다.

"미인혈……."

그는 지난번에 군역사가 어주도에서 가져온 독혈을 오랫동안 연구한 끝에 그 피가 미인혈일 뿐 아니라 인어의 피라는 것까지 알아냈다.

바로 그 피 한 방울 때문에 용비야의 출신을 의심하기 시작한 것이었다.

"그 여자가 무공을 할 줄 아느냐?"

백언청이 물었다.

소식을 전한 사람은 사실대로 대답했다.

"조사해 봤더니 그 여자는 백리 장군부의 막내딸인데, 무슨 까닭인지 몰라도 한운석이 시녀 삼아 곁에 데리고 있다고 합니다. 의술과 독술은 알지만 무공은 모릅니다."

백언청은 무척 의심이 많은 사람이었다. 그는 침묵에 잠긴 채 몇 가지 문제를 두고 고민했다.

백리명향의 피에 극독이 있다는 것은 용비야가 그녀에게 미인혈을 만들게 했다는 의미였다. 미인혈을 만들려면 특이 체질을 가진 사람이 필요했고, 미인혈이 완성되면 그 사람은 반드시 죽게 되어 있었다. 아마 한운석이 백리명향을 구해 냈을 것이다.

백리명향의 몸에 있는 독을 없애는 것은 쉬운 일이 아니었다. 아니, 정확히 말하면 몹시 어려운 일이었다. 일개 부하일 뿐인데 달리 쓸모가 있지 않았다면 한운석이 왜 그녀를 구했을까? 용비야가 한운석에게 구해 내라고 했던 게 아닐까?

그리고 백리명향은 왜 이럴 때 천산에 갔을까? 정말 용비야에게 침을 놓기 위해서일까? 대관절 그녀는 무공을 할 줄 알까, 아닐까?

"기회를 보아 그 여자가 무공을 할 줄 아는지 시험해 보아라."

백언청이 나지막이 명령했다.

소식을 전한 사람이 명령을 받고 물러간 후 백옥교가 들어왔다.

"사부님, 제 부하가 다섯 번 넘게 심문했지만 소소옥 그 계집애는 봉황 깃 모반에 대해 확실히 말하지 않았어요. 지난번에 사람을 시켜 떠봤는데, 그때 대답으로 보아 정말 모르는 것 같아요. 본 적도 없고요."

"그렇다면 초씨 집안도…… 그리고 용비야도 그 일을 모르고 있겠구나?"

백언청은 다소 기쁜 모습이었다.

"사부님, 대체 무슨 일이에요? 봉황 깃 모반은 어떻게 생긴 거죠?"

백옥교가 용기를 내어 물어보았다.

백언청도 오늘은 기분이 좋아서 백옥교를 꾸짖지 않고 허허 웃으며 혼잣말했다.

"아무래도 모두 진실을 모르는 모양이다. 허허허, 놀이가 더 재미있게 되었구나! 아주 기대가 커!"

백옥교는 사부의 기분이 좋은 걸 보자 때를 놓치지 않고 재빨리 물었다.

"사부님, 그 놀이는 언제 시작되나요?"

사부가 봉황 깃 모반의 비밀을 폭로하지 않더라도 최소한 그와 관련된 일은 폭로하지 않을까? 백옥교는 이 일이 어떻게든 한운석과 관련되어 있다는 생각을 했다.

사부의 말투로 보아 한운석에게는 의당 그 모반이 있을 것이다. 사부가 소소옥을 심문한 것은 초천은과 용비야 등이 그 모반의 의미를 아는지 확인하기 위해서일 뿐이었다.

"놀이는……."

백언청은 수염을 쓰다듬으며 웃었다.

"행림 대회가 끝날 때까지 기다리자꾸나. 얘야, 이번 놀이는 운공대륙 사상 가장 크고 가장 재미난 놀이가 될 게다. 기다려 보아라!"

행림 대회가 끝날 때쯤이면 영승도 초천은을 처리하고 남하할 것이다. 영승이 남하하기만 하면 그는 반드시 용비야의 비밀을 모두에게 공표할 생각이었다!

그때 용비야가 영승의 홍의대포 부대와 수천에 이르는 철기군 앞에서 어떻게 대항할지 아주 궁금했다.

"사부님, 그럼 행림 대회는…… 별로 재미없을까요?"

백옥교가 의아한 얼굴로 물었다.

백언청이 와락 눈을 찌푸렸다.

"녀석, 행림 대회는 운공대륙 의학계에서 가장 성대한 대회니 볼거리가 많다. 가서 자세히 보도록 해라. 의술과 독술은 서로 통하는 데가 많고 독의 또한 의원의 범주에 있다."

백언청이 행림 대회에 온 진짜 목적은 단순했다. 의성이 중남도독부에 어떤 후속 조치를 취할지 알아보려는 목적도 있지만, 그 밖에는 정말로 배움을 얻기 위해서였다.

일단 휴가 겸 대회에 참가해 몸과 정신을 보양할 생각이었다. 그래야 용비야와 힘껏 싸울 힘이 생길 테니까!

행림 대회에 전혀 관심이 없었던 백옥교는 입을 삐죽였다. 그녀가 떠보듯이 물었다.

"사부님, 차라리 독종의 금지에 가 보는 게 좋지 않을까요? 누가 뭐래도 독술계의 발원지잖아요!"

마침내 백언청이 입을 다물었다. 사실 백옥교는 사형 이야기를 하러 온 참이었는데 그 모습을 보자 고분고분 입을 다물 수밖에 없었다.

그때 한운석 일행도 의성에 와 있었다. 그들은 백언청보다 며칠 일찍 도착했다.

이번 일로 한운석은 고북월을 다시 보게 되었다. 고북월은 의성으로 가는 가장 **빠른** 산길을 알고 있어서, 그들을 이끌고 인적 드문 산을 세 개 넘었다. 복잡하게 얽힌 길은 그를 헷갈리게 하지 못했고 오히려 여정을 최소 닷새나 줄여 주었다.

더욱이 한운석에게 무엇보다 뜻밖이었던 것은 고북월이 의성에 큰 저택을 가지고 있다는 것이었다. 지난번에 왔을 때는 말해 주지 않았는데, 이번에는 그들도 그 저택에 묵었다.

"왕비마마, 칠소, 이게 뭔지 보십시오."

고북월이 행림 대회 초청장 세 장을 건넸다.

"어쭈, 제법 솜씨가 있잖아."

흘낏 바라본 고칠소가 전에 없이 칭찬했다. 사실 그도 낙취산에게 부탁하면 행림 대회 입장권을 받을 수 있었지만, 잔소리 듣기가 싫어서 미루던 차였다.

"당신이 의성에 이런 든든한 친구를 가지고 있을 줄은 몰랐어요."

한운석이 장난스럽게 말했다. 고북월은 의성에서 자랐기에 비록 사람들과 왕래하는 것을 좋아하지 않아도 친구는 제법 있었다.

한운석이 뜻밖으로 여긴 것은, 중남도독부와 의성 사이에 문제가 생겼고 고북월이 약귀당에서 일하고 있는데도 의성의 친구들이 여전히 그를 돕는다는 사실이었다.

얼마나 대단한 교분이기에 그렇게까지 해 주는 걸까?

"하하, 고 의원. 너 대체 정체가 뭐야?"

고칠소가 먼저 물었다. 사실 한운석도 오는 내내 그렇게 묻고 싶었지만 어떻게 말을 꺼내야 좋을지 몰랐던 것뿐이었다.

고북월은 당황하지 않고 도리어 따스한 웃음을 지었다.

"저희 집안인 고씨는 뿌리를 따라가면 의성 고씨 집안과 제법 인연이 있습니다. 또 할아버지가 살아 계실 적에 종종 사람들을 도우신 덕분에 의성의 명가들과도 교분이 있지요."

고북월은 웃으며 장난스럽게 말했다.

"이렇게 찾아왔으니 그들 모두 제가 개과천선했다고 여길 겁니다, 하하하."

당연히 거짓말이었다. 고북월은 사실 '고顧'씨가 아니었다. '고'라는 성은 단지 영족의 신분을 숨기기 위해 빌려 온 것뿐이었다. 지난날 영족이 의성에 숨어들었을 때 고씨는 의성에서 가장 큰 집안이었고, 그래서 영족도 고씨 성을 썼다.

영족의 진짜 성은 고孤로, 평생을 그림자로 고독하게 산다는 뜻이었다.

고북월의 진짜 이름은 고월孤月이었다.

달이 휘영청 밝은 8월 보름날 밤에 태어났기에 할아버지는 그의 이름으로 '달 월' 자를 골랐다.

고칠소가 더 물어보려고 했으나 고북월은 영리하게 화제를 돌렸다.

"칠소, 자네의 성도 '고顧'씨니 5백 년 전에는 우리도 한 가족이었을 걸세."

그 순간 고칠소는 이 화제에 흥미가 싹 가셨다. 그는 싸늘하게 웃으며 말했다.

"좀 나갔다 올게."

"한밤중인데 어딜 가?"

한운석이 물었다. 모레가 행림 대회였다. 순조롭게 의성에 도착한 것도 쉽지 않은 일이었는데 남은 이틀간 다른 문제가 생기는 건 원치 않았다.

고칠소는 그녀를 돌아보며 나라를 줘도 아깝지 않을 만큼 아름답게 웃어 보였다.

"고운천에게 줄 커다란 선물을 준비하려고!"

그렇게 사라진 고칠소는 이틀 동안 소식이 없었다.

행림 대회가 시작되고 한운석과 고북월이 대회장 입구에 도착했을 때쯤에야 그가 모습을 드러냈다.

포기할 수 있어, 나 자신까지도

한운석과 고북월이 행림 대회장 입구에 도착했을 때야 고칠소가 한운석 뒤에서 머리를 쏙 내밀었다.

"독누이, 안녕!"

한운석은 뛸 듯이 놀랐다. 변장한 고칠소의 얼굴을 봤을 때는 누군지 못 알아볼 뻔했지만, '독누이'라는 말을 듣자 정체를 알 수 있었다.

어쨌든 그가 나타났으니 안심이었다.

"놀랐구나?"

고칠소가 웃으며 물었다.

"선물은?"

고칠소는 고운천에게 줄 선물을 준비한다면서 나갔다가 이틀 동안 돌아오지 않았으니, 선물이 뭔지 궁금할 만도 했다.

고칠소는 기분이 퍽 좋은 것 같았다. 인피면구를 써서 변장했는데도 그의 웃음은 언제나처럼 아름다웠다.

"준비해 놨어. 조금 있으면 사람이 가져올 거야."

한운석은 그 커다란 선물이 독종과 관계가 있을 것으로 생각했다. 고칠소는 의학원 대장로의 양자인데 저만한 독술을 지닌 걸 보면 어려서부터 배웠는지도 몰랐다.

아마 오늘 의학원의 본모습을 까발리려 하겠지.

그래, 어디 기다려 볼까!

한운석은 기대에 찼다. 반면 고북월은 고칠소의 예쁘장한 보조개를 보면서 연민에 찬 눈빛을 지었지만, 안타깝게도 한운석은 알아차리지 못했다.

그들이 막 살구나무 숲, 즉 행림에 들어섰을 때 변장한 하인이 달려와 소리 죽여 보고했다.

"왕비마마, 어젯밤에 영승이 초천은을 물리치고 밤새 군사를 몰아 남하하기 시작했습니다. 백리 장군께서 그저께 밤에 군사를 이끌고 북상했으니 빠르면 모레쯤 싸움이 시작될 겁니다!"

"영승이 정말 서두르는군."

한운석은 냉소를 지었다.

"모레?"

고북월은 음미하듯 되물으며 속으로 혀를 내둘렀다. 시간까지 정확하게 맞추다니 용비야는 역시 대단했다.

모레. 모레면 이곳 행림 대회 일도 끝나겠지?

"모레면 왜요? 무슨 계획이라도 있어요?"

한운석이 웃으며 물었다.

"왕비마마, 행림 대회가 문제없이 끝나면 저희도…… 함께 전장으로 가시지요. 어떠십니까?"

고북월이 물었다. 사실 이건 용비야가 물어보라고 부탁한 일이었다.

"좋아요!"

한운석은 생각도 해 보지 않고 승낙했다. 어서 빨리 영승이 당하는 꼴을 보고 싶었다.

고칠소는 그들이 무슨 이야기를 하는지 알아듣지 못했지만 알고 싶지도 않았다. 그가 다소 서두르며 한운석의 팔을 잡아당겼다.

"가자, 오늘도 있고 내일도 있는데 모레 얘기는 해서 뭐 해."

행림 대회는 실제로도 널따란 행림에서 거행되었다. 이 행림은 의성 서남쪽에 있고 면적이 아주 넓었다. 의학원에 속한 땅인데 특별한 날이 아니면 보통 외부인에게 개방하지 않는 곳이었다.

행림에는 살구나무만 있고 다른 나무는 전혀 없었다. 숲 한가운데 있는 널찍한 원형의 공터가 바로 주 대회장으로, 지금 그곳은 벌써 귀빈이 가득했다.

한운석 일행 셋은 모두 의원으로 변장했다. 초청장 덕분에 그들 모두 순조롭게 수비병을 통과해 행림에 들어갈 수 있었다.

이 대회가 행림 대회라고 불리는 것은 행림에서 거행되기 때문만이 아니라, 행림이 곧 한의학의 별칭이기 때문이었다.

사람들이 자주 쓰는 '행림춘난杏林春暖'이나 '예만행림譽滿杏林'이라는 사자성어는 의원의 의술과 덕을 칭송하는 말이었다.

한운석 일행이 주 대회장에 도착했을 때 다른 사람들도 거의 도착해 있었다. 사람들은 삼삼오오 모여 인사하고 잡담하며 정을 나누었다.

"과연 운공대륙의 성대한 대회답군요. 각 지방에 흩어진 친구들이 모처럼 한데 모였네요."

한운석은 '친구'라는 단어에 조롱을 가득 담아 말했다.

지금 의성의 친구는 아마도 그들의 적일 터였다. 의성의 대회에 참가하러 올 정도면, 최소한 의성이 중남도독부에서 의술을 행하는 일을 전면 제재한 것에 반대하지 않았다는 뜻이었다.

"그렇게 말입니다. 모처럼 평화롭게 모였군요."

고북월이 가만히 탄식했다.

고칠소는 여전히 킥킥거렸다.

"독누이, 네 친구도 많을 텐데 가서 인사하지 그래?"

한운석은 그를 흘겨보고 무시했다. 하지만 확실히 이 자리에는 그녀의 친구, 어쩌면 한때 친구였던 이들이 제법 있었다.

고북월이 얻어 온 초청장 덕분에 그들의 자리는 다섯 번째 줄로 무대와 꽤 가까운 편이었다. 앞 두 줄에 앉은 '거물'들을 똑똑히 보려고 그들은 일부러 앞쪽으로 가서 첫 번째 줄부터 지나쳐 갔다.

의성 사람을 제외하면, 가장 지위 높은 귀빈들이 첫 번째와 두 번째 줄에 앉아 있었다.

약성에서 온 사람들이 제일 많고, 왕공 부자와 세 장로도 그곳에 있었다. 그들은 단순한 친구가 아니라 한때 입만 열면 용비야에게 충성을 맹세하던 사람들이었다.

천안국에서 온 사람은 다름 아닌 소장군 목청무였다. 한운석의 시선은 그에게 잠시 머물렀다. 오랫동안 보지 못했는데 목청무는 여전했고, 짙은 눈썹 밑에 자리한 큼직한 눈동자는 언제나처럼 감정을 숨기지 못했다. 하지만 한운석은 이 남자가 예전처럼 광명정대한 사람인지 확신할 수 없었다.

목청무 옆에 앉은 사람 역시 오랜만에 보는 사람이었다. 서주국 태자 단목백엽. 한운석은 자신이 속이 좁은 것을 부인할 생각이 없었다. 본래도 저자에게 호감이 없었지만 단목요를 생각하면 더 싫었다.

서주국의 변고와 내란을 겪으며 그토록 오만하고 잘난 체하던 태자도 어느 정도 성질이 죽었다. 그는 고개를 숙이고 목청무에게 귓속말을 하고 있었는데 무슨 이야기 중인지는 알 수가 없었다.

한운석은 '누이동생 바보'인 두 사람이 나란히 앉은 게 썩 잘 어울린다고 생각했다.

좀 더 오른쪽을 보니 단목백엽 옆에는 놀랍게도 북려국 사신이 앉아 있었다. 북려국과 서주국은 몇 년째 전쟁을 벌이고 있었지만, 의성에 와서는 그 체면을 보아 나란히 앉기로 한 모양이었다.

북려국은 무력이 최강이었지만, 그래도 의성에는 한 발 양보할 수밖에 없었다.

군역사가 백독문 문주라는 사실이 알려지자 의성은 북려국 황족을 압박했고, 구양영정이 군역사와 결탁해 북려국 설산에서 약재를 기르기로 한 일이 알려지자 의성은 더욱더 드러내 놓고 북려국 황족을 성토했다. 결국, 북려국은 군역사의 왕위를 철회해 성의를 보였다.

북려국 사신은 사오십 대의 중노인으로, 잿빛의 장삼을 입고

염소수염을 기르고 있었다. 한운석이 한 번도 본 적이 없는 사람이었다. 그 사람 옆을 지나가면서 보니 탁자에 놓인 명패에는 '북려국 태의원 원장, 나찰덕림那紮德林'이라고 적혀 있었다.

한운석은 이 명패를 보느라 발밑에 계단이 있는 줄 모르고 그만 발을 헛디디고 말았다. 넘어지기 직전에 나찰덕림 옆에 있던 시녀가 나서서 부축했다.

고북월과 고칠소는 그녀 앞뒤에 있어서 부축해 줄 틈이 없었다.

"조심하세요."

시녀의 목소리가 제법 고왔다.

한운석이 고개를 들어 보니 열예닐곱 살 정도로 보이는 이 시녀는 유난히 반짝이는 커다란 눈을 갖고 있었다. 한운석은 저도 모르게 소소옥을 떠올렸다. 소소옥의 눈은 이 시녀보다 훨씬 예뻤는데.

"고맙소."

그녀가 말하며 일어났다.

"무슨 말씀을요."

시녀는 곧 일어나서 자리로 돌아갔다.

나찰덕림이 고개를 돌려 한운석을 쳐다보았지만 크게 신경 쓰지는 않았다.

고북월이 황급히 한운석 옆으로 다가와 소리 죽여 물었다.

"다리는 괜찮으십니까?"

한운석이 대답하기도 전에 고칠소도 다가와서 똑같이 소리 죽여 말했다.

"누이, 다리 삔 건 아니지? 내가 좀 만져 줄까?"

한운석은 말없이 오른쪽을 가만히 노려보았다. 고북월과 고칠소가 그 시선을 따라 쳐다보니 멀지 않은 곳에 낯익은 모습이 보였다.

"소 가주!"

한운석은 이를 갈았다.

소 가주는 중남부 지역에서 제일가는 명문세가의 가주였고 중남부 명문세가의 대표였다. 그가 이곳에 왔다는 것은 중남도독부뿐만 아니라 용비야의 뺨을 후려친 것이나 마찬가지였다!

중남도독부에서 백리 장군부를 당해 내지 못하니 의성에 구원을 청하러 온 것일까?

"담력이 큰 사람이군요."

고북월도 꽤 충격을 받았다.

"확실히 그래요."

한운석은 그래도 냉정함을 유지하며 자리를 찾아 계속 나아갔다. 정해진 자리에 왔을 때 그들 세 사람은 뜻밖의 상황에 놀라 서로를 바라보았다.

그들 옆자리에는 바로 당리와 영정 부부가 앉아 있었다.

한운석 일행이 변장하고 있어서 당리와 영정은 그들을 알아보지 못했다. 하지만 한운석은 당리의 신선같이 초탈하고 준수한 얼굴을 단번에 알아보았다.

영정은 단정하게 앉아 무표정한 얼굴로 앞을 바라보고 있고, 당리는 공처가처럼 그녀의 팔을 부축하면서 비위를 맞추느라 분주했다. 이따금 귓가에 대고 속닥거리기도 했는데 귓속말을 하는 것 같지는 않고 무슨 잘못을 저질러 용서를 비는 것 같았다.

배정된 위치로 볼 때 아마 초청장을 받은 것은 운공상인협회고, 영정이 당리를 데리고 참석한 모양이었다.

한운석은 당리 옆에 앉아 모른 척하면서 입꼬리에 미소를 지었다.

자리에 앉자마자 당리가 영정을 달래느라 온갖 낯간지러운 사탕발림을 늘어놓는 소리가 들렸다. 한운석은 태연한 척하려고 했지만 결국 견디지 못하고 고칠소와 자리를 바꿔 고북월과 고칠소 사이에 앉았다.

용비야와 당리는 피가 섞인 사이인데 어쩜 저렇게도 다를까? 당리가 하는 저런 말을, 용비야는 아마도 평생 입 밖에 내지 못할 것이다.

용비야는 못 해도 고칠소는 할 수 있었다. 그는 당리의 속삭임을 들으면서 한운석에게 몸을 기울이고 말했다.

"독누이, 저자가 뭐라는 줄 알아?"

한운석은 듣고 싶지 않다고 대답하려 했지만, 고칠소가 어느새 귓가에 대고 속삭이기 시작했다.

"내가 널 얼마나 사랑하는지 모를 거야. 널 위해서라면 모든 걸 포기할 수 있어. 나 자신까지도. 내 말, 믿지?"

사실 당리가 한 말은 이랬다.

"정아, 내가 얼마나 널 사랑하는지 모를 거야. 널 위해서라면 난 당문의 모든 걸 포기할 수 있어. 나 자신까지도. 내 말, 믿지?"

하지만 고칠소는 여기서 '정아'와 '당문'을 빼 버렸다. 일부러 그랬는지 별 뜻 없이 그랬는지는 몰라도 한운석은 꼭 고칠소가 고백하는 것 같아 몹시 어색하고 난감했다.

아무래도 고북월과 자리를 바꾸는 게 좋겠다고 생각하며 일어나려는데, 고칠소가 그런 그녀의 손을 잡아 누르며 또 물었다.

"내 말 믿지? 대체 어떻게 해야 믿어 줄 거야? 절대로 널 놀리는 게 아니야. 장난치는 것도 아니고. 너와 처음 마주쳤을 때부터 내가 누군지 속인 것만 빼고 네게 한 말은 모두 진심이야. 모두 내 마음속에서 우러나온 진심이라고. 내 말 믿지? 대답해 줘."

한운석은 그 자리에 얼어붙었다. 심장이 미친 듯이 쿵쿵 뛰었다.

고칠소의 마음을 그녀가 왜 모를까? 점잖지 못하고 무슨 일이든 장난처럼 대하는 그의 태도는 싫지만, 언젠가 그가 장난치지 않고 다가와 이처럼 부드럽고 진지한 목소리로 사랑을 속삭인다면, 그녀로선 저항하지도 못하고 어쩔 줄 몰라 허둥거리게 될 게 분명했다.

고칠소, 언제까지나 장난으로 치부한다면 우린 끝까지 좋은 친구가 될 수 있어. 하지만 만약, 만약 언젠가 그 장난이 진심이 된다면 내가 어떻게 당신을 친구로 대할 수 있겠어?

한운석이 안색마저 하얗게 질리자 갑자기 고칠소가 푸하하 웃음을 터트렸다. 그가 다시 나지막이 말했다.

"독누이, 왜 그래? 당리가 한 말 때문에 구역질이 나는 거야?"

바짝 긴장했던 한운석의 심장이 갑자기 착 가라앉았다.

분명, 당리는 영정을 만났을 때부터 자신이 누군지 숨기고 영정을 속였다. 하지만 고칠소가 그런 말을 하자 한운석은 고칠소가 고칠찰이라는 신분을 숨긴 이야기를 하는 줄로 오해하고 말았다.

어쩌자고 제풀에 놀란 것일까?

"당신 때문에 구역질 나. 입 좀 다물 수 없어?"

한운석은 퉁명스레 말했다.

고칠소가 히죽거렸다.

"독누이, 누가 그런 말을 하면 믿을 거야?"

한운석이 뭐라고 대답하기 전에 갑자기 고칠소의 눈동자에 어렸던 별빛처럼 환한 웃음이 차갑게 식고, 잔혹한 빛이 그 자리를 대신했다!

한운석은 처음으로 고칠소의 모습에 깜짝 놀랐다. 웃기 좋아하는 저 눈동자가 저렇게 소름 끼칠 만큼 잔혹해질 수 있다고는 전혀 생각해 본 적이 없었다. 그의 시선을 따라 돌아보니, 의학원 원장인 고운천이 단상 위에 서 있었다.

의성, 무서운 수완

한운석은 한 번도 고운천을 본 적이 없었다. 하지만 단상 위에 선 저 노인이 의학원 원장이자, 운공대륙에서 의술이 제일 뛰어나다는 고운천이라는 것을 확신했다.

웅성웅성하던 대회장이 갑자기 조용해지고, 첫 번째 줄에 있던 의성의 부원장과 장로들을 포함해 장내의 모든 사람이 일어났기 때문이었다.

고운천 말고 이만한 위세를 가진 사람이 또 누가 있을까? 그러나 고운천은 높은 자리에 있는 사람다운 위엄과 허세는 전혀 없어 보였다. 쉰 남짓한 나이에 벌써 머리카락과 수염이 허옇게 세었고, 몸에 걸친 단순한 하얀 장포는 장식 하나 없어서 소박하고 깔끔한 느낌을 주었다.

자상하고 느긋한 그의 생김새는 마치 세상일은 나 몰라라 하고 연구에만 몰두하는 과학자 같았다.

솔직히 말해 저 나이에도 불구하고 이목구비가 무척 번듯해서, 젊은 시절에는 꽤 미남이었음을 알 수 있었다.

그를 보자 한운석은 저도 모르게 의문이 떠올랐다. 저 원장은 독종이 무너진 진짜 이유를 알고 있을까? 중남도독부 봉쇄 명령도 저 원장의 입에서 나왔을까?

의학원의 분류에 따르면 의품은 총 아홉 등급인데, 고운천은 지금껏 유일하게 팔품 의선에 오른 사람이었다.

그는 놀라운 자질을 지닌 덕에 젊은 나이에 전임 원장의 눈에 들어 원장 자리를 이어받았다.

한운석이 듣기로는, 고운천은 조용한 성품이며 의학 연구에만 몰두하느라 아직 혼례도 올리지 않았다고 했다. 그는 각종 질병 치료에 많은 공을 세웠는데 특히 영유아의 질병 치료에 뛰어났다.

또, 고운천은 운공대륙 의학사상 태아를 연구한 첫 번째 의원으로서, 태아의 질병 예방과 치료에 상당히 독특한 비결을 갖고 있었다. 그가 제시한 우생학優生學(유전적인 요소를 파악하고 조절함으로써 종족의 특성을 개량하는 학문) 개념은 운공대륙 의학 발전에 크게 이바지했다.

알다시피 고운천 이전까지 운공대륙 의학계는 그 영역에 관해 전혀 아는 바가 없었다.

태아 연구에 관한 독보적인 지식 덕분에 그는 젊은 나이에도 의학원 원장 자리를 든든하게 지켰고, 나아가 팔품 의선에 오를 수 있었다.

한운석은 고운천이 어떻게 태아를 연구했는지 내내 궁금했다. 의학원의 의술이 아무리 신비해도 이 시대의 의료 설비는 아무래도 제한이 많았다.

고운천은 무슨 방법으로 배 속에 깊이 숨겨져 보이지 않는 태아를 연구했을까? 겨우 임부의 맥상만으로?

임부의 맥상으로 태아의 상태를 볼 수는 있지만, 알아낼 수 있는 정보에는 한계가 있었다. 설사 질병을 진단할 수 있다 한들 무슨 수로 태아를 치료할까? 그러려면 반복적으로 수차례 실험해야 했다!

고운천은 태아와 유아의 질병 외에 역병 예방에도 일가견이 있다고 들었다.

지금까지 운공대륙에서 널리 사용되는 역병 예방약은 바로 그가 제공한 연구 자료를 기반으로 약성에서 지은 것이었다.

어떻게 연구했는지를 떠나서, 고운천은 의학계와 운공대륙 백성들에게 크나큰 공헌을 했으니 그 점은 존경받을 만했다.

하지만 전문가이자 정식 교육을 받은 한운석은 의약학 연구의 역사를 너무나 잘 알고 있었다.

현대 의학과 약학은 보통 흰쥐로 실험을 했다. 흰쥐는 사람과 유전자 배열이 비슷해서 흰쥐의 몸에서 일어나는 병리학 및 약리학적 반응을 참고해 사람에게 적용할 수 있었다.

하지만 고대에 유전자 배열 같은 개념이 있을 리 없었다.

애초에 쥐와 사람이 닮았다는 걸 믿을 사람도 없었고, 쥐를 가지고 의학이나 약학 실험을 하려는 사람도 없었다.

고대에는 의학이 한 걸음 발전할 때마다 반드시 커다란 희생이 뒤따랐다.

대규모 역병으로 수많은 환자와 사망자가 발생해 의약학계 사람들이 병의 원인과 치료약을 연구할 수 있게 되거나, 아니면 무척 독특한 병증이 나타나 이를 통해 다양한 지식을 연구할 수 있어야만 했다.

역병 예방에 대해서라면, 역병을 앓는 환자나 심지어 시신을 대상으로 연구했을 가능성이 컸다. 그렇다면 태아의 질병은 어떻게 연구했을까?

한운석은 진작 운공대륙 의학사를 뒤적여 봤지만, 근 백 년간 임부와 관련해서 심각한 역병이 일어난 적은 없었다.

고운천은 왜 태아를 연구할 생각을 했을까? 어디서 연구할 태아를 얻었을까?

이런 의문은 한운석이 의성을 조사할 때부터 고민했던 것이었다. 아무래도 수상한 낌새가 느껴졌지만 당시에는 깊이 생각할 여유가 없었다.

용비야의 계획대로라면 의성을 처리하는 것은 북려국 다음 순이었다. 천하가 아직 어지러운 와중에 의성과 맞서게 될 줄은 그 누구도 예상하지 못했다.

지금 단상에 선 노인을 보자 당시의 의문이 또다시 한운석의 머릿속에 떠올랐다.

어차피 이렇게 된 이상 한운석도 이번에는 제대로 수소문해서 똑똑히 알아보기로 했다.

하지만 지금 그 문제보다 더 그녀의 관심을 끈 것은 고칠소였다.

"약귀 노인네, 저 사람과…… 깊은 원한이라도 있어?"

한운석이 소리 죽여 물었다. 의성에서 쫓겨난 일 때문이라면 고운천보다 양아버지인 능 대장로를 더 원망해야 하지 않을까?

능 대장로는 이미 의성에서 쫓겨나 오늘 이 자리에는 나타나지 않았다.

"아니."

고칠소가 그녀를 돌아보았다. 가슴 가득 분노가 차올라도 한운석을 바라보자 그는 여전히 웃음을 지었다.

"빚이 있지. 저자가 이 칠 오라버니에게 큰 빚을 졌거든. 오늘 그 원금에 몇 년 치 이자까지 모조리 받아 내서 네게 줄게."

무엇 때문인지 한운석은 마음이 약간 혼란스럽고 불안해졌다.

"대체 뭘 하려는 거야? 당신은 독종에 무슨 일이 있었는지 알고 있지, 응?"

"쉿……."

고칠소의 손가락이 한운석의 입술에 닿았다. 그 손가락이 너무 차가워서 한운석은 무의식적으로 몸을 피했다. 아주 잠깐의 접촉이었기에 따뜻하고 말랑한 그녀의 입술은 그 손가락의 차가움을 전혀 녹여 주지 못했다.

고칠소는 한운석을 붙잡고 앉으며 입술이 그녀의 귀에 거의 닿을 정도로 몸을 가까이 기울였다.

"독누이, 착하지. 서두르지 마."

고북월이 그쪽을 흘끗 보며 뭐라고 말하려다가 결국 입을 다물고 못 본 척했다.

그때 고운천이 사람들에게 앉으라는 손짓을 보냈다.

"삼가 의학원을 대표하여 바쁘신 와중에도 의성에 왕림하신 여러분들께 감사드립니다. 여러분께서 운공대륙 의학 발전에 이처럼 지대한 관심을 가지고 계신 것을 보니 이 늙은이도 크게 위안을 받았습니다. 오늘 이 대회가 여러분들을 실망시키지 않기를 바랍니다."

고운천의 목소리는 꽤 크고 안정적인 힘이 있었고, 한 자 한 자 발음도 또렷했다.

그 말이 끝나자 장내는 박수갈채로 가득 찼다. 한운석과 고북월은 둘 다 움직이지 않았고 옆에 있는 당리는 여전히 영정을 달래는 중이었는데, 고칠소만 사람들을 따라 손뼉을 쳤다.

다만 그는 아주 느릿하고 태연자약하게, 퍽 흥미로운 듯이 천천히 손뼉을 쳤다. 고운천을 바라보는 그의 눈빛은 불구대천의 원수를 보는 것 같기도 하고, 반드시 잡고야 말겠다고 마음먹은 사냥감을 보는 것 같기도 했다.

사람들의 박수 소리가 그쳤는데도 그는 여전히 손뼉을 치고 있었다. 소리가 전혀 나지 않는 박수였다.

고운천은 잠깐 멈췄다가 다시 말했다.

"행림 대회, 그리고 의약계의 모든 대회는 또 하나의 진보이자, 이 자리에 있는 한 사람 한 사람, 나아가 운공대륙 수천수만 백성들의 생명과 관계되어 있습니다. 이는 우리 의성의 영광이며, 또 우리 의성의 책임입니다! 우리 의성에는 여러분들에게 훌륭한 옷과 음식을 나눠 줄 재물도 없고, 각 가정의 안정을 지켜 줄 군대도 없습니다. 하지만 우리 의원들은 여러분에게서 병을 멀리 떼어 놓고 죽음에 대한 걱정을 덜어 줄 수 있습니다……."

고운천이 고무된 목소리로 말하자 단상 아래에는 박수와 찬

양 소리가 끊이지 않았다. 한운석의 입꼬리에는 경멸의 웃음이 깊어졌다.

고상한 쓰레기가 뭘까 했는데, 오늘 보니 알 것 같았다.

공연히 나섰다가 쫓겨나서 고북월과 고칠소의 계획을 망칠까 봐 걱정되었기 망정이지, 그것만 아니었다면 벌떡 일어나서 대관절 당신이 무슨 낯으로 '운공대륙 수천수만 백성'을 거론할 수 있느냐고 따지고 싶었다.

의성의 제재로 인해 중남도독부에 제때 치료받지 못하는 환자들이 얼마나 많은데? 고북월이 도와줄 의원들을 불러들이지 않았다면 중남부 지역에는 진작 역병이 일어나도 이상하지 않았다. 의성에는 재물도 없고 군대도 없지만, 의성이 중남도독부에 내린 제재는 그 어떤 폭력 못지않았다!

"의성은 나라가 아니므로 늘 한구석에 머물면서 그 어떤 싸움에도 참여하지 않았음은, 아마 여러분 모두 아실 겁니다. 한데 지금은 독종의 잔당이 다시 운공대륙에 나타났고 대규모 독시가 다시 운공대륙에 모습을 드러냈습니다. 독은 천하를 해칩니다. 중남도독부가 한운석과 고칠소를 두둔한다면 우리 의성은 결단코 좌시하지 않을 것입니다! 독종은 본디 의성에서 나왔으니 우리 의성 또한 독종을 멸하고 운공대륙을 지킬 책임이 있습니다!"

고운천은 말을 하면 할수록 격앙되어, 손을 높이 쳐들고 큰 소리로 말했다.

"천하의 흥망은 일개 필부에게도 책임이 있다 했습니다! 여러분, 행림 대회를 앞두고 이 늙은이가 의학원을 대표해 간절히 부탁드립니다. 잠시 모든 분쟁을 내려놓고 다 함께 중남도독부에 맞서 주십시오. 독종의 잔당을 쓰러뜨리고 독시 군대를 전멸시켜 우리 운공대륙 백성들의 안위를 지켜야 합니다! 이 고운천, 여러분께 부탁드립니다!"

이 말을 듣자 한운석은 찬 숨을 들이켰다. 고운천이 개막 연설에서 가식과 위선으로 속을 뒤집어 놓을 줄만 알았지, 저렇게 커다란 야심을 품고 있을 줄은 전혀 예상하지 못했다.

저 늙은이가 운공대륙 전 세력과 손잡고 중남도독부를 협공하려 할 줄이야! 사람을 괴롭혀도 정도껏 해야지!

한운석은 퍼뜩 깨달았다. 의성의 가장 무서운 수완은 의원과 약재를 끊는 것이 아니라 운공대륙 각 세력에게 대의라는 명분을 주고 그들과 연합해 한쪽 세력을 쳐 없애는 것이었다.

북려국과 천녕국이 서로 손잡을 리 없고, 북려국과 서주국, 천안국이 전쟁이 끝난 다음 다시 손잡을 가능성도 크지 않았다.

하지만 의성이 말한 이유라면, 의성이라는 중개자가 나서서 각 세력이 공평하게 이익을 나누고 연맹 세력 간에 뒤통수치는 일이 없도록 보장한다면, 그 세력들이 기꺼이 손을 잡을 것은 당연했다.

그들은 의성을 도와 독종을 뿌리 뽑고 운공대륙을 지키기 위해서가 아니라, 사냥감을 나누기 위해 손을 잡는 것이었다!

중남도독부와 용비야는 벌써 오래전부터 눈엣가시였다. 잠시 은원을 내려놓고 연합해서 용비야를 무너뜨린다면, 중남부의 비옥한 땅을 나눠 가질 수 있을 뿐 아니라 강적을 없앨 수도 있었다. 그런데 기꺼이 하지 않을 까닭이 있을까?

마침내 한운석도 용비야가 의성 공격 순서를 북려국 다음으로 잡은 이유를 철저히 깨달았다. 저도 모르는 사이 그녀의 등은 어느새 식은땀으로 축축하게 젖어 있었다. 오늘 대회에서 고북월이 이기지 못한다면, 고칠소가 성공하지 못한다면, 중남도독부가 어떤 상황을 맞이하게 될지 상상만 해도 끔찍했다!

옆에 있던 당리 역시 영정을 달래는 것마저 잊고 경악한 얼굴로 단상 위를 바라보았다. 한운석은 고북월을 쳐다보았지만 고북월은 고칠소를 보고 있었다. 그리고 고칠소의 잔혹한 시선은 시종일관 고운천에게서 떨어질 줄 몰랐다.

소칠, 돌아왔구나

고북월이 이길 자신이 없어서 고칠소에게 희망을 거는 것일까?

하지만 고칠소, 그는 대체 뭘 하려는 것일까?

"고 의원……."

한운석이 중얼거리듯 불렀다.

고북월은 그제야 정신을 차리고 한운석을 향해 미소 지었다.

"걱정하지 마십시오."

그때 갑자기 사람들 속에서 군관 차림을 한 남자가 일어나 큰 소리로 말했다.

"고 원장, 천녕국 영 대장군이 벌써 군사를 이끌고 남하하고 있습니다. 우리 천녕국은 의성의 계획에 따라 지난 잘못을 따지지 않고 각 세력과 힘을 합쳐 독종을 뿌리 뽑고 운공대륙을 지키겠습니다!"

"이런 대의 앞에서 우리 서주국이 빠질쏘냐!"

단목백엽도 즉시 손을 높이 들었다.

북려국 태의라던 사람 옆에 있던 남자도 따라서 오른손을 들었다.

"우리 북려국도 있소!"

"한운석은 진왕 전하가 안 계신 틈을 타 백리 장군부와 공모

해 군사권과 정치권을 독점하고 우리 오대 명문세가를 불의에 빠뜨렸소이다. 이 늙은이가 오늘 이렇게 온 것은 바로 여러분께 중남부의 백성들을 위험에서 구해 달라 부탁드리기 위해서요!"

소 가주가 일어섰다.

역시, 영원한 동맹도 없고 영원한 적도 없었다. 오로지 영원한 이익만 있을 뿐! 이익을 위해서라면 동맹도 서로 싸우고 형제도 반목했다. 이익을 위해서라면 숙적과도 손잡을 수 있고 이민족과도 함께 갈 수 있었다!

이 모든 행위 속에, 백성들의 생사를 향한 진심 어린 관심은 어디에 있으며, 대의는 또 어디에 있을까? 그들이 바라는 것은 오로지 이익뿐이었다. 중남도독부를 무너뜨리면 중남부의 비옥한 땅을 나눠 가질 수 있었다.

한운석은 싸늘한 눈빛으로 목청무를 바라보았다. 사실 그녀는 천안국이 어째서 소장군인 목청무를 행림 대회에 보냈는지 이상하게 생각했다.

그런데 이제 보니 천안국도 의성이 이런 수를 쓸 줄 예측한 모양이었다.

예상외로 약성은 의사 표현을 하지 않았지만, 그들 역시 일찌감치 중남도독부에 약재 공급을 중단했다. 여러 세력이 속속 태도를 밝히는데도 목청무는 여전히 꾸물거리며 말이 없었다.

아직도 이 광명정대한 남자에게 한 줄기 희망을 걸고 있는지, 한운석은 뚫어지게 그를 응시했다.

애석하게도 목청무는 결국 그녀를 실망시켰다.

목청무가 손을 들며 말했다.

"천안국도 여러분들과 한마음으로 협력하고자 합니다!"

한운석은 가벼운 탄식과 함께 고개를 돌렸다. 그녀가 실망한 것은 목청무가 목숨을 살려 준 은혜를 모른 척하고 옛정을 떠올리지 않았기 때문이 아니었다. 단지 저렇게 강직한 남자가, 저렇게 정의로운 장군이, 누이동생을 보호하려는 것은 그렇다 치더라도 이처럼 원칙적인 문제에서 백성의 생명을 볼모로 협박하는 의성의 더러운 수단을 받아들였다는 사실이 실망스러웠다.

목청무는 뼛속 깊이 의성을 경멸했고 마음속으로부터 분노가 끓어올랐지만, 어쩔 수가 없었다.

의성에 오기 전, 아버지는 그를 붙잡고 반드시 상황을 보아 움직이고 쓸데없이 나서지 말고 대세를 따르라고 신신당부했다. 아버지의 명령을 어길 수도 없는 데다 군령을 어길 수도 없었다.

한때 한운석을 돕기 위해 아버지의 명령을 어기고 아버지에게 대든 적이 있었지만, 군령을 어긴 적은 단 한 번도 없었다. 어려서부터 군에 몸담아 온 그는 군령이 태산처럼 무거우며 결코 어겨선 안 된다는 것을 잘 알고 있었다.

거의 모든 세력 대표가 의사를 밝혔다. 덕분에 한운석은 의성의 강력한 호소력을 실감하는 동시에 그들의 가장 위선적인 낯짝을 목도했다.

그녀가 이토록 진실한 마음으로 이토록 간절한 바람을 품게 된 것은 이번이 처음이었다. 지금 그녀는 용비야와 서로 손을 맞잡은 채 방금 손든 모든 세력을 무너뜨려 저 위선적인 낯짝을 자근자근 짓밟고 운공대륙 전체를 손에 넣어 완전히 새로운 국법을, 완전히 새로운 세상의 규칙을 세우고 싶은 마음이 간절했다.

각 세력 대표들의 적극적인 호응을 받은 고운천은 매우 만족해하며 두 손을 쳐들어 우선 조용히 해 달라는 의사를 전했다.

"여러분께서 우리 의성처럼 백성을 위해 해악을 제거할 마음이 있으시다면, 행림 대회가 끝난 뒤 며칠 더 머물러 주시기 바랍니다. 이 늙은이가 앞장설 것이니 다 함께 독종의 잔당을 뿌리 뽑을 계책을 논의하시지요!"

고운천의 말이 끝난 뒤 사람들이 반응하기 전에, 별안간 고운천의 발치에서 가시덩굴 한 줄기가 빠르게 자라나더니 눈 깜짝할 사이에 수많은 줄기를 이루어 흉포하게 고운천을 포위했다.

일순, 모두가 깜짝 놀라 벌떡 일어났다. 의성의 시위들이 즉시 단상 위로 뛰어올라 검으로 가시덩굴을 베어 냈다.

"자객이다!"

"누구냐, 나와라!"

"여봐라, 현장을 포위해 아무도 벗어나지 못하게 해라!"

모두가 놀랐지만 자리에서 함부로 움직이지 못했다. 고운천은 의성의 수장답게 가시덩굴 속에 갇히고도 몹시 차분했고, 놀랍게도 시위들에게 물러가라는 손짓까지 했다.

그는 가시덩굴을 가만히 쓰다듬으며 웃었다.

"가시덩굴도 약재라 할 수 있겠지."

"그게 독약이라면?"

고칠소가 일어나서 한 걸음 한 걸음 단상을 향해 걸어갔다.

고운천은 두려운 기색을 드러내지 않았지만 그래도 더는 가시덩굴을 만지지 않았다.

"너는 누구냐? 분명히 이 늙은이를 죽일 수 있는데 왜 죽이지 않았지? 무슨 부탁이라도 있는 게냐?"

고운천이 물었다.

틀린 말은 아니었다. 고칠소가 기척도 없이 그의 발치에 씨앗을 뿌릴 수 있다면, 가시덩굴로 그를 죽일 능력도 있었다.

그제야 의성 사람들도 마음을 놓았다.

매년 치료를 부탁하러 찾아온 환자의 가족 중에는 여의치 못할 때 비상한 수단을 쓰는 이가 꽤 있었다. 그래서 사람들은 고칠소를 치료를 부탁하러 온 사람으로 여겼다.

행림 대회에 와서 치료를 부탁하는 것은 꽤 영리한 방법이었다. 많은 이들이 보는 앞이니 고 원장도 거절하지 못하고 예외로 처리할 수밖에 없었으니까.

하지만 고칠소의 대답은 모두의 예상에서 빗나갔다. 그는 단상 위에 오르지 않고 단상 아래에 서서 싸늘하게 고운천을 올려다보며 말했다.

"나는 정의를 밝히러 왔다!"

결국, 고운천도 놀랐다.

"대관절 너는 누구냐?"

고칠소는 인피면구를 벗고 요염하면서도 매력 넘치는 절세의 미모를 드러냈다. 저 얼굴로 웃으면, 성이 무너지고 나라가 망할 만큼 유혹적일 것이 틀림없었다!

안타깝게도 고칠소는 웃지 않았다. 눈동자조차 온기라고는 느껴지지 않을 만큼 차가웠다.

그의 웃는 얼굴을 누구보다 자주 본 한운석마저 두려움을 느낄 정도였다. 그녀는 불안해졌다. 고칠소와 고운천 간에 무슨 큰일이 있는 게 분명했다!

이번에는 고칠소도 더없이 진지했다.

그의 아름다운 얼굴에 장내가 발칵 뒤집혔다.

"저자가 바로 고칠소다! 독시 한 부대를 불러 소요성에 대적한 자가 바로 저자다!"

"맞다, 맞아! 저자가 바로 고칠소야!"

"저자도 분명히 독종 사람이겠지!"

"틀림없다! 그렇게 많은 독시를 길러 낼 수 있는 건 독종 사람뿐이지. 끔찍하기도 해라! 저자를 포위해! 달아나지 못하게!"

놀라서 외치는 소리가 점점 커졌지만, 안타깝게도 감히 앞으로 나서는 사람은 없었다. 첫 번째 줄에 앉은 북려국 태의 나찰덕림도 경악한 얼굴로 고칠소를 바라보며 한참 동안 넋을 놓았다.

장내가 갈수록 소란스러워졌지만 고칠소와 고운천은 신경 쓰지 않았다. 그들은 차갑게 서로를 바라보았다. 마치 주변의 모든 것이 자신과는 무관한 양 두 사람만의 세상을 만들어 그 속에 들어앉은 것 같았다.

그 세상의 겉모습은 평화로웠지만, 그 속에서는 그들만이 아는 거친 파도가 몰아치고 격렬한 산사태가 일어나고 있었다!

고운천은 지금까지 능 대장로의 추측을 믿지 않았지만, 지금은 믿게 되었다.

고칠소가 바로 고칠찰이었다.

지난날의 소칠이자 그의 친아들.

소칠은 기억을 잃지 않았다. 소칠이 돌아왔다. 소칠이 복수하러 돌아왔다!

지난날 그의 소칠은 기억을 잃었고, 그와 능 대장로는 의성 사람들에게 보여 줄 연극을 꾸몄다. 그들은 소칠을 의성에서 축출한 다음, 다시 잡아 와 몰래 가두고 계속 연구할 계획이었다.

그런데 뜻밖에도 소칠은 의성을 떠난 후 감쪽같이 사라졌다. 쫓던 이들이 의성 주변 백 리까지 샅샅이 뒤졌는데도 찾아내지 못했다.

몇 년 후 소칠이 자라 약귀곡을 세우고 자신의 세력을 만들었을 때야 비로소 그도 아들이 아직 살아 있다는 것을 알았다. 사실 그도 소칠이 일부러 기억을 잃은 척했다가 계략을 역이용해 달아난 것이라고 어렴풋이 짐작하고 있었다.

그로부터 몇 년이 지났는데 마침내 그의 소칠이 돌아온 것이다! 복수하러 왔을까?

이런 생각을 하자 고운천은 갑자기 웃음을 터트렸다. 지난날의 모든 것은 아주 비밀스럽고 깔끔하게 처리했고 요만큼의 증거도 밖으로 새어나가지 않았다. 소칠이 진실을 알고 있다 한들 무슨 소용일까? 그를 어떻게 할 수 있을까?

지금 소칠의 신분으로, 말로만 하는 이야기를 누가 믿어 줄까?

사실 그는 소칠이 돌아오기를 바랐다. 소칠이 돌아와야 못다한 연구를 계속할 수 있을 테니까! 그는 아직도 이해할 수가 없었다. 소칠은 역병에 걸린 후 분명히 맥박이 멈췄는데 어째서 다시 맥박이 뛰고 몸이 정상으로 돌아온 것일까?

고칠소는 차갑게 고운천을 바라보며 입꼬리로 경멸에 찬 웃음을 그렸다. 보기만 해도 절로 모골이 송연해지는 웃음이었다. 나쁜 뜻으로 저렇게 웃는 것은 뻔히 알 수 있었지만, 그 나쁜 뜻이 대체 무엇인지는 짐작할 수가 없었다.

세상 모든 것이 멈춰 버린 가운데 오직 그들 부자만이 각기 다른 생각을 품은 채 멀리서 서로 마주 보고 있는 것 같았다.

갑자기 사람들 틈에서 누군가의 목소리가 들려왔다.

"고칠소는 한운석의 오라버니일지도 모르오. 다 같은 독종의 잔당인 게지! 반드시 죽여야……."

그 말이 끝나기도 전에 고칠소가 그들 부자만의 세상에서 뛰쳐나왔다. 그는 차가운 눈으로 소리 나는 쪽을 돌아보며 사나운 이리처럼 흉악하게 부르짖었다.

"허튼소리를 했다간 이 어르신이 독으로 그 입을 문드러지게 만들어 줄 테다! 이 어르신과 한운석은 피 한 방울 섞이지 않았다!"

이 광경을 본 한운석은 웃어야 할지 울어야 할지 알 수가 없었다. 그렇게까지 내 핏줄이 싫은 걸까?

반면 고북월은 어쩔 수 없는 웃음을 지었다. 저자라면 그 점을 누구보다 신경 쓸 테지!

고칠소의 흉악한 기세에 장내에 있던 사람들은 겁을 집어먹었고 사방이 조용해졌다.

말을 한 사람은 덜덜 떨면서도 체면을 차려 보겠다고 용기 내 물었다.

"그럼 너는 누구냐? 어떻게 독시를 그렇게 많이 길러 낼 수 있었지?"

고칠소의 입꼬리에 다시금 경멸의 웃음이 피어올랐다. 그가 괴상야릇한 목소리로 대답했다.

"이 어르신은 고칠찰이다. 능 대장로의 양자……."

여기까지 말한 그는 일부러 잠깐 멈추고 고운천을 돌아보았다.

"저 목소리! 저, 저자는 고칠찰이다! 고칠찰이야!"

"이…… 이게 어떻게 된 일인가? 고칠소가 바로 고칠찰이라니. 그자는 의학원 사람 아닌가!"

"고칠찰, 고칠소……. 그렇다면 지난날의 소칠! 소칠이다!"

대회장에는 의약계 사람들이 많아서, 약귀곡에 가서 고칠찰을 만났거나 그 독특한 목소리를 들었던 사람이 적지 않았다. 그들 모두 몹시 충격을 받았다. 의학원의 연장자들도 하나같이 놀라고 의아해하는 표정이었다.

소칠. 그들도 본 적이 있었다.

소칠이 돌아왔다…….

소칠은 약초밭에서 독초 한 포기를 기르고 창고에서 약재를 몰래 훔쳤다는 이유로 의성에서 쫓겨났다. 의성의 명예에 누를 끼치지 않기 위해 그들은 독초 이야기를 숨겼고, 외부에는 소칠이 도둑질을 한 죄로 쫓겨났다고만 공표했다.

당시 소칠은 대체 어떻게 독초를 길렀을까? 지금은 또 어떻게 독시를 길렀을까? 누구에게 배웠을까?

몇몇 부원장과 세 장로, 그리고 이사들은 서로서로 귀에 대고 수군거리며 의견을 나누기 시작했다.

고운천 역시 부자가 서로 대치하던 세상에서 빠져나왔다. 그는 진지하게 소칠의 얼굴을 뜯어보기 시작했다. 뜻밖에도 아들은 이렇게나 자라 있었고 생김새도 아주 준수했다.

이미 소칠을 낳은 생모의 생김새를 까맣게 잊은 터라 당연히 자신을 더 닮았을 것으로 생각했다.

고운천은 속으로는 뛸 듯이 기뻐하면서도 겉으로는 차분하게 말했다.

"소칠, 네가 독종에 빌붙은 줄은 몰랐구나!"

피로 혈육을 판단하기, 잘 먹힐까

고운천은 고칠소가 바로 고칠찰이라는 것을 부인하지 않았고, 고칠찰이 바로 지난날 의학원에서 쫓겨난 소칠이라는 것도 부인하지 않았다.

그는 믿을 수 없는 표정을 지으며 물었다.

"소칠, 네가 독종에 빌붙은 줄은 몰랐구나!"

의아함과 놀라움, 그리고 분노가 담긴 목소리였다. 옛날과 비교해 볼 때 고운천의 연기는 훨씬 좋아졌다.

하지만 고칠소는 이제 그렇게 잘 속던 지난날의 소칠이 아니었다. 그가 싱글싱글 웃으며 내놓은 대답은 장내를 발칵 뒤집어 놓았다.

"아버지, 내게 독술을 가르친 건 아버지잖아요. 내가 뭐 하러 독종에게 빌붙겠어요? 아버지가 독종보다 훨씬 나은데."

이 몇 마디에는 너무 많은 정보가 담겨 있었다. 사람들은 제일 앞에 나온 한 단어만 듣고도 깜짝 놀라 뒷말에 귀 기울일 틈도 없었다.

아버지!

아버지라니?

고칠소가 고운천을 '아버지'라고 불렀다고?

세상에, 잘못 들은 건 아니겠지?

모두가 멍한 표정이 되어 누군가 잘못 들은 것이라고 말해주길 기대하는 얼굴로 옆에 있는 사람을 쳐다보았다.

고칠소에게서 가장 가까이 있던 의학원 부원장과 장로들도 너무나 뜻밖의 사태에 당황해 서로를 바라보았다.

"고 의원……. 저…… 저 사람이 방금 뭐라고 한 거죠?"

한운석이 중얼거리듯 물었다.

이게 바로 고칠소가 주겠다던 커다란 선물이라면, 정말 충격적이었다. 그녀더러 알아맞혀 보라고 했다면 평생 맞히지 못했을 것이다!

"정말 뜻밖이군요……."

언제나 고요하던 고북월의 눈동자에도 놀라움이 번졌다. 그도 일찍부터 고칠소가 고칠찰, 즉 능 대장로의 양자라는 건 짐작하고 있었고, 고칠소가 어려서부터 약초를 먹으며 자란 데는 필시 무슨 내막이 있으리라는 것도 알고 있었다. 저자는 분명히 의학원의 비밀을 적잖이 알고 있었고, 심지어 저 독술은 독종의 금지에서 배웠을 가능성이 컸다.

그렇지만 이런 결과는 천만뜻밖의 일이었다. 고칠소가 고운천의 아들이라니!

농담이라기엔 너무 지나치지 않을까?

장내를 통틀어 가장 태연한 사람은 고칠소와 고운천이었다. 고칠소는 시종일관 매혹적인 미소를 입가에 머금은 채, 마치 구경꾼처럼 사람들이 떠들어 대든 농담을 하든 자신과는 아무 상관이 없다는 태도를 보였다.

반면 고운천은 소칠이 복수하러 돌아올 것을 미리 알고 대비해 둔 덕분에 별로 당황하지 않았다.

"소칠, 너는 누가 뭐래도 능고역이 데려온 양자다. 당시 이 늙은이는 측은한 마음에 이례적으로 네가 의학원에 머무는 것을 허락했지. 네가 감사하기는커녕 이처럼 은혜를 원수로 갚을 줄은 몰랐다. 그때는 약재를 훔치더니, 이제는 독종에 빌붙고 돌아와서 이 늙은이와 의학원의 명예를 모욕하려 드는구나. 무슨 꿍꿍이를 품은 게냐?"

고운천은 잔뜩 화가 난 얼굴로 고칠소에게 다가들려고 했지만 가시덩굴이 가로막아 그럴 수가 없었다. 그는 가시에 찔려 손에서 피가 흐르든 말든 앞을 가로막은 가시덩굴을 거칠게 젖혔다.

"소칠, 오늘 한 말은 반드시 책임지고 똑똑히 밝혀야 할 것이다. 그렇지 않으면 의성을 떠날 생각은 말아라!"

"아버지."

고칠소는 일부러 그런 것처럼 한 번 더 아버지를 불렀다.

아버지. 아버지는 그의 어린 시절을 함께 한 유일한 사람이었다. 독종 금지에 숨어 살던 어린 시절, 그에게는 어머니도, 친구도 없었고 평상시에 사람 한 명 만나기도 어려웠다. 오로지 아버지뿐이었다.

속아서 의학원에 들어가 능 대장로의 양자가 되었을 때, 능 대장로가 아무리 요구해도 그는 끝내 능 대장로를 '아버지'라고 부르지 않았다.

어쩌면 아버지도 몰랐을 것이다. 그 단어는 당시 그의 마음속 유일한 바람이자 유일한 의지였다는 것을. 그가 살아갈 유일한 희망이었다는 것을.

능 대장로는 항상 그를 속였다. 말만 잘 들으면, 약만 잘 먹으면 아버지를 볼 수 있다고 속였다.

그 후 그는 어쩔 수 없이 기억을 잃은 척하면서 능 대장로를 볼 때마다 '아버지', '아버지' 하고 불러 댔다. 그때부터 이 단어는 그의 마음속에서 의미를 잃고, 풍자 어린 말로 변했다.

고칠소가 이처럼 자연스럽고 정겹게 부르자, 장내의 사람들은 정말로 그들이 부자 간이라고 느꼈다.

"아버지, 날 낳아 놓고 어째서 용기 있게 인정하지 못하세요? 뭐가 두려우신 거죠?"

고칠소는 싱글거리며 물었다.

무척 즐거워 보였지만, 지금 이 순간 수많은 사람의 시선을 받는 그의 심장은 아마도 피를 철철 흘리고 있지 않을까.

누구에게나 이따금 아픔을 느끼는 오랜 상처가 있기 마련이었다. 그렇다고 해도, 그 모든 사람이 딱지 앉은 상처를 제 손으로 잡아 뜯어 피범벅이 된 모습을 대중 앞에 드러낼 만큼 용감하지는 않았다.

고칠소는 아픈 것을 가장 싫어했잖아? 어떻게 웃을 수가 있지?

한운석은 어떻게 된 일인지 확실히 알지 못했지만, 아무렇지 않게 웃는 고칠소를 보자 까닭 없이 마음이 아팠다.

"두려워하다니? 고칠소, 두려워해야 할 사람은 너다! 온통 터무니없는 이야기뿐이구나. 여기 있는 사람들에게 물어보아라. 누가 네 헛소리를 믿는지!"

확실히, 장내의 사람들은 모두 고운천 편이었다.

"물론 증거가 있죠. 증거도 없이 죽으려고 여기 왔겠어요?"

고칠소는 부담 없이 편안하게 웃었다.

고운천은 속이 뜨끔했지만 곧 차분함을 되찾았다. 당시 이 일에 관련되었던 사람, 즉 고칠소의 생모와 그를 데려온 유모는 모두 죽여서 입을 막았다. 고칠소가 그럴싸한 증거를 가지고 왔다고는 믿을 수 없었다.

"증거라고? 허허허, 그렇다면 이 늙은이부터 풀어 다오! 증거를 꺼내 사람들에게 보여 주려무나. 이 늙은이도 똑똑히 봐야겠다! 이 자리에는 각지에서 오신 영웅호걸들이 계시니 만약 정말로 잘못이 있다면 이 늙은이 또한 달아나지 못할 게다. 하지만 만약 네가 터무니없는 말로 이 늙은이와 의성을 모욕했다면, 사정 봐주지 않을 테니 그리 알아라!"

고운천의 태연자약한 모습에 장내에 있는 사람들도 분분히 마음을 놓았다.

누가 뭐래도 고칠소가 정말 고운천의 아들이라면, 방향을 잃을 일들이 수없이 많았다.

"좋아요!"

고칠소가 손을 흔들자 기세등등하게 날뛰던 가시덩굴이 모조리 시들어 바닥에 떨어졌다. 고운천은 황급히 물러나 드디어 안전해졌다.

"그래, 증거가 무엇이냐?"

그가 차갑게 물었다.

그 순간, 모두가 고칠소를 응시하며 그가 증거를 꺼내 놓기를 기다렸다.

"대체 뭘 하려는 걸까요?"

한운석은 좀처럼 짚이는 데가 없었지만, 고북월은 눈썹을 잔뜩 찌푸리며 중얼거렸다.

"저자가……."

멀지 않은 곳에 있는 북려국 태의 역시 심각한 얼굴이었고, 매같이 날카로운 눈동자는 못 박힌 듯 고칠소의 몸에서 떠나지 않았다.

사실 기다림은 잠깐이었다. 도저히 기다리지 못하는 사람들이 있었기 때문이었다.

의학원의 임 부원장이 큰 소리로 외쳤다.

"고칠소, 증거는 어디 있느냐? 보여 다오."

"그렇다. 왜 꾸물거리느냐! 당장 꺼내 보여 주지 않고? 가져오지 않은 건 아니겠지?"

또 다른 부원장도 따라 소리를 쳤다.

고칠소는 우아하게 한 손을 들더니 아주 무례하게 둘째 손가락으로 고운천을 가리켰다.

"피로 혈육을 판단하는 방법이죠. 그럴 용기가 있어요?"

그 말이 떨어지자 장내는 쥐 죽은 듯 조용해졌다. 누구도 고칠소가 이런 방법을 제안할 줄은 생각조차 하지 못했다.

이건 단순한 증거가 아니라 무엇보다 효과적이고 직접적인 방법이었다.

이 방법은 친자 검사나 사건을 해결할 때 널리 사용되곤 했다.

고칠소가 이 방법을 제안한 걸 보면 정말로 자신이 있다는 말이 아닐까? 설마 그가 정말 고운천의 아들일까?

의학원 부원장들조차 입을 다물었다. 그들은 저도 모르게 고운천을 돌아보았다. 뜻밖에도 고운천은 전혀 두려울 게 없는 것처럼 여전히 태연자약했다.

고운천은 어째서 두려워하지 않을까? 충분한 자신이 없다면 고칠소가 이렇게까지 몰아붙일 리 없었다!

사람들은 일순 머릿속에 안개가 잔뜩 낀 것처럼 망연해졌고, 어느 쪽을 더 믿어 줘야 할지 판가름하지 못했다.

한운석은 웃고 있었다.

고칠소의 입에서 '피로 혈육을 판단하는 방법'이라는 말이 나오는 순간, 그녀는 하마터면 폭소를 터트릴 뻔했다.

전혀 과학적인 방법이 아니지만, 고칠소 입장에서는 결코 손해될 게 없었다!

이 시대에서 피로 혈육을 판단하는 방법은 혈연관계를 검사하는 표준이었다. 고칠소는 말할 것도 없고, 그녀 옆에 있는 고북월이나 의학계 제일인자인 고운천도 아마 깊이 믿고 있을 것이다.

피로 혈육을 판단하는 방식은 둘로 나눌 수 있는데, 하나는 한 사람의 피를 다른 사람의 뼈에 떨어뜨리는 방법이고, 다른 하나는 두 사람의 피를 섞는 방법이었다.

피를 뼈에 떨어뜨리는 방법은 생부나 생모의 유해를 찾았을
때 쓰는 것으로, 핏방울을 뼈에 떨어뜨렸을 때 피가 뼈에 흡수
되면 혈연관계라는 증명이 되었다. 저명한 법의학서 《세원집록
洗冤集錄》에도 이 방법이 언급되어 있었다.

하지만 이 방법을 이용해 사건을 해결하려다가는 도리어 억
울한 판결을 내릴 수 있었다. 피를 떨어뜨렸을 때 유골마다 서
로 다른 반응을 보이기 때문이었다.

유체가 아직 마르지 않고 구조가 완벽하며 겉보기에 아직 연
조직이 남아 있는 상황이라면, 피를 떨어뜨린 사람과 유골의
주인이 친혈육이든 피 한 방울 안 섞인 타인이든, 유골은 그 피
를 흡수하지 못했다. 유체가 이미 부패해 백골이 되었다면 일
반적으로 그 뼈도 부식되기 마련이었다. 그때는 피를 떨어뜨린
사람과 유골의 주인이 친혈육이든 타인이든 간에 똑같이 피를
흡수했다.

그러니 뼈에 피를 떨어뜨려 혈육을 판단하는 방법은 유골의
상태에 따른 확률 문제였다.

다행히 고운천은 아직 살아 있었다. 그러므로 고칠소는 뼈에
피를 떨어뜨리는 것이 아니라 두 사람의 피를 섞는 방법을 쓸
수밖에 없었다.

피를 섞는 것은 가장 흔히 보는 혈육 판단법으로, 두 사람의
피를 맑은 물을 담은 그릇 안에 떨어뜨려 합쳐지는지 아닌지
보는 것이었다. 이 방법에서는 피가 합쳐지면 혈육이고, 합쳐

지지 않으면 혈육이 아니라고 판단했다.

하지만 역시 잘못된 방법이었다.

누구의 피든 상관없이, 두 사람의 피를 섞든 여러 사람의 피를 섞든 결국에는 서로 합쳐지게 되어 있었다. 심지어 동물과 사람의 피를 섞어도 마찬가지였다!

고운천이 피로 혈육을 판단하는 방법을 써도 좋다고 한다면, 고칠소의 승리는 떼놓은 당상이었다!

한운석은 아직도 고칠소가 정말 고운천의 아들이라고는 상상할 수도 없고, 또 믿을 수도 없었다. 그저 고칠소가 이기면 앞으로의 일이 훨씬 쉬워진다고 생각할 뿐이었다.

"아버지."

고칠소가 다시 정겹게 불렀다.

"해 볼 용기가 있으세요?"

"그렇다!"

놀랍게도 고운천은 쉽게 받아들였다.

한운석은 고칠소가 이런 상황에서 거짓말을 할 리 없다고 굳게 믿었다. 이런 일로 거짓말을 한 대가가 너무 크기 때문이었다. 그렇다면 고운천의 저런 자신감은 어디서 난 걸까?

"여봐라, 물 한 그릇 가져오너라!"

고운천은 아주 시원시원했다.

고칠소의 눈동자가 복잡하게 변했다. 그 역시 고운천의 태도가 뜻밖인 모양이었지만 그래도 끝까지 밀고 나갔다. 그는 먼저 자기 손가락을 깨물었다.

맑은 물은 금방 준비되었다. 고칠소가 피를 떨어뜨리려고 하자 한운석은 안심이 되지 않아 황급히 그를 불렀다.

"약귀 노인네, 잠깐!"

한운석이 소리를 내자 모두가 그쪽을 돌아보았다. 다행히 그녀는 변장하고 있었고, 일부러 쉰 목소리까지 냈다.

사람들의 살피는 시선을 무시한 채 그녀는 재빨리 앞으로 나가 그릇에 든 물을 한 모금 맛보았다. 소금이나 산성을 띤 물질을 넣지 않았다는 것을 확인하자 그제야 안심이 되었다.

누구의 피든 물에 넣으면 서로 합쳐지지만, 물에 산성을 띤 물질이나 소금 같은 것을 넣는 등 수작을 부리면 피가 응고되어 절대로 서로 합쳐지지 않기 때문이었다.

고운천이 너무 쉽게 승낙한 만큼 그녀는 당연히 고칠소를 도와야 했다.

놀랍게도 그릇에 든 물은 아무 문제가 없는 진짜 맹물이었다.

이렇게 되자 한운석도 어리둥절했다. 저 두 사람 중 누가 거짓말을 하는 걸까?

"너는 또 누구냐?"

고운천이 쌀쌀한 눈길로 한운석을 살폈다.

이 늙은이와 자당은 결백하다오

고운천의 살피는 시선에 한운석은 변장을 지우고 자신이 누군지 알려 준 다음 한바탕 욕을 퍼부어 주고 싶었다.

하지만 아직은 거사가 성공한 것이 아니었다. 그러니 뜻을 함께한 동료들은 계속 몸을 숨기는 수밖에 없었다.

고칠소는 아직 신분을 인정받지 못했고, 그녀는 독종의 잔당이란 이유로 이미 의성의 공격 목표가 되어 있었다.

지금 그녀가 신분을 드러내면 고칠소가 피를 검사할 기회도, 고북월이 의술 시합에 참가할 자격도 사라질 테고, 다 함께 포위 공격당하거나 의성에서 쫓겨나고 말 것이다.

한운석은 충동을 억누르며, 더 낮고 쉰 목소리로 대답했다.

"제가 누군지는 중요하지 않아요. 우선 피 검사부터 하시죠."

고운천의 주의를 끌기 위해 한운석은 짐짓 도발해 보았다.

"차마 그럴 용기가 없으신 건 아니겠죠?"

고운천은 가소로운 듯 그녀를 쳐다보았을 뿐 더는 따지지 않았다.

"여봐라, 칼을 가져오너라."

그는 소매를 걷고 손가락에 살짝 상처를 낸 다음, 일부러 손을 높이 들어 사람들에게 보여 주었다.

이 노인네는 정말 두렵지 않은 걸까?

한운석은 불안한 마음에 고칠소를 돌아보았다. 고칠소의 입꼬리에 걸린 웃음도 다소 딱딱해져 있었다.

고운천은 대체 왜 저렇게 자신만만한 걸까?

한운석과 고칠소가 불안해하는 사이, 고운천이 피를 물속에 떨어뜨렸다.

물그릇은 탁자 위에 놓여 있었고, 탁자는 단상 앞에 놓여 있었다. 단상 아래에 있는 사람들은 다가서서 보고 싶어 몸이 들썩들썩했지만, 아무도 그럴 용기를 내지 못했다.

한운석은 이미 결과를 알지만 마음이 놓이지 않아, 누가 무슨 수작이라도 부릴까 봐 뚫어지게 물을 노려보았다. 반면 고운천과 고칠소는 눈을 내리뜬 채 말이 없었다.

한순간 장내에 정적이 감돌았다.

그릇 바닥에 떨어진 피 두 방울이 점점 퍼져나가다가 결국 서서히 합쳐지고, 맑은 물은 연붉은색으로 변했다.

고칠소가 웃었다. 입을 소리 없이 비죽 벌리고 웃는 그 얼굴에는 순진함과 사악함이 뒤섞여 있어서, 마치 세 살짜리 개구쟁이가 못된 장난을 벌여 놓고는 다소 고약한 심보로 마음을 다해 기뻐하는 것만 같았다.

"합쳐졌네!"

고칠소가 웃으며 고운천을 바라보았다. 고운천은 이상할 만큼 차분한 태도로 고칠소를 바라보기만 할 뿐 가타부타 말이 없었다.

피로 혈육을 판단하는 것은 운공대륙에서 공인된 방법이었다. 한운석은 이 결과에 안심해야 마땅했지만, 고운천의 태도를 보면 도무지 안심할 수가 없었다.

고칠소가 몸소 물그릇을 들고 첫 줄에 앉은 사람들에게 보여 주러 다가갔다. 그런데 채 둘러보기도 전에 앞쪽 몇 줄에 앉았던 사람들이 벌 떼처럼 몰려들었다.

세 부원장과 몇몇 장로들이 가장 먼저 결과를 확인했다. 모두 안색이 싹 변하고 눈을 휘둥그레 뜨며 말을 잇지 못했다.

혼란의 도가니 속에서 낙취산이 큰 소리로 외쳤다.

"왜들 이리 몰려드시오? 구경이라도 났소? 어서 자리로 돌아가시오. 가지 않으면 쫓아내겠소!"

그 말이 떨어지자 사람들은 알아서 자리로 돌아갔다. 모두 내로라하는 사람들인데 누군들 체면이 깎이고 싶을까?

낙취산은 일찍이 진실을 알고 있어서 보지 않아도 피가 합쳐진 것을 알았다.

지난날 쫓겨난 소칠을 구해 의성에 있는 자신의 집에 숨겨준 사람이 그였다. 고운천과 능 대장로가 성 밖으로 보낸 사람들이 무슨 수를 써도 소칠을 찾지 못한 것은 그 때문이었다.

그때 소칠은 그에게 사실을 모두 말해 주지 않았고, 그는 소칠이 누명을 썼다는 것만 알고 있었다. 소칠과 고운천의 관계나 소칠이 불사의 몸이라는 것은 몇 년이 훌쩍 지난 후 어느 날 소칠이 한밤중에 찾아와 이야기해 주었다. 그날 밤 소칠은 이야기를 잔뜩 털어놓은 뒤 눕자마자 잠들었고 꼬박 사흘 밤낮이나 깨지 않았다.

나중에야 그는 소칠이 그날 밤이 되기까지 이레 동안 잠을 자지 않았다는 것을 알았다. 소칠은 어려서부터 아주 심각한 수면 장애를 앓고 있었다.

고칠소와 고운천 둘 다 말이 없었고 장내에도 침묵이 감돌았다. 하지만 피가 섞인 물그릇이 일곱째 줄까지 한 줄 한 줄 전달되면서 웅성거리는 소리는 점점 커졌다.

피가 합쳐졌으니, 고칠소는 정말 고운천의 친아들이었다!

이 사실은……

"자, 다들 똑똑히 봤지?"

고칠소는 고개를 돌리고 꽃처럼 아름답게 웃었다.

"말해 봐. 내가 고운천을 아버지라고 부르지 않으면 뭐라고 불러야겠어?"

앞줄의 사람들은 하나같이 하얗게 질린 얼굴로 꼼짝도 하지 않았다. 거대 세력의 대표자들, 북려국 태의, 서주국 황자, 천녕국 군관, 천안국 소장군, 약성 장로, 중남부 명문세가 가주까지 모두 얼이 빠졌다. 그들 모두 이 사실을 받아들일 수가 없었다!

고칠소는 고운천의 아들이고, 조금 전 고칠소는 고운천에게서 독술을 배웠다고 했다. 그렇다면 의성이 독종의 기술을 훔쳤다는 말 아닌가? 앞에는 정의의 깃발을 걸고, 뒤로는 떳떳하지 못한 수작을 부렸다는 말 아닌가?

이런 의성이 독종을 성토할 자격이 있을까? 그들이 무슨 자격으로 중남도독부를 제재할 것이며, 또 무슨 이유로 연합을 주도하고 각 세력을 모아 중남도독부를 전면 공격할 것인가?

의성은 이제 제 몸도 지키지 못할 처지였다. 적어도 고운천은 그랬다!

끝장이었다!

어렵게 이룬 협력이 무너지는 것도 코앞이었다!

비록 모두가 이 사실을 인정하면서도 저희끼리 수군수군 속삭이기만 할 뿐이고 고칠소의 질문에 나서서 대답하는 사람은 없었다.

그때 장난기 다분한 목소리가 들려왔다.

"아이고, 이제 보니 고칠소가 의성의 후계자셨구먼!"

사람들이 소리 나는 쪽을 돌아보니, 그 말을 한 사람은 다름 아닌 당문 문주 당리였다. 당문은 세상일에 끼어들지 않았고, 당리 역시 운공상인협회 사위로서 행림 대회에 참석한 상황이었다.

영정이 슬그머니 당리의 옷자락을 잡아당기며 만류해 보려 했지만, 당리는 알아차리지 못한 척했다.

이렇게 된 마당에 고칠소 옆에 있는 여자가 제 형수라는 걸 짐작하지 못한다면 당리의 눈이 먼 게 분명했다.

그는 일어나서 보란 듯이 고칠소에게 읍을 했다.

"이거 참 실례가 많았소!"

고칠소는 기분이 좋아서 아름답기 짝이 없는 웃음을 지어 보였다. 좁고 기다랗고 요염한 눈은 장내에 있는 여자를 모조리 홀릴 정도였다.

한운석은 걱정스러워하면서도 그의 자신만만함에 뭐라고 해야 할지 갈피를 잡지 못했다.

고운천은 여태 가타부타 말이 없었고 안색도 여전했다. 그가 정말 이렇게 쉽게 당할 사람일까?

"고 원장 나리, 나리께서는 입만 열었다 하면 독종을 성토하고 독시를 기른 자를 없애야 한다잖았습니까? 정말 이런 아들이 있는 걸 모르시진 않았겠지요?"

당리는 아예 불난 집에 기름을 끼얹듯 진지한 목소리로 물었다.

"설마하니 풍류를 너무 많이 즐기는 바람에 기억조차 나지 않는 겁니까? 그렇다고 해도…… 고칠소가 왜 하필이면 능 대장로의 양자가 되었을까요? 이게 다 우연이라고 말씀하시진 않겠지요!"

당문은 세상일에 나서지 않으니 의학원도 당문에 제재를 가할 방도가 없었다. 하지만 당리는 운공상인협회의 사위로서 참석했으니, 이는 분명 고칠소를 돕는 동시에 운공상인협회에 골칫거리를 안겨 주는 행동이었다.

영정이 그의 허벅지를 힘껏 꼬집어 댔지만, 그래도 그는 모르는 척했다. 그가 계속 큰 소리로 물었다.

"고 원장, 고칠소가 정말 약재를 훔쳐서 쫓겨난 겁니까? 고칠소는 원장께 독술을 배웠다고 하는데 그에 대해 해명도 하지 않으시는 겁니까?"

당리는 대답을 재촉하며 다시 목소리를 높였다.

"원장 어른, 부디 설명을 해 주십시오. 의학원의 명성을 더

럽혀서는 안 됩니다!"

참다못한 낙취산이 일어섰다.

심 삼장로도 몸을 일으켰다.

"원장 어른, 설명해 주시기 바랍니다!"

곧이어 약성의 왕공도 일어났다.

"고 원장, 대체 어떻게 된 일입니까?"

"고 원장, 사실이 눈앞에 있는데 아무 말씀도 없다니 이 무슨 태도입니까? 인정하시는 겁니까?"

놀랍게도 목청무까지 일어났다.

한운석은 그들을 바라보았다. 차게 식었던 심장에도 마침내 약간의 온기가 스며들었다. 그녀는 아직도 사람의 마음은 진실하고, 선량하고, 아름답다고 믿고 싶었다.

저들이 양다리를 걸쳤건, 아니면 정말 고칠소의 말이 사실이기를 바라서건, 어느 쪽이든 상관없었다. 적어도 저들은 이 순간에는 그들을 위해 나서 주었다. 최소한 저들은 이런 순간까지 고운천을 편들지는 않았다.

모두의 시선이 고운천에게 쏠렸다. 모두 그의 대답을 기다리고 있었다.

별안간 고운천이 큰 소리로 껄껄 웃음을 터트렸다.

"고칠소가 이 늙은이의 아들이라고? 피로 혈육을 판단할 수 있다고? 허허허, 여러분. 이 늙은이가 이번 행림 대회에서 발표하려던 연구 결과가 무엇인지 아십니까?"

한운석은 갑자기 마음이 몹시 불안해졌다. 뭔가 알 것 같았다.

"당 문주, 이 늙은이가 그 질문에 대답해 줄 테니 우선 조금 도와주겠소?"

고운천이 물었다.

"말씀하시지요."

당리가 선선히 대답했다.

"이 늙은이를 위해 맑은 물을 한 그릇 떠 주실 수 있겠소?"

고운천이 물었다.

당리는 고운천의 꿍꿍이가 뭔지 몰랐고, 장내에 있는 사람들도 고개를 갸웃거렸다. 당리는 시원시원하게 물을 한 그릇 들고 앞으로 나아갔다.

고운천은 당리에게 그릇을 탁자에 내려놓으라고 했고, 당리는 시킨 대로 했다.

"이것뿐입니까?"

당리가 물었다.

"당 문주, 피 한 방울 빌릴 수 있겠소?"

고운천이 또 물었다.

그 말을 듣자 한운석은 흠칫 몸을 떨며 등을 곧추세웠다. 심장 박동 속도가 급상승해 미친 듯이 쿵쿵거렸다.

고운천이 설마…….

"이 몸의 피를 어디에 쓰시려고요?"

당리는 이해가 가지 않았다.

"당 문주를 해치지는 않을 것이오. 설마 겁이 나시오?"

고운천이 웃으며 물었다.

당리는 여자의 도발은 견뎌도 남자의 도발은 견디지 못했다. 예상대로 그는 손가락을 깨물어 피 한 방울을 짜냈다.

"여기 있습니다!"

한운석이 막으려고 했으나 이미 늦은 후였다. 고운천이 곧바로 그의 손가락을 잡아 스며 나온 피를 그릇에 떨어뜨렸다.

장내가 다소 시끌시끌해지고 적잖은 의견들이 오갔지만, 한운석은 피가 '톡' 하고 물속에 떨어지는 소리를 똑똑히 들었다.

이 피 한 방울은 마치 한운석의 심장을 때린 것 같아서, 피로 혈육을 판단하는 방법의 진실을 아는 그녀는 놀람과 당황함에 휩싸였다.

사람들은 고운천이 이렇게 하는 목적을 이해하지 못한 채 또다시 물그릇으로 시선을 돌렸다. 고칠소와 당리도 의아해하며 물그릇을 응시했다.

오직 한운석만이 시선을 돌렸다. 도저히 사실을 받아들이고 싶지 않았다.

사람들은 차츰차츰 평온해졌고 장내도 차츰차츰 고요해졌다. 한운석의 귀에 자신의 심장이 뛰는 소리마저 들렸다.

갑자기 당리가 놀람 가득한 탄성을 질렀다.

"피가 합쳐졌다!"

고칠소는 믿을 수 없는 얼굴로 가까이 다가와 살폈다. 피가 정말 합쳐져 있었다. 당리의 피가 한데 뒤섞인 고칠소, 고운천의 피와 합쳐진 것이었다.

이게 어떻게 된 일이지?

고칠소는 눈썹을 찡그리며 당리를 바라보았다. 안색이 시퍼 레진 채 고운천을 바라보는 당리의 머릿속에는 오로지 부모님 생각뿐이었다.

이런 벼락 맞을! 혈연으로 따지면 그와 고운천이 무슨 관계가 있지? 어머니가 무슨 짓을 하신 거야?

고칠소와 당리는 아직도 피로 혈육을 판단하는 방법을 의심하지 않는 게 분명했다.

한운석도 당황했다. 그녀는 깜짝 놀라면서도 이 방법이 틀렸다는 것을 알아낸 고운천이 과연 팔품 의선답다고 인정할 수밖에 없었다.

고운천은 몸소 그릇을 들고 첫 줄에 앉은 임 부원장에게 다가가 내밀었다.

"모두 돌려 보시게. 행림 대회가 시작된 후에 연구 결과를 발표하려 했으나 이번 기회에 모두에게 알려 줘야겠네."

그릇에 든 물, 그 명확한 증거는 곧 장내를 두루 돌았고, 세사람의 피가 모두 한데 합쳐진 것을 모든 사람이 확인했다. 물그릇이 고북월 손에 들어오자 그는 그 안을 흘낏 들여다본 후 가볍게 탄식했다.

모두가 무슨 의미인지 몰라 어리둥절하고 있을 때 고운천이 짓궂게 물었다.

"당 문주, 이 늙은이가 남긴 풍류의 증거에 당 문주까지 포함되는 게요?"

"그……!"

당리의 안색이 붉으락푸르락했다. 고운천은 단순히 그만 모욕한 것이 아니라 그의 부모까지 모욕하고 있었다!

당리의 눈에 살기가 솟아났지만, 뜻밖에도 고운천은 껄껄 웃음을 지었다.

"당 문주는 농담을 좋아하는 분 아니오? 설마 이 늙은이의 농담에 정말 화를 내시는 것이오? 이 늙은이와 당 문주의 자당은 결백하다오. 피가 서로 합쳐진 까닭은……."

기어코 그 콧대를 꺾어 주겠어

고운천과 당리의 어머니가 결백하다면 당리와 고운천은 혈연이 아니었다. 그렇다면 두 사람의 피는 왜 하나로 합쳐졌을까?

장내에 있는 사람들은 듣고도 무슨 말인지 몰라 어리둥절했다. 영정도 당리가 운공상인협회를 난처하게 만든 사실에 신경 쓰지 못하고 의아한 듯 중얼거렸다.

"그럼 저 사람 아버지와 무슨 사이라도?"

그렇게 중얼거리자마자 그녀는 미친 게 아니냐고 자신에게 쏘아붙였다. 고운천과 당자진이 그렇고 그런 사이라 해도 당리가 태어날 수는 없었다!

"아니면 고운천과 당문 사이에 혈연관계가 있는 걸까?"

영정이 그래도 추측해 보려는데, 고운천이 답을 내놓았다.

"우리가 지금껏 신봉하던 '피로 혈육을 판단하는 방법'이 잘못되었기 때문입니다! 이 물에 수작을 부리지만 않으면, 그 누구의 피든, 설령 개나 고양이의 피라 해도 한데 합쳐지게 됩니다!"

이 말에 장내가 소란스러워졌다. 가장 충격 받은 사람은 당연히 의약계 종사자들이었다.

고 원장이 행림 대회에서 중요한 연구 결과를 발표하겠다고 하더니, 설마 이것이었나?

피로 혈육을 판단하는 방법은 벌써 수백 년 동안 사용되었는데 그게 가짜였다고? 어떻게 그럴 수가?

문외한들과는 다르게 의약계 사람들은 충격도 충격이지만 그보다는 흥분에 휩싸였다. 곧 참지 못하는 사람이 나왔다.

"고 원장, 그 방법이 가짜라고 어떻게 증명할 수 있습니까?"

"고 원장, 증거가 있습니까? 어떻게 연구하셨습니까?"

"고 원장, 연구 사례가 있습니까? 모두가 배울 수 있도록 공개해 주실 수 있습니까?"

한운석도 조금 전에 이런 결과를 예측했지만, 고운천이 직접 이렇게 설명하자 역시 견딜 수가 없었다.

현대에도 피로 혈육을 판단하는 미신을 믿는 사람이 많았다. 솔직히 고운천이 이 방법을 부정한 것은 감탄할 만한 일이고, 이 연구는 운공대륙 전체에 커다란 영향을 미칠 것이다. 다른 것은 몰라도, 사건 심리 때 억울한 오심을 내리는 일은 피할 수 있었다.

하지만 고칠소에게는 그야말로 재수 옴 붙은 일이었다!

한운석은 고칠소를 바라보았다. 그가 실망한 나머지 초조하게 고운천에게 따질 줄 알았는데, 뜻밖에도 고운천을 쳐다보는 그의 입꼬리는 여전히 한 줄기 웃음을 머금고 있었다.

그는 분명히 웃고 있지만, 한운석은 까닭 없이 우울해지고 절로 마음이 무거워졌다. 그 순간만큼은 한운석도 고칠소의 마음을 들여다볼 수가 없었다.

"여봐라. 그 두 가지를 가져오너라!"

고운천은 지긋한 나이에도 기세가 높고 혈기왕성했다.

지금 그를 흥분시키는 것은 고칠소를 무너뜨리는 일이 아니었다. 그에게 있어 무엇보다 흥분되는 것은, 5년간 연구 끝에 새로 발견한 성과를 드디어 사람들 앞에 발표할 수 있게 된 사실이었다.

이 성과를 발표하면 그의 이름은 더욱더 높아질 터였다. 심지어 의학계가 그를 구품 의존으로 추앙함으로써 운공대륙에서 전무후무한 첫 번째 의존이 될지도 몰랐다! 그의 이름은 의약계 역사뿐 아니라 운공대륙 역사에도 기록되어 길이길이 남을 것이다!

이렇게 생각하자 고운천의 몸에 자리한 모공이 하나하나 활짝 열려 주인의 흥분을 탐욕스럽게 빨아들였다.

수많은 관중의 눈길 속에서 어린 시동이 개와 고양이를 한 마리씩 데려왔고, 물도 새것으로 바꿔 주었다.

"낭자, 이 물을 다시 확인해 보겠소?"

고운천이 웃으며 한운석에게 물었다.

한운석은 싸늘한 눈빛을 띤 채 아무 말도 하지 않았다. 피로 혈육을 판단하는 방법의 진실은 그녀가 고운천보다 더 잘 알고 있었다! 그가 저렇게나 으스댈 필요도 없었다!

고운천도 구태여 한운석을 물고 늘어지지 않고 장내에 있는 사람들을 향해 물었다.

"이 물을 시험해 볼 사람이 있습니까?"

"내가 하겠어요!"

영정이 손을 들었다.

"낭자의 방명은 어찌 되시오?"

고운천이 물었다.

"운공상인협회의 구양영정입니다!"

영정은 친정 이름을 댔지만, 당리가 단상 위에 있으니 그녀가 당문의 며느리라는 것은 모두가 알고 있었다.

영정은 단상에 올라 물을 맛보고는 객관적으로 평했다.

"그냥 맹물이군요."

고운천은 만족스럽게 고개를 끄덕였다. 어린 시동이 재빨리 고양이의 피와 개의 피를 뽑아 사람들이 보는 앞에서 물속에 떨어뜨렸다. 물에 들어간 지 얼마 되지 않아 핏방울이 서서히 퍼지다가 마지막에는 서로 합쳐져 물을 연붉은색으로 물들였다.

당리와 영정은 보고도 믿을 수가 없었다. 고칠소는 여전히 표정 없는 얼굴로 고운천만 뚫어지게 바라보고 있었다. 그가 무슨 생각을 하는지 아무도 알지 못했다.

물그릇은 단상 아래로 전해졌고, 돌려 본 사람들은 차례차례 놀라움과 호기심을 표했다.

"여러분, 모두 잘 보셨을 겁니다. 누구의 피든, 어떤 피든 물속에 들어가면 모두 합쳐집니다! 그래도 믿지 못하는 분이 계시면 직접 시험해 보십시오. 사람의 피와 개, 고양이의 피도 똑같이 합쳐질 것입니다!"

고운천이 큰 소리로 말했다.

아직 믿지 못하는 사람들은 정말 손가락을 깨물어 직접 시험해 보았다. 결과는 놀랍게도 고운천이 말한 것과 똑같았다!

사람들은 놀라면서도 감탄했고, 고운천을 향해 탄복을 표했다.

"어떻게 이럴 수가? 고 원장, 어떻게 된 일인지 설명해 주실수 있으십니까?"

"그렇습니다. 고 원장, 언제 이 오류를 발견하셨습니까? 얼마 동안 연구하셨습니까?"

각종 질문이 잇따랐고, 수염을 매만지는 고운천의 웃는 얼굴은 득의양양함을 숨기지 못했다.

고칠소의 일은 이미 이차적인 문제였다. 어쩌면 이미 해결된 문제로 여기는지도 몰랐다. 지금 이 상황은 오롯이 그 한 사람의 것이었다!

그가 피로 혈육을 판단하는 것이 틀렸음을 알게 된 것은 우연에 불과했다. 실수로 손을 베어 고양이 피를 섞은 물에 핏방울이 떨어졌는데, 놀랍게도 그 피가 고양이의 피와 합쳐지는 것을 목격했다.

이 발견으로 그는 사흘 내내 몹시 기뻐하며 흥분으로 밤잠을 이루지 못했다. 그때부터 비밀리에 연구를 시작했고, 능 대장로에게도 말해 주지 않았다.

고운천은 두 손을 들어 사람들을 조용히 시켰다.

"이 늙은이는 본래부터 피로 혈육을 판단하는 방법에 의문을 품고 있었습니다. 다만 확실한 증거를 얻기 전까지 공개하지 않았을 뿐입니다."

그는 목청을 가다듬고 다시 말했다.

"이제 그 어떤 피든 물속에서 서로 배척하지 않고 합쳐지는 것을 완벽하게 확인했습니다. 그 원인은 아직 좀 더 연구가 필요합니다! 이 늙은이가 앞으로 중점적으로 연구할 분야지요. 살아 있는 동안 여러분에게 만족스러운 답안을 내놓을 수 있기를 바랍니다."

원인은 밝혀내지 못했지만 발견 자체만으로도 이미 대단한 일이어서, 장내에는 열렬한 박수갈채가 터지고 찬탄하는 소리도 끊이지 않았다.

의학원의 부원장과 장로, 그리고 이사들도 겨우 안도했다. 그들에게는 더없이 만족스러운 결과였다.

이 결과는 단순히 고칠소와 의학원의 관계를 똑똑히 밝혀 주었을 뿐 아니라, 중대한 성과까지 발표하게 해 주었으니 의학원에 있어서는 겹경사라고 할 수 있었다.

북려국의 태의가 일어나 읍을 했다.

"축하드립니다, 고 원장. 과연 운공대륙 의학계의 태산북두다우십니다. 원장께서 이끄시는 한 의학원은 분명코 운공대륙 백성들에게 행복을 가져다 줄 것입니다. 원장께서는 저희에게는 가장 큰 모범이십니다!"

천녕국의 군관도 서둘러 일어섰다.

"고 원장께서는 역시 의학계의 고수요, 화타華佗(중국 삼국시대의 명의)의 환생이십니다! 원장이 아니셨으면 훗날 이 운공대륙에 오심이나 오진이 얼마나 많이 벌어졌겠습니까? 탄복했습니다!"

"고 원장, 원장께서는 수천수만 백성들을 도우셨소. 본 태자가 돌아가면 반드시 부황께 간해 피로 혈육을 판단하는 방법을 폐지하라 공표하겠소!"

단목백엽도 일어나서 말했다.

이처럼 자랑스럽고 이처럼 영광스러운 자리에 선 고운천은 안색이 훤해지고 뺨에도 홍조가 짙게 떠올랐다. 그는 겸손하게 웃어 보였다.

"마땅히 이 늙은이가 져야 할 책임이자 의무입니다……."

그의 옆에 있는 고칠소는 투명 인간이 되어 모두에게 잊힌 것처럼 고독하고 쓸쓸하게 서 있었다.

심 삼장로의 복잡한 눈빛에서는 기쁨을 찾아볼 수 없었고, 고칠소의 뒷모습을 바라보는 낙취산 역시 괜히 눈시울이 빨개졌다.

마음껏 성과를 뽐낸 고운천이 드디어 시선을 돌려 고칠소를 바라보았다. 이제는 당연히 고칠소를 손봐 줄 차례였다. 어차피 고칠소가 제 발로 찾아왔으니 놓칠 수는 없었다.

여기까지 온 이상 떠날 생각은 꿈도 꾸지 말아야 했다!

"고칠소, 아직도……."

고운천의 말이 끝나기도 전에 내내 아무 말 없던 한운석이 불쑥 입을 열었다.

"고 원장, 방금 만물의 피가 모두 합쳐지는 원인은 아직 연구 중이라고 하셨는데, 맞나요?"

고운천은 신분이 불분명한 이 낭자가 함부로 끼어들 줄 몰랐던 터라 짜증스럽게 대답했다.

"그렇소."

"만약 내가 이미 밝혀냈다면 어떻게 하실 건가요? 고 원장께서 후생인 내게 가르침을 청하실 수 있을까요?"

한운석이 웃으며 말했다.

한운석은 고칠소의 일은 차치하더라도, 가식적인 노인네가 주제넘게 으스대고 사람들에게 추앙 받는 꼴을 도저히 눈 뜨고 볼 수가 없었다. 이 노인네를 의학계 최정상의 보좌에서 끌어내리지 못하면 속이 터질 것 같았다!

오늘 이 영광은 반드시 빼앗고야 말 테다!

사람들이 조용해지고 이해할 수 없는 표정으로 한운석을 바라보았다. 저 낭자가 방금 뭐라고 한 거야? 고 원장께 '가르침을 청하라'고 했나?

"네게 무슨 자격이 있기에 본 원장이 가르침을 청해야 하느냐?"

고운천도 그 말에 격노한 게 분명했다.

"난 이미 피로 혈육을 판단하는 방법이 잘못되었다는 걸 알고 있었고, 그 원리도 알고 있기 때문이죠. 내가 당신보다 더 많이 연구했으니까요!"

한운석의 사람 좋은 웃음은 누구라도 화병으로 쓰러지게 만들 수 있었다.

"이곳은 허풍 치는 자리가 아니다. 너는 누구며, 누구의 초청을 받고 왔느냐?"

고운천이 따져 물었다.

"설마 고 원장께서는 내가 연구 결과를 공개해 영광을 빼앗고 당신을 이길까 봐 두려우신가요? 그래서 서둘러 날 쫓아내려는 건가요?"

한운석이 속을 긁었다.

"터무니없는 소리!"

고운천은 즉각 부인했다.

"너처럼 어린 여자가 무슨 연구를 할 수 있단 말이냐? 이 늙은이가 기회는 주마. 하지만 그 원인을 똑똑히 밝히지 못하면 당장 의성에서 쫓아낼 것이다!"

"내가 원인을 똑똑히 밝히면요?"

한운석이 반문했다. 그녀가 내기하지 않은 지도 벌써 오래였다.

"그럴 리 없다!"

고운천은 대놓고 무시하는 얼굴이었다. 이 여자는 기껏해야 스무 살가량밖에 되지 않았는데, 그가 수년간 고민해도 알아내지 못한 것을 무슨 수로 알아낼 수 있을까?

"아아, 고 원장의 도량도 고작 그 정도였군요? 원장께서 이처럼 도량이 좁으시니, 운공대륙 의학계에 있는 뛰어난 후생들이 감히 고개나 내밀 수 있겠어요?"

한운석은 유감스러운 듯이 탄식했다.

"이······!"

고운천은 기가 막혔다.

"오냐. 기회를 주마! 만약 네가 원인을 밝힌다면 네가 원하는 것을 하나 들어 주마!"

한운석은 빙긋 웃으며 사람들을 바라보았다.

"모두 들으셨지요. 그때 가서 생떼를 쓰는 자가 있으면 여러분이 증인이 되어 주세요!"

고운천이 이렇게 비웃음을 당해 본 적이 있기나 할까? 특히 이렇게 공개된 장소에서는 더욱더 그랬다. 그는 분노를 억누르며 차갑게 재촉했다.

"무엇을 연구해 냈는지 어서 말해라!"

의성의 권위가 도전 받다

한운석이 연구해 낸 것이 아니라 현대 의학의 상식이었다!

고칠소의 낙심한 모습을 보자 그녀는 갑자기 소칠을 보호하고 싶은 생각이 무럭무럭 솟아났다.

고칠소와 고운천의 혈연관계를 증명할 능력이 있다면 더없이 좋겠지만, 그럴 수는 없었다.

가장 믿을 만한 혈육 판단 방식은 오직 하나, DNA 친자 검사뿐이었다. 그 정확도는 99.9퍼센트에 달하지만, 운공대륙에서는 아예 이 방법을 쓸 수도 없었고, 설령 쓸 수 있다 해도 도출된 수치를 알아볼 사람도, 믿을 사람도 없었다.

그 밖에는 썩 믿음이 가지 않는 방법이지만 피를 섞는 것보다 좀 더 좋은 방법이 있었다. 바로 혈액형 검사로, 정확도는 대략 50퍼센트였다. 예를 들어 부모 두 사람이 모두 O형이면 그 자녀는 절대 A형이나 B형, AB형이 될 수는 없었다.

하지만 이 방법도 쓸 수 없었다. 혈액형은 수혈이 실패하면서 발견되었고, 1901년이 되어서야 오스트리아의 의학자가 ABO식 혈액형 개념을 발표했기 때문이다.

이런 지식은 말만으로 사람들에게 이해시킬 수 없었다. 차곡차곡 쌓인 근현대 의학 이론의 토대 위에서 실험 연구 설비까지 갖춰야만 증명할 수 있는 문제인데, 무슨 수로 설명할 수 있을까?

배가 가고 싶어도 바람이 없어 못 간다더니 딱 그 꼴이었다.

한운석은 고칠소를 도울 수 없었다.

그녀가 할 수 있는 단 한 가지는 고운천의 기세를 누르고 그 영광을 빼앗는 것이었다. 그러면 혹시 고칠소에게 위로가 될지도 몰랐다. 적어도 저렇게 고독하고, 저렇게 난처한 모습으로 이 단상 위에 서 있지 않아도 될 터였다.

"고 원장, 피가 합쳐진다는 말은 무슨 뜻으로 하신 말씀이죠?"

한운석이 물었다.

"무슨 뜻이냐니?"

고운천은 이해가 가지 않았다.

"피가 합쳐진다는 건 서로 다른 피가 각각 따로 물 위에 퍼지다가 결국 서로 밀어내지 않고 뒤섞인다는 말인가요, 아니면 피가 퍼지지 않고 곧바로 뒤섞인다는 것인가요?"

한운석은 진지하게 물었다.

고운천은 잠시 생각하다가 대답했다.

"그게 차이가 있느냐?"

한운석은 웃음을 지었다. 고운천이 저런 연구를 해냈다는 사실에 의아하던 차였는데, 이제 보니 그저 현상을 보고 이해한 것뿐이었다. 피로 혈육을 판단하는 방법이 틀렸다는 것도 아마 우연히 발견했을 뿐, 역시 그 속의 이치는 전혀 알아내지 못한 모양이었다!

"왜 웃느냐?"

고운천이 씩씩거리며 물었다. 그는 본래도 참을성이 강한 편인 데다 적어도 사람들 앞에서는 얼마든지 그런 척 꾸며 낼 수 있었다. 하지만 이 여자는 그에게 불안감을 느끼게 했다.

그는 지금껏 의학계를 철저히 장악해 왔고, 자신보다 뛰어난 후생은 한 번도 나타난 적이 없었다! 공연한 걱정이 분명했다.

"고 원장께서 겉만 알지 속은 모른다는 게 우스워서요!"

한운석은 생글거리며 물었다.

"누가 물 한 그릇 떠다 주시겠어요?"

"내가 하겠소!"

당리가 아주 적극적으로 나섰다. 그는 본래 있던 핏물을 쏟아 버리고 자신이 마시던 물병에서 깨끗한 물을 따라 한운석에게 건넸다.

"감사합니다. 손가락을 좀 빌릴 수 있을까요?"

한운석이 다시 물었다.

"영광이오!"

당리의 얼굴에는 기쁨이 가득했다. 그는 형과 형수와 무척 오랫동안 함께하지 못했고, 혼인하기 전 나날을 무척 그리워하던 차였다!

옆에 선 영정의 얼굴은 이미 어둡게 가라앉아 있었다. 당리에게 시집간 뒤로 그가 젊은 여자에게 저렇게 기쁜 얼굴로 웃어 주는 걸 본 것은 이번이 처음이었다.

그녀가 쑥 내민 당리의 팔을 휙 잡아채며 한운석을 향해 차갑게 말했다.

"당신에게도 피가 있을 텐데?"

"난 아픈 게 싫거든요."

한운석이 생글거리며 이어 말했다.

"이 분은 당당한 사내대장부이니, 피 몇 방울 더 흘려도 괜찮으실 거예요."

"이 사람 피는 모두 내 것이다. 나도 아픈 게 싫으니 주지 않겠어!"

영정은 그렇게 내뱉은 뒤 당리를 끌고 단상을 내려가 자리로 돌아갔다.

당리는 다소 의외였다. 처음에는 무슨 일인가 싶어 어리둥절했지만 자리로 돌아온 후 영정이 다시는 일어나지 못하게 자신의 손을 꽉 붙잡자 그제야 입꼬리로 슬그머니 웃음을 지었다.

이 여자는 분명 질투하고 있었다!

한운석은 그들을 흘낏 보더니 곧 제 손가락을 깨물어 물속에 핏방울을 떨어뜨렸다. 피는 물에 들어가자마자 점점 퍼져나가 수면을 아주 옅은 붉은색으로 물들였다.

그녀는 고운천을 흘낏 본 후 사람들에게 물을 보여 주었다.

"여러분, 잘 보세요. 피는 물에 들어가자마자 퍼집니다!"

그런 다음 그녀는 다시 맑은 물을 한 그릇 뜨고, 손가락에서 또 피를 한 방울 짜냈다.

잠시 후 피가 손가락 위에서 동그랗게 응고하자, 그 피를 물속에 떨어뜨렸다. 이번에는 피가 곧바로 퍼지지 않고 물속에 가라앉았다.

그녀는 똑같이 고운천을 흘끗 본 후 단상 아래를 향해 말했다.

"여러분, 다시 한번 보세요."

사람들은 피가 물속에 가라앉은 뒤 천천히 퍼지는 것을 지켜보았다. 하지만 전부 녹아서 퍼지지는 않고 굳은 것 같은 조그마한 덩어리가 남았다.

한운석은 물그릇 두 개를 돌려받은 후 양쪽 모두에 고양이 피를 떨어뜨렸다. 첫 번째 그릇에 들어간 고양이 피는 똑같이 퍼져나가 본래 있던 피와 합쳐졌다. 이상한 점은 전혀 없었다.

하지만 두 번째 그릇에 들어간 고양이 피는 똑같이 퍼져나가 물을 불그스름하게 물들였지만, 물속에 가라앉은 핏방울과는 합쳐지지 않았다.

이 두 가지 결과를 보자 장내는 쥐 죽은 듯 고요해졌다.

한운석의 실험 결과는 의심할 바 없이 고운천이 방금 말한 실험 결과를 뒤집는 내용이었다. 모든 피가 물속에서 서로 합쳐지는 것은 아니었다! 똑같은 피로 실험해도 두 가지 현상이 발생했다.

이건 대체 어떻게 된 걸까? 진실은 또 무엇일까?

모두가 말없이 한운석을 쳐다보며 답을 밝혀 주기를 기다렸다. 심지어 고운천조차 분노를 까맣게 잊고 답을 알고 싶어 몸달아했다.

"사실, 고 원장의 연구도 틀린 건 아닙니다. 다만 전체를 보지 못했고 정확도가 부족했던 것이죠!"

한운석은 한숨을 내뱉었다.

"의학 연구란 정확하지 않으면 사람의 목숨을 앗아갈 수도 있지요!"

그녀는 첫 번째 물그릇을 들고 진지하게 말했다.

"여러분, 이 물속에 든 피는 몸에서 나와 곧바로 물속으로 들어간 것입니다. 피 두 방울이 물속에 퍼져 서로 합쳐진 것은 사실 정말 합쳐졌다고 말할 수 없죠. 단순히 물속에서 퍼지다가 함께 물에 녹은 것뿐이니까요. 이 피는 서로 합쳐진 것이 아닙니다!"

이 말에 장내는 더욱더 조용해졌다. 모두 한운석의 말을 한마디라도 놓칠까 봐 귀를 쫑긋 세우고 진지하게 기다렸다.

"그러니 고 원장이 말씀하신 것처럼, 그 어떤 피든 물속에서 서로 합쳐진다는 말은 틀렸습니다!"

한운석은 목청을 가다듬고 소리 높여 말했다.

"정확하게 말하면, 그 어떤 피든 물에 녹는다고 해야 합니다. 피의 속에는 여러 가지 성분이 있습니다. 그중 가장 많은 것이 물이고, 그래서 물속에 들어가면 금방 퍼지게 되는 겁니다."

한운석이 한 말의 뒷부분은 장내에 있는 사람 모두가 알아들은 것도 아니고 이해한 것도 아니지만, 고운천의 말을 부정한 앞부분은 모두 알아들었다.

"말로만 그렇다고 하면 되겠느냐? 증거를 대라."

고운천의 안색이 살짝 붉어졌다. 분노인지 부끄러움인지, 아니면 부끄럽다 못해 화가 났는지 모를 일이었다.

한운석은 다른 그릇을 들고 웃으며 말했다.

"고 원장, 다 이해하신 줄 알았는데 이제 보니 제가 원장을 과대평가했군요."

"감히!"

고운천은 참지 못하고 눈을 가늘게 떴다. 사람이 많지만 않았다면 진작 이 여자를 잡아 가뒀을 것이다. 그는 이 여자에게 기회를 주지 말았어야 했다고 후회하기 시작했지만, 안타깝게도 아무리 대단한 약제사도 시간을 돌이키는 약을 만들어 내지는 못했다.

한운석은 고운천의 분노를 무시하고 진지하게 말했다.

"여러분도 이 물속에서 무슨 일이 벌어졌는지 보셨겠지요. 이 물속에서는 사람의 피와 고양이의 피가 서로 합쳐지지 않았습니다. 안 그런가요?"

"그야 네가 곧바로 피를 떨어뜨리지 않았기 때문이다. 피가 말라 버렸으니 당연히 섞이지 않지!"

임 부원장이 반박했다.

"맞습니다!"

한운석이 당당하게 시인했다.

"저는 아무 수작도 부리지 않았습니다. 그저 피가 응고되길 기다린 다음 물에 넣은 것뿐이지요. 이미 응고된 피는 물에 넣어도 다시 녹지 않습니다. 그러므로 나중에 떨어뜨린 고양이 피는 저 혼자 물에 녹았지 제 피와 합쳐지지 않았지요. 이 그릇에 든 물을 다시 살펴보셔도 좋습니다."

두 번째 그릇이 다시 한번 단상 아래로 전달되었다. 사람들이 본 것은 한운석이 말한 대로였다. 고양이 피는 물에 퍼졌지만 사람 피는 계속 바닥에 가라앉아 조그맣게 응고되어 다른 피나 물과 합쳐지지 않았다.

한운석은 반례를 들어 고운천의 이론이 틀렸다고, 피는 물속에 녹을 뿐 서로 합쳐지지 않는다고 증명했다.

사실이 뻔히 눈앞에 있었고 증거가 사람들의 손을 오가고 있었다. 이를 본 사람들은 저희끼리 쑥덕거렸다. 비록 신분을 알 수 없는 저 여자가 이처럼 놀라운 능력을 지녔고 말 몇 마디로 고 원장의 연구 결과를 부정했다는 게 믿기지 않았지만, 그녀의 이론에 반박할 말을 찾을 수가 없었다.

고북월은 기쁨이 삼 푼, 감탄이 칠 푼 담긴 눈빛으로 멀리서 한운석을 바라보았다. 저 여자의 능력에는 고북월 자신도 미치지 못했다. 배후 주모자인 용비야도 행림 대회에서 이런 재미있는 장면이 펼쳐질 줄은 결코 예상하지 못했을 것이다!

지금쯤이면 용비야도 천산에서 내려왔을 텐데, 때맞춰 이쪽 소식을 들었는지 알 수가 없었다.

"고 원장, 더 하실 말씀이 있나요?"

한운석이 웃으며 물었다.

고운천은 할 말이 없었다. 그는 이 젊은 여자가 자신보다 뛰어나다는 사실을 받아들이기 싫어 차갑게 따져 물었다.

"너는 대체 누구냐? 누가 널 보냈느냐? 고칠소와는 대체 무슨 관계냐?"

한운석은 생글거리면서 화제를 돌렸다.

"고 원장, 제가 이겼으니 제가 원하는 것을 한 가지 들어 주셔야겠죠? 방금 모두가 똑똑히 들었어요. 뭐든 들어 주겠다고요!"

고운천이 다시 캐물으려 했으나 한운석은 주도권을 놓지 않았다.

"패배를 인정 못 하시는 건 아니겠죠?"

고운천은 입을 다물었다. 단상 아래에서는 이미 수군대는 소리가 들려오고 있었다.

고운천의 위세는 사람들 마음속에서 적어도 반은 꺾인 것 같았다. 고운천 역시 결코 도전할 수 없는 대상이 아니고, 절대적인 권위자도 아니었다!

"고 원장, 시대마다 인재가 나는 법. 장강도 뒷물결이 앞 물결을 밀고 나간다 했습니다!"

"허허허, 고 원장. 우리 같은 사람은 저런 후생이 난 것을 반가워해야 마땅하오!"

"낭자, 낭자의 사부는 어떤 분이시오? 좀 알려 주실 수 없겠소?"

"낭자, 낭자의 사부는 틀림없이 은거한 고인이고, 의학원 사람은 아닐 것이오."

사람들의 관심이 모조리 한운석에게 쏠리자, 고운천의 체면뿐만 아니라 의성의 체면까지 깎이고 말았다. 의성은 운공대륙 의학계를 통솔하는 곳이었다.

하지만 운공대륙에는 보통 사람은 상상할 수도 없고 의학원을 훌쩍 뛰어넘는 의술을 지닌 은거 고인들이 분명히 있었다.

한운석의 오늘 이 승리는 사람들이 내내 잊고 있던 한 가지를 일깨워 주었다. 이 세상에는 의성의 권위에 굴복하지 않고, 의성이 운공대륙 의학계에 정해 준 규칙을 인정하지 않는 의술의 고수가 아직 많이 있다는 사실이었다.

고운천은 말할 것도 없고 의성의 고위층 사람들은 저마다 분노하거나 원수처럼 노려보거나 부끄러워했다. 하지만 한운석에게 감탄과 인정 어린 눈빛을 보내는 사람도 적지 않았다. 삼장로 심결명과 이사 낙취산 같은 사람들이었다.

무한한 영광을 차지한 한운석은 기뻐해야 마땅했지만, 애석하게도 그렇지 못했다. 고칠소를 바라보는 그녀의 눈동자 깊은 곳에는 어쩔 수 없는 무력감과 슬픔이 줄기줄기 묻어 있었다.

소칠, 난 결국 당신을 돕지 못했어!

하지만 놀랍게도 고칠소는 그녀를 향해 웃었다. 조금 전처럼 흉악하고 날카로운 웃음이 아니라 진심에서 우러나온 보기 좋은 웃음이었다. 그 웃음은 마치 반짝이는 별이나 알록달록 화려한 꽃밭을 연상시켰다.

독누이, 네가 여기까지 나와 함께 걸어와 준 것만으로 충분해.

남은 길은 함께 가주지 않아도 돼. 그래도 이 칠 오라버니는 꿋꿋이 계속 걸어갈 수 있으니까!

소칠의 미소

고운천은 말이 없었고 장내의 수군대는 소리는 점점 커졌다.

이 세상은 결코 생각처럼 나쁘지 않았다. 강자나 권력을 두려워하지 않는 사람이 아직 있었고, 정의를 고집하는 사람도 아직 있었다. 단상 아래에서는 한운석을 지지하는 소리가 적잖이 들려왔다.

그리고 그때 한운석은 고칠소와 시선을 마주했다. 그의 기분에 감염된 듯, 그녀도 엉망이 되었던 조금 전의 일을 잠시 잊고 저도 모르게 웃음을 지었다.

결국, 고운천은 고개를 들 수 없게 되었다.

사실은 그도 이렇게 된 이상 시원하게 인정해야 한다는 것을 알고 있었다. 저 여자가 아무리 대단해도 기껏해야 그와 같은 팔품 의선에 불과할 뿐이지 의존의 경지에 오를 수는 없었다. 어쨌든 저 여자의 연구 성과는 하나뿐이었다.

그렇지만 그는 도저히 견딜 수가 없었다! 영광을 모두 빼앗기고 철저하게 부정당했으니, 체면이 말이 아니었다.

고운천은 도저히 한운석에게 한 약속을 지킬 마음이 나지 않아 화제를 돌려 화난 목소리로 물었다.

"너는 고칠소와 한패가 분명하구나! 독종의 잔당은 아무리 의술이 뛰어나도 운공대륙에 해를 끼칠 뿐이다! 이 늙은이는 절대로 용서할 수 없다! 여봐라…….”

“고운천, 당신이 재주가 부족해도 그만, 패배를 인정하지 않아도 그만이에요! 그런데 그따위 수단까지 써서 반대파를 제거하려는 건가요?”

한운석의 웃는 얼굴이 순식간에 굳었다.

그녀는 고칠소를 도울 수 없었다. 고칠소가 고운천의 아들이라는 것을 증명해 고칠소가 준비한 커다란 선물을 제대로 보내줄 수도 없었다. 그녀가 할 수 있는 것은 꿋꿋이 버텨 발언권을 차지하고 독종을 위해 변명할 기회를 얻는 것뿐이었다.

증거가 없는 변명은 헛수고라는 것을 알지만, 그래도 이 방법밖에 없었다.

그녀가 변장을 벗으려는데, 뜻밖에도 고칠소가 불쑥 입을 열었다.

“아버지, 몇 년이 지났는데 밴댕이 소갈머리 같으신 건 여전하군요. 나이를 먹어도 속은 점점 좁아지기만 하니, 하하하, 능대장로께서 절 위해 증인이 되어 주겠다 하실 만도 해요. 지난날 능 대장로에게 했던 약속도 아직 안 지키셨죠?”

그 말에 고운천의 얼굴 근육이 하나하나 딱딱하게 굳었다. 도저히 자신의 귀를 믿을 수가 없었다.

고칠소가 그에게 다가가 입꼬리를 살짝 올리며 더없이 홀가분하고 편하게 웃어 보였다.

“아버지, 비록 아버지의 재주는 이 여자에게 못 미치지만, 그래도 하신 말씀은 맞아요. 피를 섞는 방법으로는 우리 두 사람의 혈연관계를 증명할 수 없죠. 다행히 제겐 증인이 있어요. 그렇지 않았더라면 아버지가 저를 모른 척하는 게 몹시 마음 아팠을 거예요."

한운석은 웃음이 났다. 조마조마하던 심장도 결국 제자리를 찾았다. 이제 보니 고칠소가 준비한 커다란 선물은 아직 꺼내지도 않았던 것이다!

그녀는 그가 능 대장로를 찾아내 증인이 되어 달라고 설득한 게 분명하다고 생각했다. 능 대장로는 고운천과 가장 가까운 사이라고 고칠소에게 들은 적이 있었다.

한운석은 안도하는 동시에 고칠소와 고운천의 관계와 의성에서 보낸 고칠소의 지난 시절에 호기심을 느꼈다.

그 시절에 차마 돌이키고 싶지 않은 일들이 얼마나 많았는지, 그녀가 어떻게 알 수 있을까?

지난날의 모든 증거는 사라졌고 증인도 모두 죽었다. 남은 사람은 오직 능 대장로뿐이었다! 고운천은 능고역이 자신을 배신하리라곤 생각조차 해 본 적이 없었다.

그는 믿을 수가 없었다.

"고칠소, 허튼소리 작작해라. 이 늙은이를 모욕하고 독종을 도우려는 모양인데, 참으로 허황한 생각이구나! 이 자리에 있는 사람들이 모두 백치인 줄 아느냐? 아무도 널 믿지 않을 것이다!"

"아버지, 능 대장로가 아직 도착하지도 않았는데 왜 이렇게 흥분하세요? 아직 정정하시지만 그래도 흥분하지는 마세요. 만에 하나 흥분이 지나쳐 병이라도 나시면 아들인 제 잘못이 얼마나 크겠어요!"

고칠소의 웃는 얼굴에 고운천은 모골이 송연했다. 자기 아들이 이렇게 낯설고 무시무시하게 변했을 줄은 상상도 못 한 일이었다.

어째서, 어째서 이런 순간에도 저렇게 웃을 수 있을까?

"여봐라, 누구 없느냐? 당장 이 독종의 잔당들을 잡아들여라!"

고운천이 고래고래 소리쳤다.

그때 장내에서 우렁찬 외침이 들려왔다.

"잠깐!"

사람들이 돌아보니 대회장 입구로 낯익은 사람이 걸어 들어오고 있었다. 다름 아닌, 얼마 전 분만 촉진 사건으로 의성에서 축출된 능 대장로, 능고역이었다!

정말 그가 오다니? 설마 고칠소의 말이…… 사실인 걸까?

갑자기 조용하던 장내가 들썩이기 시작했다. 충격에 빠진 사람, 호기심을 느끼는 사람, 흥분한 사람, 남의 불행을 즐기는 사람, 우려하는 사람, 격앙된 사람 등 반응이 다양했다.

이런 구경거리는 행림 대회 의술 시합보다 훨씬 흥미로웠다.

"능고역은 이미 의성에서 쫓겨난 자인데 누가 들여보냈느냐? 여봐라, 저자를 쫓아내라!"

고운천이 노한 소리로 외쳤다.

"아버지, 찔리세요?"

고칠소가 물었다.

"너는 본 원장과 말할 자격이 없다. 여봐라. 듣지 못했느냐!

저자를 쫓아내래도!"

고운천은 펄펄 뛰며 명령했다.

의성의 시위들이 즉각 출동했다. 고칠소는 큰 소리로 웃었다.

"모두, 잘 봤지? 의학원 원장이란 자의 용기가 고작 이 정도야. 찔리는 데가 없으면 왜 용기 있게 대면하지 못할까?"

당리가 기다렸다는 듯이 외쳤다.

"고 원장, 정말 어디 찔리는 건 아니시겠지요? 저지를 용기는 있어도 인정할 용기는 없으십니까? 그런 일을 하신 적이 없으면 왜 두려워하십니까?"

당리가 말문을 트자 적잖은 이들이 뒤따랐다. 고운천의 비겁한 행동에 눈꼴시어 하는 사람도 있고, 진상에 흥미를 느끼는 사람도 있고, 사실이야 어떻건 순전히 구경거리가 좋아서 지지하는 사람도 있었다.

"고 원장, 정말 양심에 부끄러운 일을 하신 건 아니겠지요?"

"허허, 고 원장도 풍류를 아는 분이셨구려. 의술을 배운 사람은 스님처럼 마음이 깨끗하고 욕심이 없는 줄 알았더니!"

"쯧쯧, 의학원이 독종과 몰래 결탁했다가 이제 와서 더러운 수작질로 손에 넣은 것을 두고 사이가 틀어진 건 아니겠지? 아버지가 아들까지 나 몰라라 하다니?"

이런 말을 하는 사람들은 당연히 대단한 거물도 아니고 별다른 영향력도 없었다. 하지만 그 대상이 고운천에서 의학원으로 옮아가자 의학원 고위층 사람들도 가만있을 수가 없었다.

임 부원장이 벌떡 일어나 큰 소리로 말했다.

"여봐라, 어서 독종의 잔당들을 잡아 가두지 않고 뭘 하느냐! 저들이 요사한 말을 지어내고 사람을 현혹해 의성을 불의한 곳으로 만들어 빠져나가려는 술책인데 그걸 모르십니까? 여러 친구들, 부디 독종 잔당의 속임수에 넘어가지 마십시오! 중남도독부가 독종과 결탁했으니 이 일은 필시 그들의 음모일 겁니다!"

임 부원장은 영리하게도 중남도독부를 끌어들였다. 장내에서 제법 힘이 있는 사람들 중 적잖은 이들이 그를 지지했다.

북려국 태의가 일어섰다.

"황당하군요! 참으로 황당합니다! 분만 촉진까지 저지른 능고역이 무슨 자격으로 증인이 될 수 있겠습니까?"

천녕국 군관도 뒤따랐다.

"독종과 중남도독부의 계략이 분명합니다. 제가 보기에 저 여자는 분명히 중남도독부 사람입니다!"

"아니, 이 거대한 의성이 우리 두 사람을 두려워하는 건가요?"

한운석은 조롱기를 가득 담아 웃었다.

"분명히 찔리는 사람이 있군요!"

"그러게 말입니다! 이곳은 의학원인데, 설마하니 저 두 사람이 그렇게 두렵습니까? 고 원장, 오늘 이 일을 똑똑히 밝히지 않으면 진실이 무엇인지 누가 알 수 있겠습니까?"

당리가 물었다.

낙취산은 한참을 망설였지만 마침내 과감하게 일어섰다.

"원장 어른, 부원장, 그리고 여러 장로분들. 이 몸이 보기에는 아무래도 똑똑히 밝히는 편이 좋을 듯합니다. 의학원은 정정당당한데 저들을 두려워할 이유가 무엇입니까! 똑똑히 밝히지 않으면 오히려…… 오히려 우리가 꺼리는 데가 있는 것처럼 보일 겁니다!"

그 말이 끝나기 무섭게 고운천이 노한 눈길로 쏘아보았다. 임 부원장이 알아서 야단을 치려는데 뜻밖에도 심 삼장로가 먼저 말했다.

"이 몸이 보기에도 똑똑히 밝혀 독종의 잔당들을 진심으로 굴복시키는 것이 좋겠습니다! 고칠소도 우리 의성 출신입니다. 저자가 오늘 사실을 똑똑히 밝히지 못하거나 증거를 내놓지 못하면 의성이 결코 저자를 보내 주지 않을 겁니다!"

"저도 찬성합니다."

이장로 이수원도 지지했다.

의학원 내부 사람들이 나서자 외부인들은 자연히 말할 필요가 없어졌다.

낙취산 혼자였다면 임 부원장도 즉각 반박해서 뭉개 버렸겠지만, 장로회의 두 장로가 모두 나섰으니 쉽사리 반박할 수가 없었다.

천하 각 세력의 대표가 모두 이 자리에 있는 마당에 의학원이 너무 강압적으로 나가면 꼬투리를 잡힐 수 있었다.

임 부원장은 고운천에게 도움의 눈길을 보냈지만, 뜻밖에도 평소 말이 없고 조용한 구양 부원장이 입을 열었다.

"원장 어른, 이 몸이 보기에 이 일은 똑똑히 밝혀야 할 뿐만 아니라 모호한 구석은 단 한 점이라도 남겨 둬서는 안 됩니다!

이 일은 원장 어른 개인의 결백뿐만 아니라 의학원의 명예와도 관계가 있습니다! 원장 어른께서는 부디 의학원의 명예를 되찾아 주시기 바랍니다!"

임 부원장은 사실 지난날 고운천이 무슨 일을 했는지 몰랐다. 그가 고운천 편에 선 것은 순전히 고운천이 그를 남들보다 중시하고, 원장 후계자로 기를 뜻을 비쳤기 때문이었다. 반면 구양 부원장은 진짜 실력으로 원장 자리를 이을 만한 사람이었다.

의학원 내부 싸움은 운공대륙 각 세력 간 싸움 못지않게 복잡했다.

구양 부원장은 조용한 성품이지만 인심을 얻고 있어서, 그가 입을 열자 의학원 내부 사람들이 차례차례 그 말에 찬성했다.

듣고 있던 한운석은 고운천이 의학원에서 그다지 인심을 얻지 못한 모양이라고 생각했다. 이 커다란 의학원의 수많은 의원 중 역시 선량한 사람도 적잖이 있었던 것이다.

외부인들이 지켜보는 데다 내부인들까지 몰아붙이니, 고운천도 어쩔 수가 없었다.

그는 차갑게 웃었다.

"좋소. 이 늙은이가 저들에게 기회를 주겠소!"

능 대장로가 한 걸음 한 걸음 다가왔다. 고운천은 싸늘한 눈길로 그를 쳐다보며 경고와 질책을 보냈다.

능 대장로도 응당 잘 알고 있을 터였다. 지난날의 일은 능 대장로 자신도 한몫했으니 이야기를 꺼내 봤자 모두에게 좋을 게 없었다. 고칠소라 해도 능 대장로를 보호해 줄 수 없었다!

"능 대장로, 지난날 있었던 일을 마음 놓고 말씀해 보시죠. 하나도 **빼놓지 말고!**"

고칠소가 싱글싱글 웃으며 말했다.

장내에 정적이 내려앉은 가운데 그의 입꼬리만 위로 휘어져 있었다. 그는 분명히 이 이야기의 주인공이었지만 마치 아무 상관없는 사람처럼 웃으며 구경하고 있었다.

아무도 그 웃음 속에 담긴 고통을 알아보지 못했다. 사람들 눈에 보이는 것은 그 웃음 속에 담긴 결심뿐이었다!

능 대장로는 숨을 깊이 들이쉬며 고운천이 보내는 경고의 눈길을 피했다. 하지만 어디를 봐야 할지 알 수가 없어 방황하다가 결국 고개를 숙이고 입을 열었다.

고칠소의 요구 대로, 그는 지난날 있었던 모든 일을 하나하나 이야기하기 시작했다.

지난날 고운천이 어떻게 고칠소의 생모를 찾아냈는지, 어떻게 그녀를 속여 임신시켰는지, 어떻게 그녀를 협박해 약을 먹이고 연구에 협조하게 했는지를.

그리고 20여 년 전 7월 7일 밤, 소칠이 태어난 이야기도 했다. 생모는 난산에 출혈이 심했는데 치료 받지 못해 출산 후 목숨을 잃었고, 소칠이 제일 처음 먹은 것은 젖도 아니고 물도 아닌 약이었다. 아주 쓰디쓴 약. 그 후 며칠간 약만 먹는 바람에 소칠의 조그마한 몸에 쇠약 증세가 나타났다. 고운천은 능고역의 권유로 어쩔 수 없이 약을 중지하고 유모를 구해 소칠에게 젖을 먹였다.

여기까지 이야기하자, 장내는 이미 바람 소리마저 들릴 만큼 조용해졌고 온 세상이 철저한 정적 속에 빠져들었다.

모두가 눈을 휘둥그레 뜨고 입을 딱 벌렸다. 고운천을 지지하던 임 부원장 일행도 마찬가지였다.

누구보다 냉정한 고북월조차 참지 못하고 일어나 주먹을 불끈 쥐었다. 영정 역시 당리를 혼내 주는 것도 잊은 채 딱딱하게 굳은 얼굴로 당리와 함께 고칠소를 응시했다.

한운석은 고칠소에게서 가장 가까이 있었다. 그녀는 마치 혈도가 막힌 사람처럼 온몸을 옴짝달싹할 수 없었다. 그저 손가락이 바르르 떨리고 눈시울이 빨개져 시큰시큰한 것만 느껴졌다.

하지만 소칠은…….

소칠은 여전히 미소 짓고 있었다. 어린아이처럼, 너무나도 순수하고 너무나도 아름답게…….

증거, 훤히 드러난 진실

정적 속에서, 눈물 속에서, 미소 속에서, 능 대장로의 잔인한 이야기는 계속되었다.

그는 소칠의 어린 시절을 이야기했다. 독종 금지에서 보낸 어린 시절, 그 근심 걱정 없고 천진무구하던 세월은 소칠의 인생에서 유일한 위안이었지만, 말하자면 죄악의 시작이기도 했다.

고운천은 소칠을 독종 금지에 숨겨 두고, 소칠에게 독초와 약초를 구분하는 법이며 독술을 가르쳤다.

"세상에, 의학원이 정말 독종과 결탁했다니!"

정적 속에서 누군가 큰 소리로 외쳤다. 마침내 고운천도 어떻게 할지 몰라 하던 상황에서 깨어나 매서운 목소리로 다급히 부인했다.

"황당무계하군! 그야말로 모함이다! 능고역, 이 늙은이가 너를 박정하게 대하지 않았는데 어째서 그런 황당무계한 말을 지어내 중상모략하는 것이냐? 그 말을 어떻게 믿느냐?"

"고운천, 믿을 수 있는지 아닌지는 당신이 가장 잘 알 거요! 애초에 내가 그렇게 말렸으나 당신은 제 고집 대로만 했소!"

능 대장로도 화난 목소리로 반박했다. 그는 이미 고칠소에게 협박당해 물러설 곳이 없었다. 오늘 모든 것을 털어놓으면 자신 또한 좋은 결말을 맞지 못한다는 것은 알지만, 고칠소의 말

마따나 비록 나쁜 최후를 맞더라도 이 일을 시작한 고운천은 더욱더 처참하게 만들어 줘야 했다!

고운천은 단숨에 높은 자리에 올라 원장이 되었지만 그는 어땠나? 지금까지 부원장 자리에도 오르지 못한 데다 분만 촉진 사건이 터지자 고운천은 지난 정을 돌아보지 않고 집요하게 그를 쫓아냈다!

그도 성질부릴 줄 몰라서 참은 게 아니었다!

"증거 하나 없는 빈말!"

고운천은 얼굴에 땀을 뻘뻘 흘렸지만, 마음속으로는 최후의 방어선을 지키며 태연한 척했다.

"여러분, 들어 보십시오. 잘 들어 보십시오! 이 말을 어떻게 믿습니까? 능고역은 분만 촉진이라는 잔인무도한 짓까지 저지른 사람입니다. 그런 자의 말을 어떻게 믿을 수 있겠습니까?"

"정말 황당무계하군요! 그게 사실이라면 그 아이가 어떻게 살아남을 수 있었겠습니까?"

임 부원장이 큰 소리로 말했다.

장내에 있던 사람들은 그제야 충격에서 깨어나 이성적인 사고를 시작했다. 능 대장로의 말은 확실히 불가사의했다!

"아마…… 아마 사실이 아닐 거야. 안 그래, 당리?"

영정이 중얼거렸다.

"아마도……."

당리도 확신하지 못했다.

"그렇게 괴롭힘을 당했는데 어떻게 살아 있겠어?"

대부분이 그 말을 믿지 않았다. 하지만 한운석은 꼼짝도 하지 않은 채 시종일관 고칠소만 바라보고 있었다.

마침내 그녀는 고운천이 어떤 방법으로 태아에 관해 연구해 냈는지 알게 되었다! 능고역이 한 말을 그 누구보다 믿고 싶지 않은 사람이 그녀였지만, 그래도 믿지 않을 수 없었다.

지금 이 순간, 그녀는 소칠을 똑똑히 보고 싶었다. 똑똑히 보지 않으면 소칠이 허상이 되기라도 하는 것처럼.

하지만 그녀의 시야는 이미 흐릿해져 있었다.

이제 그녀는 소칠이 아직도 미소 짓고 있는지도 알 수 없게 되었다. 보이지 않았다! 볼 수가 없었다!

소칠은 아직 웃고 있었다. 그는 천천히 몸을 돌려 사람들을 마주했다. 무엇 때문인지 몰라도, 떠들썩하던 장내가 곧바로 조용해졌다.

분명히 모두가 능 대장로의 말을 의심하면서도 소칠을 바라보는 그들의 눈빛에는 경멸과 방비, 경계가 담겨 있었다. 마치 괴물을 보는 것처럼.

그 눈빛 속에서도 고칠소는 언제나처럼 무심하고 태연하고 차분했다. 그는 어깨를 으쓱이며 싱긋 웃었다.

"증거가 없다고 하니 증거를 내놓지 뭐."

이 말에 사람들은 더욱더 조용해졌다. 고운천마저 저도 모르게 숨을 멈췄다.

증거?

저 녀석이 어떻게 증거를 가지고 있지?

시동 하나가 상자를 들고 나는 듯이 달려와 헐떡거리며 말했다.

"칠 형님, 필요하신 거 가져왔어요."

이 아이가 고운천의 거처에 있는 시동임을 의학원 사람이면 누구나 알아보았다.

시동은 상자를 단상 위에 힘차게 내동댕이쳤다. 상자가 '쾅' 하고 떨어지는 소리에 고운천은 정신이 번쩍 들었다. 이 상자 안에 무엇이 들어 있는지 그가 누구보다 잘 알고 있었다.

그의 안색이 새하얗게 질리고 입술과 이가 바르르 떨렸다. 뭐라고 말을 하고 싶은 모양이었지만 너무 떨려서 말이 나오지 않았다.

어떻게! 고칠소가 어떻게 저 상자를 찾아냈지? 이럴 수는 없어!

그는 믿을 수가 없었다! 이건 꿈이 분명했다!

고운천이 미친 듯이 달려가 상자를 빼앗으려고 했다.

고칠소는 싸늘한 눈으로 쳐다보다가 고운천의 손이 상자에 닿으려는 순간 갑자기 발을 움직여 그의 손을 힘껏 짓밟았다.

고칠소는 몸을 숙이고 재미있다는 표정으로 당황한 고운천을 살폈다.

"아버지, 왜 이렇게 서두르세요?"

'아버지'라는 호칭은 더없이 정다웠지만 발에 들어간 힘은 줄기는커녕 더해지기만 했다. 고운천의 손은 당장이라도 부러질 것 같았고 통증을 이기지 못한 나머지 그의 이마에 힘줄이 울룩불룩 솟았다.

고운천은 억지로 고통을 참고 힘겹게 고개를 들어 고칠소를 바라보며 나지막이 경고했다.

"칠아, 진상이 밝혀지면 너도 좋은 꼴을 당하지 못할 게야!"

칠아…….

10여 년. 10여 년 만에 비로소 '칠아'라고 부르는 소리를 들었다. 어린 시절 잠 못 이루었던 그 수많은 밤 그와 함께해 준 이 이름이, 지금은 어째서 이렇게 구역질나게 들리는 걸까?

고운천 때문인지 아니면 차마 돌이키고 싶지 않은 자신의 과거와 괴물 같은 자신의 몸 때문인지 몰라도, 고칠소는 정말 견딜 수 없을 만큼 구역질이 치밀었다.

하지만 무시했다.

그는 여전히 웃었다. 요사하고 아름답게, 아무 생각 없는 사람처럼 천진무구하게 웃었다. 그는 즐거운 목소리로 고운천에게 알려 주었다.

"아버지, 칠이는 벌써 좋은 꼴 못 당했어요."

"대, 대체 어쩔 셈이냐?"

마침내 고운천도 두려움에 빠졌다.

잃을 게 없으면 무서울 것도 없다고, 아무것도 없는 사람은 모든 것을 가진 사람보다 상대하기 어려웠다. 고운천은 고칠소가 배수진을 쳤다는 것을 깨달았다.

그는 한참 동안 멍한 얼굴로 고칠소를 바라보다가 비로소 중얼중얼 물었다.

"어째서? 어째서 지금이냐?"

고칠소는 약귀가 되지 않았던가? 약귀당도 가지지 않았던가? 아주 잘살고 있지 않았던가? 그런데 어째서 갑자기 돌아와 복수하려는 걸까? 어째서 예전도 아니고 나중도 아닌 딱 이럴 때 찾아온 걸까?

고운천도 약귀곡에 손을 쓸까 생각한 적이 있었지만, 아무래도 거리끼는 데가 있어 차마 큰 모험을 할 수가 없었다. 지금껏 그는 소칠이 저 많은 것을 가졌으니 복수할 용기도, 사람들 앞에 모든 것을 밝힐 용기도 깡그리 사라졌을 것으로 생각해 왔다.

알다시피 모든 것을 공개하면 소칠 자신도 재앙을 피할 수 없었다! 그의 독특한 몸 상태는 세상 사람 모두가 꺼리는 동시에 세상 사람 모두가 서로 갖고자 하는 것이었다.

소칠은 그 누구도 설명할 수 없는 괴물이었다!

그래서 그간 고운천도 의성의 권력을 이용해 약귀곡을 곤란하게 만들지 않았다.

소칠이 그를 무너뜨리려면 먼저 자신부터 무너뜨려야 했다. 그들 부자는 사실 내내 한배를 타고 있었다. 고운천은 이해할 수가 없었다. 대체 무슨 이유로 소칠이 기꺼이 자신을 무너뜨리려는 것일까?

"그건……"

고칠소는 목소리를 잔뜩 낮췄다.

"그건 말이죠, 그 누구도 내 독누이를 건드리면 안 되기 때문이에요!"

그는 말을 마치기 무섭게 고운천을 걷어차고 발끝으로 상자를 들어 높이 차올렸다. 상자는 공중으로 날아오르다가 별안간 '펑' 소리를 내며 산산조각이 났고, 상자 안에 있던 누렇게 바랜 종이 한 뭉치가 하늘을 가득 뒤덮었다.

마치 꽃잎이 바람에 흩날리는 것 같았다. 그 순간, 고개를 들어 그 모습을 보는 고칠소의 눈빛이 아득해지고 텅 비었다. 그의 눈동자에 펄럭펄럭 날리는 종이가 비쳤다. 그는 황홀감에 젖어 든 나머지 하늘 가득 날리는 것이 종이인지 나비인지 갈피를 잡을 수 없었다.

"예쁘기도 해라!"

감탄하며 무심결에 고개를 돌리던 그의 눈이 한운석의 시선과 마주쳤다. 그는 다시 싱긋 웃었다. 가볍고 옅은 미소였다.

독누이, 하늘 가득 날리는 게 나비라면, 들판에서 자유롭게 나는 나비라면, 그럼 얼마나 좋을까.

다음 생에서는 너와 내가 들판 가득 꽃이 핀 꽃밭 속에서, 이리저리 나는 나비 속에서 해후할 수 있을까? 어쩌면 문득 고개를 돌리고 지나간 옛일을 떠올리게 될까?

분분히 떨어져 내리는 종이 중 하나가 한운석의 얼굴을 덮었다. 종이를 잡고 들여다본 그녀는 가슴이 찢어지는 것 같았다!

이게 어떻게 나비가 될 수 있을까?

이건 피를 빨아 먹는 박쥐요, 지옥에서 온 악마였다! 이 종이는 다름 아닌 고운천의 연구 기록이었다. 종이에는 그가 소칠의 생모에게 쓴 약과 반응이 상세히 적혀 있었고, 소칠이 능 대장로의 양자로 들어온 후 매일 어떤 약을 먹었고 신체에 어떤 반응이 있었는지 자세히 적혀 있었다.

그리고, 그리고 또 고운천이 소칠을 어떻게 실험체로 사용했는지도 쓰여 있었다. 그에게 역병을 일으키는 약독을 먹여 역병의 치료법을 찾은 내용까지…….

소칠이 어머니 배 속에 있을 때부터 고운천이 소칠에게 저지른 짓이 거의 모두 이 종이에 기록되어 있었다.

셀 수 없이 많은 종이가 구석구석으로 우수수 떨어졌고, 사람들은 그 종이를 하나씩 주워 읽었다.

고운천의 친필이었다. 사례를 기록할 때의 고운천의 습관은 의학원 고위층 사람이라면 누구나 익숙했다. 그들은 한눈에 이것이 고운천의 것이고 절대 지어낸 게 아님을 알 수 있었다!

그리고 이 종이에 기록된 연구 결과는 그동안 고운천이 발표한 태아 연구 및 역병 예방 연구 결과와 거의 일치했다!

이게 증거가 아니면 뭘까?

능 대장로가 계속 말할 필요도 없었다. 이 사례 기록이 모든 것을 말해 주었으니까!

정적 속에서 쑥덕이는 소리가 점점 늘어나면서 커졌고, 결국에는 모두가 놀라움과 당황함을 숨기지 못했다.

구양 부원장이 제일 먼저 일어나 단상 위로 달려왔다. 그는 손에 든 종이 뭉치로 고운천의 얼굴을 후려치며 분노에 찬 목소리로 꾸짖었다.

"고운천, 당신이 이러고도 사람이오? 사람이냔 말이오!"

이어서 사방에서 성토하는 소리가 일어났다. 수많은 사람들이 고운천을 향해 뭔가를 집어 던졌다.

"끔찍하군! 당당한 의학원 원장이 이런 짓을 저지르다니!"

"의학원에 저런 원장은 없다!"

"고운천, 당신은 개돼지만도 못하오. 이 짐승만도 못한 놈!"

"고운천, 의학원이 당신 손에 무너졌소! 어떻게 이런 짓을 할 수 있소?"

"이…… 이래서야 우리가 어떻게 의성을 믿겠소? 의성이 독종보다 더 무시무시하군!"

현장은 아수라장이 되었다. 의성 사람도, 외부인도 모두 고운천을 비난했다.

한운석에게 그런 것은 관심 밖이었다. 그녀는 고칠소를 바라보고 있었다. 하고 싶은 말이 너무나 많았지만 뭐라고 말해야 할지 알 수가 없었다.

문득 어째서 약귀곡에 그처럼 잔인한 규칙이 생겼는지, 어째서 죽어가는 사람을 보고도 구해 주지 않았는지 알 것 같았다. 저 사람이 의성 이야기를 할 때마다 왜 그렇게 이를 갈았는지도 마침내 알 수 있었다.

소칠, 이렇게 큰 선물은 난 받고 싶지 않아. 영원히!

설령 내가 뭇사람의 입에 오르내리게 되더라도, 설령 내가 온 세상 사람의 적이 되더라도, 당신이 이렇게 흉측하고 추한 상처를 남들 앞에 드러내는 건 싫어.

소칠, 당신은 왜 이렇게 바보 같은 거야!

어째서…… 어째서 그렇게 바보처럼 웃는 거야…….

고운천은 숨을 곳 없는 쥐라도 된 양 머리를 감싸 쥐고 단상 위에 몸을 웅크렸다. 지독히도 낭패한 몰골이었다. 이 연구 기록은 그에게는 무엇보다 소중한 보물이었다. 이게 고칠소 일의 증거가 된다는 건 알고 있었지만 도저히 없애 버릴 수가 없었다.

분명히 꼭꼭 숨겨 두었는데 고칠소가 찾아낼 줄은 정말이지 상상도 못 한 일이었다! 능 대장로도 한쪽에 몸을 숨겼지만 역시 요행을 얻지 못하고 사람들이 던진 돌멩이에 얻어맞았다.

바로 이 증거 때문에 그도 부득불 고칠소에게 협조할 수밖에 없었다.

혼란 속에서 갑자기 누군가 큰 소리로 물었다.

"고운천, 어떻게 독술을 할 줄 아느냐? 의학원은 일찍부터 독종과 결탁한 게 아니냐?"

그 사람은 바로 북려국의 태의였다.

그는 의성을 무너뜨리러 왔다

북려국, 천녕국, 심지어 서주국과 천안국 모두 순수하게 행림 대회를 구경하러 온 것이 아니었다. 그들 모두 의성이 나서서 각 세력 간 연합을 성사시키고 독종을 멸한다는 구호 아래다 함께 중남도독부를 공격하기를 바라고 이곳에 왔다.

그런데 사태가 이렇게 흘러갈 줄 누가 예상이나 했을까?

제 몸 지키기도 어렵게 된 의학원이 무슨 수로 각 세력 간 연합을 성사시킬 수 있을까?

이들이 원하는 것은 절대적인 이익이지, 고운천과 고칠소 사이의 은원 따위는 아니었다!

고운천이 이득을 가져다주지 못하게 된 이상 그들 스스로 손에 넣어야 했고, 그러자면 독종은 천하의 해악이라는 말을 죽어라 물고 늘어져야 했다!

적잖은 이들이 저 북려국 태의가 여간내기가 아니라는 것을 알아차렸다. 단순한 의원이 저렇게 예리한 말을 할 리 없었다.

하지만 모두 그의 신분을 추측할 겨를이 없었다.

곧이어 서주국 태자 단목백엽이 일어섰다.

"당당한 의학원 원장이 독술을 알다니, 정말 뜻밖이군! 보아하니 고칠소가 거짓말을 한 것 같지는 않소. 고칠소가 독시를 기를 수 있었던 것도 당연히 고운천이 가르쳐 줬기 때문이겠지?"

"하하하, 이제 보니 의학원과 독종은 한통속이었군요."

천녕국 군관이 큰 소리로 웃어 댔다.

"그렇다면 우리는 독종은 물론이고…… 의성까지 무너뜨려야 합니다!"

그 말이 떨어지자 별안간 모두가 조용해졌다.

의성을 무너뜨린다…….

정말 무시무시한 말이 아닐 수 없었다. 적어도 오늘이 되기 전까지는 거의 모두가 감히 생각지도 못한 일이었다.

그런데 오늘, 모든 것이 변했다.

고칠소가 이렇게 어마어마한 이야기를 폭로했는데 의학원에 무슨 명예가 남아 있을까? 무슨 신뢰가 남아 있을까? 아마 의학원 내부도 혼란에 빠질 것이다.

구양 부원장이 분노에 찬 눈으로 선동하는 사람들을 향해 노성을 터트렸다.

"고운천이 한 짓은 모두 그 혼자 저지른 것이고 의학원과는 무관하오! 의학원은 고운천을 처벌해 세상 사람들에게 확실히 밝히겠소! 불측한 마음을 품고 감히 의학원을 모독하는 자가 있다면 의학원도 가만있지 않을 것이오!"

단목백엽과 천녕국 군관은 다소 기가 죽어 쭈뼛거렸다. 어쨌든 의학원은 아직 운공대륙 의학계를 좌지우지하는 힘을 갖고 있었다. 그 눈 밖에 나는 것은 그들에게도 좋을 게 없었다.

하지만 북려국의 늙은 태의는 냉소를 터트렸다.

"고운천은 의학원 원장 아니오? 고작 구양 부원장의 말 한마디로 저자를 의학원과 떼 놓고 생각할 수 있겠소? 구양 부원장, 이 자리에 있는 모두가 구슬리기 쉬운 세 살짜리 어린아이인 줄 아시오?"

"고운천이 한 짓은 능고역을 빼면 의학원 사람 누구도 알지 못했소. 소칠이 지난날 도둑질을 한 죄로 의성에서 쫓겨난 것은 모두 알고 있지 않소!"

구양 부원장은 즉각 반박했다.

"허허, 그럼 독술은 어떻게 된 것이오? 고운천이 어떻게 독술을 할 줄 아오? 그리고, 독종은 본래 당신들 의성에 속해 있었소. 독종의 금지는 아직도 의성이 차지하고 있는데, 무슨 근거로 의학원과 독종 사이에 말할 수 없는 비밀이 없다고 믿으라는 것이오?"

늙은 태의가 다시 물었다.

"독종은 확실히 의성에 속한 세력이었소. 하지만 지난날 의학원은 천하태평과 대의를 위해 독종을 없앴소. 고운천이 독술을 할 줄 알고, 고칠소가 독종의 금지에서 자란 것은 확실히 의성의 실수요!"

구양 부원장은 권력 다툼을 좋아하지 않았지만, 그래도 영리한 사람이어서 저 북려국 태의가 무엇을 하려는지 파악했다.

그는 잠시 기다렸다가 다시 말했다.

"여러분, 부디 안심하시기 바라오. 의학원은 고운천을 두둔하지 않을 것이며 더욱이 고칠소를 두둔하지도 않을 것이오! 설령 고칠소가 피해자라 해도 한운석과 결탁하고 독종의 잔당과 한패가 되어 수많은 독시를 길러 내 운공대륙의 안전을 위협했으니 그 죄는 용서할 수 없소!"

북려국의 태의가 바란 것도 바로 이 말이었다.

고운천은 낙마했지만, 의학원이 여전히 앞장서서 각 세력을 모아 중남도독부를 제압하기를 원한다면 그걸로 충분했다.

"여봐라, 고운천과 고칠소를 모두 체포해라!"

구양 부원장이 큰 소리로 명령을 내렸다.

고운천은 이미 체념한 상태였다. 여태껏 소칠의 원한을 별로 깊이 생각하지 않았는데, 그 원한 때문에 무너질 줄은 생각지도 못한 일이었다.

그는 본래 이번 행림 대회에서 가장 자랑스러운 연구 결과를 발표해 구품 의존에 오를 생각이었으나 이름 모를 여자에게 그 영광을 빼앗기고 철저하게 부정당하고 말았다!

본래는 독종을 멸하자는 핑계로 각 세력을 끌어들여 원장 자리를 공고히 할 생각이었으나 이 자리에서 몸을 망치고 명성마저 잃고 말았다!

그는 눈을 감고 시위가 포박하건 말건 자신을 속이려 애썼다. 이건 악몽이다. 틀림없이 악몽이야!

그러나 고칠소는 달랐다. 고칠소의 눈동자가 순간적으로 싸늘하게 식자 시위들은 놀라 물러섰다.

그는 단상 아래에 있는 사람들을 훑어보다가 마지막으로 구양 부원장에게 시선을 고정하고 물었다.

"구양 부원장, 이 어르신의 독시가 사람을 해치는 걸 봤어?"

구양 부원장은 대답하려고 입을 열었지만 할 말이 없었다.

고칠소의 독시가 사람을 해치는 걸 본 사람이 있었던가? 없었다!

고칠소의 독시를 본 소요성 사람들이 제풀에 놀라 달아났을 뿐이지, 털끝 하나 다친 사람이 없었다.

"너는 사람을 해치지 않았지만, 독종의 잔당을 도왔다! 독종의 잔당과 결탁한 것이다!"

단목백엽이 질책했다.

고칠소는 다시 웃음을 지었다.

"엽 태자, 독종이 무슨 천인공노할 짓을 했는지 어디 말해 봐. 네 아비를 죽였어, 아니면 네 어미와 간통했어?"

"이놈 고칠소, 죽고 싶구나!"

단목백엽이 버럭 화를 냈다. 그는 검을 뽑아 찔렀지만 고칠소가 발로 힘껏 걷어차자 그대로 사람들 속에 처박히고 말았다.

"너나 죽으시지!"

그는 구양 부원장에게 고개를 돌리고 여전히 꽃같이 아름다운 웃음을 지어 보였다.

"구양 부원장, 당신이 말해 봐. 독종이 대체 무슨 천인공노할 짓을 저질렀기에 의학원이 제 살을 베는 아픔을 참아가며 그들을 모조리 죽여 없앤 거야?"

단목백엽의 전철을 본 사람들은 아무도 함부로 지껄이지 못했다. 덕분에 장내는 조용해지고 모두가 구양 부원장의 대답만 기다렸다.

"독종은 의성 외부에 독약을 팔아 백성들의 생명을 해쳤다. 또 양독술을 연구해 독인과 독시를 기르고, 심지어 불사불멸의 독고인을 만들어 독으로 천하 창생을 해치려고 했다! 독종을 제거하지 않았다면 운공대륙은 벌써 인간 지옥이 되었을 것이다!"

구양 부원장의 목소리는 제법 정의롭고 비분강개했다.

고칠소는 더욱더 큰 소리로 웃었다.

"그건 의학원의 가설일 뿐이지. 말해 봐, 당시 독종이 보란 듯이 약방을 차려 독약을 팔았어? 천리를 거스르는 중대한 사건이라도 일으켰어?"

구양 부원장은 할 말이 없었다. 독종의 역사에 관해서는 사료에 기재된 것이 무척 적었고 대부분 입에서 입으로 전해질 뿐이었다. 그리고 사료든 소문이든 독종이 지난날 무슨 죄악을 저질렀는지 정확하게 밝힌 것은 없었다.

조용한 가운데 고칠소의 목소리가 유난히도 또렷하게 울려 퍼졌다.

"그런 적 있냐고?"

아무도 대답하지 않았다. 설령 지어내려는 사람이 있다 해도 방법이 없었다. 이 자리에서는 증거가 필요했으니까.

고칠소가 다시 물었다.

"모두, 고운천이 어떻게 독술을 할 줄 아는지 알아? 내가 어디서 양독술을 배운 줄 알아?"

북려국의 늙은 태의는 복잡한 눈빛을 지으며 입을 달싹였지만 아무 말 하지 않았다.

"의학원에는 원장만이 아는 비밀이 있지. 애석하게도 우리 아버지가 실수로 내게 들켰지만."

고칠소는 일부러 고운천을 흘끔거렸다. 고운천은 바람 빠진 공처럼 완전히 풀이 죽어 바닥에 늘어져 있었고, 주위에서 무슨 일이 벌어지건 동요하지 않았다.

물론 이 일은 고칠소가 훗날 몰래 의성에 잠입해서 어린 시절 기억을 되짚어가며 조사해 낸 것이었다. 고운천도 그에게 모든 사실을 알려 준 것은 아니었다.

사실 고칠소는 진작 복수할 밑천을 마련해 놓았지만, 지금까지 움직이지 않았던 것뿐이었다. 이 복수는 양패구상으로 치달아 그 자신조차 끔찍한 결과에서 벗어날 수 없기 때문이었다.

하지만 이번에는 독누이를 위해서 끝까지 해내야 했다!

그는 독누이가 자신의 출신을 당당하게 인정할 수 있게 해주겠다고 약속했다!

고칠소는 계속 말했다.

"지난날 의학원은 독종과 함께 의성을 관리했지. 독종은 해독에 뜻을 두고 독의를 길렀고, 독으로 사람을 해치지 않았어. 하지만 어쩌겠어. 독종의 세력이 강해지자 의학원은 질투가 난 거야. 독종이 독인과 독시를 기른 것은 단지 의학원을 견제하기 위해서였을 뿐 천하 창생을 해치려는 마음은 없었어. 의학원은 독종이 외부에 독약을 팔고 양독술을 연구했다며 제멋대로 중상모략했고, 결국 의성의 큰 명가 몇몇과 손을 잡아 독종을 무너뜨린 다음 독종의 땅을 봉쇄했어……."

"허튼소리 마라!"

구양 부원장이 화난 목소리로 고칠소의 말을 잘랐다.

고칠소는 아예 그를 상대하지도 않았다.

"독종을 무너뜨린 다음, 당시 의학원 원장께서는 독종의 경전을 없애지 않고 도리어 자기 소유로 만들었어. 그리고 비밀리에 후대로 전했고 역대 의학원 원장만 보게 했지."

그 말에 의기소침해진 고운천마저 고개를 들었다. 그는 그제야 상황의 심각성을 깨달았고, 그제야 고칠소의 진짜 목적을 알아차렸다.

고칠소는 그에게 복수하러 온 것만이 아니라, 의성을 무너뜨리려고 온 것이었다!

저지하고 싶었지만 애석하게도 이미 늦은 후였다.

고칠소가 말했다.

"우리 아버지와 내 독술은 그 독종의 경전에서 배운 거야. 그 경전은 커다란 상자 두 개에 들어 있고, 모두 아버지가 쓰는 후원 지하 밀실에 숨겨져 있지. 못 믿겠으면 직접 가서 뒤져 봐!"

장내는 쥐 죽은 듯이 고요해졌고, 끝까지 해명하려 애쓰던 구양 부원장마저 침묵에 빠졌다.

고칠소가 한 말이 사실일까?

사실인지 거짓인지는 고운천의 후원을 뒤져 보면 알 수 있었다.

구양 부원장과 다른 두 부원장, 그리고 세 장로는 서로를 마주 보았다. 그들은 이 일에 대해 전혀 알지 못했고, 믿고 싶지도 않았다.

하지만 그래도 두려웠다!

만에 하나, 이 말이 사실이라면 의학원의 명예는 완전히 망가질 터였다. 무슨 일이 있어도 그들은 의학원을 지켜야 했다!

고칠소가 이렇게 기세등등한 걸 보면 그저 놀라게 하려고 하는 말은 아닌 것 같았다. 그들은 이런 위험을 무릅쓸 수 없었다!

그때 임 부원장이 다가와 구양 부원장의 귀에 뭐라고 속삭였다. 이들 두 부원장이 같은 편에 서서 함께 누군가를 상대하는 건 거의 없는 일이었다.

곧 구양 부원장이 과감하게 외쳤다.

"고칠소, 독종이 빠져나갈 구멍을 마련해 주려고 그런 거짓말까지 지어내다니! 여기 있는 모두가 그 말에 속을 줄 알았느냐? 여봐라, 저들 부자를 체포해라! 여러분, 우리 의학원은 반드시 고운천에게 엄벌을 내려 세상 사람들에게 사죄할 것입니다! 독종을 없애는 일은 행림 대회가 끝난 후에 이야기할 것이니, 각지에서 오신 친구 분들께서는 며칠 더 머무르며 한마음으로 대책을 논의하시지요!"

구양 부원장이 눈짓하자 시위 한 무리가 우르르 다가왔다. 고칠소에게 말할 틈을 주지 않으려는 것이었다.

하지만 바로 그때 시동 몇 명이 놀란 얼굴로 허둥지둥 달려와 구양 부원장과 임 부원장 일행에게 귓속말했다.

시동들이 뭐라고 했는지 몰라도, 의학원 고위층 사람들의 안색이 몹시 나빠졌다. 그들은 눈빛을 교환하며 어쩔 줄을 몰라 했다.

그때 숲 바깥에서 소란한 소리가 들려왔다.

곧 뒷줄에 앉아 있던 사람 일부가 밖으로 달려 나갔다가 나쁜 소식을 갖고 돌아왔다.

"의학원에 문제가 생겼소! 아주 큰일이 났소!"

"모두 어서 가 보십시오! 정말 큰일입니다!"

"천만뜻밖이군요! 정말 생각지도 못했어요!"

뒤쪽에서부터 외치는 소리가 들려오자 앞줄에 있던 사람들도 가만히 있지 못했다. 당리와 영정이 제일 먼저 자리를 떴고, 이어서 약성의 왕공과 몇몇 장로가 뒤따랐다. 목청무는 세 번째로 움직였다. 시간이 갈수록 나가는 사람은 점점 많아졌고, 북려국과 천녕국 사람마저 나가자 의학원 고위층들도 부득불 따라갈 수밖에 없었다.

얼마 지나지 않아 널따란 대회장이 텅텅 비고 고칠소와 한운석, 고북월 세 사람만 남았다.

목숨을 내놓겠소

사람들이 숲 밖 소란스러운 곳으로 달려 나가자 행림에는 한운석 일행 세 사람만 남았고 세상이 다 조용해졌다.

멀리서 눈을 잔뜩 찌푸린 채 고칠소를 바라보는 고북월은 아직 주먹까지 꽉 움켜쥐고 있었다! 한운석에 관한 일이 아니라면, 평소 온화하고 차분한 그가 이렇게 분노한 적은 한 번도 없었다.

고운천을 용서할 수 없었다!

그리고 의성도 정말 못할 짓을 저질렀다!

한운석은 고칠소 옆에 서서 넋이 나간 얼굴로 그를 쳐다보았다. 두 눈이 토끼처럼 새빨갰다.

그녀는 자신이 반드시 뭔가를 해야 한다고 생각했다. 나아가서 소칠을 꼭 안아 주고 싶었다. 하지만 눈앞에 있는 이 남자는 능 대장로가 말한 소칠 같지 않았고, 고운천의 연구 기록에 나오는 소칠 같지도 않았다.

소칠은 이미 어른이 되었다. 소칠은 이미 고칠소의 마음속 깊은 곳에 숨어 영원히 다시 나타나지 않을 터였다.

눈앞에 있는 이 남자는 고칠소였다. 이제 남의 보호가 필요치 않은 성인 남자, 그녀를 보호해 줄 수 있는 칠 오라버니…….

시간은 잔인했다. 아무도 과거로 되돌아가 소칠 곁에서 그를 보호해 줄 수 없었다.

보호를 받는 것도 운과 인연이 따라야 했다. 누구나 다 그렇게 운이 좋은 것도 아니고 인연이 닿는 것도 아니었다. 그래서 이 세상에는 반드시 홀로 견뎌야 하는 고통과 아픔이 가득했다.

한운석은 어떻게 해야 좋을지 몰라 했지만 고칠소는 그녀를 향해 미소를 지었다. 그 미소가 그녀를 더더욱 어쩔 줄 모르게 했다.

결국, 그녀는 참지 못하고 화난 목소리로 부르짖었다.

"됐어, 자꾸 웃을 필요 없어! 그만 웃으란 말이야! 이 바보, 멍청이!"

어쩌면 한운석조차 모르고 있을 것이다. 고칠소가 이 흉측하고 끔찍한 상처를 그 누구보다 그녀 앞에 드러내 놓기를 가장 싫어했다는 것을.

할 수만 있다면, 차라리 영원히 그녀가 모르게 하고 싶었다. 차라리 영원히 웃는 얼굴만 보여 주고 싶었다.

"독누이, 칠 오라버니가 널 도우려고 그런 줄 알아? 하하하, 이 칠 오라버니는 말이야, 오랫동안 오늘만 기다려왔어. 가자, 재미있는 구경거리가 아직 남았거든!"

고칠소는 이렇게 말한 뒤 한운석을 끌고 숲 밖으로 나갔다. 고북월도 그제야 정신이 들어 황급히 그들 뒤를 따랐다.

고칠소는 몹시 빠르게 날아갔다.

그는 한운석의 손을 단단히 부여잡았다. 한운석이 하는 말이 똑똑히 귀에 들려왔다.

"소칠, 그만 가자! 이곳에서 떠나잔 말이야, 응? 여길 떠나서

다시는 돌아오지 않는 거야, 어때?"

하지만 그는 못 들은 척했다.

그들이 의학원에 도착했을 때 의학원은 아수라장이었다.

초서풍과 서동림이 억지로 고운천의 후원으로 뚫고 들어가 의학원 수많은 사람이 지켜보는 가운데 지하 밀실 입구를 찾아 내고, 독종의 경전을 한 무더기 발견했기 때문이었다.

그들 두 사람도 어젯밤에야 고칠소의 연락을 받았다. 고칠소 는 의학원으로 잠입하는 길과 지하 밀실 입구, 심지어 경전이 숨겨진 곳을 아주 자세하게 일러 주었다.

의학원은 방비가 두터웠지만, 고칠소가 귀띔해 준 내용과 두 사람의 능력 덕분에 쉽게 목적을 이룰 수 있었다.

그들을 막으려던 시위와 의학원 이사 몇 명은 경전을 보고 까무러칠 듯이 놀랐다.

그들이 어떻게 된 일인지 알아차리기도 전에 고칠소가 의학 원에 심어 둔 첩자 무리가 유인한 덕분에 사람들이 몰려들어 경전을 에워쌌고, 이 소식은 빠르게 퍼져나갔다.

행림에 있던 귀빈들이 도착했을 무렵 이 일은 이미 의학원 사람이 모두 알게 되었고, 고칠소와 한운석, 고북월이 도착했 을 무렵 상황은 몹시 혼란했다.

구양 부원장은 사람을 시켜 초서풍과 서동림을 포위하게 하 고 그들이 경전을 가져와 누명을 씌웠다고 모함했다.

"너희들은 틀림없이 고칠소와 한패일 것이다!"

임 부원장이 노한 목소리로 꾸짖었다.

초서풍이 변명하려 할 때 고칠소가 도착했다. 그는 앞을 가로막은 사람들을 밀어젖히며 차갑게 웃었다.

"임 부원장, 사람들이 밀실에 들어가는 걸 허락할 용기가 있어? 아, 참, 당신도 본 적이 없지. 그래, 차라리 당신이 먼저 들어가 보지 그래?"

임 부원장은 밀실에 대해 전혀 아는 게 없었다. 그와 구양 부원장은 똑같은 생각이었다.

지금으로서는 진실이 무엇이든 간에 반드시 온 힘을 다해 의학원의 명예를 지켜야 한다는 것!

"고칠소, 너와 네 아버지의 은원에 의학원을 끌어들이지 마라!"

임 부원장이 차갑게 경고했다. 그러면서 좌우에 고칠소를 잡아들이라고 외치려는데, 고칠소가 아주 이상야릇한 말투로 툭 던졌다.

"임 부원장, 연심 부인이 어디 있는지 아시려나?"

그 말이 떨어지자 임 부원장의 안색이 새하얘졌다. 그와 연심 부인은 한때 정을 통한 적이 있지만 최근에는 왕래가 전혀 없었다! 고칠소는 무슨 뜻으로 이런 말을 꺼냈을까? 설마하니 고칠소가 뭔가 알고 있는 걸까?

의학원의 명예도 중요하지만, 이 많은 사람 앞에서는 자신의 명예가 더 소중했다. 하물며 그의 아내도 사람들 틈에서 구경하고 있었다.

그 순간, 임 부원장은 말문이 막혀 다시는 고칠소에게 대꾸

하지 못했다.

그러나 구양 부원장은 고칠소에게 흠 잡힌 것이 없었다. 그가 차갑게 말했다.

"여봐라, 모두 귀가 먹었느냐? 어서 저 독종 잔당들을 잡아들이지 못하겠느냐!"

"잠깐!"

마침내 약성의 왕공이 입을 열었다.

"구양 부원장, 여기 있는 경전의 양이 적지 않은데 방비가 삼엄한 의학원에 어떻게 이것을 가지고 들어올 수 있겠소?"

"그렇습니다. 제 생각에는 우리 중 대표를 선발해 밀실 안을 둘러보게 하는 것이 좋겠습니다."

목청무는 이 사태가 아직 정확히 밝혀지지 않았는데 너무 빨리 나서지 않았나 싶었다. 하지만 그래도 참을 수가 없었다.

"상황을 정확히 살피고 증명해야 나중에도 의성을 오해할 사람이 없을 겁니다."

목청무가 돌려서 말했다면 당리는 아주 대놓고 의심을 표했다.

"구양 부원장. 이런 식으로 서둘러 체포하려는 걸 보니 남들에게는 말 못 할 비밀을 숨기고 있는 게 아니오?"

"무엄하오!"

구양 부원장은 노성을 터트리고는 몹시 강압적으로 말했다.

"이는 우리 의성의 내부 문제니 여러분들이 나서서 증명해 주실 필요는 없소. 여러분들은 행림 대회 장소로 돌아가 주시오. 대회가 곧 시작되오! 독종의 일은 대회가 끝난 후 의학원이 알아서 처리할 것이오!"

내내 무관심하던 영정도 참다못해 큰 소리로 웃음을 터트렸다.

"찔리는 구석이 없으면 의연하게 보여 주지 못할 이유가 어딨소?"

뜻밖에도 영정이 자신을 돕자 당리는 무척 신이 나서 옆에 있던 큰 바위 위로 훌쩍 뛰어 올라가 큰 소리로 말했다.

"여러분이 보기에도 의학원이 찔려서 이러는 것 같지 않소? 그러니 우리가 밀실에 들어가지 못하게 하는 것이오. 저 밀실에는 대체 뭐가 있소? 모두 보고 싶지 않소?"

그 말이 떨어지기 무섭게 과반수의 사람이 당리에게 동조했다.

"보고 싶소!"

"그럼 말씀해 보시오. 의학원이 이렇게 나오는 건 어딘지 찔리는 게 있어서 그렇지 않겠소?"

당리가 또 물었다.

"그렇소!"

사람들이 입을 모아 외치는 소리가 의학원 전체에 쩌렁쩌렁 울렸다. 심지어 의학원 내부인 중에도 적잖은 이들이 호응했다.

사람들의 외침 속에서 고칠소는 유난히 조용했다. 그는 차가운 경멸을 담아 입꼬리를 끌어올렸다. 천지를 무너뜨리고도 남을 사악한 표정이었다!

사실 조금이라도 눈이 있는 사람이면 의학원이 진실을 감추려다 더욱 의심을 받고 있음을 알아차릴 수 있었다. 당리의 선동에 각 세력의 감정이 격앙되고, 심지어 의성 내부인들마저 진실을 알고 싶은 마음이 간절해졌다.

마침내 심 삼장로가 입을 열었다.

"구양 부원장, 이 늙은이가 보기에 이 일은 결코 의성 내부 문제가 아닙니다."

소칠의 모습에 마음이 반이나 무너진 낙취산은 필사적으로 돕기로 하고 당리 앞에 서서 외쳤다.

"구양 부원장, 이 일이 의성 내부 문제라면 어째서 독종을 무너뜨리는 일은 세상 사람들과 협의하고자 하십니까? 오늘 이렇게 모두 모였으니 확실히 말씀해 주십시오. 독종의 일은 우리 의성 내부 문제입니까, 아니면 천하와 관계된 일입니까?"

심 삼장로와 낙취산이 나서자 의학원 내부 사람들도 대거 일어나 구양 부원장에게 대답을 요구했다.

하지만 그렇다고 해도 구양 부원장은 여전히 협조하지 않았다. 그는 아직도 자신이 이 광기를 바로잡을 수 있기를 바랐다.

그의 눈짓에 시위들이 현장을 단단히 포위했다!

"여봐라, 대회가 곧 시작되니 귀빈들을 행림으로 모셔라!"

그 말이 떨어지자마자 차가운 목소리가 온 성을 뒤흔들었다.

"아무도 갈 수 없소!"

사람들이 소리 나는 쪽을 바라보니 고칠소 옆에 있던 신분이 불분명한 그 여자가 서 있었다.

"네가 뭐라고⋯⋯!"

구양 부원장은 말할 기회가 없었다. 한운석이 얼굴을 가린 변장을 휙 벗어던졌기 때문이었다.

이곳에는 그녀의 얼굴을 아는 사람이 아주 많았다. 모두 깜짝 놀란 나머지 떠들썩하던 장내가 마침내 쥐 죽은 듯 고요해졌다.

"한운석이잖아⋯⋯."

영정이 나지막이 중얼거렸고, 당리는 몰래 히죽 웃었다.

북려국 늙은 태의는 두 눈을 가늘게 뜨고 가만히 한운석을 훑어보았다. 목청무는 아예 넋이 나가서 흐리멍덩해진 눈길로 바라보다가 저도 모르게 바보처럼 웃었다.

약성 등 다른 세력 사람들도 하나같이 탄성을 금치 못했다.

저 여자가 감히 이곳에 왔다고?

저 여자가 왔다면 진왕 전하는? 진왕 전하도 근처에 있을까?

구양 부원장과 의학원 고위층들도 서로를 바라보았다. 그들이 아직 충격에서 깨어나지 못했을 때 한운석이 차가운 목소리로 입을 열었다.

"구양 부원장, 의학원도 공연히 애써 사람들을 모아 독종의 잔당을 없애려 할 필요가 없소. 이 한운석이 오늘 여기서 두 가지 할 말이 있으니 수고스럽지만 부원장이 의학원을 대표해 들어 주시오."

한운석이 들어 달라고 한 사람은 구양 부원장이지만 주위의 모든 사람이 조용해져 긴장한 채 기다렸다.

"첫째, 이 한운석이 독종의 핏줄이다, 그 말이 맞소!"

마침내 한운석은 정식으로 자신의 신분을 인정했다.

물론 모두가 그녀의 신분을 알고 있었지만, 제 입으로 인정하는 말을 듣자 믿을 수가 없어 눈이 휘둥그레졌다. 그런 와중에도 적잖은 이들이 속으로 감탄을 터트렸다.

적어도 저 여자의 용기는 진왕 전하의 짝이 될 만했다.

"둘째, 의성은 입만 열면 나를 죽이고 독종을 없애겠다고 했소."

한운석도 드디어 웃음을 지었다. 고칠소보다 더 잔인해 보이는 웃음이었다.

"그러니 나는 오늘 이 자리에서 의학원과 내기를 하겠소! 만약, 밀실에 의학원이 남몰래 숨긴 독종의 경전이 없다면 이 한운석은 여기서 목숨을 내놓겠소. 반대로 있다면, 의학원과 여기 이 자리에 있는 여러분이 독종의 결백을 밝혀 주시오!"

그 말이 끝나자 널따란 광장에 빽빽하게 들어찬 사람들은 더욱더 조용해졌다.

사람들의 시선이 차츰차츰 한운석에게서 떨어져 구양 부원장에게로 옮겨 갔다. 모두 그의 대답을 기다리고 있었다.

한 여자가 목숨을 걸고 내기를 하겠다는데 구양 부원장이 막무가내로 우길 수는 없었다.

그저 자신이 수년간 충성을 바친 의학원이 정말로 고칠소가 말한 것처럼 지독하지 않기를, 자신을 실망시키지 않기를 묵묵히 기도하는 수밖에 없었다.

마침내 구양 부원장이 대답했다.

"좋소. 그렇다면 귀빈들 중 어느 분이 증인이 되어 주시겠소? 원하시는 분은 밀실로 내려가 주시오!"

결백을 밝혀 주시오

밀실에 내려가고 싶어 하는 사람이 너무 많아서 모두 갈 수는 없었다.

결국, 한운석과 구양 부원장의 협의를 거쳐 여섯 사람을 골라 밀실에 내려 보내기로 했다.

이들 여섯 사람은 약성 왕씨 집안의 가주 왕공, 당문 문주 당리, 서주국 태자 단목백엽, 천녕국 군관 야율쟁耶律錚, 천안국 소장군 목청무, 북려국 태의 나찰덕림이었다.

이들 여섯 사람은 운공대륙 육대 주류 세력의 대표였다. 당문은 비록 은거한 세력이고 비주류지만, 당리는 운공상인협회의 사위라는 신분으로 한 자리 차지할 수 있었다.

공정을 기하기 위해 한운석 쪽 사람과 의학원 쪽 사람은 밀실에 가지 않기로 했다.

구양 부원장은 초서풍과 서동림이 찾은 경전은 내력이 불분명하니 증거로 삼을 수 없다고 주장했다. 고칠소가 한 말이 사실인지 아닌지 증명하려면 밀실 안에 증거가 있는지 보는 수밖에 없었다.

모든 협상이 끝나자, 사람들이 지켜보는 가운데 구양 부원장이 몸소 밀실 입구를 열었고 당리 등 여섯 사람이 차례차례 들어갔다.

그들의 그림자가 밀실 안으로 사라진 후 장내는 더욱더 조용해졌다.

늘 그렇듯 시간은 정적 속에서 유난히도 느리게 흘렀다. 처음에는 모두 인내심을 갖고 기다렸지만 시간이 갈수록 점점 초조해하는 사람들이 생겨났고 저희끼리 쑥덕거리는 소리가 들려왔다.

구양 부원장과 의학원 고위층은 밀실 입구 한쪽에 서 있었다. 비록 각자 다른 생각을 품고 있었지만 불안하기는 똑같았다.

한운석과 고칠소는 바위 위에 있었다. 한운석은 꼼짝도 하지 않고 서서 밀실 입구를 뚫어지게 응시했으나 고칠소는 도리어 느긋하게 앉아서 풀잎 하나를 뜯어 입에 넣고 잘근잘근 씹었다. 그는 밀실에는 별로 흥미를 보이지 않고, 의학원 고위층 사람들의 얼굴만 재미있어하며 살펴보았다.

어쩌면 지금에서야 비로소 복수의 쾌감을 느끼기 시작한 것인지도 몰랐다.

고통과 쾌감이 함께라면, 그는 당연히 고통을 잊어버리고 쾌감을 실컷 누려야 했다.

그는 웃음을 참을 수 없어 한운석의 치맛자락을 잡아당겼다. 한운석이 그에게로 몸을 숙였다.

"왜?"

"뭘 그렇게 긴장해? 칠 오라버니가 널 배신할까 봐 겁나?"

고칠소가 웃으며 물었다.

한운석은 그를 흘겨보았다. 이 사람은 정말 아무 생각이 없는 걸까? 그녀는 아직도 마음이 아픈데, 그는 마치 아무 일도 일어나지 않은 것처럼 굴었다.

한운석이 다가가 진지한 눈으로 그의 눈동자를 들여다보았다.

"소칠, 오늘은 차라리 당신이 날 배신했으면 좋겠어."

진심이었다. 그가 자신을 배신할망정 옛 상처를 헤집어 만신창이가 되는 건 바라지 않았다.

고칠소는 참다못해 한운석의 코를 꼬집으며 더없이 다정하게 웃었다.

"마음이 아파서 그렇겐 못 해. 영원히."

고북월은 아직 변장을 지우지 않은 채 커다란 바위 옆에 서 있었다. 그 역시 밀실 쪽에는 관심이 없었다. 그는 의학원 고위층들을 훑어보는 한편 눈을 찡그리고 생각에 잠겨 있었는데, 무슨 생각을 하는지는 그 자신만이 알고 있었다.

마침내 당리가 밀실 입구에서 뛰쳐나왔다. 그의 손에는 온갖 병과 용기가 잔뜩 들려 있었다.

이어서 왕공과 목청무도 나란히 나타났다. 양손 가득 책자를 든 두 사람의 안색은 몹시 냉혹하고 무정했다.

북려국 태의와 단목백엽, 천녕국 군관은 빈손으로 나왔지만 그들의 안색도 썩 좋지 못했다.

당리 일행이 가지고 나온 것을 보자 구양 부원장 일행은 다리에 힘이 빠져 하마터면 넘어질 뻔했다. 이제 물어볼 기력조차 없었다.

왕공은 두꺼운 책자 두 권을 바닥에 던지더니 아무 말 없이

'흥' 하고 콧방귀만 뀌었다. 목청무도 가져온 책을 구양 부원장 손에 쥐여 주며 가소로운 듯이 콧방귀를 뀌었다.

당리는 그들처럼 가만있지 못했다. 그는 가져온 병과 용기를 바닥에 내팽개치고 냉소를 지었다.

"이건 다 독약이오. 모두 밀실에서 찾아낸 거요! 구양 부원장, 이것들도 고칠소가 사람을 시켜 가져다 놓고 모함한 것이라고 말하고 싶겠지, 안 그렇소?"

구양 부원장이라고 그렇게 말하고 싶었던 게 아니라 그저 그런 변명밖에 할 수 없었을 뿐이었다.

하지만 그가 입을 열기도 전에 당리가 바닥에 떨어진 책을 주워 높이 들어 올렸다.

"모두 잘 보시오. 이건 역대 의학원 원장들이 남긴 글이오! 여기에 그들이 독고인을 연구했다는 기록이 있소."

목청무도 끓어오르는 분노를 참지 못해 소리쳤다.

"여러분, 고칠소는 거짓말을 하지 않았습니다! 지난날 의학원이 독종을 무너뜨린 것은 순전히 반대파의 싹을 베어 버리기 위해서였습니다! 의학원은 독종을 무너뜨려 놓고 그 경전은 모조리 차지했습니다! 이 기록들은 역대 원장이 독고인을 연구한 결과입니다. 독종은 그 개념만 제안했을 뿐이지만 의학원은 그것을 현실로 만들었습니다! 진정으로 천하를 해치려던 쪽은 의학원입니다! 독종은 무고합니다! 한운석은 더욱더 무고합니다!"

뒤의 두 마디야말로 목청무가 진짜 하고 싶었던 말이었을 것이다.

오늘 이렇게 충동적으로 나섰으니 돌아가면 아버지에게 크게 야단맞을 게 분명했다. 하지만 지금은 그런 것까지 생각하고 싶지 않았다. 지금 이 순간 그의 마음속에 가득한 안도감은 그 누구도 이해하지 못했다.

한운석과 적이 되지 않아 얼마나 다행인지, 한운석을 위해 정의를 밝힐 수 있게 되어 얼마나 다행인지!

이러면 목숨을 구해 준 그녀의 은혜를 갚았다고 볼 수 있지 않을까? 비록 그 은혜를 다 갚을 수는 없지만, 적어도 조금은 갚지 않았을까?

꿈에서조차 그는 언젠가 그 은혜를 갚을 수 있기를, 다시는 그녀에게 목숨을 빚지지 않기를 바라 왔다.

한운석, 은혜를 갚고 나면 나도 당신을 좋아할 자격을 가질 수 있을까?

사람들은 책자를 돌려가며 읽었다. 구양 부원장 일행마저 진지한 얼굴로 살펴보았지만, 누구 하나 이 사실을 믿을 수가 없었다. 하지만 부인할 수 없는 사실이 그들 손안에 묵직하게 놓여 있었다.

"보아하니 의학원은 반드시 독종의 결백을 밝혀 줘야겠구려!"

한운석의 차가운 말이 떨어지자 사람들은 충격에서 빠져나왔다. 모든 것이 명확해졌으니 이제 정산을 해야 했다.

정적 속에서 모두가 딴생각을 품었다. 북려국 태의의 시선은 시종일관 한운석에게서 떠나지 않았는데, 그 냉혹한 입가에는 희미한 웃음이 어려 있었다. 음미하는 것 같기도 하고 감탄하는 것 같기도 하고 기대하는 것 같기도 한 웃음이었다.

단목백엽의 안색은 무거웠다. 의성과 연합해 한운석을 없애고 누이동생의 원한을 갚을 수 있을 줄 알았는데 도리어 의성은 제 한 몸 건사하기도 어렵게 되고 말았다. 이번 의성행은 헛걸음한 셈이었다.

천녕국 군관의 안색이 제일 나빴다. 그는 소리를 낮추고 옆에 있는 사람에게 말해 영승에게 보고하게 했다. 오늘 의학원에서 벌어진 일은 운공대륙 정세 전체에 영향을 미칠 게 분명한 만큼, 영승이 상황을 일찍 알수록 좋았다.

의학원의 제재가 없으면 설령 영승이 홍의대포의 도움을 받는다 해도 중남도독부와의 싸움에서 승산이 그리 크지 않았다.

당리는 한운석을 바라보며 바보처럼 웃었다. 그는 점점 더 형수를 숭배하게 되었다. 물론 용비야를 생각하면 더욱 기뻤다. 독종의 누명을 벗기면, 적어도 용비야가 독종의 세력을 손에 넣음으로써 훗날 운공대륙의 패자 자리를 차지하는 데 큰 판돈으로 쓸 수 있었다.

당리는 평소 자신을 쳐다보지도 않던 영정이 지금은 싸늘한 눈길로 뚫어지게 노려보고 있다는 사실을 알아차리지 못했다.

장내는 갈수록 조용해졌다. 의성과 한운석, 고칠소 사이에 긴장된 분위기가 차츰차츰 퍼져나갔다.

의학원 사람들이 대답이 없자 한운석이 다시 말했다.

"여러분, 이제 진실이 밝혀졌소. 여러분은 독종을 없애겠소,

아니면 의성을 없애겠소?"

그 말이 커다란 파도를 일으켰다.

구양 부원장은 눈을 동그랗게 뜨더니 신음과 함께 새빨간 피를 울컥 토하고 그 자리에서 혼절했다.

그가 한마음으로 지키고자 했던 의학원이 이렇게 지독한 곳일 줄이야. 그 사실이 그를 견딜 수 없게 만들었다.

원장에게 문제가 생겼으니 자연히 부원장이 이끌어가야 했지만, 임 부원장은 고칠소를 꺼려 허둥지둥 구양 부원장을 부축하기만 하고 나서지 않았다.

의학원에는 세 부원장이 있었고, 남은 사람은 지금까지 아무 말도 없었던 곽 부원장뿐이었다.

높은 자리에 있으면서 이 순간까지 침묵을 지킨 것을 보면 보통 인물이 아니라고 하지 않을 수 없었다.

곽 부원장의 이름은 곽추군霍秋君으로, 의술은 구양 부원장과 막상막하였지만 배경은 구양 부원장보다 훨씬 좋았다. 그는 곽씨 집안 출신이었다. 곽씨 집안은 의성에서 고씨 집안에 버금가는 대 명가였다.

곽씨 집안 사람은 의학원 각 곳에 요직을 차지하고 있었고 문하생도 구름처럼 많았다. 그보다 더 대단한 것은 곽 부원장이 의술 자격시험을 직접 관리한다는 것이었다. 의성에서 배운 후 이곳을 떠나 개인적으로 의술을 베풀려면 반드시 곽 부원장의 시험을 통과해야 했다.

그 곽 부원장이 마침내 일어섰다. 그는 임 부원장처럼 속물

적이지도 않았고 구양 부원장처럼 강압적이지도 않았다. 우아하고 온화하고 점잖은 모습이 좀 더 의원다워 보였다.

모두의 이목이 쏠리고 분위기가 몹시 긴장되어 있는데도 그는 여전히 태연자약한 얼굴로 한운석에게 읍을 했다.

"그렇소. 의학원은 반드시 독종의 결백을 밝혀 줄 것이오."

설마 의학원이 이렇게 타협하려는 걸까? 적잖은 이들이 의아하게 생각했다.

뜻밖에도 한운석이 말하기 전에 곽 부원장이 먼저 말을 이었다.

"하지만 그 전에, 이 늙은이는 고운천이 의학원에 똑똑히 밝혀 주기를 바라오! 그래야 의학원이 운공대륙의 수많은 의원과 수많은 백성에게 떳떳하게 말할 수 있지 않겠소!"

그게…… 무슨 뜻일까?

한운석은 어렴풋하게 불안을 느꼈고, 고칠소도 좁고 긴 눈을 가늘게 떴다.

"독종은 의학원에서 갈라져 나온 독의의 집단으로 훗날 독립적으로 문호를 세우고 의학원과 대등한 세력이 되었소. 아마 이 사실은 모두가 알고 있을 것이오."

곽 부원장은 진지하게 말을 이었다.

"독종이 의학원 손에 무너진 것은 이미 백 년도 지난 옛일이오. 조금 전 고칠소는 지난날 의학원 원장이 반대파를 제거하기 위해 독종이 불의하다고 모함했다 했소. 하지만 그 오랜 세월 이 비밀은 줄곧 역대 원장들에게만 전해져 왔소. 이 경전에 관한 일도 원장들만 알고 있었소. 역대 원장을 제외하면 의학원의 그 누구도 이 일에 대해 몰랐고, 더욱이 독술에 손도 대지 못했소."

곽 부원장은 한운석을 돌아보았다.

"한운석, 당신이 독종을 위해 정의를 밝히고 그 결백을 되찾아 주고자 한다면 이 늙은이도, 그리고 의학원도 지지하겠소! 의학원 역시 고운천과 역대 원장들에게 정의를 묻고자 하오!"

이 말에 북려국의 늙은 태의가 손뼉을 쳤다.

"과연 곽 부원장은 정의로우시구려!"

"내 말하지 않았소? 의학원 모두가 고운천 같은 위선자일 리 없다고 말이오."

단목백엽은 속으로 안도의 숨을 쉬며 말했다.

그들 누구도 의성이 이렇게 무너지는 것은 바라지 않았다.

한운석은 무척 뜻밖이었다. 곽 부원장은 확실히 대단한 사람이었다!

그는 모든 책임을 원장에게 미뤄 의학원이 발을 빼게 한 것도 모자라, 의학원을 독종과 똑같이 무고한 피해자 자리에 올려놓았다.

한운석은 망설였다. 곽 부원장에게 반박하고 의학원의 책임을 추궁할 수도 있지만, 곽 부원장의 말에도 일리가 있었다. 의학원에 모든 책임이 있는 것은 아니었다.

독종의 누명을 벗겨도 의성을 쓰러뜨리지 못한다면, 어떤 의미에서 이번 계획은 실패라고 할 수 있었다.

의성을 깨부수고 손에 넣지 못하면, 의성이 세운 규칙을 무너
뜨리지 못하면, 결국 언젠가는 의성의 제재를 받게 될 터였다!

어떻게 해야 할까?

참다못한 고칠소가 주먹을 부르쥐며 입을 열려는 순간, 지금
까지 조용히 있던 고북월이 그의 손을 잡으며 나지막이 말했다.

"소칠, 서두르지 말고 남은 일은 내게 맡기게."

용비야는 이미 천산에서 내려왔고, 머지않아 운공대륙은
정말로 떠들썩해질 것이다. 그는 이번 의성 싸움에서 질 수 없
었다.

큰 위기부터 풀고

고칠소는 지금껏 고북월을 안중에도 두지 않았지만, 무슨 이유인지 고북월에게 붙잡히자 마치 귀신에 홀린 것처럼 차분해졌다.

고북월은 고칠소에 비해 한운석을 별로 걱정하지 않았다. 고북월의 시선 한 번에 한운석은 곧바로 차분해졌기 때문이었다. 한운석의 총명함과 이성이라면 현 상황을 확실하게 파악할 수 있었다.

지금 의학원과 강경하게 맞서면 잃는 것이 더 많고 그들 자신마저 고립무원에 처할 수밖에 없었다.

곽 부원장이 책임을 미루기는 했지만 전혀 일리가 없는 말도 아니었다.

지난날 의학원이 독종을 제거해 반대파를 없애려 한 음모가 원장 한 사람의 생각일 뿐 의학원 전체의 지지가 없었다면, 아무리 원장이 대단한 능력을 지녔다 해도 성공하지 못했을 것이다.

그러니 설사 그 일이 음모라고 해도 독종을 무너뜨린 데는 의학원 전체에 책임이 있었다!

하지만 나중에 원장이 독종의 경전을 몰래 빼돌려 대대로 비밀스럽게 전한 것은 의학원과는 큰 관계가 없었다. 이는 개인적인 행동으로 봐야 했다. 역대 의학원 원장은 이 경전을 이용해 천인공노할 일을 한 적이 없었고 밖으로 전하지도 않았기 때문이었다. 그저 개인적으로 배우고 연구한 것뿐이었다.

원장 본인을 제외하면 의학원의 그 누구도 그 사실을 알지 못했다.

고운천이 고칠소를 가르치고 고칠소가 독시를 길러 낸 것은 특별한 예로 봐야 했다.

이제 옳고 그름은 가려졌으니 남은 것은 책임을 묻는 것뿐이었다. 책임 추궁이 옳고 그름을 가리는 것보다 더 복잡할 때도 있었다. 책임에 얽힌 이해관계가 옳고 그름을 가릴 때보다 훨씬 더 많기 때문이었다.

억지로 의학원에 책임을 물으려고 하면 필시 의학원 모두의 이익을 건드리게 될 터였다.

고위층은 말할 것도 없고, 그곳에서 일하는 명의나 일개 시동조차 의학원이 무너지는 것을 바라지 않았다.

일개 시동이 시험을 쳐서 의학원에 들어오거나 명의를 따를 기회를 얻기란 무척 어려웠다. 미래의 희망을 걸고 있는 의학원이라는 이 든든한 건물이 와르르 무너지는 것은 그들 중 누구도 바라지 않았다.

게다가 의학원이 무너지면 운공대륙 의학계는 얼마나 혼란한 상황을 맞이하게 될까? 그 혼란 속에 이때다 하고 발을 들이밀 세력들은 또 얼마나 많을까?

지금은 의학원 내부에도 한운석을 지지하는 목소리가 꽤 있었다. 만약 이럴 때 한운석 일행이 고집스레 의학원의 책임을 물으려고 하면, 그 지지를 잃을 뿐 아니라 북려국, 천녕국 세력도 그 기회를 놓치지 않고 달려들 것이다.

일단 의학원이 다시 단결하고 나아가 북려국, 천녕국 등과 또 손을 잡으면 한운석 일행이 우위를 차지할 수는 없었다.

한운석은 고북월을 쳐다보며 안심하라는 눈짓을 보냈다. 속으로는 원망스럽지만 이 중요한 순간에 마음대로 행동할 수는 없었다.

고북월은 고개를 끄덕인 뒤 고칠소에게 나지막이 말했다.

"소칠, 무너뜨릴 수 없으면 손에 넣으면 되네."

손에 넣는 것이야말로 어떤 의미에서는 비로소 철저하게 무너뜨리는 것이었다!

고칠소는 입꼬리를 올리며 웃었다.

"흐흐, 이봐, 의원. 이 어르신께서 널 너무 얕봤군! 넌 용비야보다 훨씬 더 교활해!"

"진왕 전하와 비교해 주다니 큰 칭찬이라고 생각하겠네."

고북월이 웃으며 말했다.

용비야가 의성의 일거수일투족을 줄곧 지켜보고 있었다는 걸 고칠소가 알면 어떤 반응을 보일까?

드디어 고북월이 한운석과 고칠소 뒤에서 걸어 나왔다. 그가 물었다.

"그렇다면 곽 부원장께서는 이 일을 어떻게 처리하면 좋겠다고 생각하십니까?"

"그쪽은 누군가?"

곽 부원장이 물었다.

고북월은 변장용 수염을 뜯어내고 비굴하지도 오만하지도 않게 읍을 했다.

"이 몸은 약귀당 상주 의원 고북월입니다."

"저자였군!"

"저자는 오품 신의이고 의학원 출신이오. 저자의 할아버지인 고원동은 한때 이름 있는 이사였지."

"저자는 예전에 천녕국 태의원 수석 어의가 아니었던가? 이 제 보니 정말 한운석과 한패였군!"

"고작 오품 신의 아닌가? 밖에서야 우쭐댈 수 있을지 몰라도 감히 의성에서 함부로 나서다니?"

수군대는 소리가 작지 않았고 곽 부원장 역시 가소로워하는 눈빛이었다. 칠품 의성인 곽 부원장에게 고작 신의밖에 못 되는 고북월은 안중에도 없는 것이 분명했다.

"지금…… 누구 대신 하는 말인가?"

곽 부원장이 화난 목소리로 물었다. 그 말인즉, 고북월은 여기서 말할 자격이 없다는 뜻이었다.

첫째는 고북월이 독종 사람이 아니니 독종을 대표할 자격이 없고, 둘째는 고북월이 비록 의학원 출신이지만 고작 오품 신의밖에 되지 않고 의학원에서 아무 직책을 맡고 있지 않으니 부원장에게 질문할 자격이 없었다.

"이 몸은 중남부 지역 수천수만 백성들을 대신해 말하고 있습니다."

고북월의 목소리는 크지 않았지만 장내는 순식간에 조용해졌다.

"곽 부원장, 의학원은 천하 창생을 위해 독종을 없애겠다면서 어째서 중남부 백성들의 목숨을 볼모로 협박하십니까? 설마하니 중부와 남부 두 지역의 백성들은 천하 창생의 일부가 아니란 말씀입니까? 이 몸이 재주는 없으나 곽 부원장께 가르침을 청하고 싶습니다. 천하 창생이란 무엇입니까?"

곽 부원장은 입을 실룩이며 민망해 어쩔 줄 몰랐다. 사실 그를 비롯한 의학원 고위층의 꽤 많은 사람이 그 일을 무척 부도덕하게 생각했다. 하지만 그들은 저지하지 않았고 아무런 이의도 제기하지 않았다. 마치 습관처럼, 의학원은 그들을 거스르는 자는 독종이든 다른 누구든 늘 이런 식의 제재를 사용해 왔다.

어떤 의미에서 의학원은 나라를 만들지 않고 황제를 칭하지 않았다 뿐, 의술을 밑천 삼아 운공대륙의 패권을 도모하는 것과 다르지 않았다.

"곽 부원장, 부원장께서도 천하 창생이 무엇인지 모르십니까?"

고북월이 캐물었다.

곽 부원장은 막다른 곳에 몰려 어쩔 수 없이 대답했다.

"그 일은…… 그 일은 물론 의학원의 잘못일세. 지난번에는 독종의 일 때문이었으나 지금은…… 지금은 독종이 누명을 쓴 것이 밝혀졌으니 당연히 중남도독부에 가한 제재도 당장 풀겠네."

"그렇다면, 오늘 독종이 누명을 벗지 않았다면 의학원은 계속해서 중남도독부에 제재를 가하겠다는 말씀입니까? 여전히 백성의 목숨으로 협박을 하시겠다는 말씀이군요?"

고북월이 보란 듯이 비웃음을 띤 채 한운석에게 말했다.

"왕비마마, 잘 배우셨겠지요. 앞으로는 절대로 의학원의 뜻을 거스르지 마십시오. 그랬다간…… 감당하기 힘든 일이 벌어질 겁니다!"

한운석도 냉소했다.

"본 왕비뿐만 아니라 이 자리에 계신 모든 분이 배워야겠구려. 그렇지 않소? 의성의 의술은 대군에 맞먹으니 가는 곳마다 적수가 없고 백전백승이지!"

이런 조롱에 여기저기서 비웃음이 터졌다.

곽 부원장은 땀을 닦았다. 예전이라면 뻔뻔하게 허울 좋은 이유를 잔뜩 들이댔겠지만, 막 치부가 드러난 지금은 아무래도 기세가 달렸다.

곽 부원장이 주위를 둘러보니 의학원 사람 중에도 적잖은 이가 부끄러움에 고개를 숙이고 있었다. 의학원이 중남도독부에 제재를 가한 일에 많은 의원이 분노하면서도 차마 반대하지 못했다는 것을 그도 알고 있었다.

지금 이 자리는 그가 덕이 높은 의원이라는 인상을 주고 내부 세력들의 지지를 얻을 수 있는 딱 좋은 기회 같았다.

"그 문제는 늘 그렇듯 고 원장이 지시한 것이오. 사실 이 늙은이는 줄곧 그 일이 마음에 걸려 몇 차례나 고 원장에게 건의하려고 했으나 애석하게도 기회가 없었소."

곽 부원장은 또다시 책임을 미루기 시작했다.

"여러분, 의학원이 이런 변고를 맞은 이상 이 늙은이도 그저 임시로 원장을 대신해 상황을 주재할 수밖에 없소! 고운천을 처벌하는 일이나 독종과 중남도독부에 배상하는 일, 또 의학원에서 오랫동안 이어져 온 각종 폐단에 관한 반성과 자성, 개혁은 반드시 새로운 원장이 처리해야 하오. 새로운 원장을 세워야만 의학원도 여러분께 똑똑히 말씀드릴 수 있소."

여기까지 듣자 고북월은 입꼬리를 살짝 올리며 아무 말 하지 않았다.

곽 부원장이 또 말했다.

"행림 대회가 끝난 후 의학원은 대국을 주재할 새로운 원장을 세울 것이오! 그러니 부디 잠시 기다려 주시오. 이 늙은이가 오늘 이곳에서 부원장의 이름으로 약속하겠소. 의학원은 반드시 여러분이, 그리고 천하 모든 사람이 만족할 대답을 내놓을 것이오!"

고북월이 몰아붙이고 또 기다린 것은 바로 이 한마디였다.

그는 말없이 읍을 한 후 물러났다.

큰일이 몇 가지 벌어졌으나 실질적으로 처리한 게 아니니, 자연히 이의를 제기할 것도 없었다. 그저 기다리는 수밖에…….

모두가 침묵한 채 속으로는 빠르게 주판알을 퉁기기 시작했다.

의학원 내부 사람들은 원장 자리는 물론, 부원장, 장로, 이사 자리까지 놓고 주판알을 퉁겼다. 나무가 쓰러지면 원숭이도 흩어진다고 했듯, 고운천이 무너졌으니 의학원 내부 세력 간 균

형이 깨질 것은 자명했다. 이 침묵 속에서 벌써 새로운 싸움이 시작된 셈이었다.

의학원 외부 사람도 다르지 않았다. 그들 역시 의학원의 어느 세력을 지지해야 쓸모가 있을지 똑같이 주판알을 튕기고 있었다.

원장 자리를 차지하는 세력이 어느 쪽이냐에 따라 고운천과 독종에 대한 처리가 달라질 것은 분명했다. 처리가 달라지면 운공대륙의 정세에도 변화가 생길 수 있었다.

오늘 벌어진 사고 때문에 곽 부원장은 행림 대회를 다음 날로 미루겠다고 선포했다.

한운석은 곽 부원장에게 당장 명령을 내려 중남도독부의 제재를 풀어 달라고 요구했고, 확실히 명령이 떨어진 다음 그 자리를 떠났다.

결과가 어떻게 되든 간에 최소한 그 일은 먼저 처리해 둬야 했다. 영승과 백리 장군은 벌써 출병했고 싸움이 코앞에 있었다. 전쟁이 일어나면 중남도독부의 의술 자원은 더욱 빡빡해질 터였다.

이 위기를 해소하고 중남도독부의 내부 모순을 해결해야만 백리 장군이 뒷걱정 없이 싸울 수 있었다.

의학원에서 나온 뒤 한운석은 곧바로 서동림에게 분부했다.

"당장 전하께 서신을 띄워라. 영승을 손봐 줄 기회가 왔다고!"

본래부터 중남도독부의 병력은 그리 약하지 않았다. 영승은 천안국, 서주국과 몇 달 동안 싸움을 벌였으니 설사 홍의대포가 있어 원기가 상하지 않았다 해도 병사들이 많이 지쳐 있었다.

영승에게는 홍의대포가 있지만, 중남도독부에는 수군이 있었다. 그런데 누가 누굴 두려워할까?

설사 저들이 시간을 끈다 해도 이쪽 역시 북려국이 출병할 때까지 시간을 끌면, 영승은 남북 양쪽에서 적을 맞이하게 되어 용비야와 북려국 간 싸움의 발판으로 전락할 처지였다.

"예!"

서동림은 신이 나서 명령을 수행하러 갔지만, 고북월은 표정 변화가 없었다.

한운석 일행은 얼마 가지 않아 맞은편에서 오는 약성의 왕공 및 장로 몇몇과 마주쳤다.

왕공은 할 말이 있는 듯했지만 입을 다물었다. 변명하고 싶어도 할 낯이 없었던 그는 결국 변명은 하지 못한 채 이렇게만 말했다.

"왕비마마, 이 늙은이는 이미 약성에 전령을 보내 약귀당과의 협력을 재개하게 했습니다. 장로회도 앞으로 3년간 중남부 지역에 사용되는 모든 약재에 육 할의 이익을 양보하는 안건을 통과시켰습니다."

모두가 고북월이나 고칠소처럼 물불 가리지 않고 도와주는 건 아니었다. 누구에게도 그런 의무는 없었다. 약성은 비록 의성의 비위를 맞추기는 했지만 어려움에 처한 그들에게 돌을 던지지는 않았다.

한운석은 감정적으로 일을 처리하는 어린아이가 아니었기

때문에 빙그레 웃으며 읍을 했다.

"전하를 대신해 장로회에 감사드리겠소."

"그럼 내일 뵙겠습니다, 왕비마마."

왕공과 장로들 모두 기뻐했다.

왕공 일행이 떠난 후 한운석 일행은 계속 숙소로 향했다. 입구에 도착하자 고칠소가 서늘한 목소리로 말했다.

"독누이, 뒤에서 누가 한참 동안 쫓아오고 있는데 안 쫓아내?"

의성에서 나온 뒤로 줄곧 누군가 그들을 뒤따르고 있는 것을 한운석도 진작 알고 있었다.

그 사람은…….

가 버린 줄 알았어

줄곧 한운석 일행을 따라온 사람은 다름 아닌 천안국 소장군 목청무였다.

사실 한운석도 내내 목청무가 다가오기를 기다리고 있었다. 무슨 일이든 일단 터놓고 확실히 이야기를 나누고 싶었다. 하지만 목청무는 그들을 따라오기만 할 뿐이었다.

비록 목청무가 그들을 위해 여러 가지 발언을 해 줬지만, 오늘 아침에 고운천을 지지하며 천안국 역시 각 세력과 손잡고 중남도독부를 협공하겠다고 선언한 것도 사실이었다.

한운석은 그의 속을 들여다볼 수가 없었고 그럴 여유도 없었다. 그저 그가 적인지 아군인지 확실치 않다는 것만 알 뿐이었다.

이런 상황에서는 설령 목청무가 그녀 앞에 선다 해도 예전처럼 깊은 교분을 나누지는 못할 터였다. 하물며 목청무는 아직 아무 말도 없었다.

"길이야 누구나 쓰라고 만들어 놓은 거니까."

한운석은 그렇게 말하고는 대문 안으로 들어섰다.

고칠소도 따지지 않았다. 목청무가 따라 들어오지 않는 한 그들과는 상관없었다. 천안국 같은 작은 세력쯤은 고칠소의 안중에도 없었다.

고북월도 말이 없었다. 원락 안으로 들어서자 팽팽하게 긴장했던 세 사람의 신경도 마침내 풀어졌다.

세 사람은 말이 없었지만 약속한 것처럼 후원으로 향했다. 후원에 도착하자 고칠소는 나무 밑에 놓인 대나무 의자에 벌렁 드러누워 두 발을 척 올리고, 큼직한 붉은 꽃 두 송이를 따서 빛 가림 용도로 눈에 올려놓고 잠을 청했다.

"피곤해 죽겠네. 한숨 잘 테니까 밥 먹자고 깨우지 마!"

한운석과 고북월은 대답하지 않았다. 오후의 후원은 고요해서 벌레 소리와 새 소리만 들려왔다.

고칠소는 그저 휴식을 취하는 것뿐이었다. 밤중에도 종종 잠 한숨 자지 않는 그가 대낮에 잘 리가 없었다.

한참 후, 주위에서 아무런 움직임도 느껴지지 않자 그는 살그머니 꽃잎을 치우고 한쪽 눈을 떴다. 한운석과 고북월이 옆에 서서 그를 바라보고 있었다.

그는 모른 척하며 태연스럽게 눈을 감고 꽃잎을 올린 뒤 계속 휴식을 취했다.

하지만 얼마 못 가 느닷없이 벌떡 일어나 앉더니 한운석과 고북월을 향해 요염하게 웃었다.

"왜, 이 어르신이 그렇게 멋져?"

한운석은 꼬장꼬장한 할머니라도 된 양 입술을 깨물고 눈을 찌푸렸다. 복잡다단한 속임수가 끝나고 중남도독부의 최대 위기가 해소되었지만, 그녀는 오늘 고칠소가 어떤 대가를 치렀는지 잊지 않고 있었다.

아마도 평생토록 잊을 수 없을 터였다.

이제 의성 내외부 사람들이 주시하는 것은 오로지 내일 있을 행림 대회와 원장 자리다툼이었다. 그래서 모두 잠깐은 고칠소에게 관심을 보이지 않았다.

하지만 그 다툼이 끝나고 모두가 한가해지면, 고칠소는 세상 사람들의 입에 오르내리고 세상 사람 모두가 손에 넣고자 하는 대상이 될 것이 분명했다.

한운석조차 고칠소가 어떻게 그런 학대 속에서 정상적으로 살아남았는지 궁금해지는데, 다른 사람은 어떨까?

누구나 똑같은 생각을 할 것이다. 고칠소는 특수한 체질을 가진 게 아닐까? 그래서 살아남을 수 있었고, 그래서 그의 몸으로 여러 가지 의학 연구를 계속할 수 있지 않을까?

"소칠, 내가 맥을 짚어 봐도 되겠나?"

고북월이 입을 열었다.

싱글거리던 고칠소의 눈동자가 곧바로 싸늘해졌다. 그는 차갑게 물었다.

"왜, 이 어르신이 괴물일까 봐? 아니면 가여워서?"

"약귀 노인네……."

한운석은 뭐라고 해야 좋을지 알 수가 없었다.

사실은 고칠소에게 이렇게 농담을 해 주고 싶었다.

"꿈도 크시지, 누가 당신을 가엾어 한대!"

하지만 도저히 웃음이 나오지 않았다. 말은 더욱더 할 수가 없었다.

고북월은 이미 예전에 고칠소의 피가 이상하다는 것을 발견했고 고칠소의 체질도 의심했지만, 이런 상황은 생각지도 못했다.

고칠소의 눈동자에서 팔딱이는 잔혹함을 보자 그 역시 뭐라고 대답해야 할지 알 수 없었다.

"고북월, 넌 내일 일이나 신경 써. 나머지는 네게 맡기라고 했지? 똑바로 처리 못 하면 이 어르신이 죽여 버릴 테니 원망하지 마!"

고칠소는 차갑게 말을 내뱉고 나무 위로 훌쩍 날아오르더니 금세 담장 너머로 사라져 버렸다.

한운석과 고북월 모두 쫓아가지 않았다. 고칠소에게는 혼자 있을 시간이 필요할 테니까.

옛 상처를 다시 들쑤셔 놨으니, 어쩌면 옛날에 그랬듯이 세상 어느 한구석에 홀로 숨어 묵묵히 치료해야 할지도 몰랐다.

한운석은 고칠소가 예전처럼 아주아주 오랜 시간이 흐른 다음에 불쑥 나타나리라 생각했다. 심지어 이번에는 전보다 훨씬 오래 걸릴 것으로 생각했다.

하지만 틀렸다.

고칠소는 오래지 않아 돌아왔다. 그것도 달콤한 간식을 듬뿍 싸 들고서.

"독누이, 성 서쪽에서 백 년째 장사하는 상점에서 사 온 거야. 지난번에는 급히 왔다 가느라 못 샀잖아. 자자, 이번엔 놓칠 수 없지. 모두 네가 좋아하는 맛이야."

이제 보니 그는 그녀에게 간식을 사다 주러 나간 것이었다.

능 대장로가 모든 것을 밝히고, 고칠소가 결코 돌이키고 싶지 않았던 이야기가 적힌 종이가 하늘 가득 흩날렸을 때, 한운석은 눈물을 글썽였지만 그래도 울지는 않았다.

하지만 탁자에 놓인 간식 한 보따리를 보자 마침내 얼굴 가득 눈물이 쏟아졌다.

"흑흑……. 약귀 노인네, 난…… 난 당신이 가 버린 줄 알았어."

무엇보다 보고 싶지 않은 것이 바로 그녀의 눈물이었다.

그는 용비야가 그녀 곁에 있을 때면 그녀를 떠나고 싶지 않았고, 용비야가 그녀 곁에 없을 때면 그녀를 떠날 수가 없었다……

고칠소의 눈동자 깊은 곳에 슬픔이 어렸지만, 그 슬픔은 곧 웃음으로 바뀌었다. 그는 재빨리 손수건을 꺼내 한운석의 눈물을 닦아 주었다.

"아이고, 간식 한 보따리에 그렇게 감동했어? 네 소중한 진왕 전하는 알까 몰라? 독누이, 이 칠 오라버니가 그 상점을 통째로 사서 너한테만 간식을 만들어 주게 하면 용비야를 차 버리고 나한테 올래?"

한운석은 울다 말고 웃음을 터트렸다. 그녀가 녹두떡 한 점을 고칠소의 입에 쑤셔 넣으며 말했다.

"꿈도 크셔!"

"확실히 꿈은 크지!"

고칠소는 몹시 진지한 목소리로 대답했다.

한운석은 계속 대꾸했다.

"꿈 깨!"

만약에, 마음이 아파도 그의 옛 상처를 어루만져 주지 못하면 그가 하듯이 아무 생각 없는 척 대하면 될까?

만약에, 눈물로도 그의 지난 기억을 지워 주지 못하면 그가 하듯이 미소를 지어 주면 될까?

고칠소, 당신은 웃으면 참 아름다워…….

반 시진도 못 돼 호사가들은 의학원을 세 세력으로 분류했다. 하나는 임 부원장을 필두로 하는 수구파, 또 하나는 구양 부원장을 필두로 하는 강경파, 마지막 하나는 곽 부원장을 필두로 하는 개혁파였다.

심지어 어느 파가 대권을 차지할 것인지를 두고 내기 판이 벌어졌다.

밤이 되자 심 삼장로와 낙취산이 찾아왔다.

"이곳에 오셨다가 남들 눈 밖에 날까 두렵지 않으십니까?"

고북월이 웃으며 물었다.

낙취산은 말없이 빨개진 눈으로 고칠소를 응시했지만, 애석하게도 고칠소는 그를 알은 체도 하지 않고 대나무 의자에 벌러덩 누워서 간식만 먹었다. 소칠이 언제부터 저렇게 단 음식을 좋아했는지, 낙취산은 알 수가 없었다.

심 삼장로는 고북월에게 읍을 한 뒤 급히 한운석 앞으로 걸어가 진지하게 말했다.

"운석, 솔직히 말하겠네. 임 부원장은 이미 영승의 뇌물을 받았고, 곽 부원장은 북려국 황족과 밀접한 관계를 맺고 있네.

구양 부원장은 항상 중립이지만, 약성과 약귀당이 손잡은 일에 내내 불만이었지."

누가 원장이 되느냐는 고운천의 처벌과 독종의 누명을 벗기는 일에 지대한 영향을 미쳤다. 또, 앞으로의 정세 추이에 더욱 커다란 영향력을 행사할 수도 있었다!

누가 봐도 중남도독부는 의학원에 '자기 사람'은 없고 '적'만 있는 것이 분명했다. 심 삼장로는 아무래도 장로에 불과하니 큰일에서 결정적인 역할을 할 수는 없었다.

고칠소는 그쪽을 흘낏 보며 가소로운 웃음을 지었다.

고북월과 한운석은 고개를 끄덕일 뿐 별말이 없었다.

하지만 심 삼장로는 진지했다.

"이 늙은이는…… 내일 정오에 있는 행림 의술 대결에 참가하기로 이름을 올렸네!"

의술 대결은 행림 대회에서 가장 근사한 시합이었지만, 매번 진행되는 것은 아니었다. 의술 대결은 오직 의학원 원장을 선발하기 위한 시합이기 때문이었다.

고운천이 낙마하는 바람에 이번 행림 대회에는 급히 행림 의술 대결이 추가되었고, 내일 오후에 거행하기로 정해졌다.

의학원이 원장을 선발하는 방법은 보통 두 가지였다. 하나는 현임 원장이 직접 후계자를 골라 자리를 물려주며 중임을 맡기는 것이고, 다른 하나는 대결을 통해 의술이 높은 사람을 뽑는 것이었다. 일반적인 상황에서는 현임 원장이 자리를 물려주곤 했고, 원장이 후계자들에게 불만이 있거나 후계자 중 한 사람을 고르지 못할 때 행림 의술 대결이 열렸다.

고운천은 이미 평판이 땅에 떨어져 감옥에서 처벌을 기다리고 있으니 당연히 후계자를 고를 자격이 없었다. 그래서 의학원은 의술 대결이라는 방식으로 의술의 높고 낮음을 가릴 수밖에 없었다.

의술이 가장 높은 사람이 의학원을 다스린다면 아무도 이의를 제기할 수 없었다.

고운천은 팔품 의선이고, 세 부원장은 칠품 의성, 장로회의 이장로 이수원, 삼장로 심결명 역시 칠품 의성이었다. 의품은 비슷하지만, 무공이 그렇듯 동급 속에서도 높고 낮음의 구분이 있었다.

심 삼장로가 가장 약한 사람은 아니지만, 그렇다고 가장 강한 사람이라고 할 수도 없었다.

그가 무모하게 의술 대결에 나서면 세 부원장의 권위에 도전하겠다는 뜻을 밝히는 셈이니, 만약 우승을 차지하지 못하면 앞으로 의학원에서 평탄한 나날을 보내지 못하게 될 터였다.

심 삼장로의 이 호의를 한운석은 묵묵히 마음에 새겼고, 고북월은 공손하게 읍을 했다.

"심 삼장로, 고마우신 뜻은 잘 알겠습니다! 내일은 마음 편히 앉아 재미있는 구경을 하시면 됩니다."

"그게 무슨……."

심 삼장로와 낙취산이 어리둥절한 얼굴로 서로를 쳐다보았다.

"내일이면 아시게 됩니다. 이 몸이 몇 가지 여쭐 것이 있는데 아직 가르침을 청하지 못했습니다."

고북월이 웃으며 말했다.

"고 의원, 무슨 일인지 얼마든지 말해 보게. 예의 차릴 것
없네."

낙취산이 다급히 대답했다.

고북월은 의술에 관해 묻지 않고 의학원 내부 계파 싸움에
관해 물었다. 심 삼장로와 낙취산은 전혀 망설임 없이 설명해
주었다.

한운석과 고북월은 무척 진지하게 들었고, 고북월은 질문도
제법 많이 했다. 반면 고칠소는 한운석 옆에 있는 대나무 의자
에 누워 저도 모르는 새 잠이 들었다.

의학원에 돌아온 후 이렇게 쉽게 잠든 건 처음이었다.

그날 밤 고칠소는 푹 잤지만, 의성 안팎에는 잠 못 드는 사람
이 많았다.

밤이 깊고 조용해지자 북려국 태의는 변장을 벗었다. 그는
자러 가지 않고 야행의夜行衣로 갈아입었다. 그 사람은 다름 아
닌 백언청이었다.

"옥아, 가자꾸나. 데려갈 곳이 있다."

그가 허허 웃으며 말했다.

백옥교는 정말이지 갈수록 사부의 마음을 읽을 수가 없었다.
본디 그녀는 사부의 기분이 몹시 엉망일 것으로 생각했다.

한운석 일행은 의성의 계략을 망가뜨리고 각국 연맹도 깨뜨

려, 중남도독부의 제재를 풀었을 뿐 아니라 독종의 누명까지 벗겼다.

짧디짧은 하루 동안 한운석 일행이 상황을 거의 역전시킨 것이었다. 의학원 새 원장이 누가 될지는 아직 미지수지만, 누가 원장이 되든 적어도 한운석 일행을 괴롭힐 명분이 없었다.

지금 상황에서는 한운석 일행이 우세를 차지했고 영승이 큰 손해를 보게 될 터였다. 이 중요한 시기에 영승이 손해를 입으면 북려국에 좋을 것이 없었다.

그런데 사부는 왜 기뻐하는 걸까?

"사부님, 어디로 가나요?"

백옥교가 물었다.

"독종의 금지."

이 말을 내뱉는 순간 백언청의 눈동자에서 분명하게 물기가 반짝였다. 흥분인지 아니면 슬픔인지는 오직 그 자신만 알고 있었다.

역시 독종의 후예이신가요

달은 밝고 별은 드문드문했다.

본래도 고요하고 깊은 밤이었지만 독종의 금지는 수풀 속을 휘젓는 바람 소리만 울릴 뿐 더없이 고요했다.

독종의 갱 옆에 도착해서도 백옥교는 아직도 사부가 무슨 일로 이 한밤중에 자신을 이곳에 데려왔는지 알지 못했다.

뿌리를 따라가 보면 백독문도 독종의 한 갈래였다. 하지만 그녀가 기억하기로, 그녀가 어렸을 때부터 사부는 한 번도 이곳을 입에 담은 적이 없었고, 찾아온 적은 더더욱 없었다.

사형 군역사는 독종의 독짐승 때문에 이곳에 온 적이 있지만 애석하게도 실패했다. 그녀는 사부가 그 이야기를 들은 후 아무 말 없이 빙그레 웃던 것을 기억하고 있었다.

사실, 무릇 독술계 사람이라면 누구나 이곳을 무척 동경했다. 이 산은 온통 독초로 뒤덮여 있었고, 발밑에 있는 이 갱은 한때 독짐승이 갇혀 사람들을 유혹하던 곳이었다.

갱 안의 어둠은 마치 마력 같아서, 멍하니 그쪽을 쳐다보던 백옥교는 머리를 들이밀고 샅샅이 살펴보고 싶은 기분에 휩싸였다.

그녀는 격앙된 채 한참을 기다렸다. 사부가 자신을 데리고 갱으로 내려갈 줄 알았는데, 뜻밖에도 사부는 옆에 서서 보기만 하다가 한참만에야 돌아섰다.

"애야, 옥아. 그만 돌아가자꾸나."

돌아가?

"사부님, 여기까지 왔는데…… 내려가 보지도 않고요?"

백옥교는 이해가 가지 않았다.

"아래는 이미 무너졌다. 볼 게 없지."

백언청은 담담하게 대답했다.

"그럼…… 그럼 뭐 하러 온 거죠?"

백옥교는 도무지 호기심을 감출 수 없었다.

백언청은 웃음을 지었다.

"애야, 옥아. 이곳 바람에 무슨 냄새가 섞여 있는 것 같지 않으냐?"

백옥교는 얼굴을 높이 들고 바람을 마주하며 코를 킁킁거렸다.

"진흙 냄새요."

"아니, 독의 냄새지! 이곳은 공기 속에도 냄새가 스며 있다."

백언청은 감개무량한 목소리로 말했다.

"이따금 이곳 냄새를 맡아야 내가 누구인지 잊지 않는단다."

백옥교는 더욱더 알 수가 없어 떠보듯 물었다.

"사부님은…… 이곳에 자주 오셨어요?"

비록 어려서부터 사부의 손에 자랐지만, 백옥교는 대부분 시간을 백독문에서 보냈지 1년 내내 사부 곁에 있었던 건 아니었다. 기억하기로는 그녀가 어렸을 때 사부는 종종 바깥으로 여행을 다녔고, 그녀나 사형 누구도 사부의 행방을 알지 못했다.

그녀도 최근 몇 년 동안에야 이렇게 사부를 바짝 따라다니며 시중을 들고 그 성품을 알아가는 기회를 얻었다.

백언청은 하늘에 뜬 달을 올려다보면서 수염을 쓰다듬으며 웃었다.

"물론이지. 이곳은 독술계의 뿌리이자 이 사부의 뿌리란다!"

순간 백옥교의 심장이 덜컥 내려앉았다.

"사부님……, 사부님 역시 독종의 후예이신가요?"

이 말을 내뱉자마자 백옥교는 후회했다. 영리한 머리가 빠르게 분석을 시작했다. 만약 사부가 독종의 후예라면 사부와 한운석은 무슨 관계일까?

사부는 사형이 한운석에게 손대는 것을 허락지 않았지만, 지금은 몰래 온갖 방법으로 한운석을 해치려 하고 있었다. 이런 모순은 무엇 때문일까?

그리고 사부는 어째서 사형에게 그렇게 많은 걸 숨기려고 할까?

백옥교는 생각하면 할수록 위험에 처한 기분이었다. 너무 많이 아는 사람은 언제나 끝이 좋지 못했다.

그녀는 소매 속에 숨겨진 손으로 주먹을 꽉 쥐었다. 손바닥에 식은땀이 흥건했다. 자신이 너무 많이 아는 것을 사부가 알아차릴까 봐 감히 그 눈을 쳐다볼 수도 없었다.

그런데 예상과 달리 웃음소리가 들려왔다.

"옥아, 설마하니 너는 독종 사람이 아니라는 것이냐? 독술을 배운 사람이면 모두 독종 사람이다. 그 뿌리를 잊어선 안 된다!"

백옥교는 번쩍 고개를 들었다. 사부는 웃고 있었다. 어렸을 때 받은 인상 그대로 자상하고 부드럽게.

아, 그런 말이었구나!

백옥교는 사부가 한 말 중 뭐가 사실이고 뭐가 거짓인지 고민할 겨를이 없었다. 그저 자신이 긴장한 사실을 숨기고 싶을 뿐이었다.

그녀는 즐거운 척하며 물었다.

"사부님, 전 사부님이 몹시 화를 내실 줄 알았어요. 하지만 이젠 왜 흐뭇해하시는지 알겠어요."

"흐뭇해한다고? 하하하, 그럼 말해 보아라. 무엇 때문이냐?"

백언청은 확실히 흐뭇해하고 있었다.

"독종이 누명을 벗었으니 우리 백독문도 더는 사마외도邪魔外道가 아니기 때문이죠!"

백옥교가 웃으며 말했다.

"그래."

백언청은 고개를 끄덕였지만, 그저 대충 넘기기 위해서였다.

그의 마음속에서 백독문은 군역사와 마찬가지로 도구에 불과했다. 그런데 어떻게 발밑에 있는 이 땅과 나란히 거론할 수 있을까?

그는 다시 고개를 돌려 갱을 쳐다보았다. 깊어서 속을 알 수 없는 눈동자에 서운함이 한 줄기 떠올랐다. 그는 이 땅에서 꽤 오랜 세월을 보냈고, 몇 번이나 이 갱 밖에 서서 몇 번이나 갱 위에 뜬 밝은 달을 올려다보았다. 하지만 들어간 적은 한 번도 없었다.

백언청과 백옥교 두 사람이 거처로 돌아와 보니 북려국 도성에서 밀서가 와 있었다.

태자의 죽음으로 북려국 황제는 군역사에게 화풀이를 하며, 그에게 맡긴 모든 일을 중단하고 비밀리에 궁에 연금했다.

하지만 이제 북려국 황제는 부득불 군역사를 재기용할 수밖에 없게 되었다. 고집스레 동오족에 남았던 둘째 황자가 갑자기 소식이 뚝 끊겼기 때문이었다. 조정에는 사절로 보낼 적당한 후보자가 없어, 북려국 황제로서는 군역사에게 기대를 걸수밖에 없었다.

어쩌면 북려국 황제도 지금쯤 사태의 심각성을 깨달았을지도 모르지만, 동오족에 익숙한 사람은 군역사뿐이었다. 만약다른 사절을 보냈다가 만에 하나 동오족의 화를 돋우면 둘째황자의 목숨을 지키기 어려웠다.

태자의 죽음으로 따끔하게 교훈을 줬으니, 군역사도 둘째 황자 문제에서는 적어도 조금은 신중해질 것이다.

백옥교는 서신을 다 읽은 후 크게 안도의 숨을 내쉬었다.

"사부님, 사형은 틀림없이 전화위복을 만들어 낼 거예요!"

백언청 또한 군역사에게는 꽤 믿음을 갖고 있었다.

"어제 출발했으니 한 달 후면 군마를 가져오겠지."

그가 웃으며 말하고는 물었다.

"옥아, 소소옥 쪽은 진전이 있느냐?"

"떠봤는데 확실히 봉황 깃 모반의 자세한 내막은 몰라요. 미접몽 소식은 아직 알아보는 중이고요."

백옥교가 솔직히 대답했다.

"하지만 사부님, 만약 그 계집애가 정말 아무것도 모른다면 공연히 헛수고만 한 셈 아닐까요?"

"그 아이와 백리명향은 모두 한운석의 시녀다. 백리명향이 아는 것은 그 아이도 의당 알고 있을 것이다."

백언청은 그렇게 추측했다.

"하지만 사부님……, 그 계집애는 누가 뭐래도 초천은 사람이잖아요. 기억을 잃었다고 해도 한운석이 온전히 믿지는 않았을 거예요."

백옥교는 진지하게 말했다.

"온전히 믿지 않는 사람을 곁에 두고 시중들게 할 이유가 있겠느냐? 게다가 독술은 왜 가르쳤겠느냐?"

백언청이 다시 물었다.

백옥교는 반박할 말이 없었다. 백언청은 문득 한운석의 얼굴을 떠올리고 빙그레 웃으며 말했다.

"그 아이는 분명히 이 늙은이를 닮아서 쓸모없는 사람을 남겨 두지 않았을 것이다. 소소옥의 재능을 알아본 것이겠지."

그는 백옥교에게 분부했다.

"손쓸 때 조심하고 죽을 만큼 괴롭히지는 마라. 그 계집애를 남겨 두면 반드시 쓸모가 있을 테니. 그리고 사람을 보내 영승을 지켜보다가 큰 움직임이 있으면 즉각 보고하라고 해라."

"예. 알겠습니다."

백옥교는 공손하게 대답했다.

백언청이 영승을 지켜보는 동안, 용비야는 영승의 대군을 향해 곧장 달려가고 있었다.

용비야는 이미 내공을 회복해서 백리명향을 데리고 비밀리에 천산을 떠났고, 지금은 백리원륭과 합류하기 위해 서둘러 가는 중이었다.

넓고 편안한 마차는 길이 닦이지 않은 들판을 내달리면서도 흔들림 없이 편안했다.

용비야는 마차 안에 앉아 밀서를 읽느라 바빴다. 그가 어디에 있건 각지의 정보는 늘 그의 손에 들어왔다. 손에 든 서신 10여 통 중에는 의성에서 온 것도 있고, 백리원륭에게서 온 것도 있고, 중남도독부에서 온 것도 있고, 약귀당에서 온 것도 있고, 북려국에서 온 것도 있고, 천산에서 온 것도 있고, 서주국과 천녕국에서 온 것도 있었다.

또 미접몽의 실마리를 좇는 일에 관한 것도 있었다. 미접몽 일은 고칠소에게 맡겼지만, 그래도 그 역시 사람을 보내 조사하고 있었다.

그는 운공대륙 전체를 두루 살피느라 몹시 바빴다.

서신에 적힌 소식이 큰일이건 작은 일이건, 뜻밖의 일이건 예상한 일이건, 그의 안색은 언제까지나 차갑기만 했고 내리뜬 눈에는 희로애락이 전혀 드러나지 않았다.

비록 그가 입은 내상이 곁에서 보는 것처럼 심각하지는 않았지만, 그동안 얼마쯤 수척해진 것은 확실했다. 윤곽이 분명하던 얼굴은 모서리가 더욱 날카로워졌고, 덕분에 본래의 차가움에 꿋꿋함이 조금 더해져 있었다.

가는 동안 밖에서는 바람 소리 아니면 또각거리는 말발굽 소리밖에 들리지 않았다.

갑자기 그가 차가운 목소리로 물었다.

"곧 능운관淩雲關이냐?"

마부 고 씨가 재빨리 대답했다.

"1리 더 가면 능운관입니다. 거기서 동쪽은 의성으로 통하고 남쪽은 곧장 사강沙江으로 나 있습니다."

한참을 기다려도 진왕 전하가 대답이 없자 고 씨는 다시 물었다.

"전하, 길을 바꿀까요?"

전하는 하산한 뒤 곧바로 사강으로 가서 백리 장군과 합류하자고 명령했다. 그런데 어제부터 의성에서 밀서가 빈번하게 날아들었다. 고 씨는 의성에 무슨 일이 일어났는지 알지 못했다.

용비야가 그래도 대답하지 않자 고 씨는 별수 없이 계속 빠르게 마차를 몰았다.

고 씨는 의성에 무슨 일이 생겼는지 모르지만, 그 옆에 앉은 백리명향은 똑똑히 알고 있었다. 천산에 올라가서 해야 할 임무를 받은 후로 그녀는 진왕 전하가 하는 모든 일을 알게 되었다.

물론 진왕 전하가 알려 준 것이 아니라, 진왕 전하가 그녀에게 붙여 준 비밀 시위 아동阿東이 알려 준 것이었다. 아동이 그 모든 것을 그녀에게 알려 준 것은 진왕 전하가 의도한 일이 틀림없다는 것도, 그녀는 알고 있었다.

그들 사이에는 가리개가 늘어져 있고 고개를 돌리면 가리개가 얼굴에 닿았다.

잠깐이라도 투시력이 생겨 마차 안에 있는 남자가 지금 어떤 얼굴을 하고 있는지 볼 수 있다면 얼마나 좋을까.

이런 생각이 들자 그녀는 속으로 자신을 비웃었다. 설령 자신이 그를 본다 한들 무엇이 달라질까? 그의 눈동자를 통해 그 마음속을 들여다볼 수도 없는데.

언제까지나 불가능한 일이었다!

그는 방금 왜 그런 질문을 했을까? 망설이는 걸까? 생각을 바꿔 의성으로 길을 돌리고 싶은 걸까? 왕비마마를 만나러 가고 싶은 걸까?

하지만 이 남자는 큰일을 앞두고 망설이거나 어리석은 짓을 할 리 없었다.

그는 비밀리에 천산을 떠났고 천산에 있는 첩자들은 곧 이상한 점을 발견할 것이다. 반드시 첩자들이 눈치채기 전에 군대를 이끄는 그녀의 아버지와 합류해야 했다.

이 한 수에 무슨 착오라도 생기면, 그가 앞서 준비해 둔 모든 전략이 물거품이 되어 버릴 터였다!

백리명향은 다시 고개를 돌려 앞길을 바라보았다. 1리는 멀지 않아서 능운관에 도착하는 것은 금방이었다.

그녀는 참다못해 눈을 잔뜩 찌푸렸다. 이렇게 자기모순에 빠진 적은 한 번도 없었던 그녀였다.

그녀는 좋아하는 남자가 평소대로 냉정함과 무정함을 유지하며 대국을 중시하기를 바랐다. 하지만 그와 동시에, 이 남자에게도 사람 냄새 나는 구석이 있기를, 생각을 바꿔 의성으로 길을 돌리기를 바라는 마음도 있었다.

그녀는 알고 있었다. 망설인다는 것은 곧 마음속에 바라는 것이 있다는 말이었다. 마음속으로 원하는 것이 있는데 얻지 못하면 얼마나 괴로울까?

진왕 전하는 분명히 왕비마마가 그리운 것이다.

하지만 전하는 더는 말이 없었고, 마차는 곧 능운관을 지나려고 했다. 일단 능운관을 지나치면 그의 성격상 다시 말머리를 돌릴 리 없었다.

마침내 능운관이 점점 가까워졌다.

백리명향이 결국 참지 못하고 거들었다.

"전하, 능운관에 다 왔습니다."

누구나 의성에 간다

백리명향은 묵묵히 기다렸다. 결국 능운관을 지난 후에야 용비야가 고 씨에게 마차를 세우라고 했다.

고 씨가 마차를 세우자마자 백리명향은 재빨리 뛰어내렸다. 그동안 그녀는 무공을 꽤 많이 배웠다. 비록 평범한 수준이지만 연약해서 까치발을 해야만 마차에서 내려올 수 있었던 예전과는 달라졌다.

분명히 진왕 전하가 뜻을 바꾸기를 기대했으면서도 막상 진왕 전하가 정말 멈추라고 외치자 그녀는 약간 낙담했다.

이런 허전하고 모순적인 기분 덕에 그녀는 자신이 얼마나 깊이 빠져 있는지 아주 확실하게 알 수 있었다.

마침내 그녀는 사랑이 무엇인지 알았다. 사랑이란 고통과 즐거움이 함께하는 것이었다. 최소한 이번 생에서 그녀의 사랑은 그랬다.

그녀는 이런저런 추측을 시작했다. 진왕 전하가 혼자 의성에 다녀오고 자신은 여기서 기다리라고 할까, 아니면 그녀와 고 씨도 함께 데리고 갈까?

백리명향은 역시 순진했다.

그녀의 한마디가 뭐라고 용비야의 결정에 영향을 미칠 수 있을까?

용비야는 비밀 시위 한 명을 창가로 불러 나지막이 속삭였다. 백리명향은 '의술 대결 후', '고북월', '제거'라는 세 단어만 어렴풋이 들었을 뿐 그밖에는 아무것도 들을 수 없었다.

　그 세 단어를 합쳐서 한 구절로 만들면 이랬다.

　'의술 대결 후 고북월을 제거하라.'

　하지만 진왕 전하가 정말 그런 뜻으로 한 말인지는 확신할 수 없었다.

　그녀 역시 천산에 도착한 후에야 비로소 고북월이 단순한 의원이 아니라는 것을 알았다. 고북월과 진왕 전하는 내내 서신을 주고받았지만 왕비마마에게는 비밀로 했다.

　백리명향은 남몰래 비밀 시위 아동에게 물어보았지만, 애석하게도 아동의 대답은 진왕 전하와 고북월 사이의 일은 초서풍 말고 다른 시위들은 전혀 모르며 함부로 물을 수도 없다는 것이었다.

　백리명향은 만약 진왕 전하가 의술 대결 후에 고북월을 제거하려 한다면, 고북월을 이용했을 가능성이 아주 크다고 생각했다.

　그런 의미가 아니라면, 진왕 전하가 의술 대결이 끝난 후 제거하려는 사람은 누구일까?

　아마도 고북월은 왕비마마에게 있어 가장 친한 친구일 것이다. 만에 하나 진왕 전하가 그 일을 숨긴 것을 왕비마마가 안다면 어떻게 될까? 백리명향은 감히 상상할 수도 없었다.

　그녀는 참다못해 진왕 전하에게 귀띔해 주려 했지만, 안타깝게도 진왕 전하에게 먼저 말을 걸 용기조차 없었다.

분부를 받은 비밀 시위는 곧 의성이 있는 동쪽으로 달려갔고, 용비야는 차가운 목소리로 고 씨에게 말했다.

"가자. 오늘 밤은 쉬지 않고 달려라. 열흘 안에 반드시 사강에 도착해야 한다."

백리명향은 당황한 나머지 마차에 올라앉은 후에도 다소 멍해 있었다.

문득 자신이 했던 생각과 낙담이 몹시 가소롭게 느껴지고 순전히 망상에 불과했다는 것을 깨달았다. 그녀가 무슨 수로 진왕 전하의 생각을 넘겨짚을 수 있을까?

하지만 자신의 추측이 사실은 전혀 틀리지 않았다는 것을, 백리명향은 알지 못했다.

방금 용비야는 분명히 망설였지만 결국 마지막 이성의 끈을 붙잡은 것뿐이었다. 그는 결코 제멋대로 행동하는 사람이 아니었다. 그는 철들 때부터 인내와 기다림, 이성, 냉정함, 자제심을 배운 사람이었다.

용비야가 사강으로 달려가는 동안, 영승은 이미 병사를 끌고 사강에 와 있었다. 본래 계획은 내일 강을 건너는 것이었으나 뜻밖에도 의성 쪽 소식이 날아들었다.

막 움직이려던 군대는 그 소식 하나 때문에 갑작스레 진군을 멈췄다. 영승은 이렇게 울화가 치민 적은 평생 처음이었다!

오늘 밤 그는 잠 못 들 운명이었다. 군영 안에 모사들이 모였는데, 의당 현재 상황을 분석해야 할 자리가 무엇 때문인지 이상하게도 '한운석'을 분석하는 것으로 바뀌었다.

누군가는 탄식했다.

"한운석 그 여자는 보통이 아닙니다. 수백 년이나 이어져 온 독종의 억울함을 풀다니요!"

누군가는 칭찬했다.

"역시 용비야의 눈에 든 여자답습니다. 보통이 아닙니다, 보통이! 고칠소 같은 자마저 그 여자를 도운 게 이상한 일도 아닙니다."

누군가는 질문했다.

"용비야가 독종에 얽힌 진상을 이미 알고 있었을까요? 그래서 한운석을 맞이했을까요?"

하지만 누군가는 좋게 보지 않았다.

"한운석이 독종의 누명을 푼들 뭐가 달라집니까? 그 여자는 아직 의학원을 무너뜨릴 힘이 없습니다. 의학원이 무너지지만 않으면 언젠가는 그 여자 일행을 손볼 기회가 생기겠지요! 의학원에 그 여자 일행의 지지자가 있는 것도 아니지 않습니까."

영승은 호피를 씌운 커다란 의자에 편안하게 앉아 두 다리를 쭉 뻗어 탁자에 걸친 자세였다. 본래는 두 손으로 뒷머리를 받치고 있었으나 사람들의 의견을 듣다 보니 저도 모르게 한 손을 빼내 미간을 눌렀다.

결국, 연신 쏟아지는 한운석의 이름을 듣던 그가 참지 못하고 말을 끊었다.

"밤새도록 여자 하나를 놓고 토론할 셈이냐? 누가 그 여자를 철저히 분석해 본 왕에게 보고할 테냐!"

순간 장내가 쥐 죽은 듯이 조용해졌다.

한참 후 비로소 영승이 차가운 목소리로 물었다.

"내일 날이 밝자마자 출병한다. 이견 있나?"

"영왕 전하, 이런 소동이 벌어진 와중에 출병하는 것은 명분이 없을뿐더러 도리어 비난의 대상이 될 것입니다. 차라리 며칠 기다리며 의성 쪽의 상황을 지켜보는 것이 어떻겠습니까?"

한 모사가 진지한 얼굴로 대답했다.

"백리원룡이 이미 병사를 이끌고 오고 있다. 본 왕이 출병하지 않는다고 그자가 가만있겠느냐?"

영승이 반문했다.

"영왕 전하, 우리가 출병하지 않으면 백리원룡도 출병할 명분이 없습니다. 중남도독부는 이제 막 위기를 넘겼으니, 신이 보기에는 우리가 멈추기만 하면 백리원룡도 정말로 병사를 움직이지는 않을 것입니다. 설령 그가 출병하고자 하더라도 그쪽에서 먼저 움직이기를 기다려야 합니다. 아직 싸움도 치러 보지 않은 백리원룡의 수군을 어떻게 우리 포병과 나란히 비할 수 있겠습니까!"

모사가 대답했다.

사람들을 훑어보는 영승의 입가에 어느새 자신조차 알아차리지 못한 웃음이 떠올랐다. 그가 말했다.

"그렇다면, 상황을 지켜보자는 것이 모두의 의견인가?"

"그렇습니다! 적어도 의학원 신임 원장이 취임하기 전까지는 상황을 지켜보며 변화에 대응해야 합니다!"

모사가 진지하게 말했다.

영승은 허벅지를 '탁' 쳤다.

"좋다! 이번에는 너희들 말대로 하지! 명령을 전해라. 병사를 삼사三舍(사흘간의 행군 거리) 물리고 전군 대기한다!"

장내의 모두가 기뻐했지만 한편으로는 의아해하기도 했다. 영승은 장군일 때에도 늘 제 고집대로 하고 모사의 건의를 따르는 일이 드물었다. 더욱이 출병만 하고 전투를 치르지 않은 적도 없었다. 이번에는 어떻게 된 걸까?

모사들이 물러간 후 영승은 곧바로 백은 갑옷을 벗고 흑의 경장으로 갈아입어 이름을 숨긴 강호인처럼 꾸몄다.

옆에 있던 부장은 이를 보고 어리둥절해하다가 참다못해 물었다.

"영왕 전하, 정말 나가시렵니까?"

"본 왕이 없는 동안 군의 모든 일은 네가 전권을 맡아 처리하고, 무슨 일이 생기면 즉시 매를 날려 서신을 보내라."

영승은 차갑게 분부했다.

"하지만……."

부장의 말이 끝나기도 전에 영승이 검을 들고 뒷문으로 나갔다.

부장이 쫓아갔을 때 그는 이미 그림자조차 감춘 후였다. 부장은 속으로 투덜거렸다. 부장 혼자서는 군의 모든 일을 전담할 수도 없을뿐더러 운공상인협회 쪽에서 들어오는 압박도 견디기 힘들었다.

알다시피 영왕 전하는 비밀리에 외출한 것이었다. 영왕 전하가 가려는 곳은 다름 아닌 의성이었다.

부장은 영왕 전하가 이 중요한 순간에 의성에 가서 뭘 하려는지 도저히 알 수가 없었다. 영왕 전하가 의성에 도착할 때쯤 의술 대결은 벌써 끝났을 것이다. 의술 대결이 끝나고 신임 원장이 선발되면 대국은 거의 정해진 셈이었다.

설마하니 출병해서 한운석을 잡을 이유가 없어지자 혼자 가서 납치해 오려는 건 아니겠지? 이런 생각이 들자 부장은 제풀에 화들짝 놀랐다. 영왕 전하가 그렇게 비이성적일 리 없었다.

부장은 밤새도록 머리를 쥐어짜다가 결국 영왕 전하는 분명히 꼭 가야만 하는 커다란 계획이 있는 것이라고 자신을 이해시켰다.

영승은 비밀리에 의성으로 달려갔고 영정에게도 알리지 않았다. 이날 밤, 영정은 당리의 품에 안겨 뜬눈으로 밤을 지새웠다. 당리에게 왜 한운석을 도왔는지 물어보고 싶었지만, 두 번세 번 망설인 끝에 결국 입을 다물었다.

그녀는 당리가 한운석에게 홀리는 것을 원치 않았지만, 당리와 한운석이 남몰래 교분을 맺는 것은 더욱더 원치 않았다.

본래라면 당장 영승에게 서신을 보내 자신이 품은 의심을 알려야 했는데 어째서 그러지 않았는지는 그녀 자신도 알 수가 없었다.

그녀는 허리를 껴안은 당리의 손을 조심조심 풀어냈다. 하지만 당기는 손이 떨어지기 무섭게 다리를 뻗어 그녀의 두 다리를 꼼짝 못 하게 얽었다.

그녀는 더는 밀어내지 않고 목을 웅크리며 그의 품속으로 파고들었다.

의성의 새벽은 항상 고요하고 아름다웠지만, 이날은 날이 밝자마자 성 전체가 시끌벅적했다. 행림 안팎은 인파로 뒤덮였다. 사실은 어젯밤부터 행림 밖에서 기다리는 사람도 있었다. 초청장이 없어 행림에 들어갈 수 없는 사람들은 제일 먼저 소식을 듣기를 바라며 바깥에서 기다리는 수밖에 없었다.

모두 오늘 있을 의술 대결을 기대했고, 모두 어느 집안이 신임 원장 자리를 차지할지 추측을 늘어놓았다.

의술 대결은 시작되지도 않았는데 성 전체가 떠들썩하고 북적거렸다. 그러나 의술 대결이 막 시작되려는 순간, 중요한 소식이 의성 전체를 뒤흔들었다.

뜻밖에도 고북월이 현장에서 참가 신청을 한 것이었다!

의술 대결 참여 조건은 별로 까다롭지 않아서 의학원에도 참가할 자격이 있는 사람이 최소 스무 명이나 되었다. 하지만 진짜 참가 신청을 한 사람은 오직 세 명으로 임, 곽, 구양 세 부원장뿐이었다.

그들 모두 칠품 의성으로 능력이 엇비슷했고, 지지자 수도 고르게 나뉘어 여론도 대등했다.

그런데 그들이 단상에 올랐을 때 하얀 장포를 걸친 고북월이 당당하게 단상에 올라갔다. 순식간에 장내의 이목이 그쪽으로 쏠렸다.

"고북월? 네가…….."

임 부원장은 믿을 수 없는 얼굴로 웃음을 터트렸다.

"고 의원, 참가할 생각이 확실한가? 길을 잘못 든 것은 아니겠지?"

구양 부원장은 비교적 태연했고, 곽 부원장은 경멸 어린 웃음을 지었을 뿐 아무 말도 하지 않았다.

어제 한운석이 보여 준 게 있으니 그들도 당연히 고북월의 능력이 고작 오품 신의는 아니라는 것을 알 수 있었다. 그렇지 않았다면 감히 이 자리에 오지도 않았을 것이다.

하지만 그들 세 사람은 고북월이 다른 시합에 참가해 의품을 올리고, 동시에 의학원에서 말석이나마 얻어 한운석에게 힘을 실어 줄 것으로 예상했다.

이렇게 원장 자리를 차지하러 나설 줄은 꿈에서도 생각지 못한 일이었다. 그야말로 망상이었다!

그들 세 사람은 말할 것도 없고 단상 아래 사람들마저 술렁거렸다. 심 삼장로와 낙취산조차 몹시 충격을 받았다. 심 삼장로는 마침내 어젯밤 고북월과 한운석이 자신의 참가를 만류한 까닭을 알 수 있었다.

"삼장로, 저 고 의원이…… 저, 저…….."

낙취산은 무슨 말을 해야 할지도 몰랐다.

"왕비마마는 정말……, 정말이지 큰 모험을 하는군! 세 부원장의 의술은 진짜 실력일세. 저들 생각처럼 간단치가 않단 말일세. 의술 대결은 반드시 현장에서 의술을 펼쳐야 하니 설령 저자가 새로운 연구를 해냈다 해도 쓸모가 없네!"

심 삼장로는 걱정이 태산 같았다.

한운석 옆에 앉은 고칠소는 모처럼 남자에게 호기심을 보였다. 그가 소리 죽여 물었다.

"나머지는 맡기라더니 이런 말이었어?"

"당신은 저 사람 못 믿어?"

한운석이 물었다.

"넌 뭘 보고 저자를 믿어?"

고칠소가 반문했다.

"저 사람은 용비야를 살려 준 적이 있어. 용비야가 심장에 자객의 칼을 맞아 목숨이 위험했을 때 저 사람이 구해 줬다고!"

한운석이 나지막이 속삭였다.

고칠소는 두 눈을 가늘게 떴다.

"저자가……."

제비뽑기, 운이란 것

한운석의 말에 고북월을 바라보는 고칠소의 눈빛에서 얕보던 감정이 싹 사라졌다. 그는 턱을 만지작거리며 흥미를 보였다.

시합장 전체가 술렁이고 비웃음이 꽤 들리는데도, 고북월은 단상에 서서 언제나처럼 태연자약하고 아무 일 없는 것처럼 옅은 미소를 지었다.

결국, 곽 부원장도 입을 열었다.

"젊은이, 감히 이 단상에 설 용기가 있다니 축하할 일일세! 의학원에 자네 같은 후생이 조금 더 많았다면 우리 같은 늙은 이들도 안심이 될 텐데 말이야."

"과찬이십니다."

고북월은 겸손을 차렸지만 조금도 비굴해 보이지 않았다.

"허허, 단상에 오르고 싶은 사람이 또 있는가?"

곽 부원장은 단상 아래에 있는 의학원의 젊은 제자들을 바라보았다.

이들은 일을 저지를 배짱은 말할 것도 없고 일을 저지르고자 하는 마음조차 품지 못해서, 못나게도 하나같이 고개를 푹 숙였다.

"없으면 이만 시작하지 않겠소?"

곽 부원장이 심사석으로 눈을 돌렸다.

의술 대결은 현임 원장이 주재해야 옳지만, 고운천이 감옥에서 심문을 기다리고 있기에 의학원은 의성에서 명망 높은 몇몇 집안의 가주를 청해 심사단을 구성했다.

물론 고씨 집안과 곽씨 집안, 임林씨 집안, 구양씨 집안은 의심을 피하고자 참가하지 않았다.

곧바로 심사단이 시합 시작을 선포했다.

의술 대결은 그 이름처럼 의술을 겨루는 것이었다. 사례 보고를 하거나 의학적 연구 성과를 발표하는 것이 아니라 현장에서 환자를 치료해 진짜 의술을 겨뤄야 했다.

참가 의원들에게 맡기기 위해 완전히 똑같은 병을 앓는 사람을 구할 수는 없었다. 설령 병증이 완전히 똑같다 해도 사람의 체질에 따라 병을 견디는 능력이 서로 달랐다. 그래서 의학원의 의술 대결은 무작위 뽑기 방식을 채택했다.

매일 운공대륙 각 지역에서 치료를 받으러 의학원을 찾아오는 사람은 부지기수였다. 의학원은 진료 안내실 열 곳을 설치해, 그곳에서 전문가가 병증을 기록하고 치료 난이도에 따라 분류한 후 적절한 의품을 가진 의원에게 안내하게 했다.

의술 대결에서는 이 중에서 난이도가 가장 높은 병증 가운데 임의로 골라 치료하게 했다.

심사단이 시합 시작을 선포하자마자 시동이 제비뽑기 통을 가져왔다. 통 안에는 죽첨 열 개가 들어 있었다.

이렇게 되자 끊임없이 술렁이던 대회장도 비로소 조용해졌다. 모두 세 부원장의 정묘하고 뛰어난 의술 대결을 기대하는 한편, 저 잘난 줄 알고 나선 고북월이 망신을 당하기를 고대했다.

심사단장을 맡은 임任씨 집안 가주가 몸을 일으키고 진지하게 말했다.

"공평을 기하기 위해 우리 심사단은 같은 난이도의 병증 열 개를 골랐습니다. 자, 네 분께서 각자 하나씩 뽑으십시오."

그러자 장내는 더욱더 조용해졌다. 모두가 단상 위의 네 사람이 동시에 제비뽑기 통에서 죽첨을 하나씩 뽑는 것을 지켜보았다. 죽첨 아래쪽에 묶어 놓은 종이쪽지에 병증이 쓰여 있었다.

제비를 뽑은 뒤 각자 그 종이쪽지를 펼쳐 보았다.

고북월은 평소에도 조용한 사람이지만, 높다란 단상 위에 선 지금은 훨씬 더 조용해 보였다. 마치 세상 밖에 서서 이 세상과도, 그리고 세상 사람과도 다투지 않으려는 것 같았다.

멀리서 그를 바라보는 한운석은 어쩐지 조금 불안했다.

세상에는 절대 공평한 규칙이란 없었다. 이런 제비뽑기 방식도 보기엔 공평해도 사실은 운이라는 요소가 크게 작용했다.

첫째, 제비뽑기 통에 든 병증은 단지 같은 난이도 등급에 속할 뿐 실제로 난이도가 완전히 같지는 않았다. 서로 다른 병증은 상대적으로 쉽거나 어려울 수 있었다.

둘째, 저 병증은 분야가 나뉘어 있지 않았다. 비록 단상에 오른 네 사람은 각 분야에 모두 정통했지만, 그래도 가장 능숙한 분야와 가장 미숙한 분야가 있었다.

셋째, 평가 기준도 문제였다. 며칠 만에 완전히 낫는 병이 있는 반면, 장기간 조리가 필요한 병도 있었다. 심사단이 각 방면을 종합해서 평가 기준을 만들었겠지만, 이렇게 주관성이 강한 기준은 고북월에게 무척 불리했다. 한운석이 알기로 심사단을 구성한 다섯 집안은 고북월을 알지 못했다.

일은 사람이 꾸미되 결과는 하늘에 달린 시합인 만큼, 아무리 고북월이 단상에 오르기 전에 걱정하지 말라는 말을 남겼다 해도 한운석은 긴장할 수밖에 없었다.

제일 먼저 곽 부원장이 뽑은 종이쪽지를 심사단에 건넸다.

"곽 부원장이 뽑은 것은 괴질입니다. 환자는 나이 겨우 스물의 여자로, 한 달 전부터 늙기 시작했습니다."

심사단이 설명을 마치자 환자가 단상에 올랐다.

장내가 소란스러워졌다. 여자 환자는 얼굴이 주름살투성이여서 꼭 팔십 대 할머니 같았다!

"하하하! 아무래도 곽 부원장이 제대로 솜씨 자랑을 하겠는 걸!"

고칠소는 거리낌 없이 큰 소리로 웃어 댔다.

"할머니, 곽 부원장을 만난 건 행운이야. 조금 있으면 회춘하게 될 테니 걱정하지 마!"

한운석도 참다못해 피식 웃었다. 곽 부원장은 운이 지독하게 나쁜 것 같았다. 저런 병은 고대에서는 물론이고 현대에서도 치료가 몹시 어렵고 심지어 치료하지 못할 수도 있었다.

조로증!

곽 부원장이 아무리 태연한 척해도 얼굴에 떠오른 절망을 감추지는 못했다. 그는 전에도 이런 병을 본 적이 있었지만 여태껏 치료하지 못했다.

그러나 그의 옆에 선 구양 부원장은 그보다 더 안색이 나빴다. 곧 심사단이 구양 부원장이 뽑은 병증을 소개했다.

"구양 부원장이 뽑은 것도 괴질로, 운공대륙에서 처음 나타난 사례입니다. 환자는 쉰일곱 살의 남자인데 어제부터 음식을 먹지 못하는 증상이 나타나 죽은 물론이고 물도 삼키지 못합니다. 지체하면 반드시 죽음에 이르는 병입니다."

사람들은 깜짝 놀라 서로를 바라보며 아무 말도 하지 못했고, 고칠소조차 눈을 휘둥그레 떴다. 이런 병이 있다는 말은 들어 본 사람도 없었고, 생각해 본 사람도 없었다.

"세상에…… 그걸 어떻게 치료하지?"

영정이 혼자 중얼거렸다.

"물도 못 삼키고 나이가 그처럼 많으니 며칠 더 그러다간 굶어 죽지 않으면 이상하지."

당리는 생각에 잠긴 듯이 말했다.

"구양 부원장은 아직 치료법을 모를 수도 있으니 그 사람은 죽고 말 거야! 사람이 죽으면 지는 거겠지?"

그때 그의 옆에 앉아 있던 한운석도 똑같은 문제를 생각하고 있었다.

곽 부원장이 뽑은 병증은 괴질이지만 그래도 치명적이지는 않아서 치료할 시간은 얼마든지 있었다. 하지만 구양 부원장은 처참한 상황을 피할 수 없었다.

한운석은 자신이 보았던 사례들을 떠올렸다. 밥은 못 삼켜도

물을 삼킬 수 있으면 길게는 70일 넘게 견딜 수 있었다.

하지만 물도 삼키지 못하면 기본적으로 7일을 넘기지 못했다.

의술 대결 기한은 열흘이었다. 열흘 후에 심사단이 환자의 상태와 의원이 내놓은 병증 분석과 치료 방법, 진전 상황 등을 토대로 평가하게 되어 있었다.

저런 괴질이라면 구양 부원장이 열흘 안에 치료법을 알아낼 수도 없고, 더욱이 고대의 기술로는 환자에게 수액을 주입하거나 삽관을 통해 음식물을 넣어 줄 수도 없었다.

한운석은 선천적으로 음식을 먹지 못하는 병증을 본 적이 있었다. 선천성 당화부전형이라 불리는 것으로, 모종의 이유로 유아 때부터 음식을 먹기만 하면 구토를 유발하는 병이었다.

구양 부원장의 환자는 나이가 꽤 많아서 그녀도 처음 보는 사례였다.

"의학원에서 난이도가 가장 높은 병증다워……."

한운석은 점점 더 불안해졌다. 저 제비뽑기는 그녀가 짐작한 대로 운이 큰 부분을 차지하고 있었다. 고북월은 어떤 병증을 뽑았을지 궁금했다.

그때 심사단이 임 부원장이 뽑은 병증을 알려 주었다.

"뇌에 중상을 입어 기억을 잃은 환자입니다. 서른 살 여자이며, 기억을 잃은 지 벌써 10년째입니다."

이 말이 떨어지자 장내가 침묵에 빠지고 모든 사람의 표정이 이상하게 변했다.

기억상실증은 정말이지 뭐라고 단정해 말하기 어려운 병이었다. 때로는 치료 없이 자연스럽게 회복되기도 하고, 때로는 화타가 되살아나도 반드시 낫는다는 보장이 없었다.

하지만 곽 부원장이나 구양 부원장의 병증과 비교하면 행운이라 하지 않을 수 없었다! 적어도 임 부원장은 치료 방법을 제시할 수 있지만 곽 부원장과 구양 부원장은 아마 병세조차 제대로 파악하지 못할 것이었다.

이렇게 세 부원장의 병증이 모두 공개되었다. 세 사람은 비록 얼굴에 감정을 드러내지 않았지만 마음속에는 격렬한 파도가 친 지 오래였다. 임 부원장이 절대적인 우위에 있었다.

그 순간 모두의 시선이 고북월이 들고 있는 종이쪽지에 쏟아졌다.

그는, 어떤 병증을 뽑았을까?

한운석은 두 손을 꼭 맞잡았고 고칠소는 손가락을 자근자근 씹었다. 두 사람 모두 고북월이 쪽지를 심사단에 건네는 모습을 묵묵히 바라보았다.

쪽지를 돌려 본 심사단 사람들은 하나같이 괴상한 표정을 지었다. 조금 전 세 부원장의 종이쪽지를 보았을 때보다 훨씬 괴상한 반응이었다.

갑자기 임 가주가 소리 죽여 웃음을 지었다.

"허허, 재미있군, 재미있어!"

이 말에 장내의 공기가 극도로 긴장되었다.

고칠소가 참다못해 외쳤다.

"재미있긴 뭐가 재미있어? 꾸물거리지 말고 어서 읽어!"

임 가주는 불쾌한 눈빛을 띠더니 그제야 병증을 공표했다.

"고 의원이 뽑은 병증은 난산입니다. 임부는 어제 정오에 산통을 느껴 산실에 들어갔으나 아직 양수가 터지지 않았습니다……."

여기까지 말하자 장내는 바늘 떨어지는 소리까지 들을 수 있을 만큼 조용해졌다가 곧바로 폭소가 터져 나왔다.

성인 남자인 고북월이 이런 병증을 뽑았으니 얼마나 충격적일까? 임 가주가 재미있다고 한 게 이상한 일도 아니었다.

세 부원장 역시 참지 못하고 웃음을 터트렸다. 말하자면 고북월더러 산파 노릇을 하라는 셈이었다.

고칠소도 처음에는 입을 꾹 다물었지만 결국 참지 못하고 푸하하 소리를 내며 웃었다.

하지만 한운석은 전혀 우습지 않았다. 그녀가 소리 낮춰 말했다.

"소칠, 고북월이 위험해. 구양 부원장보다 더 위험하다고."

"그래 봤자 아이 낳는 일인 걸 뭐. 난산으로 이틀이나 사흘쯤 아픈 건 흔하잖아?"

고칠소는 출산에 대해 잘 몰랐지만 어려서부터 의학원에서 자란 덕에 들어 본 적은 있었다.

"흔한 난산이면 앞의 괴질들과 나란히 같은 난이도로 분류됐겠어?"

한운석은 너무 멀리 있어서 고북월의 눈에 담긴 감정을 볼 수가 없었다.

고칠소가 대답하기 전에 임 가주는 계속 말했다.

"이 임부는 배가 무척 커서 산파는…… 다태아多胎兒로 의심된다고 추측했습니다. 그래서 오늘 아침 날이 밝기도 전에 의학원으로 보내 왔습니다."

힘껏 움켜쥐었던 한운석의 손이 별안간 스르르 풀어지고 힘이 쭉 빠졌다.

다태아!

현대의 의료 조건으로도, 대부분 병원이 쌍둥이만 해도 두 번째로 나올 아이의 태아 곤란과 자궁 내 저산소증, 그리고 임부가 기력이 다해 분만하지 못하는 상황을 피하려고 제왕절개를 권했다.

고대에도 쌍둥이가 별 탈 없이 태어나는 일이 드물지는 않지만 난산으로 죽는 비율이 더욱 높았다. 가볍게는 두 번째 아이를 잃었고 심각하면 출혈 과다로 임부와 아이가 모두 죽기도 했다.

쌍둥이도 그런데 하물며 다태아는 어떨까?

대부분 사람이 출산은 고통이라는 인상을 갖고 있지만, 사실 출산은 생명과 관계된 일이었다.

어떤 임부든 벌써 하루 가까이 산통을 했는데 여태 양수도 터지지 않았다면 체력이 고갈되는 게 당연했다. 더군다나 배 속에 아이가 몇이나 들었는지, 각자의 태위가 어떤지 확인할 방도도 없었다.

설사 임부의 기력이 충분하다 한들 한 아이라도 태위가 이

266

상하면 순산이 어려웠다.

그야말로 목숨을 내놓아야 하는 문제였다!

물도 못 마시는 구양 부원장의 환자는 그래도 7일 가까이 버틸 수는 있지만 고북월이 맡은 산모는 기껏해야 사흘뿐이었다!

멀리서 고북월을 바라보는 한운석의 귓가에 임 가주의 목소리가 들려왔다.

"이번 의술 대결의 기한은 열흘입니다. 부디 서둘러 진료실에 들어가십시오. 네 분의 행운을 빕니다!"

긴급, 생사가 달린 일

행림에는 전문 진료실이 설치되어 있었다.

고요한 숲속에 각각 독립된 원락이 일자로 늘어서 있는데 각 원락 사이는 고작 열 걸음 정도만 떨어져 있었다.

네 환자는 진료실로 안내되었고, 세 부원장과 고북월도 그 장소에 도착했다.

진료실마다 시동을 한 명씩 배치해 치료 상황을 발표하는 일을 맡겼다. 시합이기 때문에 환자의 병증이든 의원의 진단이나 치료든 진전이 있으면 반드시 공개해야 했다.

네 가지 병증이 어떤 것인지는 이미 알려졌다. 행림 밖에 있는 의성 사람 모두가 이곳을 주목하고 있었지만, 지금 그들의 최대 관심사는 고북월이 맡은 임부였다.

행림 안에 있는 세 부원장의 원락은 텅 비었지만, 고북월의 원락은 사람들이 물샐틈없이 에워싸고 있었다. 원락 안 좌석은 다 찼고 심지어 서서 보는 자리도 남아 있지 않았다.

이 원락 밖을 에워쌀망정 다른 원락으로 가려는 사람은 없었다. 심사단마저 몸소 고북월의 진료실 문 앞을 지켰다.

이 병증은 본디 응급 상황이었다!

한운석과 고칠소는 심사단 뒤쪽에 앉아서 뜨거운 물을 들고 들락날락하는 시녀를 지켜보고 이따금 들려오는 고통스러운 비명을 들었다. 한운석은 안으로 달려 들어가 돕고 싶은 마음이 굴뚝같았고, 고칠소도 평소답지 않게 엄숙한 표정이 되어 함부로 웃지 않았다.

소씨 집안 가주가 한참 끼끼대며 사람들 틈을 파고든 끝에 가까스로 한운석 뒤에 이르러 나지막이 말했다.

"왕비마마, 안심하십시오. 고 의원은 분명히 해낼 겁니다."

한운석은 그의 목소리를 알아듣고 고개를 돌려 흉악하게 쏘아본 다음 한마디도 없이 다시 앞을 바라보았다.

중남부의 소씨 집안이 이렇게 속물처럼 군 일은 반드시 기억해 둘 생각이었다!

고북월이 안으로 들어간 지 한 시진 째고, 임부도 한 시진 동안 고통을 겪었으나 시동은 아직 나올 기미가 없었다. 한운석은 임부의 양수가 아직 터지지 않았다는 것을 짐작했다.

아이를 낳으려면 우선 양수가 터져야 했다. 양수가 나오지 않아 통증을 느끼는 시간이 길어지면 시달리던 임부는 점점 기력이 빠지고 심리적으로도 약해지기 마련이었다.

고북월과 산파도 이 도리는 알고 있을 터였다. 그러니 어떻게든 임부를 위로해 울면서 체력을 낭비하지 않도록 침착함을 되찾게 해야 했다.

그렇지만 임부는 아직 울고 있었다. 고북월과 산파가 임부를 안정시키지 못했거나 임부의 고통이 너무 극심한 모양이었다.

다른 일이라면 무소식이 희소식이지만 이런 일은 무소식이 곧 나쁜 소식이었다!

또다시 한 시진이 지났고, 원락 안에 술렁거리는 소리가 점점 커져갔다. 한운석의 심장도 두근두근했다. 현대에는 인공 양막 파수법이 있지만 지금 고북월에게는 무슨 방법이 있을까?

임부가 계속 통증을 느끼면 결국 기력이 다해 산실에서 죽지나 않을지, 차마 상상하기도 싫었다.

갑자기 시동이 옆문으로 나왔다.

순간 장내가 조용해졌다.

"고 의원은 임부가 네쌍둥이를 가졌다고 진단했고 아직 양수는 터지지 않았습니다."

네쌍둥이…….

"끝났군, 끝났어. 어른을 살릴 것인가, 아이를 살릴 것인가!"

"한쪽만 살릴 요량이면 뭣 하러 고북월을 부르나? 산파 혼자 하면 될 일을!"

"그야…… 아직 양수가 터지지 않았고 태위가 어떤지도 모르지 않는가? 어른이고 아이고 다 못 살릴지도 모르지!"

사람들의 목소리가 점점 커졌다. 이 순간은 적잖은 사람들이 시합이라는 사실을 잊고 목숨이 달린 응급 상황으로 여기고 마음을 졸였다. 갑자기 방 안에서 들리던 비명이 뚝 그쳤다.

어떻게 된 것일까?

시동이 허둥지둥 들어갔다가 다시 나와 새로운 소식을 알렸다.

"고 의원이 분만을 돕고 진통을 멈추게 하는 침술로 임부의 통증을 줄여 주었습니다."

이 말을 듣자 한운석의 불안하던 심장도 조금 가라앉았다.

사람들 역시 차례차례 안도의 숨을 내뱉었다. 임부가 소리를 지르지 않는다면 최소한 체력을 보존할 수는 있었다. 양수가 터진 다음 출산하는 데는 아주 많은 힘이 필요했다.

"침으로 통증을 줄인다? 허허, 묘하구나, 묘해! 고북월이 방법을 생각해 내 다행이군!"

심사단의 누군가가 칭찬했다.

한운석도 미소를 지었다. 현대에서는 이 방법을 무통 분만이라고 부르는데, 약이 필요했다. 고북월이 침 몇 개로 해낸 건 정말 대단한 일이었다! 그가 방법을 떠올리고 제대로 해낸 것이 참으로 다행이었다!

방 안에는 임부의 몸 위로 검은 베를 걸어 민망한 상황을 연출하지 않도록 시야를 가려 놓았다. 산파가 하반신 쪽을 지켰고, 고북월은 임부의 머리 쪽에 앉아 심혈을 기울여 침을 놓는 중이었다.

임부의 얼굴은 창백했고 땀이 뻘뻘 흘렀다. 극도로 지친 상태였지만 임부는 실눈을 뜨고 앞에 앉은 옥같이 부드러운 남자를 쳐다보았다. 마치 그를 보고 있으면 안전함을 느끼고 희망을 볼 수 있는 것처럼.

그의 손 때문인지 아니면 그의 침에 마력이 담겨 있는지, 뜻밖에도 전혀 통증이 느껴지지 않았다.

고북월도 곧 임부가 자신을 쳐다보는 것을 깨달았다. 그는 안색을 바꾸지도 않고 놀라지도 않았지만, 그 입에서 나온 말은 온화하기는커녕 무척 엄숙했다.

"아이들을 모두 지키고 싶으면 당장 눈을 감고 쉬십시오. 그게 당신의 책임입니다."

임부가 깜짝 놀라 눈을 감자 고북월은 그제야 계속 침을 놓으며 분부했다.

"수탉으로 탕을 끓이고 인삼을 넣어 한 그릇 가져오너라."

임부가 차분해지면서 방 안도 함께 고요해졌다.

하지만 방 밖에서는 여전히 모두가 긴장한 채 기다리고 있었다. 곧 시동이 나와 드디어 임부의 양수가 터졌고 산파가 아이를 받고 있다고 알렸다. 고북월은 여전히 침을 놓으며 임부의 통증을 완화하고 자궁문이 열리는 것을 촉진하는 중이라고 했다.

마침내 모두가 한숨 돌렸다.

그런데 뜻밖에도 양수가 터진 소식이 전해진 후로 하루가 지나도록 아이가 태어났다는 소식은 들리지 않았다.

하루면 벌써 최대한 버틴 셈이었다. 양수가 다 흘러나오거나 오염되면 태아가 위험했다! 지금의 의료 기술로는 태아를 살릴 수 없었다!

모두가 가슴을 졸였다. 바로 그때 시동이 나쁜 소식을 전했다.

"첫 번째 아이가 도산倒産입니다! 아직 나오지 못하고 있어서 진짜 난산입니다!"

도산이란 바로 태아가 다리부터 나오는 것을 말했다.

장내가 조용해졌다.

임 가주가 벌떡 일어나 놀란 목소리로 물었다.

"고북월에게 무슨 방법이 있다더냐? 어떻게 한다더냐?"

이런 상황에서 계속 태아가 나오지 않으면 어른이나 아이 중 하나를 택하는 수밖에 없었다.

아이를 살리기로 했다면 어른의 몸이 상하더라도 자궁문을 확대해 직접 아이를 꺼내는데, 그러면 어른은 피를 많이 흘려 반드시 죽게 되어 있었다. 반대로 어른을 살리는 건 상당히 잔인하게도 아이의 몸을 잘라 내야 했다.

시동이 대답하기 전에 임부의 남편이 곁채에서 뛰쳐나와 심사단 앞에 무릎을 꿇었다.

"의원을 바꿔 주십시오! 의원을 바꾸고 싶습니다!"

이 병을 의술 대결에 사용하기로 한 이상 의학원은 당연히 환자 본인과 가족의 의견을 묻고 그들의 동의를 받았다. 그런데 목숨이 위급해지자 가족들은 의학원 부원장에게 더 마음이 기운 것이었다.

의술 대결에 참여하지 않았다면, 설령 열쌍둥이라 해도 의학원 부원장 같은 칠품 의성에게 치료받지 못했을 것이다. 기껏해야 사오품 의원의 치료를 받는 게 고작이었다.

하지만 상황이 이렇게 심각해지자 가족들은 당연히 최고의 의원을 요구했다.

심사단도 망설였다. 다른 칠품 의성에게 맡기면 살릴 희망이 있을지 모르나 오품 신의인 고북월에게 맡기면 결과를 예측하기 어려웠다.

어떻게 해야 할까?

심사단은 긴급 상의 끝에, 사람을 보내 세 부원장에게 소식을 전하는 한편 의학원의 산과 전문 의원까지 불렀다. 잠시 의술 대결을 중단하고 대진을 통해 최선을 다해 사람을 구하려는 것이었다.

한운석의 눈빛은 복잡했다. 유일한 위안이라면, 그나마 사람부터 구하려는 인간미가 아직 의학원에 남아 있다는 것이었다.

세 부원장과 여의원 몇 사람이 산실로 들어갔다. 그들은 상황을 살피고 상의를 마친 후 다시 나왔다. 그들 또한 뾰족한 방법이 없어서 똑같은 답을 내놨다.

어른을 살릴 것인가, 아이를 살릴 것인가?

임부의 남편은 절망적으로 바닥에 늘어졌다. 아마도 이건 인생에서 가장 고통스러운 선택일 터였다.

"부디 빨리 결정하시오. 더 늦어지면 둘 다 살리지 못할 수도 있소."

임 부원장이 재촉했다.

"고 의원은 뭐라고 했소?"

한운석이 다급히 물었다.

고북월도 대진에 참여했을까? 그는 아직도 침을 놓고 있을까? 그는 어떻게 생각할까?

"고 의원인들 통증을 멈추는 것 외에 뭘 할 수 있겠소?"

임 부원장이 냉소했다.

방금 그들이 들어갔을 때 고북월은 그들을 아는 척도 하지 않았고, 숫제 나가라고 요구했다. 때가 때인지라 그들은 고북월과 다투지 않고 계속 침을 놓게 내버려 둔 채 자기 할 일을 하고 나왔다.

"어른을 구하겠소, 아이를 구하겠소? 어서 결정하시오!"

구양 부원장도 재촉했다.

남자는 눈이 빨개지도록 울었지만 부득불 결정을 내릴 수밖에 없었다.

"아이를 살려 주십시오!"

네쌍둥이였다. 아이를 살리자면 네 아이 모두 살릴 수 있지만 어른을 살리자면 한 사람밖에 살릴 수 없었다.

"슬퍼하지 마시오!"

여의원이 어쩔 수 없는 듯이 한숨을 쉬고는 돌아서서 산실로 향했다. 그런데 뜻밖에도 시동이 나와 가로막았다.

"잠깐 기다리십시오. 고 의원이 모자를 무사히 구할 수 있으니 서두르지 말고 기다려 달라고 합니다."

여의원은 처음에는 어리벙벙했지만 곧 눈을 잔뜩 찌푸렸다.

"고북월이 미쳤느냐? 그자가 무슨 능력으로 모자를 무사히 구한단 말이냐? 잠꼬대나 다름없는 말이구나!"

"고 의원이 그렇게 말했습니다. 저더러 문 앞을 지키며 물을 가져오는 사람 외에는 아무나 들여보내 방해하지 못하게 하라고 했습니다."

시동이 진지하게 말했다.

"그런 터무니없는! 정말이지 터무니없구나! 사람 목숨이 달린 일에 제멋대로 할 수는 없다! 고작 오품 신의에 산과의 의원도 아닌 그자가 어디서 그런 자신감이 생겼다더냐?"

임 부원장도 버럭 화를 내며 달려가 단숨에 시동을 밀어젖혔다. 그가 문을 발로 걷어차 열려는데 누군가 그 발을 힘껏 걷어찼다. 덕분에 임 부원장은 똑바로 서 있지 못하고 엉덩방아를 찧으며 큰 대자로 뻗고 말았다.

고칠소가 임 부원장의 심장 근처에 발을 올리고 사람들을 쳐다보며 싱긋 웃었다.

"누구든 함부로 뛰어들면 산실 안이 아니라 산실 밖에서 먼저 죽는 사람이 나올 거야!"

"고칠소! 방자하구나!"

곽 부원장이 노성을 터트렸다.

"여봐라, 저 대담 무례한 자를 끌어내라!"

구양 부원장도 다급히 사람을 불렀다.

애석하게도 부름을 듣고 달려온 시위들도 차마 나서지 못했다. 고칠소의 발아래 임 부원장의 심장, 즉 임 부원장의 목숨이 달려 있기 때문이었다.

사람들은 고칠소를 잘 모를 수도 있지만 고칠찰은 잘 알았다. 고칠찰의 잔인함에 관해서는 그 누구도 의심하지 못했다.

임 부원장과 심사단 모두 한운석을 쳐다보았고, 여의원들도 그녀를 바라보며 차례차례 권했다.

"진왕비, 계속 지체하면 정말 여러 목숨을 버릴지도 모릅니다! 이런 일은 우리가 많이 봐서 잘 압니다. 방법이 있었다면 고 의원을 청할 이유가 있었겠습니까? 게다가 고 의원은 한 번도 아이를 받아 보지 않았잖습니까? 그렇지 않습니까?"

"왕비마마, 마마가 설득해 주시지요. 고 의원이 이렇게 나오면 안 됩니다. 다른 사람 목숨으로 실험을 하다니요!"

"상황이 이렇게 위급한데, 설마하니 두 눈 뜨고 여러 목숨이 사라지는 것을 두고 보실 생각입니까?"

한운석은 그들을 무시한 채 다가가 팔짱을 끼고 문 앞에 섰다.

그때 절망에 찼던 남자가 별안간 고칠소에게 달려들며 미친 사람처럼 울부짖었다.

"모두 꺼져라! 이게 살인이 아니면 무엇이냐! 내 자식들을 죽이려는 거냐? 고북월, 썩 나와라. 난 네놈을 못 믿는다. 못 믿어! 내 아이를 내놔라! 내 아이를……."

방 안에서는 여전히 대답이 없었다.

남자는 고칠소에게 밀려났지만 이번에는 한운석을 덮쳤다. 다행히 고칠소가 막아 주었다.

"한운석, 너희가 무슨 자격으로 출입을 막느냐? 내 처와 아이들을 이용해 실험할 생각이지, 응?"

남자가 노한 목소리로 물었다.

"당신은 무슨 자격으로 어른을 살릴지 아이를 살릴지 결정하는 거지? 당신 아내는 아직 의식이 있고, 그녀야말로 선택권이 있는 사람이다! 목숨은 그녀의 것이고 아이 역시 그녀가 열 달 동안 고생하며 품은 자식이야!"

한운석은 일장 연설로 그 남자를 놀라게 한 다음, 즉시 시동을 들여보내 임부의 의견을 묻게 했다.

기적이 나타났다

한운석의 질문은 그 남자만 놀라게 한 게 아니라 장내에 있는 모든 남자를 깜짝 놀라게 했다.

운공대륙의 풍조가 아무리 개방적이라 해도 결국은 남존여비 사회였다. 그들의 의식 속에서는 남자가 모든 선택권을 갖고 여자는 그저 남자가 정해 주는 운명과 생사를 받아들이는 것이 너무나 당연했다.

장내에 있던 여자 중에는 충격 받거나 감탄한 사람도 있었지만, 이상하게 생각하거나 이해하지 못하는 사람도 있었다.

별안간 한 여의원이 큰 소리로 웃음을 터트렸다.

"모르는 척하는 겁니까, 아니면 정말 모르는 겁니까? 여기서 아이를 낳아 본 적이 있는 어머니들에게 물어보십시오! 그들이 어떤 선택을 할 것 같습니까? 더 지체했다간 당신들이 감당할 수 없는 상황이 벌어질 겁니다!"

그 어떤 어머니가 아이를 희생해 자신을 살리려고 할까?

"임부도 분명히 아이를 살리려고 할 것입니다! 물을 필요가 어디 있습니까?"

"그렇지요. 그야말로 시간 낭비예요! 만에 하나 아이까지 구하지 못하면 당신들이 죄인이 되는 겁니다!"

"한운석, 이기적으로 굴지 마시오!"

항의 소리가 빗발쳤지만 한운석은 여전히 문 앞에 서서 꼼짝도 하지 않았다. 그녀는 소란을 피우는 여의원을 차가운 눈길로 바라보며 분명하게 말했다.

"그런 말로 사람들을 현혹하지 마시오. 본 왕비는 임부에게 고북월을 선택할지 당신들을 선택할지 결정하게 하려는 것이오. 내게도 임부에게 아이를 버리고 목숨을 구하라고 말할 자격은 없소."

선택할 수만 있다면, 그 어떤 어머니가 갓 태어난 아이를 버리고 떠날 수 있을까?

여의원은 일순 말문이 막혀 부원장들을 향해 눈짓을 보냈다. 임부의 남편이 더듬거리며 한운석에게 따졌다.

"나, 나, 나는 남편이오. 내…… 내가 누굴 믿을지는 당신이 나설 일이 아니오! 다, 당신이 뭐요! 공연히 잘난 척 마시오!"

그 말이 떨어지기 무섭게 시동이 헐레벌떡 뛰어나왔다. 순간 모두가 그쪽을 쳐다보았고 그 남자조차 긴장했다.

시동은 서두르느라 숨이 차서 한참 동안 숨을 고른 뒤 겨우 큰 소리로 말했다.

"임부는 고 의원을 믿겠다고 했습니다. 고 의원을 선택했습니다! 다른 의원들은 다시는 들어오실 필요 없습니다……."

여기까지 듣자 한운석이 매서운 눈길로 남자를 쏘아보았고, 분노로 펄펄 뛰던 남자는 그 눈길에 기가 죽었다.

시동이 계속 말했다.

"임 가주, 고 의원이 임씨네 넷째 소저를 청해 달라고 했습니다. 넷째 소저의 도움이 필요하다고 합니다."

장내에는 최고 실력을 지닌 산과 여의원들이 몇이나 있는데 뜻밖에도 고북월은 임씨네 넷째 소저를 찾았다.

모두가 의아해했고, 특히 임 가주는 더욱 의아해했다. 임씨네 넷째 소저는 그의 적출 딸이고 어려서부터 의학원에서 의술을 배우긴 했지만 몇 년 전에야 산과를 전공하기 시작해 이 자리에 있는 경험 많은 여의원들과는 비할 수도 없었다!

"어떤 사람이야?"

한운석이 소리 죽여 고칠소에게 물었다.

"임 가주가 가장 예뻐하는 딸이지. 의술이 어떤지는 나도 잘 몰라. 후후, 고북월이 사람 고르는 방식은 참 재미있군."

고칠소가 웃으며 말했다.

임 넷째 소저가 참여하면 심사단의 결정에 적잖은 영향을 줄 것이다.

비록 장내에서는 고북월이 임 넷째 소저를 청한 일에 대해 비평이 적잖이 일었지만, 임 가주의 얼굴을 보아 공개적으로 입 밖에 내지는 못했다.

임 가주는 본래부터 고북월이 마음에 들지 않았고 딸이 이런 소동에 끼어드는 건 더욱더 바라지 않았다. 그래서 거절하려는데 뜻밖에도 임 넷째 소저는 이미 사람들 틈에 섞여 있었다.

"여기 있어요! 난 여기 있어요! 상황이 위급한데 계속 아이가 나오지 않으면 정말 위험해요!"

그녀는 사람들을 헤치고 방으로 들어가려 했다.

"멈춰라!"

임 가주가 사나운 목소리로 외쳤다.

"산과의 여러 선배들이 이 자리에 계시는데 인사부터 드리지 않고?"

임 가주의 이 말에는 다른 뜻이 담겨 있었지만, 뜻밖에도 임 넷째 소저는 다급히 말했다.

"아버지, 사람 목숨이 중요해요! 이따가 다시 인사드리겠어요."

임 가주는 딸의 팔을 붙잡으며 열심히 눈짓했다.

한운석은 임 넷째 소저를 자세히 훑어보았다. 스물을 갓 넘긴 나이에 청수하고 고운 여자였다.

"너도 사람 목숨이 중요한 줄은 아는구나. 네가 감당할 일이 아니니 들어가지 마라!"

임 가주가 마침내 분노를 터트렸다.

"아버지, 제가 감당할 수 있어요! 고 의원이 치료를 맡았으니 조수를 정할 권한이 있어요."

임 넷째 소저는 힘껏 손을 뿌리쳤지만 애석하게도 아버지의 손을 떼어낼 수가 없었다.

한운석이 눈짓을 하자 옆에 있던 서동림이 느닷없이 임 가주의 손목을 틀어쥐었다. 한운석은 직접 문을 열고 임 넷째 소저를 들여보냈다.

그녀가 들어가자 한운석은 다시 문에 기대 입구를 막았다.

"한운석!"

임 가주는 노여움을 참지 못했다. 서동림이 검을 뽑아 한운석 앞을 지켰고, 고칠소는 여전히 임 부원장을 밟고 옆문 쪽에 서서 뜨거운 물을 운반하는 시녀만 출입하게 했다.

"너희들!"

곽 부원장이 한운석에게 삿대질하며 화난 소리로 외쳤다.

"너희들! 참 잘하는 짓이구나! 한운석, 잘 들어라. 만에 하나 고북월이 실패하면 너희 모두 이 원락에서 한 발짝도 나갈 생각 마라!"

"고북월이 실패하면 다…… 당신들 목숨으로 목숨 빚을 갚으시오!"

임부의 남편도 따라 경고했다.

장내에 있는 모두가 긴장한 채 기다렸다. 이 모든 것은 진작 행림 밖에 전해졌고 얼마 지나지 않아 의성 전체에 퍼졌다.

의술 대결은 이미 까맣게 잊힌 지 오래였고 그 임부는 의성의 모두가 주목하는 대상이 되었다. 모두가 긴장한 채 결과를 기다렸다. 살아날까? 죽을까? 몇이나 살까? 몇이나 죽을까?

만약 고북월이 성공한다 해도 반드시 명성을 날리게 되는 건 아니었다. 그에게는 잠시 중단된 의술 대결이 아직 남아 있었다.

만약 고북월이 실패하면 뭇사람의 비난이 쏟아질 것은 자명하니, 패가망신하는 것은 물론 의성 모두의 성토와 질책을 당해야 했다. 한운석과 고칠소 일행도 '공범'이라는 죄를 써야 했다. 그렇게 되면 그들이 의성에 쏟은 노력도 모두 물거품이 될 터였다.

한운석은 문에 기댄 채 원락 안에 가득한 경멸과 분노의 눈

길을 마주했지만, 표정은 차분했고 맑디맑은 눈동자 역시 몹시
도 단호했다.

하지만 그녀의 귀에는 더없이 긴박한 대화가 들려오고 있었
다. 산실 안은 마치 격렬한 전쟁터 같았고, 산파와 임 넷째 소
저 모두 필사적이었다.

"큰일 났군, 큰일 났어! 아이의 다리가 보입니다. 다리가 곧
나오려고 한다고요!"

산파가 소리소리 질렀다.

"막으세요! 반드시 막아야 해요! 모두 와서 도와줘요!"

임 넷째 소저가 큰 소리로 말했다.

도산 상황에서는 기본적으로 한 발이나 양발, 한쪽 무릎이나
양 무릎, 아니면 한 발과 한쪽 무릎이 먼저 나오곤 했다. 이 상
황 뒤에는 탯줄이 태아의 발 쪽에 생긴 공간으로 흘러나와 탯
줄 탈출을 일으키는 게 일반적이었다.

탯줄은 태아의 목숨이요, 피와 산소를 제공해 주는 중요한
것이었다. 일단 탯줄 탈출이 일어나면 급성 산소 결핍이 일어
나고, 그 시간이 7분이 넘으면 태아가 배 속에서 사망하게 되어
있었다.

그러므로 발이 먼저 나오는 상황에서는 반드시 '도둔堵臀(도산
시에 태아가 발이나 엉덩이가 먼저 나오지 않도록 손바닥으로 막는 것)' 방
식으로 막아야 했다. 태아의 볼기 부위가 골반강까지 내려올 때
까지 막다가 자궁문이 크게 열리면 그제야 완전 둔위 분만 방식
으로 순조롭게 출산할 수 있었다.

막는 것이 이 전쟁의 관건이었다!

그리고 임부의 기력은 이 전쟁을 계속할 유일한 힘이었다!

임부는 시간과 싸워야만 했다.

정적 속에서 남편이 버럭 소리를 질렀다.

"이제 어쩔 거요? 적어도 현재 상황이 어떤지 알려 줘야 할 게 아니오!"

"발이 먼저 나와서 막고 있소."

한운석은 차분하게 대답했다.

"양수가 터진 지 한참 되었습니다. 안 됩니다, 이대로는 너무 위험해요! 고북월, 아이는 하나가 아니라 넷이오! 그렇게 오래 시간을 끌어선 안 되오!"

여의원이 화난 목소리로 부르짖었다.

"입 다무시오! 방해하는 사람은 책임을 져야 할 것이오!"

한운석의 목소리가 여의원보다 훨씬 커서 장내의 모두가 깜짝 놀라 서로를 쳐다보았다. 순간 감히 입을 여는 사람은 아무도 없었다.

한운석의 심장은 미친 듯이 쿵쿵 뛰었다. 그녀가 긴장한 것은 결과 때문이 아니라 사람의 목숨 때문이었다! 다섯 사람의 목숨!

알다시피 그녀 자신도 거꾸로 서서 태어났고 천심 부인은 난산으로 죽었다.

그녀는 고북월의 의술이 대체 얼마나 뛰어난지 알지 못했다. 특히 산과 방면에서는 더욱더 그랬다.

하지만 그녀는 결연하게 믿는 쪽을 선택했다.

고북월은 한 번도 그녀를 실망시킨 적 없었고 이번에도 절대 그래서는 안 되었다.

등 뒤에서 산파와 임 넷째 소저의 말소리가 끊임없이 들려왔지만, 고북월은 지금까지 한마디도 하지 않았다. 그는 뭘 하고 있을까?

정적이 내려앉은 가운데 갑자기 문 하나 건너편에서 산파의 울음소리가 들려왔다.

"못 막겠습니다요. 이대로는 안 됩니다, 막을 수가 없어요!"

그 순간, 한운석의 심장은 하마터면 밖으로 튀어나올 뻔했다.

그러나 온화하고 힘 있는 목소리가 순식간에 그녀를 차분하게 만들고, 긴장한 산파와 임 넷째 소저가 냉정함을 되찾게 해 주었다.

고북월의 목소리였다.

"임 넷째 소저, 가느다란 침을 아이의 발바닥 한가운데 꽂으십시오. 일이 푼 깊이로 서너 번 찌르는 겁니다."

"알았어요!"

임 넷째 소저는 고북월의 말에 무조건 복종하며 곧바로 시킨 대로 했다.

곧 기적이 일어났다. 태아가 찌르는 통증을 느끼고 놀라서 발을 움츠리더니 곧바로 몸을 돌려 머리가 아래로 내려왔다.

"응애······."

우렁찬 울음소리가 거의 굳어 버리다시피 한 공기를 깨뜨렸다. 그 소리와 함께 산실 안이든 산실 밖이든 할 것 없이, 모두 안도의 숨을 내쉬었다. 마치 숨이 막혔다가 새로운 공기를 들이마시기라도 한 사람들 같았다.

산실 밖의 사람들은 안의 상황을 몰랐으나 한운석은 문 바로 앞에 있어서 똑똑히 들을 수 있었다.

임부가 아직 힘이 남아 있다면 상황은 그리 나쁘지 않았다.

"두 번째 아이가 나옵니다. 자자, 어서! 정상위로군요. 머리가 아래예요!"

산파는 무척 기뻐했다.

"아이 어머니, 다시 해 보세요. 심호흡한 다음 다시 힘을 주세요. 저한테 맞춰서요. 제가 힘주라고 하면 다시 힘을 내는 거예요……. 서둘러야 해요."

임 넷째 소저도 약간 초조해하고 있었다.

첫 번째는 무척 힘들었지만 자궁문이 활짝 열렸으니 나머지 세 아이는 순조롭게 받을 수 있었다. 더욱이 속도도 빨라서 한 명 한 명 속속 출산에 성공했다.

잇달아 울음소리가 들렸으나 밖에 있던 사람들은 똑똑히 듣지 못해 아이가 몇인지 확신하지 못했다.

어쨌든 울음소리가 들리자 대부분은 마음을 놓았다. 적어도 아이 아버지는 벌써 웃음을 짓고 있었다.

하지만 한운석은 여전히 꼼짝하지 않고 서 있었다. 아직은 임부가 위험한 고비를 넘기지 못했다는 것을 알기 때문이었다.

상처가 너무 커서 피가 멈추지 않을 가능성이 있었다. 또, 양

수 색전이라는 더 끔찍한 증상이 나타날 수도 있었다. 분만 과정에서 양수가 갑자기 임부의 몸에 들어가 혈관에 이르게 되면 호흡 곤란과 전신 출혈, 여러 계통의 장기 손상 중 한 가지 증상이 나타날 수 있었다.

이 병증은 출산 전, 출산 중, 출산 후에 모두 나타날 수 있고 일단 발병하면 사망률이 80퍼센트에 달했다.

아이의 울음소리가 점점 커지자 아이 아버지는 점점 더 흥분하고 격앙되어 문 쪽으로 달려왔다.

"아이를 몇이나 살렸소? 전부 살렸소? 아이를 봐야겠소! 아이를 데리고 나오시오!"

한운석은 싸늘하게 그를 쳐다볼 뿐 아무 말 하지 않았다.

얼마 지나지 않아 산파와 시녀들이 깨끗이 씻은 아이를 안고 나왔고 모두가 아이를 보았다.

아이는 넷이었다. 남자아이와 여자아이 둘씩 넷으로 모두 무사했다. 어머니의 냄새를 찾지 못해서인지 아이들이 다 같이 와앙하고 울음을 터트렸다.

"다 구했으니 다행이군, 다행이야!"

"이남 이녀로군. 축하하오! 정말 축하하오!"

"어쨌든 놀라긴 했으나 위험은 넘겼군요! 보살께서 보우하신 겁니다!"

"고 의원은 정말 솜씨가 대단하군요. 임 넷째 소저도 이렇게 실력이 좋은 줄을 몰랐습니다. 하하하, 임 가주, 저런 딸을 꼭꼭 숨겨 놓다니 너무하십니다. 설마하니 매파들이 줄을 지어 딸을 뺏어갈까 겁이 나셨던 겁니까? 하하하."

서로 축하하는 소리가 오가는 중에 산모는 이미 잊혔다.

한운석은 싸늘한 눈길로 사람들을 바라보며 기다리고, 또 기도했다.

그 혼자만의 공로가 아니야

고칠소도 임 부원장을 놓아주고 기쁜 얼굴로 다가왔다.

"독누이, 고북월 대단한데? 그렇게 실력을 꼭꼭 숨기고 있을 줄이야!"

적어도 고칠소는 다시는 고북월을 얕보지 않을 것이다.

한운석은 고개를 끄덕이고 아무 말도 하지 않았다.

고칠소가 그녀를 훑어보았다.

"왜 그래, 놀라서 넋이 빠졌어?"

그가 재빨리 의자를 가져와 한운석을 앉히려 했지만 한운석은 이렇게 말했다.

"아직 일이 안 끝났는데 뭘 기뻐하는 거야?"

고칠소는 이해가 가지 않았다. 그는 사람들에게 둘러싸인 네 아이를 바라보았다.

"모두 태어났잖아?"

"산모가 아직 위험에서 벗어나지 못했어. 출산한 다음에는 의외의 상황이 아주 많아."

한운석은 그렇게 말한 다음 한마디 덧붙였다.

"적어도 고북월이 아직 나오지 않았잖아."

솔직히 말하면 그녀는 약간 불안했다.

만약 모든 것이 순조로웠다면 고북월이 진작 나왔을 것이다.

남은 일은 임 넷째 소저에게 맡기면 그뿐이었다. 조금 전에 시동은 고북월이 침을 놓았다고 했을 뿐 아이를 받았다고는 하지 않았다.

"그래?"

고칠소는 이 방면에 관해 아는 것이 거의 없었다.

"어떤 상황 말이야?"

한운석이 설명해 주려는데 별안간 산실 안에서 공포에 찬 비명이 들려왔다.

"꺄악……."

소리가 워낙 커서 산실 밖에 있는 사람들조차 흠칫했다. 웃음이 그들의 얼굴 위에서 얼어붙었고, 왁왁 울어 대던 아이들도 뭔가를 느꼈는지 한꺼번에 울음을 그쳤다.

한운석은 두말없이 문을 열고 안으로 들어갔다.

"효연曉燕아, 무슨 일이냐?"

딸의 목소리를 알아들은 임 가주가 쏜살같이 달려갔다.

한운석이 들어가기 무섭게 임 넷째 소저와 시녀들이 우르르 밖으로 나왔다. 임 넷째 소저는 손이 온통 피투성이였고 얼굴은 놀라고 당황해 어쩔 줄 모르고 있었다.

"출혈이에요. 대출혈이에요! 조금 전까지는 무사했는데 갑자기 출혈이 일어났어요. 어마어마한 출혈이에요!"

그녀의 말에 모두가 깜짝 놀라고 당황했다.

"아이를 보고 싶어 하기에 데려오려고 했는데 그만…… 그만 갑자기 출혈이 생겼어요. 온몸에서 피가 나고 멈추지 않아요."

세 부원장과 이사 몇 사람, 산과 의원 몇 사람이 모두 안으로 들어갔고, 진료실 입구는 곧바로 물샐틈없이 빽빽하게 둘러싸였다. 산모는 이미 깨끗이 몸을 닦고 깨끗한 옷으로 갈아입은 후였다.

하지만 지금은 피 웅덩이 속에 잠겨 있었다. 몸 아래로 피가 샘물처럼 흘렀고 심지어 피부에서도 피가 끊임없이 나왔다.

고북월이 입은 하얀 옷은 이미 빨갛게 물들어 있었다. 한운석은 이렇게 심각한 표정을 한 그를 한 번도 본 적이 없었고, 이렇게 이마 가득 땀이 맺힌 모습은 더더욱 본 적이 없었다. 그는 계속 침을 놓고 있었다.

한운석은 그의 손이 떨리는 것을 똑똑히 보았다!

이 장면에 모두가 놀라 멍해졌다. 경험이 풍부한 산과 의원도, 의술이 뛰어난 세 부원장도 다르지 않았다.

어떻게 이럴 수가 있지?

그들이 보고, 또 아는 산후 출혈은 하반신의 출혈뿐이었다! 어떻게 온몸에서 출혈이 일어날 수 있을까?

더욱이 하반신에서는 단순히 피가 흐르는 게 아니라 거의 쏟아지고 있었다!

대체 무슨 일이 일어난 걸까?

"고북월, 무엇을 한 게냐?"

갑자기 임 부원장이 노한 목소리로 질책했다.

고북월은 그를 무시하고 다급히 고칠소에게 물었다.

"아직 생혈단이 있나? 산모가 버텨 내지 못할 것 같네."

"없어! 의학원에 긴급 지혈약이 있을 거야!"

고칠소가 대답했다.

곽 부원장이 급히 사람을 시켜 지혈약을 가져오게 했지만 약을 먹여도 아무 효과가 없었다. 피는 멈추기는커녕 더 빨리 흘러나왔다.

갑자기 구양 부원장이 소리를 질렀다.

"피가 까맣게 변했다! 중독된 건가?"

산모의 하반신에서 흘러나오는 피는 확실히 거무스름해지다가 아예 까맣게 변했다.

갑자기 모두가 한운석을 바라보았다. 한운석이 독을 썼다고 의심하는 게 분명했다!

"뭘 그리 보시오?"

한운석은 화가 폭발했다.

"내가 산모에게 독을 써서 얻을 게 무엇이오? 내가 미쳤거나 바보 천치라도 된 줄 아시오?"

확실히 한운석은 그 누구보다도 독을 쓸 이유가 없는 사람이었다.

피가 까맣게 변한 원인은 자궁 안에 머문 시간이 길어졌기 때문이었다.

"그럼 이게 대체⋯⋯. 고북월, 대체 무슨 짓을 한 것이냐?"

곽 부원장의 목소리가 떨려 나왔다. 오랜 세월 의술을 베풀었지만 이런 상황은 정말 처음이었다.

"양수 색전증이오!"

한운석도 목소리가 떨려 나왔지만, 그래도 거의 소리 지르다 시피 했다. 사람들을 놀래 입 다물게 하기 위해서, 그리고 스스로 냉정함을 유지하기 위해서였다.

"양수가 산모의 혈관으로 들어가 피를 오염시킨 것이오! 당장 자궁을 적출하고 혈장과 응혈 인자를 준비해야 하오! 당장 환자를 ICU로 보내고 관련 과에 긴급 지원을 요청하시오! 어서!"

한운석은 빠르게 말을 쏟아 냈지만 곧 마음을 가라앉히고 자신이 처한 상황을 깨달았다.

이곳은 현대화된 병원이 아니라 수천 년 전의 고대였다. 의료 기구도 없고 간단한 수혈조차 할 수 없었다.

어떡하지?!

양수 색전의 사망률은 80퍼센트였으니, 그녀도 산모가 살아나는 예를 몇 번 본 적이 있었다. 모두 의사와 간호사 수십 명이 총출동하고 혈장 사오십 포를 써서 산모의 몸속에 있는 피를 거의 갈다시피 해서야 겨우 구해 낸 사례였다.

지금 이 상황에서는 어떻게 해야 할까?

의원으로서 가장 무력함을 느끼는 순간은, 환자를 구하지 못할 때가 아니라 분명히 치료할 방법을 알면서도 치료할 조건이 마련되지 않을 때였다!

산모는 이미 반혼수상태였다. 그녀는 겨우 실눈을 뜬 채 억지로 손을 뻗으며 아이를 보여 달라고 부탁하려고 했다.

그렇게 힘들게 낳은 네 아이를 한 번 보지도 못한 채 어떻게 떠날 수 있을까?

그녀는 아직 살아 있었지만 벌써 죽음을 받아들이고 있었다. 유일한 바람은 아이들을 한 번 보는 것뿐이었다.

한운석은 산모의 피 묻은 두 손을 멍하니 바라보며 절망에 빠져 꼼짝할 수 없었다.

바로 그때 고북월이 갑자기 그녀의 어깨를 잡았다.

"운석, 당신은 방법을 알고 있을 거요! 방금 뭐라고 했소?"

이럴 때 고북월이 '운석'이라고 이름을 부른 사실을 의식한 사람은 아무도 없었다. 그 자신까지 포함해서.

한운석은 그제야 정신이 돌아와 고북월의 엄숙한 눈동자를 올려다보았다.

"방법이 있다면 시도해 봐야 하오!"

고북월이 진지하게 말했다.

"피예요!"

한운석은 완전히 정신을 차렸다.

"피! 출혈을 멈추게 하고 피를 보충해요! 그리고 혈관에 색전증이 나타날 수 있으니 반드시…… 반드시 색전을 제거해 혈관을 뚫어 줘야 해요."

이렇게 말하면 고북월도 좀 더 쉽게 알아듣지 않을까?

지혈약과 생혈약은 혈액이 응고되지 않아 계속 흘러나오는 상황에 대처할 수 있었다.

그리고 어혈 제거약은 오염 물질이 혈관 색전을 유발하는 상황에 대처할 수 있었다.

자궁을 제거해야만 자궁에 남은 양수의 침전물이 계속 혈관을 오염시키는 것을 막을 수 있지만, 의료 조건이 마련되지 않으면 한운석도 할 수 없었다. 할 줄 모르기 때문이었다.

자궁을 제거할 수 없다면 최대한 지혈하는 수밖에 없었다!

한운석은 운공대륙의 지혈약과 생혈약의 약리를 잘 모르고, 고북월이 색전을 제거할 약을 찾아낼 수 있는지도 알지 못했다.

듣기 고약한 말이지만, 가망이 없어도 최선을 다해야 했다!

"약을 찾으시오! 지혈약과 보혈약을!"

고북월이 큰 소리로 말했다.

"그리고, 백소활어산百疏活淤散이 필요하오!"

"많을수록 좋아요! 최대한 빨리요. 길어야 한 시진밖에 버티지 못해요!"

한운석이 다급하게 덧붙였다.

사람 목숨이 위급하다 보니 사람들은 원인을 밝혀내거나 고북월과 한운석의 말을 믿을지 말지 망설일 틈조차 없었다. 세부원장은 즉시 사람을 시켜 약창고에서 지혈약과 보혈약을 모조리 가져오게 했다.

원락 밖에 있던 사람들도 도울 방법을 고민했다. 약성의 왕공은 즉시 의성에 있는 약성 사무소에 연락해 창고의 약을 가져오게 했고, 몇몇 의술 명가 사람들도 집으로 사람을 보냈다.

현대 의학 기구는 없지만 누가 뭐래도 이곳은 의성이었다. 임씨 집안 사람이 제일 먼저 고북월이 말한 백소활어산을 가져왔다. 얼마 지나지 않아 환약으로 된 보혈약과 지혈약이 대량으로 고북월 앞에 놓였다. 고북월은 의녀 몇 사람을 불러 약을 먹이게 하고 자신은 침을 놓아 지혈을 보조했다.

한운석은 이상해하는 사람들의 시선 속에서 환자에게 인공 호흡을 실시했다.

심각한 쇼크도 양수 색전증의 무서운 점이었다.

긴박하고 격렬한 응급 처치 덕에 산모의 출혈량은 점점 줄었 고 모두가 안도의 숨을 쉬었다. 하지만 아무도 쉽사리 마음을 놓지는 못했다. 아직 피가 흐르고 있어서였다.

잔뜩 긴장된 분위기 속에서 모두가 한마음으로 도왔더니 마 침내 산모의 출혈이 멈췄다!

지혈약 열 알, 생혈약 서른 알에 백소활어산 두 상자를 써 버 린 결과였다.

운공대륙의 묘약은 본래 한운석이 배운 약학으로는 해석할 수가 없었다. 그녀는 구사일생으로 살아난 산모를 멍하니 바라 볼 뿐 그 약들이 어떻게 산모를 구해 냈는지는 따지지 않았다.

이런 기적이 일어나다니 정말이지 믿을 수가 없었다. 믿기지 않았다.

양수 색전은 현대에서도 치료하기가 몹시 까다로운데 운공 대륙에서는 말할 것도 없었다. 이게 기적이 아니면 뭘까?

모두가 피로에 찌들었지만 그래도 기뻐했다.

고북월이 한운석을 바라보았더니 마침 한운석도 그를 보고 있었다.

그녀는 고북월의 침착함과 이성이 아니었다면 이 기적은 일 어나지 않았으리라 생각했다. 의술은 의원의 전부가 아니었다.

그리고 고북월은 이 여자가 독술에 뛰어난 건 그렇다 쳐도 어떻게 의학에 관해 이렇게 많이 알고 있는지 생각하고 있었다. 어제는 피로 혈육을 판단하는 방법을 부정하더니 오늘은 양수 색전을 치료하는 방법까지 알아냈다. 이 여자는 어디서 그런 걸 배웠을까?

사람을 구해 냈으니 나머지는 의녀에게 맡기면 되었으므로 다른 사람들은 모두 물러났다. 고북월과 한운석은 반나절 환자를 지키다가 산모가 확실히 무사한 것을 확인하자 비로소 한숨 돌렸다.

산모는 아직 혼수상태여서 남편과 가족들이 아이를 안고 지켰다. 한운석은 남편 쪽을 흘낏 바라보고는 하찮은 듯 냉소를 지었다.

하지만 욕을 퍼붓기도 귀찮았다. 목숨이 달린 일을 겪고도 깨닫지 못한다면 그녀가 욕 몇 마디 한다고 깨달을까?

한운석은 다시 한번 산모를 바라보며 가엾다는 생각을 했다. 하지만 네 아이가 곁에 누워 있는 것을 보면 행복해 보이기도 했다.

가여움과 행복이 공존하는 것, 그것이 바로 어머니의 위대함이 아닐까?

중남도독부에서 그녀는 용비야와 나라를 다스리는 도리에 관해 여러 가지 토론을 하고, 현대에 적용되는 개념을 모두 알려 주었다. 이제는 용비야와 남존여비 사상에 관해 이야기를 나눠야 할 것 같았다.

이렇게 생각하자 참을 수 없이 용비야가 그리웠다. 그 사람의 상처는 얼마나 나았을까? 지금 뭘 하고 있을까? 의성의 소식을 기다리고 있을까?

한운석과 고북월이 나란히 산실에서 나왔을 때, 원락 안에는 아직도 사람들이 모여 그들을 기다리고 있었다.

"왕비마마, 고 의원. 이 병증에 관해…… 모두에게 자세히 설명해 주시지 않겠습니까?"

"그렇습니다. 왕비마마와 고 의원 덕분에 오늘 견식을 크게 넓혔습니다. 이런 괴질은 정말 처음 봅니다."

"아이를 낳은 후에 괴질이 생기기도 하는 겁니까? 대체 어떻게 된 일입니까? 무엇 때문에 온몸에서 피를 흘린 것입니까?"

임 가주가 넷째 딸을 앞으로 밀어내 고북월 옆에 세웠다. 임 넷째 소저도 공로가 있었다.

사람들은 끊임없이 물어 댔고, 세 부원장은 비록 말을 하지는 않았지만 역시 호기심을 감추지 못했다.

고북월이 빙그레 웃으며 말했다.

"임 가주, 의성에 하루라도 주인이 없으면 안 되니 의술 대결을 계속하는 것이 좋겠습니다. 이 병에 대해서는 나중에 다시 이야기하시지요."

세 부원장도 호기심이 일긴 했지만 고북월과 한운석이 뽐내는 것은 바라지 않았다.

임 부원장이 재빨리 말했다.

"그렇군, 그렇지. 임 가주, 고북월이 맡은 환자는 혼자 치료해 낸 것이 아니니 그가 이겼다고 볼 수는 없소. 다시 제비를 뽑게 해야 하지 않겠소?"

뜻밖에도 고북월이 거절했다.

"다시 뽑을 필요 없습니다. 세 부원장께서 맡은 환자에 대해서도 지금 당장 이 몸이 진단하고 치료 방법을 내놓을 수 있습니다. 만약 세 부원장께서 아직 진단과 치료법을 내놓지 못하시겠다면 다시 제비를 뽑으시지요."

이 말이 떨어지자 모두의 눈이 휘둥그레졌다. 한운석과 고칠소도 마찬가지였다.

못 하면, 의학계에서 축출하겠다

고북월이 방금 뭐라고 한 거지?

장내에는 아주 한참 동안 정적이 감돌았다. 별안간 곽 부원장이 껄껄 웃음을 터트렸다.

"고북월, 기세 한번 대단하구나! 네가 방금 뭐라고 했는지 아느냐?"

"곽 부원장, 못 들으셨습니까? 그렇다면 다시 말씀해 드리지요."

고북월이 말했다.

말투는 여전히 온화했고 태도도 겸손하고 예의 발랐지만, 한운석은 옆에 선 이 남자의 강력한 기운을 뚜렷하게 느낄 수 있었다. 그 말투에는 온화하면서도 거절할 수 없게 만드는 힘이 담겨 있었다.

고칠소는 턱을 매만지면서 도무지 믿기지 않는지 흥미로운 얼굴로 고북월을 훑어보았다.

곽 부원장은 찬 숨을 들이켰다.

"그럴 필요 없다. 이 늙은이도 똑똑히 들었다."

이렇게 말한 그는 주위 사람들을 둘러보며 큰 소리로 물었다.

"고 의원이 방금 한 말을 똑똑히 못 들은 사람 있소?"

방금 고북월은 지금 당장 세 부원장이 뽑은 환자를 진단하고 치료 방법을 내놓을 수 있다고 했다. 장내에 있는 모두, 심지어 산실에 있는 산모 가족들마저 똑똑히 들었다.

장내는 쥐 죽은 듯 조용해졌고 아무도 대답하지 않았다.

"아무도 대답이 없으니 모두 똑똑히 들은 것으로 알겠소!"

곽 부원장은 임 가주를 바라보며 냉소를 지었다.

"임 가주, 심사단도 똑똑히 들었을 것이오. 이제 어떻게 해야겠소?"

임 가주의 본래 계획은 고북월과 한운석이 방금 했던 응급 치료에 관해 설명하게 만들고 그 틈에 딸을 자랑하는 것이었다. 그런데 뜻밖에도 세 부원장이 의술 대결을 무척 서둘렀다.

다태아 난산이라는 응급 상황을 해결한 것만 해도 대단한 실력이고, 산과의 신기록에 올라 의학원 사적에 기록되기에 충분했다. 하물며 그들은 전신 출혈이라는 산모의 괴질까지 치료했다.

고북월과 한운석이 합리적인 설명과 상세한 치료 방법을 내놓을 수 있다면, 이 병에 이름을 짓고 전형적인 사례로 만들어 《운공의학지雲空醫學志》와 《산과대전產科大全》에 기재할 수도 있었다.

의학계에서 가장 큰 공헌은, 새로운 병증을 발견하고 효과적인 치료법을 제시하는 것이었다.

주 치료를 맡은 고북월의 의품은 오품에서 곧바로 세 부원장과 같은 칠품에 올라도 부족하지 않았다. 의학원에서 배운 적도 없고 의품을 받은 적도 없는 한운석도 사품이나 오품에 오를 가능성이 컸다. 그의 딸도 조수로 참여했으니 당연히 빠질 리 없었다.

그러니 임 가주의 마음속 저울이 기울지 않을 수 없는 노릇이었다.

임 가주는 의술 대결부터 끝낸 다음 난산 문제를 천천히 토론해야겠다고 생각했다. 공연히 지금 이야기하자고 했다가 세 부원장과 심사단이 괜한 의심을 피하는 게 좋겠다며 심사단장에서 물러나라고 할까 봐 걱정스러워서였다.

난산 건을 의술 대결로 치지 않기로 하면 의심받을까 걱정할 일도 없었다.

"우리 모두 똑똑히 들었소. 고 의원이 그런 말을 하다니 뜻밖이구려. 그가 여러분의 환자를 살펴보게 해도 나쁘지 않을 것 같소."

임 가주는 헛기침을 몇 번 한 다음 심사단에서 이의를 제기하지 않자 말을 이었다.

"다만, 심사단은 먼저 한 가지를 정확히 하고자 하오. 세 부원장께서는 각자 맡은 병증을 진단하거나 치료 방법을 제시할 수 있소?"

10여 년 동안 암암리에 싸움을 벌여 온 세 부원장은 모처럼 같은 편에 서서 서로 눈짓을 주고받았다. 마침내 구양 부원장이 먼저 입을 열었다.

"이 늙은이는 아직 병증을 상세히 살피지 못했소. 그러니 신중히 처리하기 위해 함부로 진단할 수 없소."

참 교묘한 대답이었다. 이 대답은 누가 봐도 고북월이 신중하지 못하고 자존망대한다고 돌려서 비웃는 것이 분명했다.

이상한 일도 아니었다. 고북월은 그 환자들과 접촉한 적도 없고 문진한 적도 없는데 무슨 수로 진단을 내리며, 또 무슨 수로 치료 방법을 제안할 수 있다는 걸까?

정말 믿기 어려운 일이었다!

"이 늙은이도 구양 부원장과 마찬가지요. 기본적인 사진四診(보고 묻고 듣고 만져보는 네 가지 진찰법)도 하지 않고 어떻게 진단을 내릴 수 있겠소?"

곽 부원장은 차갑게 반문했다.

가장 조롱하는 투로 말한 사람은 임 부원장이었다.

"이 늙은이는 아둔해서 요즘 젊은이들을 따라갈 수가 없구려! 허허허, 앞으로는 진맥할 때 사진을 할 필요도 없겠소. 잠시 증상을 묻기만 하면 우리의 뛰어나신 후배님께서 곧바로 무슨 병인지 맞히고 약을 지어 반드시 낫게 해 주실 테니 말이오!"

이 말에 사람들이 쿡쿡 웃었다.

아무리 고북월이 조금 전 기적을 일으켰다 해도, 모인 사람 대부분은 그가 그처럼 대단한 능력을 갖췄다고 믿지 않았다. 그를 안타깝게 여기는 사람들도 많았다.

고북월은 어쩌자고 저렇게 강하게 나갈까? 난산을 해결한 일로도 의학원에 든든하게 발붙일 만은 했다. 부원장은 못될망정 장로 자리는 틀림없이 차지할 수 있을 것이다.

그가 영리하다면 이 기회를 소중히 여기고 계속 환자를 지켜보고 싶다는 핑계로 의술 대결을 포기하는 게 옳았다.

하지만 그는 포기하기는커녕 도리어 터무니없이 큰소리를 치며 세 부원장에게 도전했다. 그야말로 어리석기 짝이 없는 행동이었다!

그가 이렇게 나온 것은 더 높은 지위를 차지하기 위해서임이 분명했고, 고칠소와 한운석을 돕기 위해서임이 틀림없었다. 하지만 그러려면 실력이 따라야 했다.

누구보다 안타까워한 사람은 임 가주였다. 방금 임 넷째 소저를 고북월과 짝지어 주려고 생각한 그였지만 어쩔 도리가 없었다. 고북월은 아무래도 너무 무르고 너무 성질이 급해서 대사를 이룰 인물이 아니었다.

"고 의원, 심사단이 다시 한번 묻겠소. 다시 제비를 뽑지 않겠다는 생각이 확실하오?"

묻는 것이 아니라 한 번 더 기회를 주려는 것이었다.

"확실합니다."

고북월은 추호도 망설이지 않고 대답한 다음 반문했다.

"그렇게 하면 승부는 어떻게 판단하게 됩니까?"

임 가주의 눈동자에 불쾌한 빛이 스쳤다.

오냐, 고북월. 좋은 뜻으로 일깨워 줘도 알아듣지 못하는구나. 그렇다면 쓸데없이 나서지 않으마. 어쨌든 의술 대결과 난산 건은 별개의 문제니 내 소중한 딸에게 영향을 미치지는 못하겠지.

임 가주는 공정한 사람인 양 엄숙한 얼굴로 말했다.

"그런 선례는 없으나 고 의원이 방금 말한 것처럼 해낸다면 그 세 가지 병증에서 세 부원장을 이긴……."

임 가주의 말이 채 끝나기 전에 곽 부원장이 나섰다.

"고 의원이 명확한 진단을 내리고 실행 가능한 치료 방법을 제시할 수 있다면 자연히 고 의원의 승리요! 그렇게 되면 우리 세 사람도 다시 제비를 뽑을 필요가 없소! 하지만 만약 고 의원이 입만 살았지 그만한 실력이 없다면, 우리 세 사람은 다시 제비를 뽑아 시합하되 고 의원은 의품을 취소하고 의학계에서 축출할 것이오!"

이 말에 모두가 깜짝 놀랐다.

"곽 부원장, 정말 지독하군! 의술 대결에 졌을 뿐인데 축출이라니? 일찌감치 적이 될 만한 자를 잘라 내겠다 이거지?"

고칠소가 고북월을 위해 나선 것은 아마 이때가 처음이었다.

"그만한 엄벌을 내려야만 함부로 입을 놀리는 자들에게 본보기가 될 수 있다. 의술을 어린아이 장난으로 여기는 자는 의술을 펼칠 자격이 없다!"

곽 부원장이 버럭 화를 냈다.

"고북월이 문진이라도 했느냐? 진맥이라도 했느냐? 대체 뭘 믿고 진단을 내리겠다는 것이냐? 뭘 믿고 치료 방법을 제시하겠다는 것이냐? 저런 행동이 사람 목숨을 잡초처럼 여기는 것과 무엇이 다르더냐?"

"옳은 말씀이오! 엄벌이 두려우면 지금이라도 잘못을 시인하고 행림에서 물러나게. 우리도 인재를 아끼는 마음으로 한 번은 용서해 주겠네."

구양 부원장 역시 화난 목소리였다.

한운석이 나서려는데 고북월이 가로막았다. 모두의 시선이 자신에게 쏠렸는데도 그는 마치 아무 상관없는 사람처럼 담담하고 태연자약하게 말했다.

"좋습니다! 곽 부원장 말씀대로 하시지요. 임 가주, 심사단에 이견이 있습니까?"

"없소."

고북월에게서 얻을 것이 없다고 확신한 임 가주는 한시바삐 의술 대결을 마무리 짓고 싶었다.

"그렇다면 부디 고 의원께서 절기를 펼쳐 우리 눈을 확 틔워 주게나!"

임 부원장은 큰 소리로 웃었다.

고북월은 병약해 보이지만 실제로는 쇠심줄같이 질긴 사람이었다. 비꼼도 조롱도, 그리고 도발도 그에게 아무런 영향을 미치지 못했고, 그를 흔들어 놓지도 못했다.

그는 담담하게 말했다.

"그럼 좋습니다. 임 부원장의 환자부터 시작하시지요."

"좋다!"

도리어 임 부원장이 격노했다.

"가지!"

텅 비었던 임 부원장의 원락에는 곧 안팎으로 구경꾼들이 겹겹이 에워쌌다. 이 소식이 행림 밖으로 전해지자 사람들은 난산 건의 충격에서 미처 헤어나기도 전에 또다시 긴장해서 기다렸다.

고북월은 여전히 의성 전체의 주목 대상이었다.

한운석과 고칠소는 고북월 뒤에 서서 이따금 눈짓을 주고받았다. 고칠소가 이상한 눈빛을 지으며 소리 낮춰 물어보려는데 한운석이 그 말을 가로막고 말했다.

"난 저 사람을 믿어. 설령 저 사람이 하늘에 있는 별을 따고 바다에 뜬 달을 건져 오겠다 해도 믿을 거야!"

고칠소가 눈썹을 치켰다.

"독누이, 난 널 믿어. 설령…… 네가 언젠가 날 사랑한다고 해도 믿을 거야!"

한운석은 그에게 눈을 흘겼다.

난산 때와는 달리 고북월은 여자 환자를 문가로 데리고 나왔다. 임 부원장이 맡은 이 환자는 기억상실증을 앓고 있었다. 머리에 큰 상처를 입어 기억을 잃는 바람에 30년 세월 중 10년의 기억이 사라졌다.

환자는 처음에는 약간 긴장했지만, 뭐라고 했는지 몰라도 고북월이 낮게 속삭이자 곧 긴장을 풀고 웃기까지 했다.

그 자리에 있던 적잖은 여자들이 이 모습을 보고 저도 모르게 귓불을 빨갛게 물들였다. 고북월이 병을 치료할 수 있다고 믿지는 않지만 그래도 심장이 콩닥콩닥하고 자꾸만 눈길이 가는 것은 어쩔 수가 없었다.

저 남자는 4월 봄바람 같으면서도 또 수수께끼 같아서 저도 모르는 사이 빠져들게 했다.

저런 남자가 귓가에 위로를 속삭이면 어떤 느낌이 들까? 임 넷째 소저마저 참지 못하고 탄식을 내뱉었다. 그의 환자가 될 수 있다면 기꺼이 병을 앓을 수 있을 것 같았다.

넋이 나갔던 여자들은 곧 정신을 차렸다. 고북월이 맥을 짚 으면서 환자의 병력을 묻기 시작했기 때문이었다.

모두 그가 이미 답을 알고 있는 줄 알았는데 뜻밖에도 그는 이제야 문진을 했다.

"고북월, 우리를 놀리는 것이냐?"

곽 부원장이 화난 목소리로 물었다.

"방금 세 부원장님의 가르침을 듣고 부끄러운 마음이 들었기 에, 신중히 처리하는 편이 좋겠다 생각하고 문진과 진맥을 하 는 것입니다."

고북월은 태연하게 말했다.

"곽 부원장께서는 안심하셔도 됩니다. 세 환자는 반드시 오 늘 안에 다 보겠습니다."

곽 부원장은 코웃음을 치며 더는 따지지 않았다.

세 환자 중에서 기억상실증이 비교적 흔한 증상이고 나머지 는 최고 수준의 난치병이었다. 세 부원장도 조금 전 문진과 진 맥을 해 봤지만 전혀 짚이는 데가 없었다.

의술 대결 기간인 열흘은 말할 것도 없고 한 달을 준다 해도 원인을 밝혀낸다는 보장이 없었다. 그러니 고북월에게 하루쯤 시간을 줄 수는 있었다.

어쨌든 고북월이 지면 그들 세 사람은 다시 제비를 뽑아 이 까다로운 환자들을 피할 수 있었다.

곽 부원장이 입을 다물자 장내는 정적을 되찾았다.

모두 진지하게 듣고, 또 보았다. 그리고 환자가 하는 한마디 한마디, 고북월의 질문 하나하나를 귀 기울여 들었다. 문진에서는 특별한 점이 드러나지 않았다.

이 환자는 10년 전 어머니와 유람을 갔다가 도적을 만났다. 도적은 그들이 가진 재물을 모두 빼앗아 갔고 그녀는 뒤통수를 맞아 혼절했는데 간신히 목숨을 건졌다. 그런데 웬걸, 깨어나 보니 기억이 없었다.

"가족들은 어디 계십니까?"

고북월이 물었다.

노부인 한 명이 급히 앞으로 나섰다.

"이 늙은이가 어미요. 고 의원, 내 딸을 치료할 희망이 있소?"

"따님이 아기를 가지신 적이 있습니까?"

고북월이 물었다.

이 말에 노부인과 여자 환자 모두 깜짝 놀랐다. 노부인은 당황한 눈빛으로 우물거렸다.

"그…… 그게…….”

여자 환자는 대로했다.

"고 의원, 무슨 말씀을 하시는 거예요? 나는 시집을 간 적도 없는데 아기를 가지다뇨? 돌팔이 같으니라고! 의원을 바꾸겠어요! 당신은 못 믿어요!"

여자 환자는 이상하리만치 흥분해서 벌떡 일어나 고북월을 향해 화를 내며 고래고래 소리쳤다.

"의원을 바꿔 주세요! 이 사람은 못 믿어요, 못 믿는다고요!"

주위에 있던 사람들이 웅성웅성했다. 고북월은 뭘 하는 걸까? 기억력과 임신이 무슨 관계가 있다고?

모두 그를 두려워해

모인 사람 대부분이 고북월이 웃음거리가 되는 꼴을 기다리고 있었지만, 그가 단순한 웃음거리가 아니라 이처럼 기가 막힌 웃음거리가 될 줄은 아무도 예상하지 못했다.

기억상실증이 임신과 관계되어 있다고?

화타가 다시 살아난다 해도 껄껄 웃을 일이었다!

여자 환자는 감정을 자제하지 못할 정도가 되어 노기등등하게 고북월을 노려보며 반복적으로 말했다.

"의원을 바꾸겠어요. 이 사람은 못 믿어요! 못 믿는다고요!"

"임 가주, 의원이란 자가 환자에게 가장 기본적인 믿음조차 주지 못한다면 최대의 실패가 아니겠소?"

곽 부원장이 물었다.

임 가주가 미처 대답하기 전에 임 부원장이 또 물었다.

"환자에게 믿음도 주지 못했을 뿐만 아니라 가장 기본적인 존중조차 보여 주지 않았소! 고북월, 네 의술이 아무리 높다 한들 의원답지 못하구나! 의학원의 의술 대결은 행림 대회에서 가장 신성한 시합이니 너는 참가할 자격이 없다!"

"여봐라, 환자를 보호하고 고북월을 쫓아내라!"

구양 부원장도 입을 열었다.

사태가 이렇게 흘러갈 줄은 아무도 예상하지 못했다. 고북월이 이렇게 빨리 패배하고, 또 이런 방식으로 패배할 줄이야.

이번 일은 의성 역사상 가장 큰 웃음거리가 될지도 몰랐다.

쫓아내라는 명령을 받은 시종이 어느새 가까이 다가왔다. 고칠소는 영문을 알 수가 없었다. 고북월이 머리가 어떻게 된 건가 싶으면서도 그는 과감하게 고북월 앞을 가로막고 보호했다.

반면 한운석은 눈썹을 찡그린 채 무슨 생각에 잠긴 듯했다.

"고칠소, 어쩔 셈이냐? 환자가 의원을 바꾸겠다는데 설마하니 강제 치료라도 할 생각이냐?"

임 부원장이 화난 목소리로 물었다. 하지만 그는 또다시 고칠소에게 짓밟힐까 봐 감히 다가가지는 못했다.

"너무 뻔뻔하지 않은가? 기억을 잃었을 뿐인 정숙한 처녀에게 임신했다는 오명을 씌우다니? 고북월, 의원으로서의 덕은 없더라도 사람으로서의 도덕은 있어야 하지 않겠나?"

"모두 함께 저들을 쫓아내게나. 이것이 환자를 괴롭히는 것이 아니면 뭔가! 교양 없이!"

장내에 선동이 일고 대다수가 고북월을 성토하기 시작했다. 당리 부부와 약성의 왕공, 목청무, 낙취산 등은 비록 함께 성토하지는 않았지만 지지하지도 않았다. 그들도 고북월이 하는 행동을 이해할 수가 없었다.

상황이 통제할 수 없을 지경으로 치달으려는데도 고북월은 사람들을 신경 쓰지 않고 흥분한 노부인을 진지한 눈길로 바라보았다. 그 차분한 눈동자로 찬찬히 살피는 표정은 그 누구도 쉽게 무시할 수가 없었다.

"어르신, 따님이 잊어버리게 해 놓고 어째서 근 10여 년간 다시 기억해 내기를 강요하십니까?"

이게…… 무슨 말이지?

노부인의 안색이 눈에 띄게 급변했다. 그녀는 연신 뒷걸음질 치다가 마침 딸에게 부딪혔고, 딸도 약간 차분해져서 물었다.

"어머니, 저 사람이 뭐라는 거예요?"

노부인은 계속 뒷걸음질 쳐 딸에게서 멀찌감치 떨어졌다.

"어르신, 잘 생각해 보십시오. 의원을 바꾸셔도 됩니다, 하지만……."

고북월이 말을 끝내기도 전에 갑자기 노부인이 눈을 감고 큰 소리로 부르짖었다.

"저 아이는 아기를 가진 적이 있소. 하지만 혼절했을 때 유산했지. 그 일은 오직 나만 알고 있고 지금껏 저 아이에게 말해 주지 않았소."

그 말이 떨어지자 여자 환자는 어리둥절했다. 그녀는 믿을 수 없는 눈길로 어머니를 바라보며 혼잣말을 중얼거렸다.

"내가…… 내가 아기를 가졌었다고? 누…… 누구의 아기를?"

혼자 묻고 또 묻던 그녀는 별안간 감정이 격해져 빠른 걸음으로 다가가 어머니를 꽉 붙잡았다.

"어머니, 누구 아이예요? 누구 아이냐고요?"

노부인은 부들부들 떨고 있었다. 그녀가 대답하기 전에 여자 환자가 느닷없이 머리를 감싸 쥐며 놀란 소리로 외쳐 댔다.

"아…… 아악……. 싫어, 싫…… 어……."

놀라고 두려운 나머지 무엇보다 돌이키기 싫었던 기억이, 일부러 잊어버리고자 했던 기억이 머릿속에 떠올랐다.

그녀와 어머니는 강도만 당한 것이 아니었다. 그녀는 도적에게 능욕까지 당했다. 아이는 도적의 아이였다.

그 기억이 되살아나자 지난 모든 기억이 파도처럼 밀어닥쳐 그녀의 머릿속을 가득 채웠다.

여자는 바닥에 주저앉아 귀를 막고 미친 사람처럼 비명을 질렀다. 예상치 못한 사태에 모두가 입을 떡 벌렸고, 고북월을 성토하는 것마저 잊었다.

조금씩 조금씩 여자의 비명이 줄어드는가 싶더니 더욱 뜻밖의 일이 벌어졌다. 여자가 벌떡 일어났는데, 놀랍게도 눈물투성이 얼굴로 웃고 있었다.

그녀는 고북월에게 몸을 숙여 인사했다.

"고 의원, 조금 전에는 죄송했습니다. 모두 생각났어요. 전부 다 생각났어요. 감사합니다!"

그런 다음 그녀는 노부인을 돌아보았다.

"어머니, 요 몇 년간 지독히도 저를 속이셨군요!"

이게…… 무슨 상황이지? 어떻게 이럴 수가?

극적인 반전에 그 자리에 있던 사람 모두가 어리벙벙해졌다. 임 부원장이 와락 노성을 터트렸다.

"고북월, 환자를 위협한 게로구나!"

"아니에요!"

여자 환자가 즉시 부인했다.

"정말 지난 일들이 생각났어요. 정말이에요!"

여자는 곧바로 자신이 어디서 태어났는지, 어떤 일을 겪었는지, 하나하나 전부 말했다. 심사 기준을 정하기 위해서 노부인은 사전에 딸이 잃어버린 기억을 적어 심사단에 제출했다.

심사단이 서둘러 그 기록을 가져와 대조해 보았는데 놀랍게도 환자가 한 말과 모두 맞아떨어졌다.

사실이 뻔히 눈앞에 있으니, 사람들은 이해할 수 없으면서도 따질 말이 없었다.

여자는 고북월에게 감격한 나머지 남아서 증인이 되어 주려고 했지만 고북월은 완곡하게 거절했다. 여자와 노부인이 떠난 후 한운석이 입을 열었다.

"심인성 기억상실증이군요. 환자는 강도를 만나 능욕을 당했을 때 극도의 충격을 받아 심각한 심리 장애가 생겼고, 그 일을 견디지 못해 기억을 잃어버리기로 한 것이죠. 환자는 자신이 임신했던 사실조차 몰랐지만 그 어머니는 알고 있었어요. 어머니는 딸이 상심할까 봐 지금껏 말해 주지 않았던 것이고요."

고북월은 고개를 끄덕였다.

"기억상실증에는 두 종류가 있습니다. 하나는 머리에 입은 손상으로 일어나는 것이고, 또 하나는 진왕비 말씀처럼 정신적인 충격으로 일어나는 것이지요. 이 몸은 저 낭자의 맥을 짚어 유산한 적이 있음을 알게 되었고, 그로 미루어 정신적 충격을 받은 것으로 짐작했습니다. 당시 있었던 일로 자극을 주었더니 예상대로 기억을 되찾은 것입니다."

"정신적인 충격이라⋯⋯."

임 부원장이 중얼거렸다. 사실은 그도 환자의 맥상에서 유산한 적이 있다는 것은 알았다.

혼인을 올리지도 않은 여자가 유산했다는 것은 당연히 의심스러운 점이었지만, 그게 원인이 되어 기억을 잃었으리라곤 전혀 생각지 못했다!

임 부원장은 몹시 괴롭고 후회스러워 죽을 지경이었다.

"이래도 되는 것이오? 그 한마디로 기억을 잃은 환자를 치료했다고 할 수 있느냔 말이오."

구양 부원장은 아직도 믿을 수가 없었다.

곽 부원장은 내내 말이 없었다. 사실은 사실이니 그들에게는 부인할 방도가 없었다.

현대에서 이런 병은 심리 치료 가운데 정신분석학 범주에 들어가며, 주요 열쇠를 찾아내기만 하면 치료할 수 있었다. 뜻밖에도 고북월이 손바닥 뒤집듯이 쉽게 해내자 한운석은 속으로 감탄을 금치 못했다. 고북월은 그녀가 상상한 것보다 훨씬, 훨씬 더 대단했다.

심사단을 비롯한 다른 사람들도 감탄을 금치 못했다. 10년 동안 치료하지 못한 기억상실증을 고북월은 말 한두 마디로 치료해 낸 것이었다.

이건 요행일까, 아니면 저자가 정말 보통이 아니기 때문일까? 적잖은 사람들이 고북월이라는 사람을 진지하게 살피기 시작했다.

임 가주는 헛기침을 몇 번 했다.

"모두 보셨다시피 기억상실증 환자는 고 의원이 치료했습니다."

"임 부원장, 미안하게 됐어. 우리 고 의원이 그만 실수로 부원장을 이기고 말았네."

고칠소는 기분이 날아갈 것 같았다.

임 부원장이 사납게 소매를 떨쳤다.

"요행일 뿐이다! 하물며 고작 하나 해결했을 뿐이니 이겼다 하기엔 아직 이르다!"

고칠소의 눈빛이 싸늘해졌다.

"다음 환자!"

심사단이 할 말까지 고칠소가 해 버렸다. 한운석은 의아한 눈길로 고칠소를 살피다가 그가 자꾸만 고북월을 보호하려 한다는 것을 알아차렸다. 고북월이 언제부터 '우리' 고 의원이 되었을까? 하긴, 성이 같으니 5백 년 전에는 한 가족이었겠지?

이어서 고북월은 곽 부원장의 원락으로 갔다.

곽 부원장의 환자는 스무 살의 여자로, 한 달 전에 갑자기 피부가 노화하기 시작해 지금은 할머니처럼 변해 있었다.

고북월은 앞서 했던 것처럼 문진하고 맥을 짚었다.

옆에서 지켜보던 한운석은 이 환자가 피부에 주름이 생겼을 뿐 머리카락이나 신체 기능은 노화하지 않았다는 것을 알아차렸다. 조로증이라면 머리카락과 신체 기능도 동시에 노화하므로, 조로증이 아니라 희귀한 피부병이 아닐까 의심스러웠다.

사람들은 조용히 지켜보면서 기다렸다.

조금 전에는 순전히 웃음거리가 되는 걸 기대하고 구경했다면, 지금은 너나 할 것 없이 조금 긴장한 채 지켜보았다. 의술 대결 결과는 이 고북월이란 사람과 마찬가지로 예측 불가였다.

가장 긴장한 사람은 역시 곽 부원장이었다. 그는 끊임없이 자신을 위로했다. 조로증이란 말을 들은 적은 있지만 여태까지 치료 방법이 없었다.

게다가 그는 오늘 아침에 환자와 한참 동안 교류하면서 환자가 이곳에 오기 전에 받은 진맥에 관해 많은 이야기를 들었다. 그는 세상에 이런 병을 치료할 사람은 절대로 없다고 무척 확신했다.

고북월은 확실히 능력이 뛰어났지만, 아무리 대단하다 한들 결코 하늘에 닿을 능력은 없었다.

지금 이 자리에 고운천이 있었어도 어려움을 알고, 알아서 물러났을 것이다!

그렇게 생각하자 곽 부원장은 훨씬 냉정해졌지만 그것도 잠시, 곧이어 들려온 고북월의 설명에 심장이 목구멍으로 튀어나올 뻔했다.

고북월은 이렇게 말했다.

"이 병은 조로증이 아니라 피부 질병으로 생긴 주름입니다. 이 몸이 약방문을 쓸 테니 심사단에서 사흘 안에 모든 약재를 준비해 주시기 바랍니다."

한참 동안 정적이 흐른 후 마침내 임 가주가 대답했다.

"고 의원, 그 말은…… 치료할 수 있다는 것이오?"

"물론입니다."

고북월은 확신에 찬 목소리로 대답했다.

임 가주는 잠시 멍하게 있다가 비로소 말했다.

"그럼…… 며칠이나 걸리겠소?"

"사흘 안에 약재를 구하기만 하면 열흘 안에 반드시 치료할 수 있습니다."

고북월은 진지하게 대답했다.

의술 대결 기한은 곧 열흘이었다. 의술 대결에서 열흘 안에 반드시 치료해야 한다는 조건은 없지만, 치료할 수 있다면 그보다 더 좋을 수 없었다.

약재를 구하는 일은 심사단 책임이었다. 만약 약재를 구하지 못하거나 시간이 지체되면 의술 대결 기간은 자연히 연장될 터였다.

"그…… 그럼 먼저…… 먼저 약방문을 지어 주겠소?"

임 가주 본인조차 말소리가 떨리는 것을 알 수 있었다.

세상에, 이자가 정말 저 환자를 치료할 수 있을까?

정말 그렇다면, 이자의…… 이자의 의술은 얼마나 무시무시할까? 이 정도면 고운천을 너끈히 뛰어넘고도 남았다! 고운천은 팔품 의선인데, 설마하니 이자는 구품 의존醫尊일까?

의학원이 생긴 이래 의존이 나온 적은 한 번도 없었다! 이렇게 젊은 나이에는 그야말로 상상조차 못 할 일이었다!

고북월은 약방문을 써서 심사단에 건넸다. 장내는 여전히 고요했고 모두가 고북월을 지켜보았다. 더는 경멸도, 비웃음도, 의심도 없었다.

대신 두려움이 일었다!

고북월이 정말 이 환자를 치료할 수 있다면, 그의 의술은 얼마나 무시무시할까?

고북월이 약방문에 적은 약재는 모두 쉽게 구할 수 있는 것들이어서 심사단은 금방 약을 만들어 왔다. 고북월은 약을 의녀에게 주면서 이 약으로 열탕을 끓여 환자를 사흘 밤낮 그 안에서 지내게 하라고 말했다.

환자는 방에 틀어박혀 약물 목욕을 했다. 그 사흘 동안 모두가 원락을 지켰고, 의성 전체도 소식을 기다렸다.

사흘 밤낮이 지난 후 방문이 열리더니 수많은 관중이 지켜보는 가운데 환자가 천천히 걸어 나왔다.

성공인지 실패인지 밝혀지는 순간이었다!

경지, 치료하지 않고 낫게 하는

수많은 관중이 지켜보는 가운데 환자가 천천히 걸어 나왔다. 환자가 입구에 섰을 때 주위는 쥐 죽은 듯이 고요해서 바늘 떨어지는 소리까지 들을 수 있을 정도였다.

거의 모두가 그 환자를 훑어보고 있었다. 환자는 스무 살의 여자로, 얼굴은 곱고 하얀 데다 홍조가 떠 있고 손은 새하얗고 매끈매끈했다.

저, 저 사람이 정말 그 환자라고?

모두가 긴장을 감추지 못했다. 기적이 나타나길 바랐지만 정말로 기적이 있다고는 믿을 수가 없었다.

갑자기 곽씨 집안 가주가 약이 바짝 오른 투로 물었다.

"임 가주, 저 사람이 환자요?"

임 가주가 받아 두었던 초상화를 급히 가져와 몸소 펼쳐서 사람들에게 보여 주었다. 비교해 보니 모든 것이 정확히 일치했다.

피부가 고운 이 여자가 바로 환자였다. 며칠 전까지 주름살 투성이 팔십 대 할머니 같던 그 환자였다.

곽 가주는 저도 모르게 뒷걸음질 쳤다. 그는 믿을 수 없는 얼굴로 막 방에서 나온 고북월을 쳐다보았다. 도저히 믿을 수도 없고 믿고 싶지도 않았다.

"하하하!"

별안간 고칠소가 고개를 번쩍 들고 미친 듯이 웃어 댔다.

"고북월, 굉장해! 마음에 들었어!"

시원시원한 웃음소리가 원락을 쩌렁쩌렁 울리자 사람들도 차례차례 정신을 차렸다. 그들 모두 언제 의심하고 조롱했냐는 듯이 찬탄을 금치 못했다.

고북월, 아아 고북월. 그는 정말이지 기적이었다!

말 몇 마디로 10년 동안 앓던 기억상실증을 치료하더니, 이제는 간단한 약방문 한 장으로 피부가 일찍 노화되는 괴질을 치료했으니, 그가 바로 기적이 아니면 뭘까?

세 부원장은 물론, 의학원이 생긴 이래 그 누구도 이런 기적을 만들어 낸 적이 없었다. 그 어떤 의학 단체도 이런 기록을 세우지 못했다.

이 남자는 의학원 역대 원장들보다 훨씬 뛰어났으니 그 의술은 결단코 오품이라 할 수 없었다.

칭찬하는 말들을 뚫고 당리가 큰 소리로 외쳤다.

"고 의원의 의품은 일찌감치 칠품을 넘었을 거요. 내 보기엔 팔품 의선은 되어야 하오!"

그 말이 떨어지자마자 사람들이 맞장구를 쳤다.

"팔품이 틀림없소. 고운천도 고 의원 정도의 재주는 없을 거요."

"하하하, 어떤 난치병이든 우리 고 의원 앞에서는 아무것도 아니지!"

"고 의원이 오품 신의에 올랐을 때도 채 열여섯 살이 되지 않은 나이 아니었소? 고 의원이 돌아온 것은 우리 의성의 영광이오!"

칭찬은 차츰차츰 아첨으로 바뀌었다.

고북월은 사람들 속에 있었지만 주위의 목소리는 듣지 못한 듯 환자와 조용히 이야기를 나누고 있었다. 마치 뭔가 당부하는 것 같았다.

북려국 태의로 위장하고 앞줄에 앉아 있던 백언청은 내내 고북월을 응시하고 있었다. 가늘게 뜬 눈에 떠오른 어둑한 눈빛으로 보아 호의를 품은 것 같지는 않았다.

"사부님, 저 사람은 대체 어떤 사람일까요?"

백옥교가 소리 죽여 물었다.

백언청은 차갑게 코웃음을 치며 대답하지 않았다.

바로 그때 구양 부원장이 입을 열었다.

"임 가주, 의술 대결이 끝났소?"

임 가주가 미처 대답하기 전에 임 부원장이 비아냥거렸다.

"대결이 끝났으면 구양 형은 어서 가서 맡은 환자나 보시구려. 그 환자가 행림에서 굶어 죽으면 의학원의 죄가 되지 않겠소?"

임 부원장이 일깨워 주자 사람들은 그제야 또 한 명의 환자가 치료를 기다리고 있다는 것을 떠올렸다!

솔직히 고북월의 의술이 너무 놀라워서 푹 심취한 나머지 이 자리가 의술 대결이라는 것마저 잊고 있었다. 대결은 아직 끝나지 않았고, 고북월은 아직 이긴 게 아니었다!

세 번째 환자는 음식을 삼키는 장애가 있었고, 나이가 많은 데다 벌써 나흘 넘게 물 한 방울 먹지 못했다.

곽 부원장이 맡은 환자처럼 피부가 일찍 노화되는 증상은 선례가 있지만, 구양 부원장이 맡은 환자의 증세는 확실히 첫 번째 발병 사례였다. 의학원의 누구도 이런 병증을 본 적 없고 의서에도 기록된 바가 없었다.

앞의 두 환자보다 훨씬 까다로운 병이었고 이 환자는 기껏해야 7일 정도 버틸 수 있을 뿐이었다. 설령 고북월이 치료 방법을 제시한다 해도 발병한 지 7일 안에 치료하지 못하면 환자가 굶어 죽기는 매한가지였다.

구양 부원장은 오늘 아침에 환자 곁에 남겨 둔 조수를 통해 상황을 들었다. 환자는 나흘간 음식을 먹지 못해 가까스로 숨만 붙은 상태여서 죽음이 눈앞이었다.

사실 구양 부원장도 몸은 계속 이곳에 있지만 줄곧 자기 환자를 염려하고 환자 상태에 신경을 쓰고 있었다.

그 환자의 상황이 위험해서이기도 하지만, 그 환자가 이번 의술 대결의 볼거리 중에서 압권이기 때문이기도 했다!

고북월이 그 환자를 까맣게 잊고 있는 듯하자 임 부원장은 일부러 말을 꺼내지 않았다.

고북월이 두 번째 환자를 치료하더라도 무슨 소용일까? 마지막 환자를 살리지 못하면 앞서 했던 수고도 똑같이 물거품이 될 터였다.

"임 가주, 고 의원은 하루 안에 세 환자를 다 볼 수 있다고 제 입으로 말했소."

구양 부원장은 일부러 고북월을 쳐다보며 말을 이었다.

"벌써 사흘이 지났는데 고 의원이 말한 '하루 안에 환자를 본다'는 게 무슨 뜻인지 모르겠구려."

구경꾼들은 조용해졌고 고칠소마저 침묵에 빠졌다.

고칠소는 정말로 그 세 번째 환자를 까맣게 잊고 있었고 다른 사람들도 다르지 않았다.

사실 고북월이 두 번째 괴질을 치료함으로써 이 자리에 있는 사람들은 이미 그 의술을 인정한 상황이었다. 그의 의술이 세 부원장보다 뛰어나다는 것은 모두가 인정했다.

설사 고북월이 세 번째 환자를 치료할 능력이 없다 해도 구양 부원장 역시 치료하지 못하기는 마찬가지였다.

하지만 이건 의술 대결, 즉 시합이었다.

그 누구도 미리 정한 규칙을 바꿀 수는 없었다.

치료에 앞서 고북월은 세 환자를 진맥하고 치료 방법을 제시할 수 있다고 직접 선언했고, 하루 안에 세 환자를 다 볼 수 있다고 직접 말했다.

지금 상황은 확실히 그에게 불리했다.

설령 의학원의 많은 사람이 지지한다 해도 세 부원장이 진심으로 승복하게 만들 수는 없었다. 의술 대결에서 이기지 못한다면, 아무리 뛰어난 의술도 원장이 되는 데 아무 도움이 되지 않았다.

알다시피 의학원은 본래 세력으로 말하는 곳이었다. 그렇지 않았다면 애초에 의품과 행정 등급을 나누어 두 가지 신분으로 구분하지도 않았을 것이다.

임 가주는 또다시 안타깝게 생각하며 남몰래 속으로 탄식을 지었다.

고북월, 이 사람아. 가만히 있으면 좋았을 텐데 어쩌자고 그렇게 오만한 말을 떠벌렸나? 그야말로 제 발등 제가 찍은 격이 아닌가?

"임 가주, 고 의원이 '하루 안에 환자를 보겠다'고 한 게 대체 무슨 뜻이오?"

곽 부원장도 입을 열었다.

임 가주는 고북월에게 마음이 기울었지만 도울 힘이 없었다. 그저 심사단 수장의 자격으로 고북월에게 질문하는 것이 고작이었다.

"고 의원, 벌써 사흘이 지났는데 사람들에게 해명해 주어야 하지 않겠소?"

모두가 자신이 고북월이라도 된 것처럼 긴장하고 걱정스러워했다. 반면 그는 여자 환자와 이야기를 나누는 중이었다. 그 표정은 진지하고 신중했고 세 번째 환자 일은 안중에도 없어 보였다.

그의 옆에 선 한운석은 긴장보다는 기대가 더 컸다. 오늘 나선 사람이 고칠소였다면 틀림없이 걱정했을 것이다. 하지만 고북월이라면 백이면 백 마음이 놓였다.

그녀는 고북월이 대체 어떻게 세 번째 환자를 구해 낼지 고민해 보았다.

현대에서 유사한 병증을 본 적은 있었다. 병명은 '선천성 당화부전'으로, 삼키는 능력이 없어 음식을 몸에 넣지 못하는 증상이었다. 이는 영유아 때 발병하며, 효과적인 치료 방법이 없으면 죽을 때까지 위에 삽입한 관을 통해 매일 서너 차례 고열량 음식을 주입해야 했다.

비록 이런 병증이 알려져 있긴 하지만, 아직 상세한 원인을 알지 못했고 더욱이 치료 방법은 말할 것도 없었다. 이런 병이 쉰 살이 넘는 노인의 몸에 나타나면 어떻게 치료해야 할까?

목숨을 붙잡아 두는 것조차 상당히 어려운 일이었다.

어쨌든 제약이 많은 상황이어서 한운석은 아무리 머리를 굴려도 방법을 생각해 낼 수가 없었다. 그래서 고북월이 취할 방법이 상당히 궁금했다. 고북월이 곧바로 대답하지 않자 마침내 곽 부원장도 매우 분노했다.

그는 화난 목소리로 질책했다.

"고북월, 환자에게 남은 시간이 많지 않다. 이렇게 시간을 끄는 것이 환자의 목숨을 낭비한 것이 아니면 무엇이냐!"

"허, 이 늙은이는 고 의원이 세 환자 중에 음식을 넘기지 못하는 환자를 제일 먼저 볼 줄 알았는데 뜻밖에도 제일 나중으로 미뤘구려. 의술이 아무리 고명해도 경중과 완급을 구분하지 못하면 평범한 의원만 못하지."

백언청도 입을 열었다.

"더 말할 것도 없습니다. 고북월 본인 입으로 하루 안에 세 환자를 다 볼 수 있다고 했는데 그 말을 못 지키지 않았습니까? 제가 볼 때 의학원은 당장 저자를 의성에서 쫓아내야 합니다!"

천녕국 군관이 냉소하며 말했다.

고북월은 그래도 서두르지 않았다. 그는 여자 환자의 절을 완곡하게 거절한 다음에야 비로소 태연자약하게 사람들을 향해 걸어왔다.

기세등등한 세 부원장과 나쁜 마음을 품은 백언청과 천녕국 군관을 마주하고도 그는 여전히 교양 있는 태도로 빙그레 웃어 보였다.

"여러분들이 물으신 것은 대답해 드릴 수 있으나 잠시 기다려 주시기 바랍니다."

"뭘 말이냐?"

곽 부원장의 말투는 몹시 사나웠다. 그를 잘 아는 사람들도 이렇게 거칠고 조급해하는 그의 모습은 본 적이 없었다. 애석하게도 그의 말은 고북월에게 아무 영향을 주지 못했다.

"환자에게서 희소식이 오기를 기다리는 것입니다."

고북월은 미소를 유지했으나 그 웃음 속에는 줄기줄기 비웃음이 담겨 있는 것 같았다.

다른 사람들은 어떻게 생각하는지 몰라도 곽 부원장은 보면 볼수록 고북월이 자신을 비웃고 경멸하는 것 같았다. 지금 세 번째 환자는 목숨이 간당간당한 상태고 아무도 치료하지 않았는데, 무슨 희소식이 온다는 걸까?

곽 부원장이 도저히 이해가 가지 않아 쏘아붙이려는데 별안간 원락 바깥에서 놀람과 기쁨에 찬 외침 소리가 들려왔다.

"부원장님! 구양 부원장님, 환자가 나았어요! 환자가 물을 마셨고 이제 식사를 해야겠다고 합니다. 어서 가 보세요!"

그 자리에 있던 사람 모두가 거의 동시에 고개를 돌리더니 저도 모르게 비켜서서 시동이 달려올 길을 마련해 주었다.

어린 시동은 몹시 흥분해서 뛰어오면서도 계속 외쳐 댔다.

"부원장님, 기적이에요! 정말 기적이라고요! 환자가 나았어요. 치료하지도 않았는데 나았다고요!"

어린 시동이 숨을 헐떡이며 곽 부원장 앞에 멈춰 섰다. 하지만 딱딱하게 굳은 구양 부원장의 얼굴을 보자 비로소 원락 안의 분위기가 어딘지 이상하다는 것을 깨달았다. 그가 쭈뼛거리며 주위를 둘러보았더니 모두가 구양 부원장처럼 굳은 표정으로 꼼짝도 하지 않고 있었다.

"그…… 그게…….'

어린 시동이 당황한 나머지 갑자기 왁 하고 울음을 터트렸다.

"거짓말 아니에요! 환자가 정말 알아서 나았어요! 안 믿기시면, 의심스러우시면 직접 가서 보세요. 으흐흐흑, 전 거짓말 안 해요."

장내는 정말이지 너무 조용했다. 너무 조용해서 시동이 겁을 먹을 만도 했다. 그는 방금 무슨 일이 일어났는지 몰랐고, 방금 고북월이 무슨 말을 했는지도 몰랐다.

고요한 정적 속에서 고북월이 시동의 조그마한 머리를 부드럽게 쓰다듬어 주었다.

"난 너를 믿는단다. 오래 굶었으니 너무 많이 먹으면 안 된다. 여기 내가 쓴 식단이 있으니 가져가거라. 보살피는 사람에게 연사흘 동안 이 식단에 따라 음식을 먹이라고 말해 주려무나. 그런 다음 환자가 원할 때 언제든 떠나도 된다."

어린 시동이 어리둥절한 표정으로 식단을 받으려는데 구양 부원장이 확 빼앗았다. 진짜 그냥 식단이었다.

"이…… 이건 언제 썼느냐?"

구양 부원장이 따져 물었다.

"사흘 전에 방에서 썼습니다."

고북월이 사실대로 대답했다. 그는 임 가주를 바라보며 설명해 주었다.

"임 가주, 이 몸은 하루 안에 환자를 다 보겠다고 했지 결코 하루 안에 다 낫게 하겠다고는 하지 않았습니다. 앞의 두 환자는 모두 하루 만에 살펴보았고 진단을 내려 치료하기도 했습니다. 세 번째 환자의 병은 자세히 볼 필요도 없었습니다. 그런 병은 치료하지 못해 죽거나 자연스레 낫기 때문이지요. 이제 보니 그 환자는 후자였군요."

임 가주가 여전히 멍해 있는 사이 구양 부원장이 펄펄 뛰며 외쳤다.

"불가능해! 절대로 믿을 수 없다!"

그가 밖으로 뛰쳐나가 세 번째 원락으로 달려가자 일순 모두가 벌 떼처럼 그 뒤를 따라갔다.

궐기, 그가 지존

　널따란 원락은 순식간에 텅 비었다. 초서풍과 서동림조차 호기심을 이기지 못해 사람들을 따라 세 번째 환자에게 가 버렸다. 또다시 한운석과 고칠소, 고북월 세 사람만 남았다.

　한운석과 고칠소는 좌우에 서서 나란히 고북월을 응시하며 아무 말도 하지 않았다.

　방금까지 그렇게나 태연하던 고북월도 한동안 두 사람의 눈총을 받자 곧 민망해하며 헛기침을 한 뒤 물었다.

　"두 분은…… 뭐 하십니까?"

　"고북월……, 쯧쯧쯧!"

　고칠소는 흥미로운 듯이 턱을 매만지며 자꾸만 혀를 찼다.

　"당신…… 당신은……."

　한운석은 팔짱을 낀 채 생각에 잠긴 듯 자꾸만 '당신'만 반복했다.

　고북월은 웃음을 참을 수가 없었다. 조금 전처럼 예의 바르고 겸손한 미소가 아니라 신나게 껄껄 소리 내 웃는 웃음이었다. 의성에서의 싸움은 끝난 셈이었다.

　그래, 이제 끝났다.

　별안간 고칠소가 고북월의 어깨를 와락 감싸며 외쳤다.

　"친구, 가자! 가서 실컷 뽐내자고!"

그들 세 사람이 세 번째 원락에 도착하자 그곳에 있던 사람들은 모두 자연스레 길을 터 주었다. 세 부원장과 심사단은 이미 환자가 절로 나은 것을 확인하고 막 방에서 나오던 중이었다.

자연 치유는 희귀한 일도 아니었다. 꽤 다양한 질병이 일정 시간이 지난 뒤 자연히 낫곤 했다.

그렇지만 이렇게 희귀하고 위급한 질병이 자연히 나을 거라곤 아무도 예상하지 못했다. 다른 사람은 몰라도 어쨌든 구양 부원장은 전혀 생각지 못했다.

고개를 푹 숙인 그의 얼굴에는 후회에서 비롯된 괴로움이 고스란히 묻어 있었다! 그가 고북월의 요구를 받아들이지만 않았다면, 끝까지 이 환자를 맡았더라면, 힘 안 들이고 득을 본 사람은 자신이었을 것이다!

그때만 해도 그에게는 아직 기회가 있었다. 비록 고북월에게는 미치지 못하더라도 최소한 다른 두 부원장은 눌러 놓을 수 있었다!

구양 부원장은 벽에 머리를 박아 죽고 싶은 심정이었다!

한운석과 고칠소는 고북월을 따라 사람들을 뚫고 들어갔다.

모두의 이목이 고북월에게 쏠렸다. 그들의 눈빛에는 경멸이나 비웃음은 없었고, 그 대신 놀람과 숭배, 충격, 감탄이 떠올라 있었다.

조금 전까지는 고북월을 질투하는 사람이 있었다면, 이제는 질투와 부러움과 원망은 모두 사라지고 오직 탄복만 남았다!

아무도 따르지 못하는 이 남자의 절묘한 의술에 탄복한 것이었다. 이 남자의 의술은 이미 사람이 질투할 영역에서 벗어나 우러러볼 수밖에 없는 경지에 올라 있었다.

세 부원장조차 더는 아무 원망도 하지 않았다. 구양 부원장도 결코 고북월이 운이 좋아서 세 번째 환자가 자연 치유된 덕을 보았다고는 생각하지 않았다.

고북월은 증상을 설명하는 몇 마디만 듣고 환자가 자연 치유될 것으로 판단했으니, 확실히 실력이었다.

한운석과 고칠소는 아무 말도 하지 않고 약속한 듯 걸음을 멈춰 한쪽으로 물러났다.

한운석은 쓴웃음을 감출 수가 없었다. 그녀인들 이런 결과를 예측이나 했을까?

음식을 삼키지 못하는 증세는 그녀가 보았던 선천적 질병 때문일 수도 있지만, 심리 증상이 몸 상태로 나타난 것일 수도 있었다. 전문 용어로는 '신체화 장애'라 하며 심리적인 이유로 나타나는 신체적 이상을 의미했다. 이런 증상은 오랫동안 낫지 않을 수도 있고, 어떤 자극으로 나을 수도 있었다.

고북월의 진단은 아주 정확했다. 선천적 질병이든 신체화 장애든, 구체적인 정황으로 볼 때 이 병은 죽거나 자연 치유되는 길뿐이었다.

환자가 굶어서 목숨이 위험해지자, 어쩌면 그것이 자극이 되어 자연 치유된 것일 수도 있었다.

한운석은 고북월에게 진심으로 탄복했다!

고북월은 혼자 앞으로 걸어갔다.

이 길은 의학원 사람 모두가, 행림 대회에 온 귀빈 모두가 자발적으로 고북월에게 내 준 길이요, 고북월 한 사람에게 속한 길이었다.

공경 어린 숭배와 진심 어린 인정이 담긴 시선을 받으며, 고북월은 한 발 한 발 심사단을 향해 걸어갔다.

이런 영광 속에서도 그의 발걸음은 언제나처럼 자연스러웠고 그의 웃음은 언제나처럼 차분했다.

우아한 흰옷, 품위 있는 자태, 겸손하고 부드러운 태도, 옥같이 따스한 성정, 영욕에 흔들리지 않는 굳건함. 이 사람이야말로 진정한 의원이었다.

의술 대결의 최고 경지는, 그가 오늘 보여 준 치료하지 않고도 낫게 하는 것이 아니라 마음의 병을 앓든 몸의 병을 앓든 환자가 그를 보는 순간 마음이 놓이고 죽음을 두려워하지 않게 만들어 주는 것이었다.

"고 의원, 혹시…… 혹시 모두에게 세 가지 병증의 진단과 치료 방법을 설명해 주실 수 있겠습니까?"

임 가주도 아주 공손해졌다.

고북월은 제안을 받아들여 세 가지 병을 무척 꼼꼼하게 분석해 주었다. 사람들은 진지하게 귀를 기울였고, 부원장 세 사람조차 하나라도 놓칠까 잔뜩 집중했다.

설명이 끝나자 의술 대결도 마침내 완전히 종료되었다.

"본 심사단은 이번 의술 대결에서 고북월이 승리했음을 선포합니다! 의학원 행림 의술 대결의 규칙에 따라 의학원의 신임 원장은 고북월이 맡게 됩니다!"

임 가주가 기쁜 목소리로 선포했다.

어떤 의미에서는 의성의 미래를 결정하는 선포였다!

임 가주는 사람들이 보는 앞에서 미리 준비해 두었던 의성령醫城令 즉, 의성을 좌지우지할 수 있는 영패를 두 손으로 고북월에게 바쳤다. 고북월은 한운석과 고칠소를 돌아보며 빙그레 웃고는 망설임 없이 의성령을 받았다.

그는 의성령에 한 번 시선을 주었다가 곧바로 높이 들어 올렸다. 그 순간 부드러운 눈동자가 더없이 엄숙해지고 웃음기도 싹 사라졌다.

이 엄숙함에 보는 사람들은 심장이 덜컥 내려앉아 저도 모르게 그를 따라 숙연해졌다.

이 엄숙함은 의원이 된 자는 생명을 존중하고 경건하게 대해야 하며 결코 어물쩍 넘기거나 소홀히 해서는 안 된다는 의미였다.

이 엄숙함이 닭 한 마리 잡을 힘도 없는 연약한 이 남자를 지고무상한 신과 같은 자리에 올려놓고, 앞으로 운공대륙 의학계를 주재하게 해 주었다!

일곱 귀족 가운데 영족의 영술은 천하가 모두 아는 절기로, 결코 비밀이 아니었다. 하지만 영족의 의술은 사람들이 모르는 비밀이었다.

영족은 그림자처럼 서진 황족을 보호하는 동시에 황족을 가까이 모시는 어의의 직책을 겸했다. 영족의 조상은 의학원과 상당히 깊은 인연이 있었다.

하지만 고북월은 그 일에 관해 알지 못했고, 알 방도도 없었다. 그저 할아버지에게서 받은 의서 몇 권을 어려서부터 힘들게 익혔고, 그 덕분에 이런 재주를 지니게 되었다.

그는 늘 몸을 낮추고 남들과 다투지 않았다. 특히 자신이 의성령을 들어 올릴 날이 올 것이라곤 단 한 번도 생각해 본 적이 없었다.

이것도 수호의 일종이라고 할 수 있을까?

한운석, 이 고북월이 약속하겠소. 오늘부터 운공대륙 의학계 그 누구도 감히 당신의 적이 될 수 없소!

고북월은 차갑고 엄숙한 눈빛으로 의학원 전체를 굽어보았다. 한순간, 그 자리에 있던 의학원 사람들, 부원장부터 어린 시동에 이르기까지 모두가 함께 무릎을 꿇고 엎드려 큰절을 올렸다.

한운석은 고북월을 바라보았다. 보고 또 보노라니 저도 모르게 눈이 찡그려졌다.

어째서?

저 사람은 저렇게 엄숙한데 어째서 그녀는 저 눈 속에 담긴 따스함과 부드러움을 볼 수 있는 걸까?

저 사람은 저렇게 의학원 전체를 굽어보는데 어째서 그녀는 그가 자신을 보고 있다는 느낌이 들까?

군중들 속에서 백언청이 눈동자에 살기를 가득 담고 있다는 것은 아무도 알아차리지 못했다.

의술 대결의 기적은 곧 의성 전체에 퍼져나갔다. '고북월'이라는 이름은 하룻밤 사이 의성의 전설이자 운공대륙의 전설이되었다.

이튿날, 고북월은 정식으로 원장 자리에 올랐다. 그가 발을 들여놓은 덕분에 세 부원장이 솥발처럼 각자의 세력을 이룬 상황은 삽시간에 무너졌다.

개인이든 집안이든 고북월에게 잘 보이고 싶어 야단들이었지만, 애석하게도 그들 모두 고북월의 관리 능력을 과소평가하고 있었다.

고북월은 원장이 된 후 곧바로 한 가지를 처리했다.

난산 건으로 회의를 소집한 다음 침으로 통증을 줄이는 방법을 산과의 주요 과제로 삼아 몇 년 안에 널리 보급하게 하고, 그와 더불어 양수 색전 진단 및 응급 처치를 모범 사례로 삼아책을 편찬하게 한 것이었다.

그 후 그는 임 넷째 소저를 두 등급 특별 진급시켜 육품 의종으로 삼은 뒤 파격적으로 이사 자리에 앉혔다. 이렇게 해서 임가주를 자기 편으로 끌어들였다.

임씨 집안의 세력은 비록 유서 깊은 다른 의술 명가만 못했지만, 그 유서 깊은 의술 명가들처럼 의학원 내부에 얽히고설킨 관계를 맺고 있지 않았다. 고북월이 마음먹고 밀어준다면임씨 집안이 절대적으로 충성할 것은 분명했다!

고북월이 임씨 집안만 밀어주자 의성의 기타 소규모 집안과신흥 명가들도 희망을 보고 자연스레 먼저 의탁해 왔다.

이것이 유서 깊은 의술 명가들을 억누르고 의학원 내부에 오랫동안 이어져 온 복잡한 인사 관계를 와해시키는 발단이 되었다.

임 넷째 소저마저 파격적으로 기용했는데 한운석은 어떻게 되었을까?

한운석은 산모의 응급 처치에 가장 큰 공을 세웠다. 고북월은 양수 색전을 제때 처리한 공을 모조리 한운석에게 돌리고, 그 공을 이유로 한운석을 칠품 의선으로 특진시켜 장로회 일원으로 만들었다.

확실히 꽤 파격적인 인사였지만, 임 넷째 소저의 인사가 먼저였고 한운석이 다음인 데다 한운석의 공로가 임 넷째 소저보다 컸기에 임씨 집안 등에서는 이의를 제기하지 못했다.

그리고 이의가 있는 사람들은 곧바로 임씨 집안 사람들에게 반박당해 물러났으니 고북월이 직접 나서서 싸울 필요도 없었다.

한운석은 이 소식을 듣고서야 마침내 고북월이 아무 연고도 없는 임 넷째 소저를 발탁한 이유를 깨달았다.

신임 이사를 임명하는 기회를 틈타 고북월은 행림 대회에서 진행된 다른 의술 시합 결과를 참고해 자기 사람을 적잖이 선발했다.

낙취산은 행림 대회에서 보여 준 성과에다 고북월의 편애가 더해져 순조롭게 장로회에 들어갔고, 심 삼장로는 부원장으로 승진해 다른 세 부원장과 동등해졌다.

심 삼장로 심결명이 부원장에 임명되는 날, 고칠소가 임 부원장과 연심 부인의 관계를 폭로했다. 임 부원장은 감옥에 들어갔고 구양 부원장과 곽 부원장에게는 간담이 서늘한 나날이 시작되었다.

양심에 찔리는 일을 하지 않은 사람은 귀신을 두려워할 필요가 없는데, 저들이 저렇게 조마조마해하는 것을 보면 당연히 양심에 찔리는 일이 있다는 뜻이었다. 고칠소는 그들을 건드리지 않았고 그 후로 그들도 함부로 고북월을 곤란하게 하지 못했다.

고북월은 단 사흘 만에 인사 조정을 완료했다. 의학원을 싹 뒤집다시피 한 인사여서, 의성 전체에 탄식이 울리고 운공대륙 전체가 깜짝 놀랐다.

운공대륙 각 세력 대표는 이 상황을 엄밀하게 살폈고, 각 세력의 주인들도 의성을 주목했다!

그즈음 영승은 거의 의성에 도착해 있었는데 그 소식을 듣고 반나절이나 멍해졌다. 그는 다시 돌아가야 할지 이대로 의성으로 가야 할지 망설이기 시작했다.

용비야는 이 소식을 들었을 때 마침 막 백리원륭과 합류한 상황이었다.

"축하드립니다, 전하! 축하드립니다!"

백리원륭은 그를 보자마자 축하 인사를 했다. 백리원륭은 비록 고북월의 진짜 신분을 몰랐지만, 고북월이 의성을 손에 넣은 것이 곧 진왕 전하와 왕비마마가 의성을 차지한 것과 마찬가지라는 건 알고 있었다.

용비야도 얼굴에 기쁨이 고스란히 드러나 있었다. 그가 군중에서 이렇게 시원시원하게 웃는 일은 아주 드물었다.

"아주 훌륭했네. 며칠 있으면 한운석이 돌아올 테니 본 왕이 그녀를 기다리겠네!"

백리명향은 지난번 전하가 비밀 시위에게 말했던 단어를 떠올리고 참다못해 조용히 말을 꺼냈다.

"전하, 고 의원은…… 함께 돌아오지 않겠지요?"

전쟁 준비, 손쓸 틈도 없게

돌아오는 길에 용비야는 비밀 시위를 의성으로 보내며 뭐라고 분부했는데, 백리명향은 어쩌다가 '의술 대결 후', '고북월', '제거'라는 세 단어만 드문드문 들었다.

그 세 단어를 합치면 '의술 대결 후 고북월을 제거하라'는 무시무시한 말이었다.

백리명향은 영리한 사람이어서 이해관계며 일의 경중과 완급을 항상 마음에 새기고 있었고, 해야 할 말과 하지 말아야 할 말을 더없이 명확하게 알고 있었다. 다른 일이었다면 지금까지 그랬듯이 알고도 모른 척했겠지만 이번 일은 고북월에 관한 문제였다!

그녀는 진왕 전하와 고북월이 남몰래 협력하는 중이며 왕비마마를 속이고 있다는 것을 알고 있었다. 하지만 고북월이 대체 어떤 내력을 가졌는지는, 진왕 전하 옆에 있는 다른 사람들과 마찬가지로 그녀 역시 전혀 아는 바가 없었다.

그녀는 진왕 전하와 고북월의 협력이 각자 원하는 것을 얻으려고 서로를 이용하는 것일까 봐 정말로 두려웠다. 만약 그렇다면, 진왕 전하는 고북월을 이용해서 의성을 손에 넣은 다음 평소의 잔혹한 성품대로 과감하게 고북월을 제거할 게 틀림없었다.

이번에 약성의 왕씨 집안과 장로회가 독종 사건에 보인 태도는 모든 것을 설명하기에 충분했다. 그처럼 중요한 세력은 아무래도 직접 장악하는 편이 가장 안전했다.

더욱이 검종 노인이 그녀에게 무공을 가르치면서 고북월의 상처에 관해 한 말도 있었다. 검종 노인은 고북월 같은 체질은 사지에 처해야 살아나며, 일단 회복되면 진왕 전하보다 무공이 높아질 가능성이 크다고 했다.

이 두 남자는 하나같이 비범하고 하나같이 복잡한 사람들이었다. 그리고 또 하나같이 무척 무시무시한 사람들이기도 했다.

백리명향이 두려워하는 것은 왕비마마가 상처를 받는 것이었다. 왕비마마와 고북월은 연인보다는 덜 친밀하지만 친구보다는 좀 더 두터운 신뢰를 맺고 있었다. 만약 전하가 왕비마마 몰래 고북월을 제거하면 왕비마마는 어떻게 생각할까?

만약 언젠가 고북월조차 자신을 속였다는 것을 왕비마마가 알면 또 어떤 기분이 들까?

백리명향의 마음속은 우려와 걱정으로 가득했지만, 애석하게도 용비야는 그녀에게 대답해 주지 않았다. 제대로 듣지 못했는지 아니면 듣고도 무시한 것인지 알 수가 없었다.

어쨌든 그는 이미 백리원륭과 이야기를 나누며 군영 쪽으로 가고 있었다.

백리명향이 뒤따라가려는데 비밀 시위 아동이 황급히 가로막았다.

"명향 소저, 전하께서는 아랫사람이 말 많은 것을 좋아하시지 않습니다."

백리명향은 그제야 깨닫고 가만히 한숨을 쉬었다.

"고마워요. 잘 알았어요."

용비야가 군영에 들어가 보니 백리원륭이 이미 모사와 부장들을 소집해 놓았다. 이런 요직은 모두 인어족이 맡고 있었다. 진왕 전하가 친히 오신 탓에 모두 흥분해서 어떻게든 충성을 표하고자 몸이 달았지만, 누구도 감히 당돌하게 나서지 못했다.

용비야는 흑의 경장을 입은 채 호피를 씌운 커다란 의자에 앉았는데, 위화감이 느껴지기는커녕 도리어 군의 수장다운 위엄을 풍겼다. 타고난 제왕의 기질은 그가 무엇을 입건 어디에 있건, 모든 것을 주재하는 사람처럼 차가운 눈으로 천하를 굽어보아도 어색해 보이지 않게 해 주었다.

모두 흥분해서 그가 입을 열기를 기다렸으나 그는 말을 하지 않고 입꼬리를 살짝 올린 채 손수 차를 끓여 느긋하게 열 잔을 따랐다.

그런 다음 비로소 웃으며 말했다.

"본 왕은 술 대신 이 차로 그대들에게 경의를 표하려 하네. 부디 싫다고 마다하지 않길 바라네."

진왕 전하가 차를 무척 좋아하고 술을 즐기지 않는다는 것은 모두가 아는 비밀이었다.

하지만 그 자리에 있던 사람들은 하나같이 어리둥절해서, 의혹과 놀라움, 심지어 불안이 담긴 눈빛으로 백리원륭을 바라보았다.

진왕 전하가 몸소 끓인 차를 하사하고 이렇게 겸허한 말까지 하다니, 대체 무슨 상황이지? 혹시 우리가 뭔가 잘못해서 해산하려는 건 아니겠지?

백리원룡은 이번에 진왕 전하가 친히 원수로서 모두를 이끌고 북려국까지 싸워 올라갈 것이라고 했었다. 그래서 며칠간 모두 흥분해서 밤잠을 이루지 못하고 진왕 전하가 친히 오시기를 손꼽아 기다리던 차였다.

그런데 지금 진왕 전하의 태도를 보면, 혹시 무슨 문제라도 생긴 것일까?

하지만 돌이켜 생각해 보니 조금 이상했다. 문제가 생겼다면 진왕 전하가 이렇게 겸허한 투로 말했을 리 없었다. 적잖은 이들이 용기를 내어 한참 동안 살폈지만, 진왕 전하는 분명히 기분이 좋아 보였고 계속 웃고 있었다.

질문과 애원이 담긴 부하들의 눈빛을 보고도 백리원룡은 직접 그들에게 차를 건넬 뿐 달리 할 수 있는 일이 없었다. 아무리 그래도 고북월이 의성을 차지했고 진왕비가 곧 돌아오기 때문에 진왕 전하의 기분이 저렇게 좋은 거라고 말해 줄 수는 없었다.

이 자리는 말할 것도 없고 사적인 자리에서도 그런 말로 주인의 위엄을 깎을 백리원룡이 아니었다!

백리원룡은 용비야가 따른 차를 일일이 모사와 부장들에게 건네며 안심하라는 눈빛을 보냈다. 그제야 그들도 마음을 놓았다.

차가 세 순배 돌았을 즈음 줄곧 위로 휘어져 있던 용비야의 입꼬리도 결국 본래 자리를 찾았다. 그는 고개를 들었다. 깊고도 차갑고, 엄숙한 눈빛에 이제 막 안심했던 사람들은 또다시 신경이 날카로워져 함부로 하지 못했다.

"모두 준비되었느냐?"

용비야가 차갑게 물었다.

"모든 것이 준비되었습니다. 언제든 출병할 수 있습니다."

백리원륭이 말을 마치자 부장들이 각자 맡은 군무를 상세히 보고했다. 용비야는 자사호紫砂壺(중국 고대 도자기 제품으로, 자사라는 흙을 이용해 만든 주전자)를 가만히 어루만지면서 보고를 듣다가 때때로 질문을 던졌다.

커다란 군영 안은 차갑고 조용한 그의 얼굴처럼 극히 조용했고, 공기 속으로 긴장이 퍼져나갔다.

"독종이 누명을 벗은 후 영승은 군대를 삼사만큼 물렸으나 완전히 퇴각하지는 않았습니다. 우리가 출병하기를 기다리고 있을 겁니다."

한 모사가 말했다.

"허허, 이번에는 그자를 실망시킬 수 없지요! 설령 그자가 우리를 기다리고 있다 해도 손쓸 틈도 없이 두드려 줘야 합니다!"

백리원륭이 인어병 배치도를 올렸다.

그랬다!

이번 싸움에 용비야는 정식으로 인어병을 쓸 생각이었다!

"전하, 하루면 전군이 순조롭게 사강을 건널 수 있습니다."

백리원륭이 믿음직스럽게 말했다.

"전하, 영승의 병력은 본래 우리와 비슷했으나 다른 나라와 전쟁을 벌이면서 큰 손해를 입었습니다. 설사 그자에게 홍의대포가 있다 해도 두려워할 것 없습니다!"

한 부장이 흥분해서 말했다.

"두려워할 것 없다니요? 우리는 본래부터 그자를 두려워하지 않았습니다. 다만 전하께서 인어병을 너무 일찍 드러내지 않으려 하신 것뿐이지요!"

한 모사가 반박했다.

"그렇게 말씀하시면 우리 사기가 꺾입니다!"

"소장은…… 그저…….."

용비야를 흘끔거리던 부장은 민망해서 얼굴까지 시뻘게진 채 변명할 말을 찾지 못해 어쩔 줄 몰라 했다.

진왕 전하는 무표정했지만, 다행히 백리원륭이 도우러 나서서 북려국 문제로 화제를 돌렸다.

"전하, 군역사는 어제 비로소 동오족에 도착했다고 합니다. 설사 그가 도착 즉시 말을 손에 넣는다 해도 늦었지요! 우리가 영승을 붙잡기만 하면 승산이 아주 큽니다!"

백리원륭은 진지하게 말했다.

용비야도 언젠가는 친히 군사를 이끌고 싸움을 치러야 했지만, 사실 이 싸움은 1년 후, 영승과 서주국, 천안국이 서로 싸우다가 함께 무너지고 북려국이 끼어들 때쯤으로 계획하고 있었다. 그는 약성을 손에 넣고, 중남부의 곡창지대를 손에 넣고,

강호 세력을 손에 넣은 다음 군사를 휘몰아 북상해 단번에 북려국으로 쳐들어갈 생각이었다.

의성은 제일 마지막이었는데 뜻밖에도 천산에서 한운석이 독종의 후예라는 것이 알려지면서 여러 가지 말썽이 일어났다.

물론, 그 역시 고북월이 그처럼 순조롭게 의성을 손에 넣을 줄은 예상하지 못했다. 정확히 말하자면, 정말로 그의 예상을 벗어난 것은 고칠소였다.

고칠소가 고운천의 죄상을 폭로하지 않았다면, 고운천과 고씨 집안이 의성에 쌓아 올린 세력이 그렇게 빨리 무너지지 않았을 것이고, 고북월이 실력으로 의학원 원장 자리를 얻었다 한들 그 짧은 시간 안에 의학원 내부의 복잡한 세력을 흔들어 놓지도 못했을 것이다. 알다시피 의성에서 가장 큰 세력은 바로 고씨 집안이었다!

고북월은 눈부신 재주로 든든하게 원장 자리에 앉았지만, 누구보다 큰 희생을 치른 사람은 고칠소였다.

그는 어려서부터 약 실험을 당한 탓에 우연히 독종이 길러 내지 못했던 불사불멸의 독고인이 되었던 걸까?

아니면 불사불멸이 된 데 다른 속사정이 있을까?

용비야는 초서풍에게 의성의 여론을 잘 지켜보라는 특별 분부를 내렸다. 다행스럽게도 의술 대결에 사람들의 이목이 쏠린 덕분에 고칠소의 특수한 체질을 추궁하는 사람은 아직 없었다.

의성까지 손에 넣은 이상, 설사 영승이 북려국 방비용으로 준비한 홍의대포를 움직였다 하더라도 한바탕 시원하게 싸워

주는 게 당연했다.

한운석이 뭇사람들의 손가락질을 받고 고칠소가 옛 상처를 헤집으면서 얻어 낸 절호의 기회였다. 절대로 이 기회를 놓칠 수 없었다!

전쟁 준비에 관한 상의가 끝나고 사람들이 물러가자 그제야 백리원릉이 조용히 귀띔했다.

"전하, 늙은 여우는 신중하게 방비해야 합니다."

늙은 여우에 관해 그들이 알아낸 정보는 적어도 너무 적었 다. 그렇지 않았다면 용비야가 백리명향을 이용해 그자를 끌어 내려 하지도 않았을 것이다.

그들은 그 늙은 여우가 천산과 한씨 집안에 첩자를 숨겨 놓 았다는 것과 여아성 성주가 의태비를 납치한 일에 연루되어 있 으며, 독술이 뛰어나고, 용비야의 신분까지 알고 있다는 것만 알고 있었다.

그밖에는 늙은 여우가 어떤 사람인지, 어떤 목적을 가졌는지 는 아직 확인할 방법이 없었다.

용비야는 한참 동안 백리원릉을 바라보다가 천천히 두 글자 를 내뱉었다.

"풍족."

"풍족!"

백리원릉은 대경실색했다.

일곱 귀족 가운데 영족, 적족, 유족, 풍족은 서진 황족에 충 성했고 남은 백족과 흑족은 동진 황족에 충성했으며, 리족은 늘 중립을 지키면서 동진 황족에서 봉록과 군비를 받았다.

이른바 충성이란 겉모습에 불과했다.

진정으로 동진 황족에게 충성하는 것은 오로지 백족의 인어병뿐이었다. 동진과 서진이 전쟁을 벌이고 서진이 멸망한 후 흑족은 공공연히 반란을 일으켜 풍족과 손을 잡고 마지막 남은 보황군保皇軍(황제를 지키는 군대) 한 갈래를 전멸시켰다. 용비야가 조사해 보았더니 최후의 그 전투는 사실 적족이 일으킨 것이었다. 적족은 군자금을 대고 흑족, 풍족과 손잡았다.

바꿔 말하면 흑족과 풍족은 적족에 매수당한 것이었다.

일곱 귀족 중에 가장 먼저 무너진 것이 적족이라고들 하지만, 사실 적족은 두 발 전진을 위해 한 발 후퇴한 것뿐이었다.

서진은 전쟁을 일으킨 원흉이고, 적족은 직접 동진을 무너뜨린 사형수며, 흑족과 풍족은 그 공범이었다! 지난날 동진의 봉록을 받고도 위기 상황에서 대군을 해산하고 중립을 선포한 리족은 더욱더 용서할 수 없었다!

용비야가 새 황조를 열기로 한 것이 나라의 원수와 집안의 원한을 갚지 않겠다는 뜻은 결코 아니었다. 한운석은 그저 예외일 뿐이었다.

"풍족이라니! 전하, 그자를 끌어내면 그 실마리를 따라 흑족을 찾아낼 수 있을지도 모릅니다! 반역한 무리는 가차 없이 죽여야 합니다!"

백리원륭은 몹시 분개했다.

흥분한 백리원륭에 비교하면 용비야는 언제나처럼 냉정했

다. 그가 말했다.

"지난번 군역사를 구해 간 수법은 풍족의 어풍술과 무척 유사했지만 지금은 단지 추측일 뿐이다. 천산 쪽에 소식을 퍼트려도 좋다고 알리되 장군은 출병 준비만 철저히 하고 나머지 일은 신경 쓰지 마라."

이렇게 말하던 용비야의 눈빛이 조금 더 싸늘해졌다. 그가 차갑게 말을 맺었다.

"본 왕은 적족의 피로 동진의 깃발 앞에 제를 올릴 것이다."

그때 적족의 주인인 영승은 이미 결정을 내린 후였다. 그는 계속 의성 쪽으로 달려갔다.

소칠, 나오지 말게

영승은 밤낮없이 의성으로 달려가고 있었다.

어젯밤만 해도 급서急書 세 통을 받았다. 각기 군영과 황궁, 운공상인협회에서 온 것으로 하나같이 돌아와서 전쟁 준비를 하라고 권하는 내용이었다.

설령 의성이 고북월의 손에 떨어졌다 해도 중남도독부와 전쟁을 벌일 이유는 찾을 수 있다는 것이 모두의 생각이었다. 게다가 의성의 일이 아직 완전히 마무리되지 않아 한운석과 용비야가 아직 중남도독부로 돌아가지 못한 이 틈에 서둘러 출병해야지, 시간을 끌면 그들만 더욱 불리해진다는 의견이었다.

한운석과 고북월은 사람들 앞에서 의술 제재를 가한 의성을 부도덕하다고 꾸짖었으니, 그들이 의성을 차지한 지금 두 나라의 전쟁을 이유로 천녕국에 제재를 가하지는 못할 게 분명했다. 만에 하나 그들이 천녕국에 의술을 베푸는 것을 제재한다면 돌로 제 발등을 찍는 격이니 의성 내부에 뜻있는 사람들이 반드시 그 틈을 타서 들고 일어날 터였다.

애석하게도 영승은 전쟁하지 말자고 주장했다. 여태껏 용비야가 천산에서 뭘 하고 있는지 확신하지 못했기 때문이었다. 용비야가 무슨 꿍꿍이를 품고 있는지 확실히 알지 못한 채 무턱대고 전쟁을 벌이는 것은 영리한 선택이라 할 수 없었다.

영승은 한운석을 목표로 삼았다. 한운석을 납치하면 초청가에게 영족의 행방을 털어놓게 할 수 있었다. 더욱이 한운석을 납치하면 용비야를 위협할 수도 있으니 병사를 맞대고 싸우는 것보다 얻는 게 많았다.

납치가 비열한 술수라는 것은 영승도 인정했지만 어쩔 수 없었다. 용비야가 한운석 곁에 없는 지금이 절호의 기회였다.

영승은 앞으로 이틀만 더 가면 의성에 도착할 테지만, 영정은 이 모든 것을 전혀 모르고 있었다. 임무를 받아 당문에 시집갔고, 운공상인협회 또한 그녀가 당리를 이용만 한다는 것을 알고 있었지만 그래도 그녀는 당문의 며느리였다.

영승의 움직임과 운공상인협회의 주요 업무에 관해서 그녀가 아는 것은 점점 줄어들고 있었다. 심지어 운공상인협회의 장사에 관해서도 영락의 핍박을 받아 별수 없이 손을 떼야 했다. 지금 그녀에게 남은 임무는 단 하나, 당리를 구워삶아 당문과 운공상인협회 무기상의 협력을 성사시키는 것이었다.

한때는 직접 바둑을 두던 손이었는데 어느새 한낱 바둑돌로 전락한 것이었다. 이따금 영정은 혼사에 관해 그렇게 고민했던 자신도 결국 영안과 다름없이 가족의 사명이라는 속박을 벗어던지지 못했다는 생각을 하곤 했다. 이렇게 전심전력으로 가족을 위해 일하는 게 당연한 걸까?

지금 그녀는 창가에 기댄 채 하늘에 뜬 달을 올려다보며 넋을 놓고 있었다. 무슨 생각을 골똘히 하는지 당리가 들어왔는데도 알아차리지 못했다.

그녀는 낮에 차려입은 남장을 벗고, 길게 늘어진 순백색 치마 차림에 숱 많은 까만 머리카락을 늘어뜨리고 있었다. 맑고 고운 얼굴에는 화장기도 없었다. 이런 모습을 보자, 당리는 저도 모르게 이 여자가 운공상인협회에서 자라지 않았다면 얼마나 단순하고 순수했을까 하는 생각이 들었다.

하지만 단순하고 순수한 여자를 그가 좋아했을까?

방금 그는 그녀가 목욕하는 틈을 타 몰래 한운석을 찾아갔다. 오래 씻을 줄 알았는데 이렇게 빨리 나와 있을 줄은 몰랐다.

그는 살금살금 영정의 뒤로 다가간 다음 느닷없이 와락 껴안으며 그녀의 목에 머리를 묻고 킁킁거렸다.

"정정, 향기가 참 좋구나!"

영정은 꼼짝도 하지 않고 차갑게 말했다.

"한운석을 만나러 갔지?"

당리는 화들짝 놀랐다. 허리를 안은 손이 눈에 띄게 딱딱해지자 영정은 눈을 내리뜨고 그 손을 흘끗 바라보더니, 소리 없이 입꼬리에 의미심장한 냉소를 지었다.

당리는 재빨리 냉정함을 되찾고 그녀를 더욱 세게 끌어안았다.

"하하, 들켰네? 난 용비야와 사이가 좋거든. 그 여자와도 친구인 셈이고. 의성이 그 여자와 고북월 손에 들어갔으니 가서 축하하는 게 당연하잖아."

아주 합리적인 이유였다!

영정은 잠깐 침묵하다가 느닷없이 그의 손을 뿌리쳤다. 그리고 그를 힘껏 밀치며 화난 목소리로 따졌다.

"축하한다면서 왜 난 안 데려갔어? 왜 하필이면 내가 목욕하는 동안 살그머니 빠져나갔어? 거기까지 가서 단순히 축하만 했겠어? 이 사기꾼!"

"정말 축하만 했어. 지난번 약성 문제로 너와 네 동생이 그쪽과 불쾌한 일이 있었기 때문에 한운석과 고북월은 운공상인협회에 선입견을 품고 있다고. 널 데려갔다면 날 만나 주지 않았을지도 몰라!"

당리는 애걸하는 투로 설명했지만 속으로는 당황해 어쩔 줄 몰랐다. 멍청해도 유분수지, 이렇게 충동적으로 한운석에게 쪼르르 달려가지 말았어야 했는데. 영정처럼 눈치 빠른 여자라면 분명히 의심할 만했다.

그로서는 용비야와의 교분을 핑계로 그 의심을 누그러뜨리는 수밖에 없었다. 계속 부인하면 도리어 의심을 부추길 뿐이었다.

영정은 당리를 쳐다보며 아무 말 없이 냉소만 지었다.

당리는 더욱더 당황스러웠다. 이 여자와 여러 차례 다퉜지만 이렇게 난처하긴 처음이었다.

"정정, 화내지 마. 운공상인협회와 한운석 사이에 문제가 있고 네가 그들을 안 좋아하는 건 알아. 하지만 다 널 위해 한 일이야. 당문은 의성의 눈치를 보지 않을 수 없어. 운공상인협회에도 의성이 연루된 장사가 많잖아?"

그래도 영정이 아무 표정 없자 당리는 별수 없이 낯짝 두껍

게 계속 말을 이어갔다.

"정정, 나중에 운공상인협회가 의성과 협력할 일이 생기면 내가 중간에서 중재할 수도 있어. 안 그래? 그렇게 되면 네 동생도 별수 없이 우릴 찾아와서 도움을 청해야 할걸? 네 눈치도 보고 말이야."

마침내 영정이 고개를 끄덕였다.

"좋아."

당리가 좀 더 해명하려는데, 별안간 영정이 옆에 있던 꽃병을 집어 들어 힘차게 바닥에 집어 던졌다.

"당리, 말해 봐. 한운석이 마음에 든 거야?"

당리는 당황했지만 곧 정신을 차렸다. 하마터면 웃음이 터질 뻔했으나 다행히 꾹 눌러 참았다.

이제 보니 영정은 질투하고 있었다. 한운석과의 관계가 들통난 줄 알고 벌벌 떨었는데! 괜히 놀랐잖아!

"대답해."

영정이 그의 앞으로 다가왔다.

"나…… 나는……."

당리는 속으로 기뻐서 폴짝폴짝 뛰었다. 영정이 질투를 해서 기쁜지 아니면 영정이 의심하지 않아서 기쁜지 그 자신도 확실치 않았다.

"뭘 더듬거려? 똑똑히 해명하지 않으면 너하고 같이 당문에 돌아가지 않을 거야!"

영정이 주먹을 날리자 당리는 즉시 그녀의 손을 가로막고 큰 손으로 조그마한 주먹을 감싸 쥔 다음 바짝 끌어당겼다.

"자자, 어디 냄새 좀 맡아 볼까? 하하하, 이 지아비는 몸에서 나는 향기보다 질투하는 냄새가 더 좋단 말이지."

영정이 그를 밀어내려고 했지만 아무리 애를 써도 소용이 없었다. 당리는 그야말로 굶주린 늑대였다. 그는 그녀의 귓등과 고운 목에 대고 마구 킁킁거리다가 숫제 목덜미를 따라 더욱 깊이 내려가면서 영정의 정신을 쏙 빼 놓았다.

영정은 그의 못된 구석을 손바닥 들여다보듯 훤히 알고 있었다.

그가 못된 생각을 품기만 하면 오늘 밤 어떤 행동을 할지 알 수 있었다.

아니나 다를까, 그의 손이 본분을 벗어나기 시작했다.

"놔!"

영정의 말투는 무척 퉁명스러웠지만 애석하게도 당리는 못 들은 척했다.

놀랍게도 영정은 망설임 없이 그의 가장 약한 부분을 꽉 잡아 누르며 노기를 터트렸다.

"똑똑히 해명하지 않으면 불구로 만들어 버리겠어!"

"그래도 괜찮겠어?"

별안간 당리의 목소리가 부드러워졌다.

"믿기지 않으면 시험해 보든지!"

영정이 차갑게 말했다.

"말로 설명하기보다 행동으로 실컷 사랑해 줄게."

당리가 웃으며 말했다.

"비열한 인간!"

영정이 느닷없이 손바닥을 휘둘러 당리의 뺨을 정확하게 올려붙였다. 당리는 어리둥절해서 곧바로 두 손을 놓았다.

영정도 당황했다. 분명히 제가 때려 놓고도 그만 깜짝 놀라 얼어붙었다. 당리의 손이 몸에서 떨어지자 그녀의 심장도 까닭 없이 철렁 내려앉아 어쩔 줄 몰랐다.

당리는 화끈거리는 뺨을 감싼 채 그녀를 보지 않고 시선을 내리며 담담하게 말했다.

"방금 충분히 해명했다고 생각해. 믿지 않으면 나도 방법이 없어."

말을 마친 그는 돌아서서 문을 나섰다. 영정은 한참 동안 멍하니 제자리에 서 있다가 겨우 정신을 차렸다. 분명히 자신은 아무 잘못이 없다고 생각하는데도 어째서…… 어째서 심장이 이렇게 죄어드는 걸까?

당리 이 나쁜 놈. 그렇게 쏙 가 버려? 어딜 가는 거지? 오늘 밤에 돌아오긴 할까?

영정은 손가락을 자근자근 깨물면서 눈을 잔뜩 찌푸렸다.

행림에서 당리는 두 번 세 번 한운석 일행을 편들었고, 그녀는 당리와 용비야 부부가 깊은 관계가 있다고 의심했다.

지금까지는 당리가 당문을 맡지 않았으니 당리와 용비야의 개인적인 교분에 당문까지 끌려들어가지는 않았다. 하지만 이제 당리는 문주가 되었다. 만에 하나 그와 용비야가 계속 교분을 나눈다면 언젠가 당문도 용비야에게 이용당하지 않을까?

혹시 당문과 용비야는 본래부터 비밀리에 협력하고 있었던 게 아닐까? 그저 일부러 운공상인협회를 속였던 게 아닐까?

사실 그녀는 질투했던 게 아니었다. 도리어 당리에게 변명할 기회를 마련해 주려고 했던 건데 이렇게 따귀를 때리면서 끝날 줄은 예상하지 못했다.

영정은 평생 이렇게 혼란스러웠던 적이 없었다. 마침내 그녀는 늘 함께 있던 그 남자를 이성적으로 대할 수 없다는 것을 깨달았다.

어찌 됐든 당리가 그녀 몰래 한운석을 만나러 간 일은 영승에게 알려야 했다. 하지만 그녀는 밀서를 다 쓰고도 다시 제 손으로 불살라 버렸다.

그녀는 침상에 앉아 넋이 나간 채 제 손을 바라보았다. 방금 당리를 때린 손이었다. 그렇게 한밤중까지 앉아 있는데 문득 문밖에서 무슨 소리가 들렸다. 그녀는 재빨리 누워 자는 척했다.

당리가 돌아온 것이었다.

문소리가 들리고 그의 기침 소리가 들리고 그가 옷을 갈아입는 소리가 들렸다. 그녀는 이를 악물었다. 머릿속은 온통 혼란스럽기만 했다.

당리는 침상으로 왔지만 매일 밤 그랬던 것처럼 그녀를 감싸거나 끌어안거나 치근대지 않았고, 그녀를 등진 채 누웠다.

어둠 속에서 영정의 눈동자가 동그래졌다. 그녀의 신경은 온통 옆에 있는 사람에게 쏠렸지만 안타깝게도 당리는 날이 밝도록 돌아눕지 않았다.

그녀는 밤새 잠들지 못했고, 당리도 마찬가지였다. 하지만 두 사람의 기분은 확연히 달랐다.

당리는 따귀 한 대로 영정의 의심을 지워 낼 수 있다면 맞아도 아깝지 않다고 생각했다. 그녀에게 쌀쌀하게 대해 줄 딱 좋은 기회였다.

방금 들은 비밀 소식에 따르면 용비야가 예정보다 빨리 출병한다고 했다. 그가 한시라도 빨리 운공상인협회 무기상을 손에 넣을 수만 있다면 영승에게 큰 타격을 줄 수 있을 뿐 아니라 용비야에게는 큰 도움이 될 터였다.

이렇게 생각한 당리는 일찌감치 일어나 준비를 마치고 영정을 모른 척한 채 밖으로 나갔다.

그들도 한동안은 의성을 떠날 수 없었다. 의술 대결이 끝난 뒤 많은 사람이 기대하는 볼거리가 아직 남아 있기 때문이었다.

오늘 오후에 의학원 원장과 부원장, 장로회는 고운천을 공개 심판하고 정식으로 독종의 누명을 벗겨 주기로 했다.

아침 맷바람부터 한운석과 고북월은 정원에서 차를 마시고 있었다. 한운석은 비밀 명단을 보는 중이었다. 고북월이 의성에 이렇게 큰 세력을 만들어 놓았다니 뜻밖이었다. 의성의 명가 출신이거나 의학원 요직에 있는 꽤 많은 인물이 그와 아주 깊은 교분을 맺고 있었다.

"다…… 당신 어떻게 한 거예요?"

한운석이 이해할 수 없는 표정으로 물었다. 고북월이 진짜 의술을 드러내기 전에는 그를 안중에도 두지 않았을 인물들이었다.

"몇 년 전에 비밀리에 명가자제들을 모았습니다. 임 넷째 소저도 그중 한 사람이지요. 저희는 행림회杏林會를 세우고 함께 의술을 연구하며 정기적으로 가난하고 어려운 지역에 가서 무료로 의술을 베풀었습니다."

고북월이 대답했다.

한운석이 어디서 그런 의술을 배웠느냐고 물으려고 할 때 고칠소가 졸린 눈을 하고 걸어왔다.

"흐흥, 착한 일 하는 것 같지만 사실은…… 꿍꿍이가 있었겠지."

명가자제들은 그 집안의 미래일 뿐 아니라 의성의 미래였다. 고북월은 사실 일찍부터 의성의 지반을 허물고 있었던 것이다.

"고 형, 보아하니 의성이 네 차지가 되는 건 시간문제였지?"

고칠소가 히죽거리며 말했다. 아마 고북월의 의술이 고운천보다 뛰어나기 때문이겠지만, 고칠소는 저도 모르게 그를 우러러보게 되었다.

고북월은 잠시 망설이다가 나지막이 말했다.

"소칠, 이번에는 자네가 큰 공을 세웠네. 하지만 오후에 있을 심판에는 나오지 말게, 알겠나?"

용비야의 거짓말

고북월의 목소리가 아무리 낮아도 한운석은 들을 수 있었다. 사실 한운석도 고칠소가 심판장에 나오지 않기를 바랐다. 다만 어떻게 권해야 할지 몰랐던 것뿐이었다.

심판을 하기로 한 이상 반드시 고운천이 저지른 죄를 모두 공개하고 증거까지 하나도 빠짐없이 조목조목 공개해야 했다.

더욱이 행림 대회와는 달리 이번에는 완전히 공개된 자리였다. 의성 사람 모두가 지켜보는 의학원 입구에서 심판이 진행될 것이고, 운공대륙 모두가 관심을 두고 지켜보고 있었다.

고칠소는 동정은 필요 없다고 했다. 그녀 역시 그가 강한 사람이고, 돌이키기 싫은 과거를 마주할 용기가 있다고 굳게 믿었다.

어쩌면 그녀 자신이 그만큼 강하지 못한 것인지도 몰랐다. 저렇게 웃기 좋아하는 사람이 수많은 관중의 시선 속에서 상처를 다 까발리고 피투성이가 된 채 자신의 앞에 서는 것을 태연하게 지켜볼 수가 없었다.

그녀는 그런 장면을 견딜 수가 없었다. 보고 싶지 않았다! 자신이 또 눈물을 흘릴까 두려웠다.

고칠소는 고북월의 부탁을 못 들은 척하고 나른하게 기지개를 켜며 물었다.

"아침은 먹었어?"

"약귀 노인네, 가지 마. 나한테 할 일이 하나…….'"

한운석의 말이 미처 끝나기도 전에 별안간 정원 밖에서 처량한 울음소리가 들려왔다.

목령아가 눈물 바람으로 달려와 고칠소를 와락 덮치더니 힘차게 끌어안고 그의 품에 머리를 묻은 채 엉엉 울었다.

"칠 오라버니, 가지 말아요! 가지 마! 가는 거 싫어! 허락 못 해요!"

목령아는 심장이 갈가리 찢겨나간 사람처럼 울었다.

"칠 오라버니, 흑흑……. 왜 령아에게 말해 주지 않았어요? 왜? 흑흑……. 칠 오라버니, 우린 어려서부터 알던 사이잖아요. 그런데 왜 말 안 해 줬어요?"

지금껏 그녀는 칠 오라버니가 고아고 이집 저집 밥을 얻어먹으며 자란 줄만 알았다. 나중에야 칠 오라버니가 고칠찰이고 의성에서 쫓겨났다는 것을 알았고, 겨우 며칠 전에 의성의 소식을 듣고 모든 진실을 알게 되었다. 그 소식을 듣자 그녀는 약귀당도 내버려 둔 채 쉬지 않고 의성으로 달려왔다. 얼마나 많이 울었는지 눈이 못쓰게 되어도 이상하지 않을 지경이었다.

그녀는 몹시 후회했다. 칠 오라버니를 처음 만났을 때 어쩜 그렇게 멍청했을까? 어째서 아무것도 알아볼 생각을 하지 않았을까? 처음 만났을 때, 칠 오라버니는 막 의성에서 쫓겨나 상처 투성이 몸이 되어 보호해 줄 사람도, 위로해 줄 사람도 없는 처지였던 게 분명했다.

그런데 어쩌자고…… 어쩌자고 그런 사람과 싸우려고 했을까? 어쩌자고 거지라고 놀렸을까?

목령아는 다시 과거로 돌아갈 수 있기를 간절히 바랐다. 칠 오라버니를 처음 만난 때로 돌아간다면 그때의 소칠을 꼭 안아 주고 싶었다.

정원에는 침묵이 내려앉았다. 달려온 초서풍과 서동림도 한 쪽에 서서 차마 아무 말도 하지 못했다. 가슴 아파하는 목령아의 울음소리에 듣는 사람들의 심장도 찢어질 것 같았다.

고칠소는 눈을 내리뜬 채 목령아가 하는 대로 내버려 두었다가 한참 만에 그녀를 밀어내고 짜증스러운 얼굴로 옷을 닦아 냈다.

"눈물 콧물을 잔뜩 묻혀 놨네. 으, 더러워. 저리 꺼져."

이 말에 목령아는 더욱더 큰 소리로 울어 대며 다시 그를 덮쳤다. 고칠소는 황급히 뒤로 물러섰다.

"칠 오라버니, 흑흑…… 정말 마음이 아파요, 정말…… 으흑……."

목령아는 울음을 그칠 수가 없어 흐느끼면서 그를 올려다보았다.

그녀가 우는 걸 가장 싫어하는 고칠소가 소리를 치려는데, 뜻밖에도 피가 흐를 것처럼 새빨개진 커다란 눈동자와 딱 마주쳤다. 순간 그는 움찔하며 목구멍까지 올라왔던 말을 꿀꺽 삼켰다.

"또 울 거야?"

그가 눈썹을 치켰다. 눈빛은 여전히 짜증스러웠지만 그래도 그는 소맷부리로 목령아의 눈물을 닦아 주었다.

"자꾸 울면 눈이 망가져서 영원히 날 못 보게 된다고."

그러자 목령아는 울음을 뚝 그치고 차마 더는 눈물을 흘리지 못했다. 급하게 흐느끼던 소리도 순식간에 사라졌다. 그녀는 멍하니 그를 올려다보고 또 그의 손을 바라보았다.

무심코 그녀의 긴 속눈썹을 스치는 그의 손길이 너무 부드러워 정신이 아득했다. 그녀는 감히 움직일 수가 없었다. 조금만 움직였다가 칠 오라버니가 사라져 정말 다시는 볼 수 없게 될까 봐 두려웠다.

고칠소는 목령아의 눈물을 다 닦아 준 후 험상궂게 경고했다.

"한 번만 더 울어 봐."

그가 손을 떼자 목령아는 그제야 숨을 들이쉬었다. 울어서 새빨갛게 핏발이 선 초롱초롱하고 커다란 눈동자가 가엾은 새끼 토끼처럼 애처로이 그를 바라보았다.

"칠 오라버니, 가지 말아요, 네?"

그녀가 애원했다. 그녀도 방금 정원 입구에서 한운석이 한 말을 들었다.

고칠소는 귀찮은 듯 손을 내저으며 그녀를 무시했다.

"약귀 노인네, 내 말을……."

한운석은 이번에도 말을 끝내지 못했다. 고칠소가 휙 돌아보며 얼어붙을 것처럼 차갑고 음침한 목소리로 물었기 때문이었다.

"내가 평생 이날만을 기다려 왔다는 걸 알기나 해?"

그는 이날을 너무너무 오래 기다려 왔다!

고운천에게 맞설 힘은 이미 갖고 있었다. 증거를 전부 모았고 심지어 고운천을 배신하라고 능고역을 협박할 근거도 있었지만, 그는 내내 움직이지 않았다. 그리고 용비야와 서로 비밀을 지켜 주자는 약속도 했다.

그가 벙어리 노파의 일을 숨겨 주는 대신 용비야는 불사불멸의 비밀을 숨겨 주고, 그가 용비야를 도와 미접몽을 깨뜨리는 대신 용비야는 그를 도와 의성을 무너뜨리기로.

그가 직접 움직이지 않은 것은 자신의 신분, 그리고 자신의 과거를 폭로하기 싫어서였다. 그는 언젠가 용비야가 고운천을 쓰러뜨리고 의성 전체를 무너뜨리기를 바랐다.

하지만 한운석이 독종의 후예라는 것이 밝혀지면서 그와 용비야의 모든 계획이 바뀌었다. 모르는 척할 수도 있었고 고북월 한 사람에게 모두 맡길 수도 있었지만, 그는 그렇게 하지 못했다.

설사 고북월이 원장 자리에 앉는다 해도 단시일 내 의성의 주도권을 쥐기란 쉽지 않았고, 그렇게 되면 독종의 일을 공평하게 처리할 수도 없다는 것을 그가 누구보다 잘 알고 있었다. 그래서 고운천과 고씨 집안을 쓰러뜨리는 쪽을 선택할 수밖에 없었다.

고칠소는 침묵한 사람들을 바라보며 눈부시고 요염한 웃음을 지어 보였다.

"이 어르신께서 큰 공을 세웠는데 가서 치하를 받지 않는다는 게 말이 돼?"

말을 마친 그는 훌쩍 몸을 날리면서 한마디를 남겼다.

"오후에 보자고, 여러분!"

목령아가 쫓았지만 따라잡을 수가 없었다. 그녀는 한운석을 돌아보며 다시 눈물을 흘렸다.

"한운석……, 흑흑…… 한운석, 어떡해?"

눈물 바람을 하는 목령아를 보며 한운석은 숨을 깊이 들이쉬었다. 그나마 자신이 목령아보다 강하다는 게 다행스러웠다.

"뭘 어떡해. 저 사람이 괜찮다는데 우리가 겁낼 게 뭐야! 오후에 너도 같이 가자. 괜히 울어서 남들 웃음거리가 되지는 말고, 알았지?"

목령아가 그래도 훌쩍거리자 한운석이 사납게 노려보았다. 그녀가 입을 열기도 전에 목령아가 즉시 눈물을 닦았다.

"걱정하지 마. 안 울 테니까! 난 한다면 해!"

그때 초서풍이 다가와 보라색 서신 한 통을 건넸다. 묻지 않아도 용비야가 한운석에게 개인적으로 보낸 서신이라는 것을 모두가 알 수 있었다.

"왕비마마, 저는 먼저 의학원에 가서 심판에 필요한 증거를 정리해 놓겠습니다. 푹 쉬시고 오후에 뵙지요."

고북월이 먼저 나갔다.

한운석은 서동림에게 목령아가 쉴 곳을 마련하게 하고 목령아를 잘 다독인 다음에야 방으로 돌아가 서신을 뜯었다.

벌써 서신을 여덟 통이나 받았고, 이게 아홉 번째였다.

앞에 받은 여덟 통은 모두 빈 종이였지만, 그래도 아홉 번째 서신을 펼치는 것이 기대되었다. 어쩌면 이 서신은 빈 종이가 아닐지도 모르고 이 서신에서 수수께끼를 풀 실마리를 찾을 수 있을지도 몰랐다.

하지만 애석하게도 아홉 번째 서신 역시 빈 종이였다.

한운석은 또다시 힘이 빠지고 또다시 화가 나고 또다시 섭섭해졌다. 그녀는 텅 빈 종이를 보며 중얼거렸다.

"용비야, 벌써 두 달이 다 되었어. 내가 보고 싶지 않은 거야? 적어도 뭐라고 말이라도 해 봐!"

개인적으로 보내는 서신 외에도 용비야는 며칠에 한 번씩 그녀에게 서신을 보내 자신의 상태와 천산의 상황을 알린 다음, 중남도독부의 정무를 어떻게 처리할지 가르쳐 주었다. 그 서신은 비록 그녀에게 보내는 것이지만 모두가 볼 수 있었다. 그런데 그들이 의성에 도착한 후로 그 서신은 뚝 끊겼다.

의성의 업무에 관해서라면 용비야는 고북월에게 직접 서신을 보냈다. 수신인은 고북월이지만 그 서신 역시 공개용이어서 모두가 볼 수 있었다.

한운석은 용비야가 각 세력의 정보를 수집하는 전문 정탐꾼 조직을 가지고 있다는 것을 알고 있었다. 그 때문에 그의 서신에는 온갖 소식이 담겨 있고 분류도 광범위했다. 보낸 쪽과 받는 쪽은 분류가 다르고 순서도 달랐다. 그밖에 용비야에게는 정보 전달용으로 특별 훈련을 받은 매 떼가 있었다.

용비야는 그녀와 고북월에게 따로 서신을 보냈는데, 그녀에게 보낸 서신에는 천산과 중남도독부의 이야기뿐 의성에 관한 언급은 하나도 없었고 고북월에게 보낸 서신에는 오직 의성의 동태만 담겨 있었다. 그 점에 대해서는 한운석도 이상해하지 않았다.

비록 힘이 빠지긴 했지만 화가 나지는 않았고 실망하지도 않았다.

한운석은 곧 마음을 가다듬고 다시 웃으면서 용비야에게 답신을 썼다. 그는 매일 빈 종이를 보냈지만 그녀는 늘 똑같은 말을 써서 보냈다.

용비야, 보고 싶어요.

그리움을 서신에 적어 부친 뒤, 한운석은 여느 때처럼 그가 보낸 보라색 서신을 잘 보관했다. 벌써 아홉 번째인데, 열 번째도 오겠지? 이 서신이 몇 통이나 쌓여야 다시 만날 수 있을지 몰랐다.

그가 지난번 보낸 서신에는 아직 요양 중이며 1년 안에는 하산할 수 없다고 되어 있었다. 한운석은 의성의 일을 마무리하고 나면 중남도독부에 들렀다가 다시 천산에 가려고 생각했다.

영승은 이미 군대를 물렸다. 용비야가 보낸 서신에는 영승이 지키기만 하고 백리 장군의 군대를 공격하지 않을 것이며, 우선 정세와 북려국의 동태를 살피며 한동안 관망하다가 출병 여부를 결정할 것이라고 명확하게 쓰여 있었다.

벌써 여름도 막바지에 이르렀다. 한운석은 중남도독부에 가서 가을걷이에 관한 일을 처리하고 나면 폭설로 산길이 막히기 전에 천산에 갈 수 있을 것으로 생각했다.

심지어 용비야와 함께 천산에서 겨울을 보내고 눈이 녹은 뒤 다시 내려오려는 생각까지 했다. 어쨌든 중남도독부를 든든히 지킬 사람은 필요했다. 그렇지 않으면 명문세가들이 들고 일어날 테니까.

한운석은 용비야가 보낸 서신을 철석같이 믿었고 중남도독부의 일에 무척이나 심혈을 기울였다. 그가 푹 쉴 수 있도록 할 수 있는 데까지 그의 부담을 덜어 줄 수 있기를 바랐다.

하지만 용비야가 그녀에게 보낸 서신에 적힌 천산의 상황과 중남도독부의 정무는 죄다 거짓말이었다.

한운석이 받은 서신은 전부 천산정 구현궁에 있는 하인들 손을 거쳐 발송된 것이었다. 용비야는 이 서신의 내용이 분명히 늙은 여우에게 알려질 것으로 확신했다. 그래서 우선 한운석을 속일 수밖에 없었다. 진짜 정보는 모두 비밀리에 고북월에게 전해졌고, 고북월은 모든 진실을 알고 있었다.

그때 고북월도 방에서 비밀 시위가 몰래 전해 준 서신을 펼쳐 보고 있었다. 다 읽고 난 그는 한동안 명해졌지만, 무슨 생각을 했는지 결국 어쩔 수 없는 듯 고개를 설레설레 저으며 웃었다.

"하긴, 그래도 좋겠지. 결국 이런 날이 오는군. 용비야, 당신이 약속을 지키기를 바랄 뿐이오!"

그때 비밀 시위 한 명이 스르륵 나타났다.

"고 의원, 전하께서 서신에 쓰지 않고 제게 직접 말로 전하라 하셨습니다."

왕비마마는 오늘 밤 떠난다

비밀 시위는 목소리를 낮추고 고북월에게 한참을 뭐라고 속삭였다. 무슨 말을 했는지는 그들 두 사람만 알 뿐, 주위에 있는 다른 비밀 시위들도 알아서 옆으로 물러났다.

극도로 비밀스러운 일이 아니라면 진왕 전하가 서신에 쓰지 않고 사람을 보내 말로 전하게 했을 리 없다는 것을 그들 모두 알고 있었다. 서신을 전하는 진왕 전하의 매는 무척 안전했지만, 그래도 도중에 붙잡히거나 소식이 새어나갈 수 있었다. 사람을 시켜 입으로 전하는 것이 그 무엇보다 안전했다.

진왕 전하와 고북월 사이는 본래부터 비밀에 싸여 있었고 고북월의 내력을 아는 사람은 초서풍밖에 없었다.

이번에 온 비밀 시위는 대체 무슨 말을 전했을까?

궁금해하지 않기란 불가능한 일이었다. 하지만 아무리 고북월이 친절하게 대해도 주인의 엄격함이 두려운 비밀 시위들은 차마 경솔하게 굴지 못했다.

소식을 전하러 온 비밀 시위는 고북월과 한참 동안 이야기했다. 고북월은 언제나처럼 차분한 얼굴로 이따금 미소를 짓거나 고개를 끄덕였다.

마지막으로 비밀 시위가 고북월에게 커다란 보라색 서신 한 통을 건넸다.

"고 의원, 이게 바로 그것입니다."

비밀 시위가 떠난 후에야 고북월은 서신의 봉투를 뜯었다. 안에는 각각 따로 된 서신 열 통이 들어 있었는데 하나같이 새 것이 아니라 이미 열어 본 것이었다.

고북월은 넋을 놓고 봉투를 쳐다보았다. 그 눈동자 위로 무심결에 희미한 슬픔이 떠올랐지만 그는 곧 다시 웃음을 지었다. 그는 서신을 보지 않고 다시 커다란 봉투 안에 넣은 다음 비밀 시위에게 분부했다.

"왕비마마께서 오늘 밤 비밀리에 떠나실 것이니 준비하시오."

그 말을 마친 후 그는 다시 한마디 덧붙였다.

"일단은 마마께 말씀드리지 마시오. 오후에 심판이 끝난 후 내가 직접 가서 알려드리겠소."

비밀 시위는 명령을 받고 물러갔다.

오전 시간은 언제나 짧아서 금방 정오가 지났다. 의학원 입구에는 사람들이 가득가득 들어서서 단순히 겹겹이 에워쌌다는 말로는 설명할 수 없을 정도였다. 의학원이 있는 거리마저 온통 사람들이 들어차 몹시 붐볐기 때문이었다.

모두가 제일 앞으로 비집고 들어갈 수는 없지만 그래도 좀 더 가까이에서 심판을 지켜보고 좀 더 빨리 결과를 알고 싶어 했다.

사실 심판 결과는 고운천이 벌을 받고 독종이 누명을 벗기로 정해져 있었다. 하지만 고운천이 얼마나 큰 죄를 지었고 어떤 처벌을 받게 될지, 독종이 어떤 식으로 누명을 벗을지가 사람들의 관심사였다.

곧바로 고운천에게 사형을 내리든, 아니면 살아서 죽느니만 못한 괴로움을 겪게 하든 모두 판결에 달려 있었다. 판결의 경중에 따라 고운천과 고씨 집안은 큰 영향을 받게 되고, 고씨 집안에 미치는 영향은 의학 명가들의 세력 균형과 직접 연결되어 있었다.

오랜 세월 독종이 덮어썼던 누명을 벗기고 운공대륙에서 독종의 지위를 인정하든, 독종의 모든 것을 돌려주고 독종 금지를 풀어 주든, 이 또한 판결에 달려 있었고 판결의 경중에 따라 의학원과 운공대륙 각 세력에 서로 다른 영향을 미쳤다.

알다시피 한운석은 독종의 핏줄일 뿐 아니라 중남도독부의 왕비였다!

시간이 되자 관련자들이 모두 심판장에 도착했고, 의학원 정문 입구에는 의자가 반원을 이루며 늘어섰다. 한가운데 앉은 사람은 다름 아닌 신임 원장 고북월이었다.

새로운 자리를 맡고도 그는 평소대로 하얀 장포를 입었고 차분하면서도 아름다웠다. 이전까지 그의 차분한 얼굴은 웃지 않아도 보는 사람에게 따스한 기분을 느끼게 했는데, 지금 이 자리에 앉은 그는 화내지 않아도 자연스레 위엄이 어려 있었다. 그는 더는 책만 들여다보는 학자 같지 않았다. 비범한 출신에 수양이 깊은 윗사람다워 보였고 부드러움에도 상당한 힘이 느껴졌다.

그의 오른쪽에는 세 부원장이 앉아 있었다. 순서대로 곽 부원장, 구양 부원장, 그리고 갓 자리에 오른 심결명이었다. 부원장 뒤에는 장로회 사람들, 즉 한운석, 낙취산, 이수원, 이천사 등이 순서대로 앉았다. 그들 뒤쪽으로는 이사들이 있었다.

고북월 왼쪽 첫 번째 자리에 앉은 사람은 고칠소였다. 고칠소 뒤에는 목령아가 있고 목령아 뒤에는 각지에서 온 귀빈들이 앉았다. 약성, 당문, 천안국, 서주국, 천녕국, 북려국의 대표 순이었다.

예전이었다면 의학원이 청한 귀빈들 모두 대표하는 세력의 실력순으로 앉았을 것이다. 약성은 의성과 관계가 깊으니 첫 번째 자리를 차지하겠지만 그다음은 북려국 자리가 분명했다. 그러나 지금은 고북월이 규칙을 바꿨다.

영리한 사람들은 신임 원장이 이 자리를 빌려 세상 사람들에게 의학원의 입장을 선포하려는 것을 한눈에 알아차렸다. 고칠소와 목령아는 말할 것도 없고 약성, 당문 등의 위치로 보아 누가 가깝고 누가 먼지 알 수 있었다.

목청무는 속으로 다행이라고 생각했다. 그의 선택이 옳았다. 그렇지 않았다면 돌아가서 아버지에게 어떤 벌을 받았을지 모를 일이었다.

단목백엽은 벌써 어제 고북월 및 한운석과 반드시 좋은 관계를 맺으라는 부황의 서신을 받았다. 비록 내키지는 않았지만 상황이 예전과는 달라졌으니 그들 눈 밖에 날 수는 없다는 것은 그도 알고 있었다.

천녕국 군관은 내내 표정이 어두웠다. 그는 자신이 의성과 좋은 사이가 될 수 없다는 것을 잘 알고 있었다.

백언청은 방금까지도 싸늘한 눈길로 고북월을 응시하고 있었고 백옥교는 곁에 없었다.

당리와 영정은 약성 사람 옆에 앉아 있었는데, 아직 냉전 중이어서 서로 아는 척하지 않았다.

고운천에게 판결을 내리기 전에 고북월은 먼저 독종의 누명을 벗겨 주었다.

그는 지난날 독종과 의종이 내분을 벌인 사실과 의종이 독종에게 모든 죄를 덮어씌웠다는 것을 밝힌 뒤, 독종의 금지를 풀고 앞으로 독초 창고를 포함한 넓은 땅을 독종에게 돌려주겠다고 선포했다. 더불어 독종이 의학원 일부임을 인정했다.

의학원에는 다시 의종과 독종 두 종파가 생겼고, 독종의 일은 독종의 후예인 한운석에게 전권을 맡기기로 했다. 한운석은 독짐승의 주인으로서 자연스레 독종의 종주가 되었다.

꼬맹이는 지난번 공자를 한 번 본 후로 내내 독 저장 공간 속에서 요양 중이었는데, 심판장의 분위기를 느꼈는지 뜻밖에도 쪼르르 구경하러 나왔다. 녀석은 그래도 제법 얌전하게 운석 엄마의 진료 주머니에서 살그머니 고개만 내밀었다.

그런데 곧 이상한 것을 느끼고 번뜩이는 눈으로 백언청 쪽을 바라보았다. 저 사람의 냄새가 어딘지 낯익은데 안타깝게도 피 없이 냄새만으로는 정확히 알아낼 수가 없었다.

독종이 누명을 벗고 나자 고운천 차례가 되었다.

양손과 양발에 수갑과 족쇄를 찬 고운천과 능 대장로가 끌려 나오자 소란스럽던 심판장이 순식간에 조용해졌고 모두가 그들을 쳐다보았다.

고운천은 나이는 많아도 관리를 잘 한 편이었는데, 하룻밤 새 10년은 늙어 버린 듯 머리카락이 반이나 허옇게 세었고 봉두난발이 되었다. 그는 풀이 팍 죽어서 노쇠하고 낭패해 보였다. 모르는 사람이 보면 거지로 착각할 정도였다. 능 대장로는 얼굴이 온통 눈물투성이고 아직도 눈물을 닦고 있었다.

천당과 지옥 사이의 거리는 실로 짧고도 짧았다.

미운 사람도 가엾은 구석이 있기 마련이라지만, 고운천은 가엾은 구석이라곤 단 한 군데도 없고 그저 밉기만 했다!

고운천이 바닥에 꿇어앉자 한운석과 고북월, 목령아는 약속이나 한 듯 고칠소를 흘낏 바라보았다. 고칠소는 그들의 생각과는 달리 피하려 하지 않았다.

그는 다리를 꼬고 앉아 오만하게 고운천을 내려다보았다. 이 순간이 되어서야 비로소 그들도 소칠의 강인함을 진정으로 알게 되었다.

"여봐라, 고운천과 능고역이 지은 죄의 증거를 올려라!"

고북월이 큰 소리로 말했다.

시동이 모든 증거를 가져와 바쳤고 고북월은 하나하나 공개했다. 이 증거는 두 사람이 소칠에게 한 짓은 물론 그간 의학원에서 저지른 더러운 일들까지 모두 증명해 주었다.

물론 그 더러운 일에 관한 증거 역시 고칠소가 찾아낸 것이었다.

모두가 조용히 귀를 기울였다. 고북월과 한운석 일행은 다시는 고칠소를 쳐다보지 않았다. 지나친 관심은 도리어 그에게 모욕이 되기 때문이었다. 그는 동정을 원하지 않았다.

목령아는 그 죄상을 제 귀로 똑똑히 듣자 또다시 눈시울이 빨개졌지만 한운석의 말을 떠올리며 울음을 참았다.

그러나 그들을 제외하면, 그 자리에 있는 모든 사람이 고칠소를 쳐다보고 있었다. 그 눈빛은 행림 대회 때보다 더 복잡했고, 가여워하고 동정하는 시선이 대다수였다.

고칠소는 거리낌 없이 그 시선을 받았다. 그는 입꼬리에 웃음을 머금고 고운천을 내려다볼 뿐 주변 사람들의 시선에는 동요하지 않았다.

진정한 강인함이란 고통을 견뎌 내는 것이 아니라 남들의 동정 어린 눈빛을 견뎌 내는 것이었다.

결국 고북월과 세 부원장, 장로회는 상의 끝에 고운천에게 살아서 죗값을 치르라는 판결을 내렸다. 고운천은 사람들 사이에서 조리돌림을 당한 후 의성 구생궁九生宮에 갇히는 벌을 받았다.

그곳은 치료할 수 없는 다양한 전염병 환자를 수용하는 곳이었다. 앓는 병에 따라 따로 격리되지만 그래도 무척 위험한 곳이었다. 간호하는 사람들도 그곳에 갈 때 예방약을 먹어야 하고 오래 머물러선 안 되었다. 고운천이 오랫동안 그곳에 있으면 어떻게 될지 누구나 알 수 있었다.

능고역은 자백한 공으로 사형을 선고받았다.

능고역은 자신의 판결 결과를 듣자 크게 안도의 숨을 내쉬었다. 고칠소가 증거를 한 무더기 가져와 협박했을 때부터 그는 자신과 고운천이 이 위기에서 벗어날 수 없다는 것을 알았다. 그래서 고운천을 배신함으로써 깔끔하게 죽는 길을 선택한 것이었다.

고운천 사건으로 고북월은 고씨 집안에 그를 두둔한 죄를 물어 그들이 10년 동안 의학원 일에 참여하지 못하게 했다.

판결이 끝나자 고북월은 몸을 일으켜 의학원을 대표해서 사람들에게 사과했다. 그런 다음 부원장, 장로, 이사가 모두 일어나 고북월과 함께 고칠소를 향해 돌아섰다.

고칠소는 예상하지 못한 상황을 보자 자리에서 벌떡 일어나 잔뜩 경계를 돋웠다.

"고북월, 뭐 하는 거야?"

고북월은 그 말에 대답하지 않고 깊이 허리를 숙여 절했다.

"소칠, 의성은 그대에게 잘못을 저질렀소! 의성은 어느 때고 그대가 집으로 돌아오는 것을 환영하겠소."

이 말이 떨어지자 고북월 뒤에 있던 사람들도 일제히 허리를 숙이며 입을 모아 말했다.

"어느 때고 집으로 돌아오는 것을 환영합니다."

집으로…….

고칠소는 좁고 길고 요사한 눈을 깜빡이며 웃음을 터트렸지만, 그 눈가에는 분명히 눈물이 비치고 있었다.

이제 보니 그에게도 집이 있었다.

지난날 의학원에서 쫓겨나 가는 내내 사람들이 던진 날달걀과 썩은 채소를 맞으며 문을 나설 때, 그에게는 집이 없었다. 그의 평생 '집으로'라는 말은 존재하지 않았다.

고칠소는 진실하고 진지한 고북월의 얼굴을 바라보며 점점 더 크게, 점점 더 낭랑하게 웃어 댔다. 그가 고북월에게 대답을 하려던 순간, 뜻밖에도 백언청이 벌떡 일어나 질문을 던졌다.

"고 원장, 소칠은 어미 배 속에 있을 때부터 약을 먹었고 약초와 질병 실험체로 쓰였소. 그런데 어떻게 아직 죽지도 않고 병을 앓거나 고통도 느끼지 않는 것이오? 설마 저자는 괴물이란 말이오?"

이 말이 떨어지는 순간 장내에 웅성웅성 소란이 일었다. 사실 모두가 한 번쯤 생각해 본 문제지만 감히 사람들 앞에서 물을 수 없었던 것뿐이었다.

백언청이 걸어 나와 고북월과 고운천 앞에 서더니 다시 말했다.

"그리고, 지난날 소칠은 전염병에 걸렸다가 치료하지 못해 죽었다고 했소. 맥박이나 호흡이 모두 끊겼는데 어떻게 다시 살아났소? 죽었는데 되살아난 것이오, 아니면 태어날 때부터 기형이어서 보통 사람과는 삶과 죽음 자체가 다른 것이오?"

일순 웅성거리던 소리가 착 가라앉았다. 백언청은 '고 원장'이라고 했지만, 모두 그 '고 원장'이 신임 원장인지 전임 원장인지 확실히 알 수가 없었다.

정적 속에서 사람들은 또다시 고칠소를 쳐다보았다. 이번에 그를 보는 눈빛에는 더는 동정이 아니라 호기심과 두려움이 담겨 있었다.

마치 기형의 괴물을 보는 것처럼.

"나도 묻고 싶소. 고운천, 소칠을 아직 사람이라고 할 수 있소?"

"아니겠지. 어미 배 속에 있을 때부터 괴물이었을 거야. 그렇게 괴롭힘을 당하고도 죽지 않을 수 있다면 무슨 일을 당해도 똑같이 죽지 않겠지. 하하하!"

"그렇다면 정말 사람 같지가 않군……. 허 참, 짐승이라 해도 저렇게 튼튼할 리 없지 않나?"

못된 마음을 품은 자들이 일부러 큰 소리로 조롱을 퍼부었다. 고칠소의 웃음은 이미 싹 사라진 후였고, 좁고 긴 눈동자는 일직선을 이룰 정도로 가늘어져 있었다. 그는 얼굴에 잔혹한 기운을 떠올리며 주먹을 꽉 움켜쥐었다.

그가 주먹을 휘두르려 할 때 갑자기 한운석이 다가와 주먹 쥔 그의 손을 단단히 붙잡았다.

약귀, 술책에 놀아나지 말게

한운석이 분노한 고칠소의 주먹을 꽉 잡자 고칠소는 고개를 돌려 그녀를 바라보며 나지막이 말했다.

"독누이, 놔. 착하지, 응?"

예전에 한운석이 자발적으로 손을 잡았다면 그는 틀림없이 기뻐서 펄쩍펄쩍 뛰었을 것이다. 하지만 지금은 이성을 잃고 한운석에게 화풀이를 하지 않으려고 온 힘을 다해 치미는 분노를 억눌러야 했다.

이미 통제 불능 상태에 가까웠는데도 이렇게 부드럽게 독누이라고 부를 정도면, 그는 얼마나 그녀를 아끼는 걸까?

"못 놔!"

한운석은 손을 놓기는커녕 도리어 움켜쥔 그의 주먹을 살며시 펴서 그 손을 힘껏 맞잡았다. 고칠소는 심장이 철렁했다. 그는 단단히 얽힌 자신과 한운석의 손을 보며 저도 모르게 멍해졌다.

이 순간이 영원할 수 있다면, 설령 '괴물'이라는 소리를 들으며 천 번 만 번 되살아나더라도 받아들일 수 있었다.

하지만 그에게는 그럴 기회조차 없었다.

그는 곧 정신을 차리고 모질게 손을 뿌리치려고 했다. 그런데 뜻밖에도 고북월이 한운석과 똑같이 다른 쪽 손을 힘주어 붙잡았다. 어찌나 단단히 잡는지 마치 영원히 떨어지지 않을 것 같은 착각이 들 정도였다.

"약귀, 술책에 놀아나지 말게."

고북월이 나지막이 말했다.

"약귀 노인네, 이번에는 내가 당신을 보호할 거야! 날 믿어!"

한운석의 눈동자에 모진 결심이 스쳐 갔다.

고칠소는 마침내 차분해졌다. 누군가가 이렇게 힘차게 손을 잡아 준 적은 단 한 번도 없었다. 이렇게 두 손을 모두 잡아 준 적은 더욱더 없었다.

약귀는 세상 무서울 것 없이 하고 싶은 대로 행동하는 고칠찰이었고, 소칠은 의성의 괴물이었다.

그들이 그를 소칠이 아닌 약귀라고 부른 것은 그가 누구든, 그의 과거가 어떻든, 그의 체질이 이상하든 말든, 그는 영원히 그들이 아는 그 고칠소요, 그 고칠찰이라는 것을 다시 한번 알려 주기 위해서였다.

이 나이가 되어서야 처음으로 깨달았다. 이제 보니 이 세상에도 그를 보호해 주는 사람이 있었다.

이 정과 의리를 어떻게 저버릴 수 있을까?

그는 웃었다.

그는 손바닥을 돌려 한운석과 고북월의 손을 힘껏 마주 잡은 다음, 비록 오른손은 놓기가 아쉬웠지만 왼손과 똑같이 단호하게 놓아주었다.

친구는 애써 그를 붙잡아 줄 필요가 없었다. 그저 나란히 서

주기만 하면 충분했다!

떠들썩하게 소란을 피우는 무리의 속마음을 그인들 왜 모를까?

분명히 함정이었다. 그를 노리고 세심하게 준비한 함정, 나아가 한운석과 고북월에게 대항하기 위한 함정.

그의 과거가 드러난 후 벌써 많은 이들이 그를 지켜보고 있었다.

고북월은 심판이라는 기회를 빌려 그를 의성으로 돌아오게 하려고 했다. 그런데 그가 무력을 써서 사람을 죽이면 못된 마음을 품은 사람들이 그 일을 빌미로 소란을 피울 것이 틀림없었다. 그들의 악독한 술책에 휘말리면 그는 무시무시한 괴물로서 운공대륙의 안전을 위협하는 공적이 될 수도 있었다. 심지어 그가 죽지 않는 몸이라는 비밀이 밝혀질 수도 있었다.

불사의 몸이라는 비밀이 밝혀지면 독종이 독고인을 길렀다는 증거가 되고, 그렇게 되면 의학원과 독종 모두 죄를 피하기 어려웠다.

고칠소는 자신이 어쩌다 불사의 몸이 되었는지도 몰랐고, 독종의 독고인이 어떤 모습인지 또 자신이 독고인지 아닌지도 정확히 몰랐다. 그가 아는 것이라곤 무슨 일이 있어도 이 비밀을 지켜야 한다는 것뿐이었다.

지금까지 비밀을 지키려던 것은 자신을 위해서였는데, 지금은 독종과 의성, 그리고 한운석과 고북월을 위해 비밀을 지켜야 했다.

침묵이 그가 할 수 있는 가장 이성적인 선택이었다.

그는 침묵했다. 게다가 여전히 미소를 띤 채 북려국 태의와 군중들 틈에서 아우성치는 사람들을 바라보았다.

고칠소가 아무렇지 않게 웃음을 짓자 떠들던 사람들도 주눅이 들었다. 그런데 북려국 태의가 또 말했다.

"보아하니 고운천도 소칠의 체질을 설명하지 못하는 모양이구려. 고 원장, 이 늙은이가 제안하겠소. 의학원에 이를 도맡아 연구할……."

그 말이 끝나기도 전에 한운석이 차가운 목소리로 끼어들었다.

"당신 이름이 어떻게 되오?"

북려국 태의가 이어서 무슨 말을 할지, 한운석은 단 한 자도 틀림없이 맞힐 수 있었다. 이자는 운공대륙의 안전이란 이유를 대며 의학원에 고칠소의 체질을 도맡아 연구할 조직을 만들라고 요구하려는 게 틀림없었다.

그런 행동이 고운천이 한 짓과 무슨 차이가 있을까? 고운천은 의술에 미쳐 의학 연구를 위해 그 어떤 대가를 치르는 것도 아까워하지 않았고, 이 태의는 '운공대륙의 안전'을 내세우면서 사심을 채우려 하니 둘 다 똑같이 이기적이었다!

한운석은 얼음 같은 눈으로 북려국 태의를 노려보았다. 그녀의 눈동자에서 쏟아지는 잔혹함은 고칠소 못지않았다.

백언청은 의성에 와서야 북려국 태의 나찰덕림을 사칭하기로 했지만, 나찰덕림은 집에 깊이 틀어박혀 잘 나오지 않아서 진짜 모습을 본 사람이 무척 드문 데다 백언청이 변장까지 했으니 쉽게 간파당할 리 없었다. 하지만 무슨 까닭인지 한운석이 그렇게 노려보자 백언청은 괜히 뒤가 켕겼다.

그는 한운석의 시선을 피해서 우아하게 읍을 했다.

"이 몸은 북려국 태의원의 태의 나찰덕림입니다."

한운석은 아무 표정 없이 다시 물었다.

"의품은 얼마요?"

"오품 신의입니다."

백언청이 대답했다.

갑자기 한운석이 냉소를 터트렸다.

"오품 신의? 좋소! '가사假死'라는 말을 들어 보았소?"

가사?

"왕비마마께서 무슨 뜻으로 하는 말씀인지 모르겠군요."

백언청은 어리둥절했다.

"가사상태라는 것을 모르시오?"

한운석이 다시 물었다.

"그게……"

백언청은 마침내 함정에 빠졌다는 것을 깨달았지만 그래도 태연하게 대답했다.

"처음 듣는 말입니다. 왕비마마께서 가르쳐 주시지요."

"가사상태란 진짜 죽음이 아닌 것을 말하오. 간단히 말해 보기에는 죽은 것 같아도 사실은 죽지 않은 상태라는 것이오. 고운천의 기록에는 고칠소의 코에 손을 대보았으나 숨이 느껴지지 않았고, 맥박을 짚어 본 후 고칠소가 이미 죽은 것으로 판단했다고 되어 있소. 하지만 사실상 고칠소는 죽은 것이 아니라 가사상태에 빠졌던 것뿐이오. 이 세상에 죽었다 살아나는 사람은 존재하지 않소!"

백언청은 큰 소리로 껄껄 웃었다.

"왕비마마, 마마께서 고칠소가 가사상태였다고 한다 해서 그것이 사실이 되는 겁니까? 당당한 의학원 원장의 진맥이 틀렸다고요? 고운천이 비록 죄를 지었으나 그렇게 헐뜯으시면 안 되지요."

주위에 있던 사람들도 한운석에게 설득당하지 않고 백언청을 따라 웃음을 터트렸다. 소란을 피우던 자들이 또다시 소리를 질러 대기 시작했다.

"왕비마마, 고운천이 사람이 죽었는지 아닌지도 구분하지 못한다는 말을 누가 믿겠습니까? 고칠소는 분명히 죽었다가 살아 돌아온 겁니다!"

"그렇지, 죽었다가 살아 돌아오다니 정말 보통이 아니야!"

"괴물이니 당연히 보통이 아니지. 내 생각에는⋯⋯."

그 말이 끝나기도 전에 한운석이 느닷없이 침을 던졌다. 독침 하나가 방금 말한 사람의 배에 정확히 박히자 그 사람은 입을 떡 벌리고 무슨 말인가 하려다가 결국 아무 말도 못 한 채 바닥에 털썩 쓰러져 꼼짝도 하지 않았다.

한운석이 갑자기 독을 쓸 줄은 아무도 예상하지 못했고, 고북월과 고칠소마저 깜짝 놀랐다.

"한운석, 무슨 짓이냐?"

동료 한 사람이 쓰러진 사람을 부축해 일으키며 분노에 차서 물었다.

하지만 서리가 낀 듯 쌀쌀하게 얼어붙은 한운석의 얼굴을 보자 아무도 감히 다가서지 못했다. 그녀가 대답했다.

"그자를 죽였다!"

순간 주위가 조용해졌다. 동료는 놀란 얼굴로 쓰러진 사람의 코에 손을 가져갔고 곧 상황을 파악한 듯 화들짝 놀라 손을 치웠다.

"정말 죽었다! 숨을 쉬지 않아!"

"사…… 사람을 죽였구나, 죽였어! 살인이다!"

한운석은 백언청에게 눈길을 던졌다.

"말해 보시오. 저 사람이 죽었소, 살았소?"

백언청은 황급히 달려가 숨을 확인하고 맥을 짚어 보았다. 손목뿐만 아니라 목 부분의 맥박도 확인했다. 한운석이 가사상태를 증명하려 한다는 것은 짐작이 갔지만, 이 사람은 정말 숨을 쉬지 않고 맥상도 잡히지 않았다. 그런데 어떻게 죽지 않았다고 할 수 있을까? 분명히 죽은 사람이었다.

"왜, 당당한 오품 신의께서 사람의 삶과 죽음조차 판단하지 못하는 거요?"

한운석이 또 물었다.

백언청은 잠시 망설이다가 명확하게 대답했다.

"죽었습니다!"

한운석은 싸늘하게 웃더니 한쪽에 꿇어앉아 말이 없는 고운천을 바라보며 또 물었다.

"고운천, 저 사람이 죽었소, 살았소?"

고운천은 자신만의 세계에 빠진 것처럼 한참 동안 그 말에 대답하지 않았다.

"고운천, 저 사람이 아직 살아 있다고 하면 믿겠소? 당신이 당시 고칠소의 죽음을 잘못 판단했다고 하면 믿겠소?"

한운석이 도발했다.

고운천은 고개를 번쩍 들고 그녀를 바라보더니 눈을 잔뜩 찌푸리며 엄숙한 표정을 지었다. 한운석이 재촉할 필요도 없이 그는 족쇄를 질질 끌고 '이미 죽은 사람'에게 미친 듯이 달려가 코에 손을 대보고 진지하게 맥을 짚었다.

그가 어떻게 이런 기본적인 일에 실수할 수 있을까? 믿을 수가 없었다!

"죽었다!"

그는 더없이 확신했다. 당시 소칠의 죽음 역시 그는 더없이 확신했다. 소칠이 다시 살아날 수 있었던 것은 타고난 체질 때문인 게 분명했다.

그는 가소로운 표정으로 한운석을 바라보며 다시 한번 알려주었다.

"이자는 죽었다! 내가 틀렸을 리 없다! 소칠은 그때 확실히 죽었었다!"

한운석의 눈동자에서 하늘까지 닿을 듯한 살기가 솟구쳤다.

고운천 저 변태 늙은이를 힘껏 걷어차 주고 싶어 이가 갈렸다.

고칠소를 저렇게 참혹한 꼴로 만들어 놓고도 아직 성에 차지 않는 걸까? 이 지경이 되어서도 고칠소에게 골칫거리를 안겨 주려는 걸까?

생각해 보니 고북월이 고운천에게 내린 벌은 아직 충분하지 않은 것 같았다!

"당신은 틀렸소! 나찰덕림 당신도 틀렸소! 잘들 보시오!"

한운석은 그렇게 말한 뒤 '죽은 사람' 옆에 몸을 웅크리고 손가락으로 '죽은 사람'의 눈을 눌러 동공을 변형시켰다. 그런 다음 손을 떼자 '죽은 사람'의 동공이 다시 본래대로 돌아갔다.

"죽은 사람은 동공이 풀어지지만 이 사람의 동공은 아직 움직이고 있소. 그러니 죽은 것이 아니오!"

한운석이 찬찬히 설명했다.

죽은 사람의 동공이 풀어지는 것은 근육이 늘어지기 때문인데, 이 사람의 동공은 일그러졌다가 다시 본래대로 돌아왔으니 아직 죽지 않았다는 것을 설명하기에 충분했다.

고운천은 충격 받은 얼굴로 한운석을 와락 밀어젖히고 죽은 사람의 동공을 검사했고 백언청도 다가왔다. 사실을 확인한 두 사람은 하나같이 깜짝 놀랐다.

한운석은 가슴 가득 끓어오른 분노를 누를 길이 없어 고운천을 옆으로 홱 밀어내 버렸다. 이를 본 백언청은 알아서 물러났다.

그녀가 끈 하나를 꺼내 '죽은 사람'의 손가락 끝에 묶자 손가락 끝이 충혈되어 검푸르게 부어올랐다.

"피가 아직 몸속에서 순환하고 있는데 어떻게 죽었다고 할수 있소?"

한운석은 고운천과 백언청을 싸늘하게 응시했다.

"두 분은 이런 기본적인 상식조차 모르오?"

두 사람 다 할 말이 없었다. 백언청은 복잡한 눈빛이었고 고운천은 계속해서 고개를 저으며 혼자서 뭐라고 중얼거렸다.

한운석은 사람을 불러 가느다란 닭털 하나를 가져오게 한 다음 '죽은 사람'의 코에 가져가며 화난 목소리로 말했다.

"두 분, 잘 보시오."

백언청과 고운천은 말할 것도 없고, 그 자리에 있는 모든 사람이 그쪽을 쳐다보았다. 모두가 집중해서 살펴보니 '죽은 사람' 코에서 나오는 콧김에 닭털이 떨리는 게 분명히 보였다.

세상에! 정말 죽은 게 아니었다!

"그럴 리가…… 그럴 리 없다……."

고운천은 땅에 털썩 쓰러져 정신이 나간 것처럼 중얼거렸다.

백언청이 그래도 한운석을 바라보며 변명을 하려는데, 별안간 한운석이 두툼한 증거 기록을 백언청의 얼굴에 집어 던지며 분노에 차서 외쳤다.

그녀에게 알려 줄 아주 중요한 일

두툼한 증거물이 힘차게 백언청의 얼굴을 때리고 사방으로 흩어지자 시퍼레진 그의 얼굴이 드러났다. 콧등은 책자에 맞아 벌게져 있었다.

한운석이 분노에 차서 외쳤다.

"수고스럽겠지만 자세히 보시오! 그 기록에 고운천과 능고역이 코에서 숨을 확인하고 맥을 짚었다고만 되어 있는지 아닌지!"

"아무리 그래도……."

백언청은 여전히 변명하려고 했으나 한운석이 그럴 기회조차 주지 않고 버럭 소리를 질렀다.

"당신 의술은 고운천만 못하니 가사상태가 뭔지도 모르고 산 사람 죽은 사람도 똑똑히 구분하지 못하는 건 당신 잘못이 아니오. 누가 당신을 어리석다 하겠소? 하지만 단면만 보고 제멋대로 넘겨짚으며 고칠소를 괴물이라 모함한 죄는 용서받을 수 없소! 의원이라면 마땅히 진단을 내릴 때 신중해야 하고, 확실해지기 전까지 함부로 결론을 내려 사람의 명예를 해치지 말아야 하오! 당신은 오품 신의는 물론이고 의원이 될 자격조차 없소!"

백언청은 고운천을 쳐다보았다. 억울했다. 고운천도 모르는 것을 그가 어떻게 알 수 있을까?

"당신 같은 자는 사람 목숨을 한낱 잡초처럼 여기지 않으면 다행이지, 누군가를 치료해 주는 건 바라지도 않소!"

한운석이 다시 독설을 퍼부었다.

이 자리에 있는 사람 대부분은 의성의 신임 지도자 편이고, 특히 의학원의 노인들은 아무래도 소칠을 아끼는 마음이 있어서 백언청에게 동조하지 않았다. 방금 소란을 피우던 자들도 아직 쓰러진 동료의 생사를 확신할 수 없는 상황이라 함부로 떠들지 못했다.

덕분에 백언청 혼자 남아 한운석의 공격에 고군분투할 수밖에 없었다.

한운석이 한바탕 분노를 쏟아낸 후에야 백언청도 겨우 말할 기회를 얻었다. 그가 황급히 말했다.

"왕비마마, 그 말씀은 불공평합니다. 고운천도 똑같이 소칠이 가사상태였다는 걸 몰라보지 않았습니까?"

한운석은 냉소를 금치 못했다.

"그렇다면 당신도 소칠이 죽었다 살아난 게 아니라 가사상태였다고 인정하는 거요?"

백언청은 그제야 스스로 제 발등을 찍은 것을 깨달았다. 늙은 여우처럼 영리한 그가 어쩌다 한운석에게 이렇게 쉽게 당했을까?

그는 냉정해지자고 자신을 달랬다.

"설사 고칠소가 죽었다 살아난 것이 아니더라도, 어미 배 속에 있을 때부터 약을 먹고 줄곧 약초로 식사를 대신했다면 어떻게 저만큼 자라날 수 있겠습니까? 게다가 저렇게 건강하다니요?"

백언청이 물었다.

"당신 정말 오품 신의가 맞소?"

한운석이 되물었다.

"왕비마마, 우선 제 질문에 대답부터 해 주시지요."

"고칠소가 어려서부터 실험용으로 약을 먹은 것은 사실 일반적인 환자가 약을 먹는 것과 같고, 그 과정도 일반적인 환자가 약을 먹고 낫는 것과 본질에서 차이가 없소. 다른 점이라면 고운천이 약독을 써서 일부러 병을 앓게 한 것뿐이오. 그러니 대답해 보시오. 고칠소가 왜 건강하게 살 수 없단 말이오? 그리고 그는 일정 기간 약을 밥처럼 먹었으나 탕약만 마신 게 아니라 약초도 먹었소. 약초를 먹는 건 곧 채식을 하는 것이오. 자라지 못할 이유가 어디 있소? 절에서 지내는 스님들도 매일같이 풀로 식사를 하는데 멀쩡하지 않소?"

한운석은 연신 고개를 저었다.

"나찰덕림, 의학적 상식을 모르는 건 그렇다 쳐도 어떻게 가장 기본적인 상식조차 모를 수 있소? 당신은 의원이 될 필요도 없고 사람이 될 필요도 없소!"

그 말이 떨어지는 순간에는 장내가 조용해졌으나 곧 폭소가 터져 나왔다.

"의원이 될 필요도 없고 사람이 될 필요도 없다!"

아주 딱 맞아떨어지는 적절한 독설이었다!

백언청의 얼굴이 붉으락푸르락했다. 평생 누구보다 총명하고 심계가 깊다 자부한 자신이 한운석과의 첫 싸움에서 여지없이 패할 줄은 꿈에도 생각지 못한 일이었다.

그가 냉정하게 대응책을 고민하고 있는데 고북월이 나서서 담담하게 말했다.

"고칠소, 내가 맥을 짚어 봐도 되겠나?"

고북월의 목소리는 크지 않았지만 그 자리에 있는 누구나 똑똑히 들을 수 있었다.

한운석은 고칠소가 가사상태라는 것을 증명하고 고칠소가 지금까지 건강하게 살아 있는 이유를 설명했지만, 사람들은 아무래도 고칠소의 체질에 호기심을 느끼고 있었다.

고칠소가 손을 내밀자 모두가 그쪽을 쳐다보았다. 고북월은 진지하게 맥을 짚다가 한참 후에야 손을 뗐다.

"어때? 나도 나 자신이 대체 어디서 나온 요괴인지 모르겠다니까, 하하하!"

고칠소가 장난스레 말했다.

고북월은 빙긋 웃었다.

"고칠소, 안됐네만 자네 맥상은 보통 사람과 차이가 없네. 요괴가 되고 싶다 해도 방법이 없네."

고칠소는 어깨를 으쓱했다.

"에이, 그거 참 유감이군."

"본 원장을 믿지 못하는 사람은 직접 맥을 짚어 봐도 좋소."

고북월이 말했다.

사람들은 서로를 쳐다보았다. 사실은 나가서 살펴보고 싶지만 차마 용기가 나지 않았다. 백언청이 과감하게 나섰다. 그러잖아도 이 기회를 기다리고 있던 차였다.

고칠소는 시원시원하게 손을 내밀었다. 백언청은 그의 맥을 짚자마자 얼굴이 까매졌다. 놀랍게도 고칠소의 맥상은 정말로 정상이었다.

어떻게 이럴 수가?

설마 그의 짐작이 틀린 걸까? 고칠소가 독고인이 아니라고?

요 몇 년간 그는 줄곧 독고인을 길러 낼 비방을 찾아다녔다. 그 옛날 독종이 그 비방을 만들어 냈는지 어떤지는 그 누구도 확신하지 못했다. 그는 비방이 의학원 손에 들어갔고, 고운천이 그 비방으로 고칠소를 불사불멸의 독고인으로 길러 낸 덕분에 고칠소가 그 많은 시달림을 받고도 죽지 않은 게 아닐까 의심하기까지 했다.

그렇지만 고칠소의 맥상은 아무리 봐도 정상이었다. 설마 그의 추측이 틀린 걸까?

"어떻습니까?"

고북월이 물었다.

백언청은 충격이 컸지만 그래도 냉정함을 되찾고 재빨리 고칠소에게 읍을 했다.

"미안하게 됐소!"

백언청조차 고칠소의 맥상이 정상이라고 인정하자 장내에 있던 사람들이 믿지 않을 이유가 없었다.

"미안해? 그 말로 되겠소?"

한운석이 싸늘하게 웃었다.

백언청은 고개를 숙이고 계속 사죄를 표하려 했으나 한운석이 즉각 명령을 내렸다.

"여봐라, 나찰덕림의 의품을 삼품 낮추고 당장 이품 학당으로 보내 다시 의술을 배우게 해라!"

오품 신의에게는 그야말로 모욕적인 처분이었다! 이품 학당에서 가르치는 선생조차 고작 사품에 불과했다. 진짜 나찰덕림이 이 일을 알면 벽에 머리를 박고 자결해도 이상하지 않았다.

그를 사칭한 백언청마저 깊은 모욕을 느꼈지만, 그보다 더 걱정스러운 것은 자유를 뺏기는 일이었다.

의학원 이품 학당은 완전히 봉쇄된 곳이고 적어도 1년은 머물러야만 나올 수 있었다. 그는 그렇게 오래 갇혀 있을 여유가 없었고, 그렇다고 달아나면 조사를 받아 신분이 드러날 게 뻔했다.

"고 원장, 왕비마마, 화를 푸십시오. 이 늙은이도……."

한운석은 아예 변명할 기회도 주지 않았다.

"여봐라, 어서 데려가지 않고 뭘 하느냐!"

백언청은 거부할 수 있었지만 일단 거부하면 의학계에서 축출당해야 했다. 북려국 대표로 왔는데 축출당했다간 사건이 커지고, 적어도 하루 이틀쯤은 몸을 빼지 못할 터였다. 그에게는 오늘 밤 처리해야 하는 큰일이 하나 있었다!

진퇴양난에 빠진 백언청은 결국 고칠소에게 다가가 간절하게 읍을 했다.

"고 공자, 방금은 내가 실언을 했소. 미안하게 됐소. 부디 용서해 주시오."

고칠소에게 사과하기가 과연 그렇게 쉬울까?

겨드랑이에 고북월이 준 침을 꽂고 있어서 오래 버틸 수 없었기 망정이지, 그렇지만 않았다면 고칠소는 쉽사리 백언청을 용서해 주지 않았을 것이다. 겨드랑이의 침은 방금 고북월이 그의 맥을 짚을 때 사람들이 눈치채지 못한 틈을 타 꽂아 준 것이었다. 남들과 다른 그의 맥상이 정상으로 되돌아간 것도 바로 이 침 두 대 덕분이었다.

"용서? 하하하, 좋아! '나는 사람이 아니라 괴물이다'라고 큰소리로 세 번 외치면 용서해 주지."

고칠소가 낄낄거리며 말했다.

백언청은 눈에 살기를 떠올리며 소매 속에 숨긴 손으로 주먹을 꽉 쥐었다. 하지만 그래도 그는 재빨리 냉정함을 되찾았다.

그의 무서운 점이 바로 이 냉정함이었다.

"좋소, 좋소! 그리 하겠소!"

그는 아무도 그의 신분을 의심하지 못할 만큼 비굴한 태도로 연신 대답한 후 곧이어 쩌렁쩌렁한 목소리로 외쳤다.

"나는 사람이 아니라 괴물이다!"

고칠소는 아주 만족스러워하며 더없이 즐겁게 웃었다. 그가 웃는 것을 보자 반나절 내내 굳었던 한운석의 얼굴에도 마침내 웃음이 피어올랐다.

백언청은 더는 그 자리에 남아 있을 낯이 없어 낭패한 꼴로 달아났다. 비록 끝까지 냉정한 태도를 유지했지만, 아마도 이 사건은 그가 평생 살면서 겪은 가장 낭패스러운 일이었을 것이다.

그제야 한운석은 가짜로 죽은 사람에게 해약을 주었다. 가짜로 죽었던 사람은 깨어난 뒤 이야기를 모두 듣고 나자 깜짝 놀라 줄행랑을 놓았다.

"가사상태는 중독으로 인한 것이면 해약을 먹은 후 깨어나고, 병으로 인한 것이면 병이 나은 후 깨어나오. 고칠소는 당시 약을 먹었으니 아마 병이 나아 깨어났을 것이오."

한운석이 마지막으로 설명했다.

사실 그녀의 마지막 설명에는 의심스러운 부분이 남아 있었지만 그 자리에 있는 사람들을 속여 넘길 수는 있었다. 누가 뭐래도 고칠소의 맥상이 정상이라는 사실 때문에 아무도 함부로 넘겨짚을 수 없었기 때문이었다. 한운석 자신도 사실은 소칠의 몸이 대체 어떻게 된 것인지 알지 못했다.

"고칠소의 체질을 의심하는 분이 또 있습니까?"

고북월이 큰 소리로 물었다.

사람들은 모두 고개를 저어 부인했다. 고칠소는 두 손을 깍지 낀 채 몹시 즐거워했고, 목령아는 그 옆에서 코를 훌쩍이며 울지 않으려고 억지로 참았다.

심판은 이렇게 끝났다. 시종들이 고운천을 조리돌림하려는데 한운석이 가로막으며 차갑게 물었다.

"산 사람과 죽은 사람도 똑똑히 구분하지 못하는 당신이 무슨 팔품 의선이란 말이오? 들어라, 고운천의 의품을 모두 거두겠다."

의품을 거둔다는 것은 의학원 의품 명단에서 그의 이름을 삭제한다는 말이었다. 넋이 나갔던 고운천은 별안간 정신이 돌아와 한운석을 향해 고래고래 소리를 질렀다.

"네가 무슨 자격으로 그런 짓을 하느냐? 너는 그럴 자격이 없다! 자격이 없어!"

한운석은 그를 아는 체도 하지 않았다. 고북월은 한운석의 요구를 승인한 뒤 손을 저어 시종에게 고운천을 데려가게 했다. 고운천이 무엇보다 중요하게 여긴 게 바로 의품이었다. 그러니 의품을 거둬 고통이 무엇인지 똑똑히 깨닫게 해 줘야 했다!

판결이 끝난 후 고운천은 끌려가서 조리돌림을 받았다. 의성의 백성들은 그를 보기만 하면 달걀과 썩은 채소는 물론 돌멩이까지 던졌다.

고칠소는 지붕 위에서 그 행렬을 따라가며 아무 말도 없이 싸늘한 눈으로 지켜보았다. 목령아는 그 뒤를 바짝 따랐다. 목령아는 이보다 더 좋은 결과가 없다고 생각했지만 그래도 상처받은 칠 오라버니의 마음을 치유할 수는 없다는 것을 알고 있었다. 누가 뭐래도 고운천은 그의 친아버지였고 그의 유일한 가족이었다. 어떻게 정말 아무렇지 않을 수 있을까?

목령아는 방해하지 않고 묵묵히 쫓아갔다.

밤이 되자 고북월은 의학원 원장 신분으로 각지에서 온 귀빈을 초청해 연회를 베풀었다. 고칠소와 목령아는 참석하지 않았는데 그들이 고운천을 따라 구생궁으로 들어가는 것을 본 사람이 있었다. 한운석도 연회에 참석하지 않았다. 그녀는 독종의 금지에서 독종이 남긴 서적들을 정리했다.

연회가 끝난 후 비밀 시위가 고북월을 처소로 호위하려 했으나 고북월은 방향을 바꾸어 독종 금지에 있는 한운석을 찾아갔다.

의학원에서 독종 금지까지는 썩 고르지 않은 산길을 가야 했다. 비밀 시위가 호기심을 갖고 물었다.

"고 의원, 마차도 준비해 놓았는데 아직 왕비마마께 오늘 밤 출발해야 한다는 말씀을 하지 않으셨습니까?"

"그렇소. 먼저 마마께 알려드려야 할 아주 중요한 일이 있으니 그 말씀을 올린 후 보내 드릴 것이오."

고북월은 주머니에 넣어 둔 물건을 만지작거리며 다소 심각해졌다.

그들은 독종 금지에 들어가 갱이 있는 방향으로 나아갔다. 갱 부근에 전각이 하나 있는데 한운석은 바로 그곳에 있었다.

"고 의원, 발밑을 조심하십시오. 바로 저 앞입니다."

비밀 시위가 주의를 시켰다.

그때 갑자기 검광 한줄기가 번쩍하며 고북월 쪽으로 날아들었다. 비밀 시위가 다급히 그를 밀치며 외쳤다.

"고 의원, 조심하십시오!"

영술, 고씨네 공자

고북월은 비밀 시위의 손에 거칠게 옆으로 밀려났다. 똑바로 서 있을 수도 있었지만 그는 일부러 쓰러졌다. 용비야가 지난 번 그에게 준 단약을 먹고 내공이 삼 할 회복된 덕에 똑바로 서 있는 것은 물론 경공을 펼쳐 스스로 피할 수도 있었다. 하지만 부득이한 상황이 아니면 그는 절대로 다시는 본모습을 노출하려 하지 않았다.

고북월이 땅에 쓰러진 후 살펴보니 나타난 이는 복면을 한 흑의 자객 세 사람이었다. 보이지 않는 곳에서 뒤따르며 보호하던 비밀 시위 열 명이 모두 모습을 드러내 자객 셋과 싸움을 벌였다. 고북월을 밀친 키 큰 비밀 시위는 곁에 와서 그를 보호했다.

세 자객은 모두 검을 들었는데, 그 검술은 고북월 일행의 예상보다 훨씬 높아서 초식 하나하나마다 보통 사람은 막기 힘든 검광을 뿜어냈다. 비밀 시위 열 명이 그들을 에워쌌지만 놀랍게도 전혀 우위를 차지할 수 없었다.

맞서 싸운 지 얼마 되지 않아 검광이 난무하는 격렬한 싸움이 벌어졌다.

"아니……, 저들은……."

그 광경을 본 키 큰 비밀 시위의 눈이 휘둥그레졌다. 세 자객의 검술은 천산검종에서 배운 것이 분명했고, 검기를 보면 틀림없이 천산검종의 범천심법을 익힌 사람들이었다.

저들은…… 누구일까? 검술이 저 정도 수준이면 필시 천산정이나 양원양각의 제자일 터였다.

진왕 전하가 이미 천산검종을 장악하고 창구자를 따른 반도들도 제압했으니 그들이 하산할 수 있을 리 없었다. 설령 창구자 일파라 해도 무슨 이유로 고북월을 공격하는 걸까? 고북월은 그들과는 아무 원한도 없었다.

그때 고북월도 눈을 찡그리고 앞에서 벌어지는 싸움을 지켜보고 있었다.

키 큰 비밀 시위는 몰래 고북월을 흘끔거리다가 그의 심각한 표정을 보고 기분이 나빠졌다. 지금 벌어진 상황을 보고도 고의원이 진왕 전하를 의심하지 않을 수 있을까?

이렇게 생각하자 별안간 한 가지 끔찍한 생각이 머릿속에 휙 떠올라 그는 저도 모르게 몸서리를 쳤다.

설마 저 자객이 정말 진왕 전하가 보낸 자들일까?

고 의원은 본래부터 단순한 인물이 아니었고 왕비마마 몰래 진왕 전하와 협력하고 있었다. 혹시 진왕 전하는 그를 이용해 의성을 손에 넣은 다음 토사구팽하려는 것이 아닐까?

객관적으로 볼 때 고 의원이 의성을 손에 넣으면 진왕 전하의 가장 강력한 적수가 될 것은 확실했다. 고 의원이 먼저 진왕 전하를 배신하고 다른 세력과 손잡으면 진왕 전하의 계획은 완전히 어그러지고 말 터였다. 고 의원을 상대하는 것이 고운천을 상대하는 것보다 훨씬 어려운 까닭이었다. 고운천은 의술에 미친 사람일 뿐이지만 고 의원은 천하를 다스릴 재주를 지니고 있었다!

"무척 낯익은 검술이군!"

고북월의 차분한 목소리에는 감정이 묻어 있지 않았지만 비밀 시위는 화들짝 놀랐다.

"왜 그렇게 당황하시오?"

"저…… 저는…… 고 의원, 저들의 검술은……."

비밀 시위는 일순 뭐라고 설명해야 할지 몰라 더듬거렸다.

고북월이 뭐라고 말하려는데 비밀 시위가 또다시 와락 그를 밀쳤다. 눈 깜짝할 사이 뒤에서 검광 한 줄기가 날아와 두 사람 사이로 씽하고 스쳐 갔다.

또 다른 자객이었다. 정말 위험했다!

비밀 시위는 필사적이었다. 이 자객들이 어디서 왔건 어쨌든 그들은 진왕 전하에게 새로운 명령을 받은 적이 없으니 처음 받은 명령대로 목숨 걸고 고 의원을 지켜야 했다.

그와 고북월은 일제히 고개를 돌렸다. 나타난 사람 역시 자객인데 앞서 온 자객들과 달리 복면을 쓰지 않은 대신 새까만 두건을 푹 눌러써서 얼굴을 완전히 가리고 두 눈만 드러낸 모습이었다. 적흑색 경장을 걸친 몸집으로 보아 남자인 건 알 수 있지만 그 밖에는 아무것도 알아낼 수 없었다.

"고 의원, 저 자객의 무공은 다른 세 사람보다 높습니다. 달아나는 수밖에 없습니다."

키 큰 비밀 시위는 싸움 경험이 많아 한눈에 상황을 파악했다.

그는 고북월을 붙잡고 돌아서서 의학원 쪽으로 달아나려 했지만, 애석하게도 적흑색 옷을 입은 자객이 재빨리 그들 앞을 가로막고 곧장 고북월을 찔러 왔다. 비록 소리는 없었지만 깊은 눈동자에서 살기가 쏟아져 나와 기필코 죽이려는 것을 충분히 알 수 있었다.

고북월은 두 눈을 가늘게 뜨고 자객을 바라보며 역시 아무 말 하지 않았다.

비록 내공은 삼 할밖에 되찾지 못했지만 보는 눈만큼은 예전과 다르지 않았다. 자객 셋의 실력이 비밀 시위 열 명보다 높아서 얼마 지나지 않아 승부가 갈릴 것은, 그가 키 큰 비밀 시위보다 훨씬 더 명확히 알고 있었다.

그리고 그들 앞을 막아선 이 자는 일류 고수로, 용비야와 나란히 거론해도 될 정도였다. 이들은 어디서 왔을까? 어째서 그의 목숨을 앗으려고 할까?

"달아날 수 없으니 구원을 청해 보시오!"

고북월이 나지막이 말했다.

키 큰 비밀 시위는 다급히 구원 신호를 쏘아 올렸다. 왕비마마 쪽 비밀 시위에게 위험을 알리는 한편 의성에 있는 비밀 시위에게 도움을 청하기 위해서였다.

신호를 쏘기 무섭게 적흑색 옷을 입은 자객이 공격을 시작했다. 검을 휘두르자 무지개 같은 검기가 파죽지세로 날아들었다. 그 기세가 얼마나 날카롭고 강력한지 피할 곳조차 없었다!

키 큰 비밀 시위는 멍해졌다. 천산의 장로와 검종 노인을 제외하면 이만한 능력을 갖춘 사람은 진왕 전하밖에 없었다!

이럴 수가, 저 자객은 대체 누구지?

키 큰 비밀 시위는 피할 수가 없었다. 그 짧은 찰나, 그는 몸을 돌려 고북월을 안고 바닥으로 쓰러지면서 온몸으로 고북월을 보호했다. 검광이 키 큰 비밀 시위의 몸을 정확히 때렸고 비밀 시위는 새빨간 피를 토했다. 피가 고북월의 어깨로 쏟아져 그의 백의를 빨갛게 물들였다.

"고 의원, 어서…… 어서 가십시오!"

고북월은 저 자객이 무시무시한 상대인 것은 알았지만 저렇게 강력할 줄은 상상도 하지 못했다. 저렇게 매서운 검기는 용비야가 검술을 펼칠 때 본 것이 전부였다.

그는 비밀 시위를 밀어냈다. 키 큰 비밀 시위는 옆으로 툭 쓰러지더니 두 눈을 동그랗게 뜬 채 숨이 끊어졌다.

고북월은 눈을 찌푸리며 비밀 시위의 눈을 살며시 감겨 주었다. 다른 비밀 시위 열 명은 세 자객에게 발이 묶여 이쪽의 위험을 알면서도 보호하러 올 수가 없었다.

고북월의 온화하던 눈빛이 차츰차츰 차가워졌다. 그는 달아나지 않고 한 걸음 한 걸음 다가오는 적흑색 옷의 자객을 차갑게 바라보며 물었다.

"너는 대체 누구냐? 나와 무슨 원한이 있느냐?"

적흑색 옷의 자객은 싸늘하게 비웃을 뿐 대답 없이 계속 고북월에게 한 걸음 한 걸음 다가왔다.

고북월은 뒷걸음질 치기 시작했다. 가슴속에 피어나는 의심이 산더미처럼 쌓여갔다. 이 자객은 방금까지 그처럼 모질고 빠르게 움직이더니 지금은 서두르지 않고 있었다. 대체 이자의 목적은 무엇일까?

"우리, 아는 사이냐?"

고북월은 다시 그를 떠보았다.

적흑색 옷의 자객이 여전히 말이 없자 고북월은 냉소를 터트렸다.

"천산검법이라면 나도 꽤 잘 알지."

그 말이 떨어지자 적흑색 옷의 자객이 우뚝 걸음을 멈췄다. 고북월은 그 장면을 보자 무슨 생각을 했는지 갑자기 두 눈을 가늘게 떴다.

그가 막 입을 열려는데 적흑색 옷의 자객이 느닷없이 검을 휘둘렀다. 고북월은 즉시 뒤로 물러섰다. 그저 한 걸음 물러난 것처럼 보였지만, 곧이어 그림자가 흐릿해지더니 눈 깜짝할 사이에 자객에게서 멀찌감치 떨어졌다.

영술이었다!

적흑색 옷의 자객은 멀리서 득의양양한 눈빛으로 그를 바라보다가 곧바로 쫓아왔다. 고북월은 돌아서서 달아났다. 삼 할의 내공으로는 얼마 버틸 수 없어서 기껏해야 영술을 한두 번더 쓸 수 있을 뿐이었다. 얼마 남지 않은 공력은 기필코 칼날에 쏟아부어야 했다.

곧 등 뒤에서 살기등등한 검기가 느껴졌다. 그는 갑작스레 걸음을 멈추었다가 검기가 등을 때리려는 순간 홀연히 위치를 바꾸어 몹시 아슬아슬하게 피했다.

비록 피하긴 했으나 그는 곧바로 땅에 풀썩 쓰러졌다. 두 번이나 영술을 쓰면서 적잖은 내공을 소모하는 바람에 언제까지 버틸 수 있을지 그 자신도 알 수가 없었다.

그는 생각할 겨를도 없이 서둘러 몸을 일으켰다. 등 뒤로 또다시 검기가 다가오고 있었기 때문이었다.

그런데 뜻밖에도 그가 고개를 든 순간, 앞쪽 멀지 않은 곳에서 경악한 얼굴로 자신을 바라보고 있는 한운석의 모습이 보였다.

고북월은 예상하지 못한 상황에 놀라 제자리에 멈췄고, 한운석 역시 당황해서 그 자리에 얼어붙었다.

두 사람은 서로를 마주했다. 분명히 스무 걸음밖에 떨어져 있지 않았지만 마치 수많은 산과 강 너머로 떨어져 있는 것 같았다. 너무 멀어서 오늘 밤 처음 만난 생면부지의 낯선 사람처럼 느껴졌다.

한운석은 방금 그가 쓴 영술을 똑똑히 보았다!

검기가 산을 쪼갤 듯이 고북월의 등을 덮쳐 왔다. 검광이 환하게 일고 살기가 자욱해졌지만 두 사람은 그것조차 무시했다.

"백의 공자……."

한운석이 중얼거렸다. 목소리가 너무 낮아서 고북월은 들을 수가 없었다.

"운석 낭자, 난……."

고북월에게는 할 말이 너무도 많았지만 목구멍이 막힌 것처럼 아무 말도 나오지 않았다. '운석 낭자'라는 말도 자기 귀에만 들릴 정도로 희미했다.

그녀가 그처럼 믿었건만 그는 이렇게 속였다.

그가 그처럼 충성을 바쳤건만 그녀는 그 고충을 알지 못했다!

꼬맹이가 휙 달려가 고북월의 바짓가랑이를 물고 어서 피하라고 알렸다. 꼬맹이는 아직 힘을 회복하지 못했다. 그렇지 않았다면 진작 공자를 밀어내 피하게 했을 것이다.

다행히 초서풍이 쏜살같이 달려가 고북월을 잡아당겼고, 그와 동시에 서동림도 한운석을 끌어당겼다.

쉭!

굉음과 함께 하늘을 뒤덮는 검광이 날아들어, 후예後羿(중국 고대 전설에 나오는 활의 명수)가 쏜 화살처럼 날카롭게 울부짖으며 산을 무너뜨릴 기세로 눈앞에 있는 절벽의 바위 한쪽을 때려 부쉈다.

"찍!"

꼬맹이가 비명을 지르며 초조하게 자객을 가리켰다. 마치 그가 누군지 아는 것 같았다.

"천산검법!"

서동림이 무의식적으로 외쳤다.

한운석은 고북월의 신분을 신경 쓸 겨를이 없었다. 방금 본 검의 기세에 더 놀랐기 때문이었다. 그녀는 무공을 몰랐지만 지난날 용비야가 천산검종에서 검종 노인과 싸울 때 휘두르던 검기가 얼마나 강력했는지는 기억하고 있었다. 세상에 저만한 검기를 만들어 낼 수 있는 사람이 몇 사람 없다는 것도 알고 있었다.

저 자객은 누굴까? 어째서 고북월을 죽이려고 할까?

고북월은 고개를 저었다. 설사 그가 억지로 침착한 척한다 해도 눈동자 깊이 자리한 어쩔 줄 모르는 당황스러움은 숨길 수 없었다.

오랜 세월 어렵게 지켜온 비밀, 영족이라는 신분이 그녀에게 알려진 지금, 그녀는 어떻게 생각할까? 앞으로 무슨 수로 소리 없이 그녀를 수호할 수 있을까?

꼬맹이는 고북월을 내버려 두고 한운석에게 달려와 그녀의 소맷자락을 잡아당기며 주의를 끌려고 애썼다. 녀석의 발은 한운석에게 뭔가 알려 주려는 듯이 자꾸만 자객을 가리키고 있었다.

그때 세 자객도 벌써 남은 비밀 시위 열 명을 처치하고 적흑색 옷의 자객 뒤에 서서 한운석 일행과 대치했다.

"너는 누구냐?"

한운석이 차갑게 물었다.

적흑색 옷의 남자는 대답은커녕 일부러 자세히 살피는 그녀의 시선을 피하려는 듯 손을 들었다. 세 자객이 곧바로 검을 들고 공격했다.

"퇴각!"

초서풍은 빠르게 판단을 내렸다. 비록 그에게도 비밀 시위가 십여 명 딸려 있지만 저 적흑색 옷을 입은 자객 혼자서도 그들 모두를 상대하기에 충분했다. 그들에겐 승산이 없으니 목숨을 구하려면 달아나는 수밖에 없었다!

초서풍은 이미 그럴 생각을 하고 있었다.

"왕비마마, 먼저 가야 합니다. 서두르십시오!"

"다 같이 가겠네!"

한운석은 즉시 거절했다. 그녀는 재빨리 고북월의 손을 잡으며 진지하게 그의 눈을 들여다보았다.

"당신이 누구든 간에 반드시 나와 함께 가야 해요. 내게 해명해야 한다는 걸 잊지 말아요!"

고북월은 그녀의 고집 센 눈빛을 보며 따스한 웃음을 지어 보였다. 분명히 그녀를 아끼고 사랑스러워하는 웃음이었지만 그 웃음을 보고 있노라니 까닭 없이 마음이 아파졌다.

그가 느닷없이 그녀의 손을 뿌리치며 그 눈빛을 피했다.

자객 어깨의 상처

"초서풍, 병사를 두 길로 나누어 최대한 빨리 왕비마마를 모시고 떠나시오!"

고북월은 검은 옷의 남자가 자신을 노리는지 아니면 한운석을 노리는지 확신할 수 없었다. 이런 위급 상황에서는 한운석의 안전이 우선이었다!

백의 공자여도 좋고 고 의원이어도 좋았다. 어떤 신분이건 간에 한운석을 안전하게 지켜야 했다.

말을 마친 고북월은 다른 쪽으로 달려갔다.

거의 동시에 자객이 검을 휘두르며 덮쳐와 그들을 지키던 비밀 시위들을 분산시켰다. 적흑색 옷의 자객이 그들을 바라보았다. 초서풍은 가슴이 덜컥 내려앉아 재빨리 한운석을 잡고 달리며 몇몇 비밀 시위에게 뒤를 막으라고 명령했다.

머릿수가 부족해 고북월 쪽을 지키는 사람은 서동림 혼자였다.

그들은 길을 나누어 달아났지만 뜻밖에도 적흑색 옷의 검객은 아무런 망설임도 없이 고북월을 쫓았다.

꼬맹이가 제일 반응이 빨랐다. 녀석은 한운석의 몸에서 폴짝 뛰어내려 시위를 벗어난 화살처럼 적흑색 옷 자객의 어깨 위로 뛰어올라 마구 깨물었다.

애석하게도 꼬맹이는 천산에서 입은 상처가 아직 낫지 않아서 그저 마구잡이로 깨무는 것밖에 할 수 없었다! 녀석은 자객의 살을 물어뜯으며 신선한 피 맛을 보았다. 순간 녀석은 깜짝 놀라 동작을 뚝 멈췄다!

적흑색 옷 자객이 한 손으로 녀석을 후려쳐 땅에 떨어뜨렸다. 꼬맹이는 머리가 멍해져 저 멀리 달려가는 자객의 뒷모습을 바라보다가 한참만에야 겨우 정신을 차렸다. 녀석은 다시 쫓아갔지만 감히 자객에게 가까이 가지 못하고 고북월을 따라 함께 내달렸다.

"저자의 목표는 고북월이었어! 초서풍, 어서 가 보게, 어서!"

한운석은 초조해 미칠 것 같았다. 독침을 몇 번 쏘아 봤지만 아무 도움이 되지 않았다.

하지만 초서풍은 전혀 동요하지 않고 버티는 한운석을 억지로 잡아끌었다.

한운석은 몹시 분노해 바닥에 털썩 주저앉아 겨우 끌려가는 것을 멈췄다.

"초서풍, 명령일세. 고북월을 구하게!"

적흑색 옷의 자객이 노리는 것은 그녀가 아니라 고북월이었다!

그녀도 고북월의 영술이 예전만 못한 것을 알 수 있었다. 그렇지 않으면 진작 그녀를 데리고 달아났을 것이다. 알다시피 그녀는 독종의 갱에서 영술의 무시무시함을 직접 본 적이 있었다.

"왕비마마, 저자의 목표가 고북월뿐인지는 아무도 모릅니다.

저희 쪽 사람이 부족하니 마마께서는 먼저 가셔야 합니다. 마마께서 안전해지면 곧바로 돌아와 지원하겠습니다. 구조 신호를 쏘았으니 곧 구원병이 도착할 겁니다."

초서풍이 다급히 권했다.

"명령이니 당장 가게!"

한운석은 화가 나서 고함을 쳤다.

저 자객만한 고수라면 고북월과 서동림을 죽이는 데는 단 몇 분이면 충분했다. 구원병이 와 봤자 시신을 수습하기밖에 더할까? 초서풍의 무공은 비밀 시위들 가운데 가장 높았다. 초서풍이 구하러 가면 혹시 구원병이 올 때까지 버틸 수 있을지도 몰랐다.

초서풍은 그래도 망설였다. 한운석이 벌떡 일어나 그의 멱살을 잡고 소리소리 질렀다.

"고북월에게 무슨 일이라도 생기면 본 왕비가 자넬 용서하지 않겠네!"

"왕비마마……."

초서풍은 그래도 망설였다.

진왕 전하가 그에게 맡긴 일은 상당히 많았고 하나같이 중요한 일이었다. 하지만 소요성 사건 이후 진왕 전하는 그에게 반드시 왕비마마 곁에 바짝 붙어 보호하라고 명령했다.

오늘 밤 왕비마마를 전하에게 보낼 계획이었으니 그로서는 왕비마마에게 그 어떤 위험이 닥치는 것도 용인할 수 없었다.

왕비마마는 오늘 밤 독종의 금지에 머물겠다고 했지만 그가 돌아가자고 설득했다. 그들도 돌아가는 길에야 구조 신호를 보고 고북월과 마주쳤다. 우연만 아니었다면, 그는 애초에 왕비마마가 이 모든 것을 목격하도록 내버려 두지도 않았을 것이다.

초서풍이 계속 망설이는 사이 멀지 않은 곳에서는 어느새 검을 놓친 서동림이 거칠게 바닥에 나동그라져 울컥울컥 선혈을 토했다. 그는 일어나려고 했지만 하릴없이 발버둥만 치다가 결국 혼절하고 말았다.

고북월은 혼자서 적흑색 옷의 자객을 마주했다!

초서풍도 초조해서 눈짓을 보냈다. 곁에 있던 몇몇 비밀 시위가 곧바로 도우러 달려가 적흑색 옷의 자객을 포위했다.

고북월은 그쪽을 돌아보며 한운석을 향해 목청이 터질듯이 외쳤다.

"가십시오! 어서!"

그리고 자신은 또 반대 방향으로 달려갔다. 하지만 적흑색 옷의 자객이 갑자기 속도를 높였다. 그자는 단숨에 길을 막은 비밀 시위들을 죽이고 계속 고북월을 쫓았다. 고북월은 다시 한 번 경공을 펼쳐 빠르게 어둠 속으로 사라졌고 적흑색 옷의 자객도 그를 쫓아 금세 모습을 감추었다.

"자네가 안 가면 내가 가지!"

한운석은 이를 악물고 초서풍의 손을 와락 뿌리쳤다. 누가 강하고 누가 약한지는 너무나도 분명했다. 고북월 혼자서는 죽을 게 틀림없었다!

하지만 몇 걸음 가기도 전에 다시 초서풍에게 가로막혔다.

"왕비마마, 위험합니다……."

"저 자객들은 대체 누군가? 아는 자들인가?"

한운석이 분노에 차서 물었다.

초서풍은 깜짝 놀랐다.

"왕비마마, 비록 천산검법을 쓰고 있지만 저들은 결코 진왕 전하가 보낸 자들이 아닙니다. 저 적흑색 옷을 입은 자는 더더욱 진왕 전하일 리 없습니다! 왕비마마, 어떻게 그런……."

"저 사람이 용비야라고 말한 게 아닐세!"

한운석은 노성을 터트렸다.

초서풍은 움찔하며 그제야 자신의 말이 부적절했다는 것을 깨달았다.

사실은 그 역시 의심스러웠다!

적흑색 옷을 입은 남자의 검술 실력은 진왕 전하와 비슷해도 너무 비슷했다. 그자가 왕비마마를 죽일 뜻이 전혀 없고 오로지 고북월만 죽이려 하는 것도 의심스러운 점이었다. 알다시피 이제 의학원에는 의종과 독종이 공존하게 되었다. 고북월은 의학원 전체가 아닌 의종만 관장했고, 왕비마마가 독종을 관장하고 있으니 의학원의 반을 손에 넣었다고 할 수 있었다. 왕비마마는 중남도독부의 여주인이기도 하니 그 목숨은 고북월의 목숨보다 훨씬 가치가 있었다.

이치를 따져볼 때, 적이라면 왕비마마의 목숨을 먼저 노리는 게 당연했다! 하지만 저 자객은 왕비마마에게는 전혀 적의가 없었다.

초서풍은 고북월의 신분을 알고 있었지만, 진왕 전하가 고북월에게 수차례 서신을 보내고 몇 가지 큰일을 상의한 사실은 잘 알지 못했다. 진왕 전하와 고북월이 대체 어떤 협력을 하고 있는지도 전혀 몰랐다.

"왕비마마, 그게……."

초서풍은 뭐라고 해명해야 좋을지 알 수가 없었다. 그가 보기에도 지금 자신이 '여기에 돈 안 묻어 놨음'이라고 적힌 표지판을 들고 서 있는 것 같았다.

사실 한운석은 결코 용비야를 의심한 게 아니었다. 깊이 생각할 틈도 없었고 진지하게 고민한 적도 없었다. 그녀는 쉽사리 누군가를 의심하지도, 쉽사리 결론을 내리지도 않는 사람이었다.

초서풍에게 따져 물은 것은 그저 그를 부추기기 위해서였다. 그녀는 차갑게 초서풍의 말을 끊었다.

"용비야가 아니라면 당장 가서 구하게!"

초서풍은 그래도 움직이지 않았다. 한운석은 화가 나서 피를 토할 것처럼 소리를 질러 댔다.

"좋아, 용비야가 그런 사람일 줄은 몰랐군. 다 써먹은 후에 버리겠다는 건가? 오늘 고북월을 죽인다면 내일은 본 왕비인들 못 죽이겠나?"

초서풍도 더는 견딜 수가 없었다. 만약 정말 오해가 생기면 죽어서도 그 책임을 감당할 수가 없었다!

남은 비밀 시위들은 여전히 세 자객에게 발이 묶여 있었고 그로서는 도저히 왕비마마를 혼자 두고 갈 수가 없었다. 별도리가 없었던 그는 왕비마마를 데리고 쫓아갔다.

하지만 그들이 도착했을 때 고북월은 적흑색 옷의 자객에게 몰려 벼랑 끝에 서 있었다. 적흑색 옷의 자객이 검을 찌르려고 하자 고북월은 피할 곳이 없어 허공을 향해 뒷걸음질 쳤다.

"안 돼!"

'안 돼'라는 이 한마디는 한운석이 속으로 외친 말이었다. 눈앞에 펼쳐진 광경에 놀라 입을 열었지만 도저히 소리가 나오지 않았다.

얼마나 두렵기에 소리조차 내지 못하는 걸까?

결국 초서풍이 앞뒤 가리지 않고 달려갔지만 이미 늦은 후였다. ……너무 늦은 후였다!

고북월은 허공을 밟고 그대로 아래로 떨어지고 말았다.

"고북월!"

한운석이 마침내 소리를 냈다. 처량한 울부짖음이 수풀 전체에 쩌렁쩌렁 울렸다. 그녀는 앞뒤 가리지 않고 달려갔다. 적흑색 옷의 자객은 훌쩍 몸을 날렸다가 다른 쪽에 내려서서 그녀를 피했다.

한운석은 절벽 끝으로 달려갔다. 달빛이 비치는 발아래는 만장 깊이의 심연이 펼쳐져 있었고 독종의 갱보다 더 새까매서 바닥조차 보이지 않았다.

"고북월! 고북월! 내게 해명할 일이 있잖아요! 고북월!"

그녀는 입술을 바르르 떨고 온몸을 바르르 떨었다. 이성을 잃기 직전이었다. 초서풍이 그녀를 붙잡았기 망정이지 그렇지 않았다면 그녀마저 절벽으로 떨어졌을지도 모를 일이었다.

그녀는 초서풍을 와락 뿌리치고 악에 받쳐 노려보았다.

"자네 탓이야!"

그때 검은 그림자들이 하나둘 땅으로 내려섰다. 비밀 시위들이었다. 구원병이 도착한 것이었다. 흑의 자객 세 사람도 적흑색 옷의 자객 뒤에 내려섰고, 적흑색 옷의 자객은 검을 거뒀다.

한운석은 노한 눈길로 그쪽을 바라보았다. 꼬맹이에게 물어뜯긴 그자의 어깨에서 계속 피가 흐르고 있었다.

초서풍은 속이 답답했지만 그래도 냉정하게 한운석 앞을 가로막고 보호하는 동시에 옆에 있는 비밀 시위 대장에게 눈짓했다. 머릿수는 많지만 역시 저 자객들의 적수는 못 되었다.

적흑색 옷을 입은 자객의 검술은 진왕 전하에 비할 만했다. 설령 비밀 시위 한 무리가 더 온다 해도 저 자객들을 제압할 수 없기는 매한가지였다. 그러니 그들이 해야 할 가장 중요한 임무는 역시 왕비마마를 보호하는 것이었다!

한운석은 적흑색 옷의 자객을 바라보며 두 눈을 서서히 좁혔다. 그 자객은 다시 한번 그녀의 시선을 피해 두어 걸음 물러나더니 돌아서서 떠나갔다. 세 자객이 뒤를 끊은 뒤 역시 빠르게 물러났다.

비밀 시위들은 뒤쫓지 않았다. 한운석은 초서풍을 흘낏 바라보았지만 쫓으라고 하지는 않았다.

자객들이 모두 떠난 것이 확인되자 초서풍은 망설이지 않고 고북월을 찾으러 절벽 아래로 내려갔다. 비밀 시위들도 분분히 뒤따랐고 몇 사람만 남아 한운석을 지켰다.

조금 전 이성을 잃은 순간에 비하면 지금의 한운석은 두려울 만치 차분했다. 그녀는 마치 저 심연의 어둠에 혼이 빨린 사람처럼 아련하게 심연을 내려다보았다.

비밀 시위들은 서로를 쳐다보며 감히 아무 말도 하지 못했다. 사실, 저렇게 깊은 곳이라면 고북월은 말할 것도 없고 초서풍 같은 몸놀림 좋은 사람도 무척 조심해서 내려가야 했다.

고북월이 살아 돌아올 희망은 전혀 없었다.

잠잠한 달빛이 절벽 위를 비추고 정적에 빠진 모든 것을 소리 없는 세상처럼 덮어씌웠다. 아무도 꼬맹이가 보이지 않는 것을 알아차리지 못했다.

한운석의 머릿속은 텅 비었다. 오늘 밤에 일어난 모든 것이 너무 갑작스러웠다. 고북월의 신분도, 자객의 검술도, 또 어쩌면 이 심연도.

그녀는 아무것도 생각하고 싶지 않았다. 그저 초서풍이 고북월을 데려오기만을 바랄 뿐이었다.

어두운 밤의 기다림이란 그 밤이 아무리 길고 길어도 기다리고 또 기다리면 반드시 밝은 하늘을 볼 수 있었다. 그렇다면 그녀도 희망이 나타날 때까지, 4월 봄바람처럼 부드러운 남자가 돌아올 때까지 기다릴 수 있을까.

그 남자는 한때 그녀가 가장 절망에 빠졌을 때 이렇게 말해주었다.

'운석 낭자, 두려워하지 마십시오.'

하지만 지금 그녀는 심장이 통째로 부들부들 떨릴 정도로 두려웠다!

얼마 지나지 않아 용비야가 의성에 숨겨 둔 비밀 시위가 모두 도착했고 한 무리씩 심연 아래로 내려갔다. 날이 거의 밝았지만 한운석의 시선은 여전히 심연을 떠날 줄 몰랐다.

날이 밝으면 악몽에서 깨어나게 될까?

고북월이 이런 사고를 당한 사실을 고칠소는 전혀 모르고 있었다. 그때 그는 막 구생궁을 나온 참이었고 얼굴은 피로에 찌들어 있었다.

입구에서 기다리던 목령아가 황급히 다가갔다.

"칠 오라버니, 어서 가서 씻고 옷 갈아입어요. 전염병이 옮으면 안 되잖아요."

고칠소는 눈을 찡그리며 목령아를 바라보더니 곧 껄껄 웃음을 터트렸다.

"요 계집애. 참 귀엽다니까."

그에게는 전염병이 옮는 게 도리어 좋은 일이었다.

그때 낙취산이 달려왔다.

"소칠, 고 의원에게 사고가 생겼다. 독종 금지 서쪽에 있는 절벽이야. 어서 가 봐!"

당신이 했던 일, 인정해요

고칠소와 목령아가 독종의 금지로 달려갔을 때 날은 이미 훤히 밝은 후였다. 한운석은 여전히 절벽 끝에 앉아 넋을 놓고 아래를 내려다보고 있었다.

어젯밤 달빛을 빌려 내려다봤을 때도 바닥이 보이지 않았지만, 날이 밝은 후에 본 지금도 바닥을 알 수가 없었다. 초서풍은 여전히 비밀 시위 무리를 이끌고 아래에서 고북월을 수색하면서 때때로 사람을 보내 상황을 보고 했다.

한운석은 듣기만 하고 아무 말도 하지 않았다.

고칠소가 낙심한 한운석의 모습에 마음이 아파 뭐라고 해야 좋을지 몰라 하는 사이 목령아가 먼저 달려갔다.

"한운석, 어젯밤에 대체 무슨 일이 있었던 거야? 고 의원은…… 고 의원은 살 수 있어?"

목령아는 다급히 물었다.

달려오는 동안 낙취산이 해 준 이야기는 그리 많지 않아서, 그녀는 한운석 일행이 어젯밤 기습을 당했고 고북월이 절벽에서 떨어졌다는 것만 알고 있었다.

한운석은 그제야 정신이 들었는지 목령아를 쳐다봤다가 다시 심연 아래로 시선을 돌리며 아무 말 하지 않았다.

그때 마침 초서풍이 올라왔다. 목령아가 황급히 물었다.

"초 시위, 대체 어떻게 된 거예요? 고 의원은 찾았어요?"

초서풍은 탄식 섞어 말했다.

"심연이 너무 깊습니다. 윗부분은 깎아지른 절벽이라 식물이라곤 찾아볼 수 없고 중간쯤에는 온통 커다란 나무와 바위가 어지럽게 솟아나 있습니다. 밤새 식물이 무성한 중간 부분을 샅샅이 뒤졌지만 고 의원은 발견하지 못했습니다. 계속 내려가면······."

초서풍은 왕비마마를 흘낏 쳐다보았다. 꺼려지긴 했지만 그래도 그는 사실대로 말했다.

"지금은 중간 부분만 뒤졌고 아직 아래로 내려가진 않았습니다만 중간쯤에서 물소리를 들을 수 있었습니다. 아주······ 아주 빠르게 흐르는 물소리였습니다. 심연 아래에 개울이 있는 모양인데 얼마나 깊은지 모르겠습니다. 지금 시야가 밝아서 사람을 보내 길을 찾아보게 했습니다. 저는······."

초서풍은 또 쭈뼛거리며 왕비마마를 바라보았다.

"저는······ 보고하러 올라온 겁니다."

"그럼······."

갑자기 목령아의 눈시울이 빨개졌다.

"고 의원은 어렵겠군요! 고 의원처럼 좋은 사람이 어떻게······."

목령아는 처음 약귀당에 왔을 때 고북월에게 받은 보살핌을 잊지 못했다. 그 후 고북월이 의태비를 치료하기 위해 진왕부로 들어가고 그녀 혼자 약귀당을 관리했을 때도, 고북월은 남몰래 여러 가지로 도와주었다. 사실 한운석과 용비야가 천산에 간 후로, 약귀당 일이건 중남도독부 일이건 혹은 진왕부의 일이건 크고 작은 일 대부분을 고북월 혼자 도맡았다. 다른 사람들은 그가 얼마나 고생했는지 몰라도 목령아는 똑똑히 알고 있었다.

그처럼 온화한 사람이, 그처럼 선량한 사람이, 그처럼 차분한 사람이 어떻게……. 그 사람은 늘 주변에 있는 가련한 이들을 안타까워하고 보살펴줬는데 어쩌다 그 자신이…… 그 자신이 가련한 처지가 되었을까?

"아니야! 고 의원이 죽을 리 없어! 그럴 리 없어!"

목령아가 벌떡 일어나더니 심연 아래로 날아 내려갔다.

"나도 찾아볼래. 반드시 찾아낼 거야!"

마침내 고칠소가 다가왔다. 그는 웅크려 앉아 물이 든 호리병을 한운석의 손에 쥐어 주고 가만히 그녀를 바라보았다. 그리고는 아무 말 없이 몸을 날려 목령아를 쫓아 내려갔다.

그가 마음속으로 인정하는 사람은 드물었지만 고북월은 바로 그중 하나였다.

고북월은 그를 '소칠'이라고 불렀었다. 그 정과 의리를 봐서라도, 섶을 지고 불 속으로 뛰어드는 한이 있어도 반드시 찾아봐야 했다!

초서풍은 뭐라고 말하려다 입을 다물었다. 차라리 왕비마마가 욕을 퍼붓고 질책하면 좋으련만, 이렇게 입을 꼭 다물고 있는 건 견딜 수가 없었다.

그는 어젯밤 왕비마마를 보호하고 고북월을 구하지 않은 것을 후회하지 않았다. 하지만 후회하지 않는다고 해서 괴롭지 않은 것은 아니었다!

그는 말을 하려다 말고 단호하게 아래로 내려가 계속 수색했다.

점심때가 되어서야 고칠소 일행이 속속 절벽 위로 올라왔다. 목령아는 참다못해 흐느끼고 있었고 고칠소는 아무 말도 없었고 초서풍은 고개를 푹 숙인 채 상황을 보고했다.

"왕비마마, 심연 아래는 강이 흐르고 있습니다. 가장 얕은 곳이 사람 키만 하고 물살은…… 물살은 아주 빠릅니다. 저희 쪽 사람이 잠수해서 한참 찾아보았지만…… 아무것도 발견하지 못했습니다. 계속…… 계속 하류로 수색해 내려가라고……."

"자네는 고북월이 영족의 후예란 걸 진작 알고 있었지?"

한운석이 느닷없이 초서풍의 말을 잘랐다.

그 말이 떨어지자 고칠소와 목령아 모두 눈이 휘둥그레졌다. 고북월이 바로 갱에서 만났던 그 백의 공자라고? 그들은 일제히 초서풍을 쳐다보았다.

초서풍은 어젯밤 이미 진왕 전하에게 보고서를 띄웠으나 아직 답신을 받지 못해 진왕 전하가 이 일을 어떻게 처리할지 모르고 있었다.

하지만 왕비마마의 심문하는 눈빛을 마주한 지금, 피할 수 없다는 것을 깨달았다. 여기서 거짓말을 하면 진왕 전하가 해명하기 더욱 어려워질 뿐임을 그도 알고 있었다.

그는 고개를 숙이고 사실대로 대답했다.

"예."

"그렇다면 용비야도 알고 있었군?"

한운석의 목소리에 노기가 묻어났다.

한참 후 초서풍이 고개를 끄덕였다.

"예."

"그럼 나는 또 누구지?"

결국 한운석의 분노가 폭발했다.

백의 공자의 출현에 한때 그녀는 자신의 신분을 의심했고 여러 차례 용비야를 떠보기도 했다. 하지만 고북월이 바로 백의 공자고, 용비야가 일찍부터 그 일을 알면서 자신을 속였다고는 꿈에서도 생각지 못했다!

초서풍은 황급히 해명했다.

"왕비마마, 그 일은 고 의원 스스로 비밀로 해 달라고 했습니다! 진왕 전하의 탓이 아닙니다! 고 의원은 영족에는 자신 한 사람만 남았는데, 서진 황족의 후예가 아직 살아 있는지 어떤지 모르지만 찾고 싶지도 않고 초씨 집안의 개로 전락하고 싶지도 않다고 했습니다. 자신의 특별한 신분 때문에 사달이 일어나는 것을 원치 않으니 조용히 약귀당의 의원으로 살고 싶다고도 했습니다. 그래서 진왕 전하께 숨겨 달라고 간청한 겁니다. 고 의원의 개인적인 문제고 그 자신이 마마께서 아시는 걸 원치 않았으니 진왕 전하께서도 어쩔 수 없었습니다. 안 그렇습니까, 왕비마마?"

초서풍은 아무래도 주인에게 마음이 기울어 있었다.

한운석은 자신이 서진 황족의 후예라는 것이 두렵지 않았다.

두려운 것은 거짓말과 음모였다.

초서풍의 설명을 듣자 그녀도 비로소 조금 냉정해졌다. 그녀가 다시 물었다.

"용비야는 어떻게 알게 되었지? 언제 알게 되었나?"

"전하는 계속 고 의원을 의심하고 계셨습니다. 아무래도……아무래도 왕비마마께서 고 의원과 가까우셨기 때문에 마마의 안위를 염려하여 여러 차례 조사했는데 그 후 서주국에서……."

고북월이 초씨 집안 손에 중상을 입고 인질이 된 이야기를 듣자 한운석도 마침내 모든 것이 명확해졌다. 용비야와 고북월이 손잡고 초천은을 설득해 영승과 갈라서게 했다는 것도 알았다.

"영승은 고북월의 신분을 아는가?"

한운석이 또 물었다.

"전하께서 하문해 보니 초천은은 말하지 않았고 그 윗대 두 사람도 언급한 적이 없다고 했습니다. 영승은 그 일을 모를 겁니다. 그렇지 않았다면 그렇게 쉽게 고 의원을 놓아주지 않았겠지요."

초서풍은 왕비마마의 힘 빠진 얼굴을 보자 믿어 주지 않을까 봐 다급히 해명을 덧붙였다.

"왕비마마, 전하께서도 여러 번이나 조사한 끝에 고 의원의 신분을 아신 겁니다. 고 의원이 초씨 집안 손에 다치지 않았더라면 전하께서도 그의 비밀을 모르셨을 겁니다. 고 의원이 마마께 비밀로 해 달라고 부탁한 일입니다. 저 외에는 비밀 시위 누구도 고 의원의 신분을 모릅니다. 전하께서는 정말……."

한운석은 다시 그 말을 끊으며 차갑게 말했다.

"영승이 아니라면 누가 그를 죽이려 하겠나? 어젯밤 그 사람은 분명히 고 의원의 신분을 알고 있었네."

그 말을 듣자 하룻밤 내내 간당간당하던 초서풍의 심장도 겨우 제자리로 돌아갔다.

다행히 왕비마마는 고북월의 신분에 끝까지 매달리지 않았다. 그렇지 않았다면 그는 물론이고 진왕 전하가 친히 와서 해명해도 소용없었을 것이다.

초서풍은 속으로 탄식을 금치 못했다. 과연 왕비마마는 진왕 전하의 눈에 든 여자답게 생떼 부리는 여자들과는 달랐다.

초서풍은 속으로 다행이라고 생각했지만 한운석이 속으로 얼마나 슬퍼하는지는 알지 못했다.

그녀도 고북월의 개인적인 비밀을 존중했지만, 용비야도 아는 일을 어째서 자신에게 숨겼는지 알 수가 없었다.

마치 외부인이 된 것 같았다. 고북월과 용비야에게 그들만의 둘레 밖으로 따돌림 당한 기분이었다.

슬프기는 했지만 그래도 탓할 마음은 없었다. 어쨌든 누구에게나 자신만의 비밀이 있고 누구에게나 자신만의 선택이 있었다. 그녀가 시공을 초월해 온 것처럼, 그녀가 가진 해독시스템처럼.

그녀는 속으로 쓴웃음을 금치 못했다. 그렇게 생각한다면 고북월이 그녀에게 해명할 필요가 있을까? 어젯밤 무슨 자격으로 그에게 그런 말을 했을까?

그래도……, 해명할 필요는 없지만, 그래도 그는 무사히 돌아와야 했다!

고북월, 알기나 해요? 난 아직 당신에게 감사 인사를 할 일이 남아 있어요!

군역사에게 능욕을 당할 뻔했을 때 당신은 목숨을 걸고 날 구하고 하얀 옷으로 낭패한 내 꼴을 가려 줬어요.

내가 용비야와 다투고 어깨를 다쳐 정신없이 잠들었을 때 당신은 조용히 날 치료하고 약을 남겨 두었으면서도 이름은 남기지 않았어요.

고북월, 당신이 했던 일, 그만 와서 인정해요!

초서풍이 기회를 놓치지 않고 재빨리 해명했다.

"왕비마마, 어젯밤 그자는 천산검법을 썼지만 절대로 진왕전하가 아닙……."

그 말이 끝나기도 전에 고칠소가 초서풍의 멱살을 움켜쥐었다.

"뭐라고?"

한운석이 그의 손을 떼어내며 어젯밤에 있었던 일을 이야기해 주었다.

듣고 난 고칠소가 비웃었다.

"검술이 그렇게 뛰어난 자라면 용비야가 잘 알겠군."

고칠소는 이제 막 고북월이 영족 사람이란 것을 알았다. 겉으로는 목령아와 똑같이 무척 뜻밖인 척했지만 마음속에서는 격렬한 파도가 일고 있었다. 벙어리 노파 일이 떠올랐기 때문이었다.

그는 지금껏 용비야가 왜 벙어리 노파를 죽였는지 알지 못했다. 목영동과 연심 부인을 제외하면, 벙어리 노파는 한운석의 신분을 아는 유일한 사람이었다. 용비야가 그녀를 죽인 것은 틀림없이 소식이 새어나가는 것을 막기 위해서일 것이다.

독종의 신분에 관해서라면 용비야는 구태여 한운석에게 숨기려 하지 않았다. 그렇다면 벙어리 노파를 죽여서 숨기려던 것은 대체 뭘까?

고북월은 천녕국 태의원에서 오랫동안 안분지족하며 살아왔다. 만약에 그가 정말 평생 조용히 살고 싶었다면, 뭐 하러 자진해서 약귀당 상주의원이 되려 했을까? 뭐 하러 눈에 띄게 의술 대결에 참가하고 의성을 손에 넣어 한 세력의 수장이 되었을까?

고칠소의 머릿속에서 무시무시한 생각이 통제할 수 없이 뾰족이 고개를 내밀고 무럭무럭 자라났다. 하지만 그는 말하지 않았다. 그는 고북월이 자신과 같은 마음이기를 기도했다. 그 모든 예외도, 그 모든 대가도, 모두 이 여자 때문에 어쩔 수 없이 한 일일 뿐 다른 음모는 없기를 기도했다!

"용비야는 아직 천산에서 요양하고 있어. 상처가 심각해서 1년 안에는 낫지 않을 거야. 어젯밤에 온 자는 그일 리 없어."

한운석이 담담하게 말했다.

초서풍은 곧바로 식은땀을 뻘뻘 흘렸다. 비록 진왕 전하는 아직 의중을 알려 주지 않았지만 그는 모든 것을 말해야 한다는 압박감에 시달렸다. 이대로 놔두면 오해가 너무 커질 것 같았다!

"왕비마마, 진왕 전하께서는 이미 천산에서 내려오셨습니다……. 지금 사강에 계시고 곧 몸소 군대를 이끌고 영승과 전투를 시작하실 겁니다!"

초서풍의 말이 끝나자 모두가 조용해졌다. 한운석의 표정도 얼굴 위에 얼어붙었다. 한참 후, 비로소 그녀가 중얼거리듯 물었다.

"초서풍, 지금 뭐라고 했지?"

운공대륙을 뒤흔든 소식

한운석은 도저히 자신의 귀를 믿을 수 없었다!

그녀가 매일매일 그리워하고 걱정하던 사람이 이렇게 그녀를 속일 줄이야!

그녀는 매일같이 용비야의 상처를 걱정하고, 매일같이 어서 빨리 의성의 일이 마무리되기를 바라고, 또 매일같이 어서 빨리 중남부 명문세가의 힘을 억누른 뒤 중남도독부의 일을 처리하고 천산에 돌아가 그를 보살피고 싶어 했다.

그런데, 그런데 그는 진작 다 나았고 진작 천산에서 내려왔고 진작 중남도독부를 완전히 장악한 뒤 이제는 전쟁을 치르려 하고 있었다. 그녀에겐 아무것도 말하지 않은 채!

용비야, 당신은 이 한운석을 뭐라고 생각하는 거야? 바보라고 생각하는 거야?

초서풍 같은 비밀 시위 대장도 아는 사실인데, 나는 뭐야?

그녀는 용비야가 왜 계속 빈 종이를 보냈는지 알았다. 날마다 '보고 싶다'고 써 보낸 그녀의 서신에 빈 종이를 보내지 않고서 뭐라고 대답할 수 있었을까?

왕비마마의 안색이 좋지 않자 초서풍의 심장은 밖으로 튀어나올 것처럼 쿵쿵 달음질쳤다. 그는 고칠소와 목령아를 바라보았다. 두 사람 중 한 명은 충격에 휩싸였고 한 사람은 아무 표정이 없어서 도움이 되지 못했다.

초서풍으로서는 뻔뻔하게 해명하는 길 외에 달리 방법이 없었다.

"왕비마마, 이 일은 고 의원도 알고 있는…….."

"고북월을 나쁜 사람 만드는 일은 관두게!"

한운석이 노기충천해서 외쳤다.

"생사도 모르는 사람을 끝까지 물고 늘어질 셈인가?"

영족 일이라면 고북월이 절대적인 결정권을 가지고 있었다.

하지만 천산의 일과 중남도독부의 일, 전쟁을 치르는 일은 모두 용비야의 일이었다!

그녀를 속인 건 그였다! 고북월은 상관없었다!

초서풍은 곧바로 꿇어앉았다.

"왕비마마, 노여움을 푸십시오. 전하께도 그럴 만한 이유가 있습니다! 왕비마마께서도 구현궁의 첩자에 대해 아시겠지요. 그 첩자는 아직 전하께서 하산한 줄 모릅니다. 전하께서는 첩자를 속이기 위해 마마께도 숨기신 겁니다! 왕비마마, 잘 생각해 보십시오. 전하께서 마마께 보낸 서신에는 그분의 상처와 천산 및 중남도독부의 일만 적혀 있고 의성 이야기는 전혀 없지 않았습니까? 그리고 전하께서 고 의원에게 보낸 서신에는 의성 일만 적혀 있고 천산이나 중남도독부에 관해서는 아무 내용도 없지 않았습니까?"

초서풍은 참지 못하고 머리를 땅에 쾅 박았다. 이것으로 여주인의 화가 풀리기를 바라며 그는 말을 계속했다.

"왕비마마, 전하께서는 줄곧 천산과 진왕부에 있는 첩자가 북려국과 무슨 관계가 있으리라 의심하셨습니다. 이런 계략을 세우신 것도 오늘의 싸움을 위해서였습니다. 북려국은 아직 철기군을 다시 일으키지 못했습니다. 전하는 이 기회를 틈타 영승을 기습 공격하고 곧장 북려국까지 쳐들어가실 생각이셨습니다! 적에게 손쓸 틈도 주지 않고 공격하기 위해서입니다. 왕비마마, 전하께서는 진작 고 의원에게 어젯밤 마마를 보내라고 전하셨습니다. 전하께서는…… 전하께서는 내내 마마를 그리워하셨고 지금도 사강에서 마마를 기다리고 계십니다! 그런데…… 그런데 어젯밤 그런 일이…… ."

초서풍은 숨김없이 모두 털어놓았다. 자신이 아는 사실은 모두 말하다시피 했다.

"그러니까 그가 천산에서 중상을 입은 것도 연기였군?"

한운석은 믿을 수 없는 표정으로 물었다. 울음을 참느라 목이 메었다. 용비야는 어쩜 그렇게도 모질 수 있지?

"왕비마마, 그런 연기를 하지 않았다면 그 첩자가 전하께서 다쳤다는 것을 쉽게 믿었겠습니까?"

초서풍이 반문했다.

"그럼 백리명향은 왜 천산에 갔는가?"

한운석이 또 물었다.

"그건…… 왕비마마, 비록 중상은 아니지만 전하께서는 정말 다치셨습니다. 고 의원이 침을 놓으라고 백리 낭자를 천산에 보낸 일은 거짓이 아닙니다!"

실제로 초서풍도 '쌍수' 건에 대해서는 알지 못했다.

"지금은 다 나았나?"

한운석은 다시 차갑게 물었다. 아무리 화가 났어도 그 남자가 걱정되는 건 어쩔 수 없었다.

"나으셨기에 내려오신 겁니다. 왕비마마, 제가 이미 어젯밤 일을 전하께 보고했습니다. 어젯밤에 나타난 자들은 보통이 아닙니다. 의성도 안전하지 않으니 우선 마마를 사강으로 호송하겠습니다. 전하께서는 분명히 제가 한 말과 똑같이 설명하실 겁니다."

초서풍이 황급히 권했다.

"고북월을 찾기 전에는 의성을 떠나지 않겠네."

한운석은 단호했다.

초서풍은 몹시 초조해졌다.

"하…… 하지만……."

비록 이런 말을 하고 싶진 않지만 그래도 부득불 말해야 했다.

"왕비마마, 고 의원은 불행을 당했을 가능성이 큽니다. 그러니……."

한운석은 초서풍이 무슨 말을 하려는지 알고 마음 모질게 먹고 차갑게 말했다.

"산 사람을 볼 수 없다면 시체라도 봐야겠네."

"왕비마마, 그런……."

초서풍은 다시 머리를 찧었다.

"왕비마마, 제 목숨을 걸고, 비밀 시위 전부의 목숨을 걸고 약속드리겠습니다. 어젯밤의 자객은 결코 진왕 전하가 아닙니다!"

"초서풍, 잘 듣게. 나는 그를 의심하지 않네."

한운석은 태도를 확실히 밝혔다.

그랬다.

이런 상황에서도 한운석은 용비야를 털끝 하나 의심하지 않았다.

자신을 속인 일은 직접 만나서 똑똑히 따질 생각이었다. 하지만 그건 어젯밤 일과는 무관했다.

그녀는 마음이 찢어질 듯 아팠지만 머리는 더없이 맑았다.

어젯밤 그 자객이 보여 준 모든 것은 용비야와 몹시 흡사했다.

검술 수준과 말 한마디 없는 태도, 고북월의 영술을 보고도 놀라지 않은 것이나 일부러 그녀의 시선을 피하고 그녀에게는 적의를 내비치지 않은 것까지, 모두 용비야로 의심되는 일들이었다.

하지만 이유가 부족했다. 반드시 고북월을 죽여야만 하는 이유.

그들이 천산에 가면서부터 고북월은 용비야에게 가장 힘이 되는 조력자였다. 그와 용비야의 협력은 무척 중요했다. 용비야가 무슨 이유로 고북월을 죽여야 했을까?

초서풍은 대사면을 받은 사람처럼 안도했다. 그는 달리 할 말이 없어 연신 머리를 찧으며 외쳤다.

"영명하십니다, 왕비마마! 영명하십니다!"

한운석은 심호흡을 하며 냉정해지려고 애썼다.

사실 그녀는 냉정해지고 싶지 않았다. 조금도 냉정해지고 싶지 않았다. 고북월의 실종이 견디기 힘들어 울고 싶었고, 용비야에게 속은 것에 너무 화가 나서 당장 그에게 달려가 따지고 싶었다.

하지만 그녀에겐 슬퍼할 시간도, 분노할 시간도 없었다.

그녀는 어떻게든 냉정해져야 한다고 자신을 달랬다. 어젯밤의 자객은 분명히 나쁜 마음을 품고 있었다. 냉정해지지 않으면 함정에 빠질 것이 분명했다.

고칠소가 치른 대가를 위해서라도, 고북월이 고생고생해서 얻은 원장 자리를 위해서라도, 그녀는 어떻게든 냉정해져야 했다.

그녀는 옆에 있는 낙취산을 돌아보며 냉랭하게 말했다.

"낙 장로, 심 부원장에게 서재에서 기다리고 있으라고 전해 주시오. 고 의원이 절벽으로 떨어진 일은 반드시 비밀로 해야 하오!"

낙취산도 사태가 심각한 것을 알고 급히 명령을 수행하러 갔다.

"독누이, 수색은 내게 맡겨."

고칠소는 표정을 굳히고 감정도 꼭꼭 숨겼다. 그가 이렇게 엄숙하게 나오는 일은 무척 드물었다.

"고칠소, 그대가 왕비마마를 보호해 주시오. 어젯밤 자객의 무공은 진왕 전하에 필적했소. 지금 왕비마마의 안전을 지킬 수 있는 사람은 당신뿐이오."

초서풍이 급히 말했다.

고칠소는 냉소를 터트렸고 한운석은 어쩔 수 없는 목소리로 말했다.

"어젯밤 그자가 내 목숨을 원했다면 내가 아직 여기 서 있을 수 있겠나?"

초서풍은 반박할 말이 없어 우물거렸다.

갑자기 목령아가 놀란 소리로 외쳤다.

"한운석, 꼬맹이는 어디 갔어? 꼬맹이는 고 의원을 제일 좋아해. 분명히 고 의원을 찾아낸 거야!"

"나도 녀석이 찾아냈기를 바라."

한운석은 한숨을 푹 내쉰 후 고칠소에게 말했다.

"약귀 노인네, 지금은 꼬맹이를 불러들일 수가 없어. 녀석이 아주 멀리 가버렸나 봐."

꼬맹이가 보이지 않는 것을 깨달은 후 한운석은 내내 저장 공간을 이용해 녀석을 소환했지만 애석하게도 여태 성공하지 못했다. 그 말은 꼬맹이가 소환 가능 범위를 벗어나 아주 멀리 있다는 뜻이었다.

꼬맹이가 자객을 쫓아갔는지 아니면 고북월을 쫓아갔는지, 그녀도 알 수가 없었다. 그녀는 차라리 꼬맹이가 바보처럼 자객을 쫓아갔기를 바랐다. 그랬다면 고북월을 찾아낼 희망이 있었다.

하지만 만약 꼬맹이가 고북월을 쫓아갔다면…… 한운석은 차마 그다음을 생각할 수도 없었다.

고칠소는 그녀의 말을 알아듣고 나지막이 말했다.

"아무리 멀리 갔더라도 찾아올게."

말을 마친 그는 곧 심연 아래로 내려갔다. 목령아는 잠시 망설이다가 갑자기 한운석의 손을 꼭 쥐었다.

"한운석, 고 의원은 누구보다 좋은 사람이야. 틀림없이 아무 일 없을 거야!"

목령아는 그렇게 말하고는 똑같이 몸을 날려 고칠소를 따라갔다.

한운석은 코를 훌쩍이며 초서풍에게 말했다.

"의성으로 돌아가세!"

의성에 돌아가서 어젯밤 일을 숨긴 채 상황을 안정시켜 고북월이 완성하지 못한 중요한 일들을 계속 진행하고, 사강에서 있을 용비야의 싸움을 도와야 했다.

돌아가는 길에 한운석은 초서풍에게 고북월 대신 무엇을 해야 용비야의 계획에 계속 협조할 수 있는지 묻기까지 했다.

그녀도 자신의 냉정함에 놀랄 지경이었다. 그녀는 늘 이성적인 사람이었지만 이 정도까지 이성적일 줄은 자신도 몰랐다.

이걸 이성적이라고 할 수 있을까? 이 정도면 이성적인 사람이 아니라 바보, 멍청이, 만만한 사람이라고 해야 했다.

자신이 이렇게까지 이성적인 이유는 상대가 그 사람, 용비야이기 때문이란 걸 그녀도 알고 있었다.

그녀에게 가장 이성적인 부분이란 사실 몹시 비이성적인 부분이었다.

용비야, 당신은 알까? 마음이 찢어질 만큼 괴로운데도 난 아직도 당신이 그립고 당신이 보고 싶고 당신 곁에 있고 싶어.

한운석이 고북월의 서재에 도착해 심결명과 함께 고북월이 습격당한 일을 어떻게 속일지 상의하려는데, 소식 하나가 날아들어 그녀의 지나치리만큼 이성적인 부분과 비이성적인 부분을 무너뜨리기 시작했다.

사강 전투 소식이었다. 어젯밤 백리 장군의 대군이 천녕국을 기습했다. 그 군대는 세 갈래로 나뉘어 하룻밤 만에 물살이 거친 사강을 무사히 건너 천녕국 경내로 들어갔다.

영승의 군대는 미처 방비하지 못한 채 하나하나 궤멸했고 오늘 아침까지 성 두 곳을 잃었다. 그들은 천녕국 남부에서 가장 큰 성시인 소남군瀟南郡으로 물러나 지켰다. 영씨 집안 군대는 험한 지세에 올라앉아 홍의대포를 모두 동원해서 수비한 덕택에 가까스로 백리 장군의 군대와 대치 상태를 이루었다.

백리 장군이 하룻밤 새 강을 넘을 수 있었던 까닭은 바로 그 군대에서 인어병 한 갈래가 나와 사강의 물길을 장악한 덕분이었다.

어젯밤 전투 소식은 오늘 아침에 운공대륙 전체에 쫙 퍼졌다. 백리 장군의 수군이 전설에나 나오는 인어병일 줄은 아무도 예상하지 못했다.

하지만 사람들이 가장 놀란 것은 인어병이 아니었다!

사람들을 깜짝 놀라게 한 일은 바로 백리 장군의 군대가 든 깃발, 검은색 바탕에 하얀색 글자를 수놓은 반룡대군기盤龍大軍

旗였다!

용비야는 천녕국 진왕으로서 지난번 친정할 때도 검은 바탕의 군기를 내세웠고, 그 군기에는 힘찬 필치로 하얀색의 '진' 자가 수놓아져 있었다.

알다시피 대진제국 동서 황족도 군기에 이와 똑같은 '진' 자를 썼다. 서진 황족의 군기는 흰 바탕에 검은 글자, 동진 황족의 군기는 검은 바탕에 흰 글자였다.

용비야가 지난번에 쓴 군기가 동진 황족 군기와 유일하게 다른 점은 바로 군기 뒷면에 반룡 문양이 없다는 것이었다.

그런데 이번에 백리 장군의 수군이 쓴 군기는 천녕국 진왕의 깃발이 아니었다. 군기 뒷면에 하필이면 동진 황족 깃발과 똑같은 모습을 한 반룡이 그려져 있었던 것이다.

백리원륭은 백리씨 집안이 인어족일 뿐 아니라 대대로 동진 황족에 충성을 바친 백족임을 선포했다. 그리고 영씨 집안과 운공상인협회의 관계를 밝힘과 동시에 영씨 집안이 오랜 세월 행방이 묘연했던 서진 황족에게 충성하는 귀족, 적족임을 폭로했다!

용비야의 이번 싸움은 바로 동진 황족으로서 적족을 토벌하는 자리이자, 원수를 갚고 나라를 부흥시키는 전쟁의 시작이었다!

그럼 그녀는 뭘까

용비야의 진짜 신분을 알게 된 한운석은 넋이 나가 한참이 지나도 정신을 차리지 못했다.

심결명은 눈을 찌푸린 채 걱정스러운 표정이었고, 반면 낙취산은 음침해진 얼굴로 몹시 분노했다.

그들에게 있어 이 소식은 너무 갑작스럽고 너무 충격적이었다. 초서풍과 서동림도 옆에 서 있었지만 둘 다 고개를 푹 숙이고 차마 왕비마마를 쳐다보지 못했다.

방 안은 조용했다. 비스듬히 비쳐든 햇살이 시간의 발자취처럼 서쪽으로 기우는 해를 따라 차츰차츰 걸음을 옮기다가 창가로 사라졌다.

시녀가 등불을 켜러 들어왔지만 심결명이 손을 저어 내보냈다.

심결명은 직접 등을 켠 후 마침내 침묵을 깨뜨렸다.

"왕비마마, 고 의원 일은……."

한운석은 그제야 고개를 들었다. 어젯밤 한숨도 자지 못한 탓인지, 활기 넘치던 눈동자는 빛이라곤 찾아볼 수 없을 만큼 어두워졌고 얼굴은 한바탕 병을 앓은 것처럼 몹시 초췌했다.

그녀는 물을 한 모금 마신 다음 심결명에게 대답했다.

"고북월의 이름으로 명령을 내리세요. 오늘부터 의학원은 '의술 제재'를 없애고 영원히 중립을 지키며, 어떤 이유에서든 그 어떤 나라와 조직 간 싸움에도 참여하지 않을 것입니다. 의학원은 오로지 환자에 대한 책임만 집니다!"

심결명은 무척 기뻐했다.

"그야말로 의성의 행운이요, 운공대륙의 행복일세! 장하네!"

심결명은 한운석이 용비야의 신분을 알고 있었는지 어떤지 잘 몰랐다. 단지 중남도독부와 천녕국이 싸우면 한운석이 의성을 무기로 천녕국을 제재할까 봐 걱정스러웠을 뿐이었다.

지금 보니 한운석은 그를 실망시키지 않았다.

"내가 장한 게 아니에요. 이건 본래부터 고북월의 생각이었으니까요. 이 명령도 함께 전하세요. 고 의원은 오늘부터 폐관 수련에 들어가 아무도 만나지 않을 겁니다. 중요한 병증이 나타나거나 원장이 해야 할 업무가 있으면 부원장과 장로회가 함께 상의해서 처리하세요."

한운석이 또 말했다.

"안심하게. 이 늙은이가 알아서 하겠네."

심결명은 이렇게 말하며 낙취산에게 그만 나가자고 눈짓했다. 하지만 낙취산은 못 본 척하고 남았다.

심결명은 별수 없이 먼저 서재를 나갔다. 중남도독부 일에 지나치게 간여하고 싶지도 않고, 고북월의 생사가 불명한 지금 그가 나서서 이끌어야 할 일이 많았기 때문이었다.

심결명이 떠난 후 낙취산은 기다렸다는 듯 냉소를 터트렸다.

"어쩐지! 그래, 어쩐지!"

"무슨 말이오?"

서동림이 씩씩거리며 물었다.

"영족이 서진 황족에 충성한다는 것은 세상 사람이 다 알지. 동진의 태자가 영족을 죽이는 건 당연한 이치야!"

낙취산도 치솟는 화를 꾹꾹 누르고 있었다.

그는 의원으로서 고북월을 존경했고, 특히 고북월이 소칠을 구해 준 은혜를 마음에 새기고 있었다. 절벽에서 어젯밤에 있었던 이야기를 들은 후 또 이렇게 용비야의 진짜 신분까지 알게 되었으니, 용비야를 의심하지 않는 게 더 이상했다.

"낙취산, 먹는 것은 아무거나 먹어도 되지만 말은 아무 말이나 해선 안 되오. 지금 무슨 말을 하는지 알고나 있소?"

초서풍이 노해 꾸짖었다.

"여보시게, 초 시위. 자네와 자네 주인은 고 원장의 신분을 알고 있었네. 그렇다면 고 원장은 당신 주인이 동진 황족의 후예란 것을 알고 있었나?"

낙취산이 따졌다.

이런 말을 듣자 한운석도 마침내 초서풍을 쳐다보았다. 그녀 역시 묻고 싶었던 질문이 틀림없었다.

초서풍은 입을 다물고 한참 동안 대답하지 못했다.

그가 알기로 진왕 전하는 동진 황족에 관한 그 어떤 정보도 고북월에 알리지 않았다. 만약 그게 알려졌다면 고북월이 전하를 증오해도 모자랄 판국에 뭐 하러 협력하려 했을까?

사실 초서풍도 주인의 속을 짐작할 수가 없었다!

지금껏 그는 진왕 전하가 고북월과 협력하는 것이 순전히 고북월을 이용하는 것뿐이라고 여겼다. 진왕 전하가 중남도독부를 고북월에게 맡기고, 나아가 고북월과 비밀리에 협조해 늙은 여우를 상대할 계략을 짜는 것을 보고서야 진왕 전하가 고북월을 무척 신임한다는 것을 알았다.

진왕 전하가 어째서 영족 사람을 신임했는지, 그는 아직도 이유를 알 수 없었다. 영족은 서진 황족의 골수 충성파이자 동진 황족의 숙적이었다!

"초 시위, 대답 좀 해 보시게!"

낙취산이 재촉했다.

초서풍은 사실대로 대답하면 전하에게 아주 불리하다는 것을 알았지만 거짓말을 할 수도 없었다.

영족 사람이 기꺼이 동진 태자와 협력하고자 했다는 걸 누가 믿어 줄까?

낙취산은 참을성 있게 기다렸고, 한운석도 아무 말이 없었다. 마침내 압박감을 이기지 못한 초서풍이 대답했다.

"고 의원은…… 몰랐소."

한운석은 여전히 무표정했지만 손으로 찻잔을 힘껏 움켜쥐었다. 낙취산은 아예 벌떡 일어나 화난 목소리로 질타했다.

"용비야는 대체 무슨 꿍꿍인가?"

낙취산의 목소리가 너무 컸기 때문인지 한운석의 몸이 눈에 띌 정도로 부르르 떨렸다.

"낙취산, 당신과는 상관없는 일이오. 그러니……."

초서풍의 말이 끝나기도 전에 낙취산이 버럭 화를 내며 끼어들었다.

"고 원장의 일은 곧 우리 의학원의 일인데 어째서 상관없단 말인가? 이 늙은이의 질문에 대답할 용기가 없나 본데, 그래, 켕기는 데가 있나 보군?"

"진왕 전하께서는 중남도독부마저 고북월에게 맡기셨소. 그런데 무슨 꿍꿍이가 있겠소?"

초서풍도 강변했다.

"허허, 그럼 용비야는 왜 고 원장에게 신분을 숨겼나?"

낙취산이 다시 물었다.

초서풍은 말문이 막혔다. 진왕 전하와 고북월의 신분은 절대적인 대립 관계였다. 그 어떤 이유로도 화해시킬 수 없었다! 오로지 속이고, 이용할 뿐이었다.

이 문제는 풀어낼 수 없는 매듭이나 마찬가지였다! 동서 황족 간의 얽히고설킨 원한은 영원히 풀어낼 수 없었다.

초서풍은 변명할 도리가 없어 별수 없이 한운석을 쳐다보며 말했다.

"왕비마마, 어젯밤 그 사람은 절대로 전하가 아닙니다. 전하는 아직 군중에 계시는데 어떻게 의성에 다녀가셨겠습니까?"

그는 왕비마마가 어젯밤의 그 적흑색 옷을 입은 자객이 진왕 전하가 아니라고 믿게끔 최선을 다하는 수밖에 없었다. 그래야만 진왕 전하가 변명할 기회를 얻을 수 있었다.

한운석의 눈동자에 분명하게 실망이 스쳐 갔다. 초서풍은 지금 이 순간 이 여주인이 그가 변명할 수 있기를, 의심할 수 없는 이유를 댈 수 있기를 얼마나 바라고 있는지 알지 못했다.

"천산검종에 고수가 용비야밖에 없을까?"

낙취산은 냉소를 거두지 않았다.

"왕비마마, 전하와 고북월 사이의 일은 저도 확실히 모릅니다. 하지만 어젯밤 그자는 절대로 전하가 아니라고 확신합니다! 왕비마마, 제발 이상한 생각은 하지 마십시오. 전하께서 마마께 돌아오라고 하셨으니 궁금한 게 있으시면 전하를 뵙고 직접 말씀 나누십시오. 여기서 이렇게 함부로 추측하는 것보다 훨씬 나을 겁니다!"

초서풍이 다급히 권했다.

마침내 한운석이 입을 열었다. 목소리가 얼음처럼 차가웠다.

"그는 고북월만 속인 게 아니라 나까지 속였네."

그녀가 오늘 아침만 해도 그 자객이 용비야가 아니라고 단언한 까닭은 용비야에게 고북월을 죽일 만한 이유가 없었기 때문이었다.

그런데 지금 보니 용비야의 신분이 곧 그 이유였다!

그런데 그녀가 어떻게 그를 믿을 수 있을까? 어떻게 의심이 들지 않을 수 있을까?

그가 첩자에게 보여 주기 위해 거짓으로 다친 척한 것은 받아들일 수 있었다.

그렇지만 신분을 숨긴 것은 또 무엇 때문일까? 설령 그녀가 받아들인다 해도 그만한 이유가 있어야 했다! 하물며 그녀는 받아들일 생각도 없었다!

지난 3, 4년간 그녀는 한 번도 아니고 몇 번이나 그에게 동서 황족의 은원이나 일곱 귀족의 행방에 관해 물었다. 심지어 자신이 서진 황족의 후예가 아닌지 의심스럽다고 말하면서, 만약 정말 그렇다면 그가 운공대륙의 대권을 차지하는 데 도움이 될 수 있을 거라는 말도 했다.

그런데 그는! 그는 이렇게 깊이 숨기고 있었다!

그의 친부모가 누군지 물어본 적도 있었지만 그는 모든 것을 당문에 떠넘겼다!

그녀가 캐묻지 않았다고 해서 함부로 속여도 된다는 뜻은 아니었다!

누군가를 좋아하는 데는 그 사람의 과거나 그 사람의 신분은 아무 상관이 없었다. 그녀는 그의 과거와 그의 개인적인 비밀을 존중했고, 그가 모든 것을 말해 주고 싶어 할 때를 기다렸다.

그런데 이런 방식으로 그의 모든 것을 알게 될 줄 누가 상상이나 했을까.

고북월이 자객을 만난 것과 동시에 전쟁이 일어났고 그는 천하에 모든 것을 공표했다. 이래도 그녀에게 말해 줬다고 할 수 있을까? 그녀는 그에게 뭘까? 그의 마음속에서 그녀는 천하 사람들과 다를 게 없었다.

정말 우스운 일이었다!

초서풍은 진땀을 뻘뻘 흘리면서 긴장한 나머지 무슨 말을 해야 할지 몰라 갈팡질팡했다. 서동림이 다급히 변명했다.

"왕비마마, 어젯밤 그 자객의 무공은 전하와 고하를 가릴 수 없을 정도였습니다. 천산에는 그런 인물이 없습니다! 존자들은 천산에서 내려오실 리 없다는 것을 마마도 아시지 않습니까!"

이 말을 듣자 초서풍도 다시 정신이 들었다.

낙취산은 검종 노인이 진왕 전하를 돕느라 많이 약해졌다는 것을 몰랐지만 왕비마마는 알고 있었다!

"왕비마마, 어젯밤의 자객은 사검문 사람일 가능성이 큽니다!"

초서풍이 급히 말했다.

한운석은 손을 내저었다.

"모두 물러가게."

초서풍과 서동림은 더 설득해 보려고 했으나 낙취산에게 쫓겨나고 말았다. 낙취산도 남으려 했지만 한운석이 다 같이 내보냈다.

낙취산은 곧바로 독종 금지에 있는 고칠소에게 달려갔고, 초서풍과 서동림은 타들어 가는 속을 안고 문가를 지켰다.

"대장, 전하께서 답신을 보내셨습니까?"

서동림이 소리 죽여 물었다.

"그랬다면 얼마나 좋겠느냐."

초서풍의 잘생긴 얼굴은 걱정으로 시든 귤처럼 일그러져 있었다.

"안 되겠군, 다시 전하께 서신을 보내야겠다. 왕비마마가 전하를 의심하시는 게 분명해!"

"대장, 전하께서…… 전하께서 왜 왕비마마를 속이셨을까요?"

서동림은 쭈뼛거리며 물었지만 초서풍이 대답이 없자 혼자 중얼거렸다.

"왕비마마와 고 의원은 지기처럼 가까우니 혹시 왕비마마께서 반대하실까 봐 모두 숨기고 고북월을 이용한 다음…… 뿌리를 뽑아 버린 걸까요?"

철썩!

커다란 소리와 함께 초서풍이 서동림의 뺨을 호되게 후려쳤다.

서동림은 아파서 울음이 터질 지경이었지만 감히 아무 말도 하지 못했다.

초서풍이 서신을 쓰러 갔다가 돌아오자 당리가 와 있었다. 하지만 당리도 그들과 다름없이 문밖으로 쫓겨난 상태였다.

서동림이 벌써 그에게 모두 이야기해 주었다.

"그러니까 너희들 말은, 형이 전쟁을 벌이기 전에 형수에게 동진 황족 이야기를 사실대로 얘기하지 않았다는 거지?"

당리는 믿을 수가 없었다.

초서풍과 서동림은 나란히 고개를 끄덕였다.

"그럴 리가!"

당리는 초조했다.

"그렇게 중요한 문제는 전쟁이 시작되기 전에 분명히 사실대로 말해 줬을 거야! 어젯밤에 형이 형수에게 서신을 안 보냈어?"

초서풍과 서동림은 또 고개를 끄덕였다.

"그럼 고북월은? 고북월도 서신을 못 받았어?"

당리가 다시 물었다.

초서풍과 서동림은 또 고개를 끄덕였다. 어젯밤 용비야는 고
북월에게 커다란 봉투를 보냈을 뿐 아니라 따로 비밀 시위를
보내 구두로 말을 전하기도 했다. 하지만 애석하게도 그 일을
아는 비밀 시위들은 어젯밤 자객의 검에 모두 죽었다.

비밀 시위가 고북월에게 뭐라고 했는지, 고북월에게 준 커다
란 봉투에 무엇이 들었는지, 그 모든 것은 이미 고북월과 함께
깊디깊은 심연 속으로 사라진 후였다.

당리도 다소 힘이 빠졌다. 그와 초서풍, 서동림은 함께 문가
에 걸터앉았다. 용비야의 답신을 기다리는 것이 그들이 할 수
있는 유일한 일이었다.

동진 태자의 복수전은 의성뿐만 아니라 운공대륙 전체를 발
칵 뒤집어 놓았다.

이 소식을 들은 백언청은 하마터면 의자에서 굴러 떨어질 뻔
했다. 그는 백옥교의 멱살을 움키며 화난 소리로 부르짖었다.

"그럴 리가! 용비야는 아직 천산에서 요양하고 있지 않느냐!"

최후의 패

"사부님, 확실한 사실이에요. 제가 무슨 배짱으로 사부님을 속이겠어요! 믿기지 않으시면 직접 알아보세요. 동진의 군기까지 걸어 놓은 걸요!"

백옥교도 몹시 뜻밖이긴 했지만 사부의 반응에 더욱 놀랐다. 사부는 언제나 태연자약했고 예상 밖의 일이 닥쳐도 이렇게 흥분한 적이 없었다.

백언청은 힘없이 백옥교를 놓아주고 두 눈을 가늘게 떴다.

"오냐, 용비야. 이 늙은이를 가지고 놀다니!"

알다시피 그에게는 이미 모든 계획이 서 있었다. 오늘이 바로 용비야의 신분을 폭로하려던 날이었다!

그는 일찍부터 용비야의 신분을 알고 있었다!

백옥교는 사부의 말이 도무지 이해가 가지 않아 어리둥절했다. 그녀가 물으려는데 백언청이 서둘러 말했다.

"최대한 빨리 이 일을 네 사형에게 알리고 무슨 방법을 써서든 반드시 서둘러 군마를 데리고 귀환하라고 전해라. 그렇지 않으면 북려국이 위험하다!"

"사부님, 영승에겐 아직 홍의대포가 있어요. 진왕이 1년 안에 영씨 집안 군대를 쓰러뜨린다는 보장이 없잖아요."

백옥교가 진지하게 말했다.

"네가 뭘 아느냐? 어서 가거라!"

백언청이 화난 소리로 고함쳤다. 거의 자제력을 잃기 직전이었다. 백옥교는 화들짝 놀라 더는 말대꾸하지 못하고 허겁지겁 물러갔다.

백언청은 방 안을 왔다 갔다 서성거린 끝에 한참만에야 비로소 기분이 조금 가라앉았다.

용비야가 동진 태자라는 것은 진작 알고 있었다. 군역사를 어주도에서 구해 내면서 인어족의 존재를 알았고 그때부터 백리원륭의 수군을 의심했다. 백족이 인어족이라는 비밀도 이미 조사를 통해 알아냈다.

백리명향의 피 한 방울이 용비야의 신분을 의심하게 했고, 한운석이 어주도에서 보여 준 수궁사는 용비야가 서정인에 묶여 있을지 모른다는 생각을 하게 했다.

용천묵의 조모, 천안국 태황태후는 용비야가 천녕국 황실의 핏줄이 아니라는 의심을 품고 여아성에 거금을 주며 의태비를 납치하게 했다. 여아성 성주 냉월 부인은 그 일을 백언청에게 알렸는데, 백언청은 이 소식을 듣고 기본적으로 용비야의 신분을 짐작했다.

초서풍이 모용완여를 찾아오기 전에 그는 이미 모용완여의 목숨을 빌미로 의태비를 위협했고 의태비는 지난날 용비야를 입양했던 진실을 털어놓았다. 그때가 되자 그는 용비야가 동진 황족의 후예라는 것을 완전히 확신하게 되었다.

그는 침술로 의태비를 혼절하게 한 다음 단목요를 내세워 냉월 부인과 연극을 하게 함으로써 용비야를 교란했다.

천산에서는 또 혁역련에게 명해 용비야가 중상을 입을 때까지 시합을 끌게 함으로써 용비야를 천산에 묶어놓았다.

이렇게 해서 군역사가 군마를 사들일 충분한 시간을 마련해 주려는 것이었다.

그는 본래 영승과 중남도독부의 싸움을 앉아서 구경할 생각이었다. 그의 예측에 따르면, 영승과 중남도독부가 싸움을 벌이면 의성의 견제를 받는 중남도독부가 영승에게 패배할 것이 틀림없었다. 그리고 영승도 막심한 손해를 입을 터였다.

영승이 홍의대포를 모조리 동원했으니 천녕국 북쪽은 방어 능력이 거의 없는 것이나 마찬가지였다. 군역사가 군마를 끌고 돌아온 후 한동안 훈련한 다음 출병해서 천녕국을 치면 방해 한 번 받지 않고 천녕국을 공략할 수 있었다.

천녕국만 손에 넣으면 패전국인 서주국과 천안국, 중남도독부는 문제 될 것도 없었다.

한운석과 고북월이 의성에 와서 중남도독부의 위기를 해결하고 의성의 대권까지 장악할 줄은 정말이지 예상조차 하지 못했다.

설령 그렇다 해도 그때까지는 아직 심란해할 일이 아니었다. 그는 용비야의 약점을 쥐고 있었기 때문이었다!

용비야가 동진 태자라는 사실로 여러 가지 소문을 지어낼 수 있었다. 그에게는 너무나도 완벽한 계획이 있었고 더욱이 이미 진행 중이었다.

본래 그는 오늘 용비야의 신분을 폭로할 계획이었다. 그런데 웬걸, 용비야가 구현궁에 있는 첩자의 존재를 알아차리고 그보다 한발 먼저 움직였다. 용비야는 비밀리에 천산에서 내려왔을 뿐 아니라 인어병을 기용해 강을 건너 급작스레 영씨 집안 군대를 공격했고, 심지어, 심지어는 동진 황족의 군기를 내걸어 자신의 신분을 천하에 공표했다.

용비야의 이 한 수는 그야말로 손 쓸 틈도 없이 들이닥쳐 그의 목에 칼을 들이댄 격이었다.

군역사에게는 시간이 없었다! 북려국도 시간이 없었다!

백언청은 점점 더 빨리 왔다 갔다 하며 고민에 빠졌다. 지금이때 그가 가진 최후의 패를 내밀어야 할 것인가?

백언청은 한참 동안 망설이다가 구현궁의 첩자가 다가왔을 때야 비로소 냉정함을 조금 되찾고 물었다.

"백리명향도 용비야와 같이 하산했느냐?"

"함께 하산했습니다!"

첩자가 사실대로 보고했다.

"용비야가 내상을 입지 않았다면 백리명향은 무슨 일로 천산에 갔던 것이냐?"

백언청은 다시 물었다.

"주공, 그 여자는 매일같이 용비야의 방에 들어갔으나 방에서 뭘 했는지는 저희도 알아내지 못했습니다."

첩자가 대답했다.

"그 여자는 본래 한운석의 시녀였겠다?"

백언청은 백리명향에게 지대한 관심을 보였다.

"비록 한운석의 시녀이기는 하나 충성을 바친 사람은 용비야입니다. 잊지 마십시오, 주공. 그녀도 백족 사람입니다. 지난번에 수소문해 본 결과 무공을 할 줄 안다고 하지만 쓴 적은 없습니다. 아마 일부러 숨기는 것 같습니다."

첩자가 귀띔했다.

"어째서?"

백언청은 수염을 쓰다듬었다.

"저도 궁금합니다. 그리고 용비야는 한 번도 시녀를 곁에 둔 적이 없습니다. 내상이 나은 지금 그 여자를 곁에 둘 이유가 없지요."

첩자는 진지하게 말했다.

"용비야가 벌써 나았다면 아마 서정력 제2단계까지 연성해 서정력을 자유롭게 운용할 수 있을 것이다."

백언청은 한참 고민하다가 천천히 중얼거렸다.

"서정력 제3단계에는 반드시 쌍수가 필요하지……."

"주공, 그렇다면 백리명향이……."

첩자는 깜짝 놀랐다.

백언청이 갑자기 큰 소리로 웃음을 터트렸다.

"잘 됐구나! 아주 잘 됐어! 용비야, 이 늙은이의 추측이 틀리지 않았다! 너는 결국 여자 손에 쓰러지고 말 것이다!"

백언청은 마음을 굳게 먹고 최후의 패를 내놓기로 했다.

그가 말했다.

"마차를 준비해라. 내 몸소 가서 적족 족장 영승을 만나 봐야겠다!"

그는 용비야가 영승의 비밀을 폭로해 준 것에 감사했다. 그렇지 않았다면 이 완벽한 계획에 함께 해 줄 사람을 찾지 못했을 테니까!

지난날 적족이 자금을 대고 지원한 덕분에 풍족과 흑족은 그들과 손잡고 동진 황족의 마지막 보황군을 전멸시켰다.

그는 이번에도 똑같이 세 귀족이 즐겁게 협력할 수 있으리라 믿었다.

백언청은 곧 천녕국을 향해 출발했다. 그때 영승이 의성에서 비밀리에 영정과 만나고 있다는 사실을, 그는 전혀 모르고 있었다.

영정도 조금 전에야 전쟁 소식을 듣고 충격에 빠져 얼굴에 핏기가 싹 가셔 있었다.

그녀도 용비야가 천녕국의 가장 강력한 적수라는 것을 늘 생각하고 있었지만, 적족의 원수이기도 하다는 것은 몰랐다.

"오라버니, 서둘러 돌아가세요! 용비야의 인어병은 강만 건널 수 있는 게 아니에요. 소남군에는 커다란 물줄기가 둘이나 있으니 막으려야 막을 수가 없다고요!"

영정이 권유했다.

"보름 안에 천녕국 남부가 모조리 그자 손에 떨어질 테니 본왕이 돌아가도 소용없다."

영승은 그래도 냉정했다.

용비야의 이 한 수는 정말이지 절묘했다. 원수를 갚고 나라를 부흥시키겠다는 명목으로 출병했고, 영씨 집안의 비밀을 공공연히 폭로해 적잖은 지지를 얻었다.

대진제국은 운공대륙 사상 유일한 태평성세를 열었고, 그 덕분에 사람들은 여태 동서 황족을 가장 존귀하고 가장 신성한 혈통으로 여기고 있었다.

지난번 초씨 집안이 유족임을 선포하고 서진을 다시 일으키겠다는 기치 아래 서주국에서 떨어져 나와 전쟁을 벌였을 때는 세상 사람들의 지지를 얻지 못했고, 도리어 서진 황족의 이름을 빌려 사리를 도모한다는 비난과 질책을 들었다. 하지만 용비야는 달랐다. 용비야는 정통 황족이니 그가 복수하고 동진을 부흥시키는 것은 명분도 있고 이치도 맞아떨어졌다. 게다가 용비야 본인이 가진 강력한 힘도 상당히 중요한 부분이었다!

영승은 오래지 않아 천녕국 남부가 함락되고 나면, 서주국이건 천녕국이건 천안국이건 할 것 없이 각 지방 세력들이 병사를 이끌고 용비야에게 투항하며 기꺼이 동진에 충성을 바치려 할 것을 예견할 수 있었다.

미리 투항해서 나중에 논공행상論功行賞(어떤 일에 대해 공을 따져 상을 내리는 일)을 받는 편이 뒤늦게 패배해 포로의 몸이 되는 것보다 나았다.

"오라버니, 설마하니 이렇게 가만히 지켜만……."

영정은 장사는 잘 알지만 권모술수에는 어두웠다. 영승이 그녀의 말을 자르며 길게 한숨을 내쉬었다.

"서진 황족의 후예를 찾아낼 수만 있다면 아직 대세를 뒤집을 기회는 있다. 그렇지 않으면 북려국도 어렵겠지! 후후, 용비야……, 과연 동진의 후예답구나!"

"오라버니, 포기하는 건가요?"

영정은 연신 고개를 저었다.

"아니."

영승은 입꼬리에 차가우면서도 오만한 웃음을 떠올렸다.

"용비야의 대군을…… 멈춰 세울 수 있는 사람이 한 명 있다!"

"한운석!"

영정은 영리했다.

"가능한 한 빨리 당문 암기를 손에 넣어라. 다른 일은 네가 걱정할 필요 없다."

영승은 차갑게 말했다.

"알았어요."

영정이 고개를 끄덕였다.

영승이 떠나려다가 고개를 돌리고 한마디 물었다.

"당리는?"

"그 사람은…….'

영정은 심장이 서늘해져 다급히 대답했다.

"먹을 걸 사 오라고 내보냈어요. 객잔 음식이 입에 맞지 않아서요."

"네겐 시간이 많지 않다."

영승은 그렇게 일깨워 준 후에야 떠나갔다.

영정은 황급히 문을 닫고 안도의 숨을 내쉬었다. 사실 당리는 아침부터 보이지 않았다. 자신이 왜 영승에게 거짓말을 했는지 그녀도 알 수가 없었다.

서주국 강성황제, 천안국 용천묵, 북려국 황제, 심지어 소요성 성주와 약성 왕공, 천산의 제자들까지 용비야의 신분을 듣고 매우 놀랐다.

가장 놀란 사람은 역시 멀리 서주국 동쪽 국경에 있던 초천은이었다. 자신이 오랫동안 협력했던 사람이 유족과 서진 황족 공통의 적인 동진 황족일 줄은 꿈에서도 생각지 못한 일이었다!

그는 고북월이 그 사실을 모른다고 확신했다. 그렇지 않고서야 절대로 용비야와 손잡았을 리 없었다! 그는 고북월이 용비야에게 이용당했다고 여겼다. 고북월에게 잇달아 몇 통이나 서신을 보냈지만 어찌 된 셈인지 고북월은 서신을 받지 못했다.

밤이 되자 고칠소와 목령아가 독종 금지에서 돌아왔다. 그들도 용비야의 신분을 들어서 알고 있었다. 고칠소는 곧장 한운석의 방으로 찾아가 미친 듯이 쾅쾅 문을 두드렸다.

그렇지만 막상 한운석이 문을 열어 주자, 하고 싶었던 수많은 말들은 목구멍에 걸린 것처럼 도저히 입 밖으로 나오지 않았다.

한운석에게 벙어리 노파 이야기를 해 줘야 할까?

어떻게 이야기해야 할까? 벙어리 노파 일을 숨긴 것은 용비야가 먼저였지만, 그 역시 그만의 독누이에게 그 사실을 숨기긴 마찬가지였다!

용비야가 정말로 그토록 옹졸하게, 그토록 비열하게, 신분을 숨기고 고북월을 이용했을까?

지금껏 좋고 나쁨이 분명하고 은혜와 원한을 확실히 해 온 고칠소지만 처음으로 결정을 내리지 못하고 망설였다.

"고북월은 찾았어?"

한운석은 별 뜻 없이 물었다. 정말 고북월을 찾았다면 고칠소는 오는 길에 벌써 소리소리 질렀을 것이다.

고칠소는 한참 동안 침묵하다가 부드럽게 말했다.

"아니. 난…… 난 그냥 널 보러 왔어."

"당신도 피곤할 테니 가서 쉬어."

한운석은 다소 힘이 없었다. 그녀가 문을 닫으려는데 때마침 낙취산이 불쑥 튀어나와 문을 붙잡았다.

"왕비마마, 이 늙은이가 소식을 하나 들었습니다. 진왕은 군중에 없다고 합니다! 병사를 이끈 사람은 백리 장군입니다. 어젯밤 전투가 벌어졌을 때 백리 장군의 대군은 진왕이 친히 이끌고 있다고 발표했지만, 날이 밝은 후에 진왕을 본 사람이 아무도 없었습니다! 영씨 집안 군대는 오후부터 진왕의 신분이 가짜가 아니냐며 따지고 있고 백리 장군은 여태 대답이 없다고 합니다!"

한운석은 흠칫하더니 놀란 목소리로 물었다.

"그러니까 용비야가 군영에 없다는 말이오?"

한운석의 태도는

"예! 진왕은 분명히 군영에 없습니다."

낙취산은 확신에 차서 대답하면서 고칠소에게 눈짓하는 것도 잊지 않았다. 하지만 고칠소는 얼굴을 굳힌 채 아무 말 하지 않았다.

한운석은 초서풍을 바라보았다. 초서풍과 서동림은 온종일 이곳을 지키느라 아무 소식도 듣지 못했으니 그런 것까지 알 리 없었다.

"왕비마마, 의성은 각 지역에 의관이 있습니다. 전선에 있는 의관에서 나온 소식이니 틀릴 리가 없습니다!"

낙취산이 진지하게 말했다.

낙취산이 말하고자 하는 것은 모두가 알아들었다. 진왕이 군영에 없다면, 초서풍이 재차 강조했던 진왕 전하가 자객이 아니라는 증거가 뒤집히는 셈이었다.

초서풍은 버럭 화를 내며 낙취산의 멱살을 움켜쥐었다.

"진왕 전하께서 군영에 없으면 또 어떻소? 전하께서 언제 떠나셨는지 확실히 말할 수 있소? 원수로서 군대를 이끌고 출정하는 중대한 사안을 전하께서 아무렇게나 내던지실 것 같소? 사강에서 의성까지 하루 이틀이면 갈 수 있는 거리도 아니잖소?"

"놓아라! 놓으라니까!"

낙취산은 초서풍의 손을 떼어내려고 애썼다. 어찌나 세게 잡았는지 목이 졸려 죽을 것 같았다. 결국 고칠소가 나서서 초서풍의 손을 잡아챘다.

"고칠소, 당신까지 진왕 전하를 의심하는 건 아니겠지?"

낙취산의 속마음을 초서풍이라고 모를까? 낙취산이 이런 말을 하는 것은 오직 고칠소를 위해서였다. 지난번에 왕비마마와 진왕 전하의 사이가 틀어질 뻔한 것도 다 고칠소 때문이었다!

초서풍은 남의 위기를 이용해 득을 보려는 소인배 같은 수법을 몹시 혐오했고, 친구의 아내에게 눈독 들이는 짐승은 더욱더 멸시했다! 그는 경멸에 찬 눈으로 고칠소의 눈을 똑바로 들여다보았다.

고칠소는 초서풍의 도발에 흥분할 사람이 아니었다. 그가 눈빛을 사납게 번쩍이더니, 느닷없이 초서풍의 손목을 낚아채 힘껏 뿌리쳤다. 초서풍은 그대로 바닥에 나동그라졌다.

"고칠소!"

초서풍은 대로해서 달려들었지만, 고칠소가 손을 척 들어 손가락으로 가시덩굴 씨앗을 빙글빙글 돌리면서 싸늘하게 물었다.

"죽고 싶어?"

"고칠소, 진왕 전하께서 너를 어떻게 대했……."

초서풍은 하마터면 고칠소와 용비야의 약속을 누설할 뻔했으나 고칠소가 사납게 말을 끊었다.

"이 어르신은 그자의 개가 아니다. 상황이 이런데 그자를 의심하지 않으면 바보 아니냐?"

"이!"

초서풍은 기가 막혔다.

뜻밖에도 고칠소가 말을 돌렸다.

"뭐, 의심이 가긴 하지만 그래도 어젯밤 그 자객이 용비야인
지 아닌지는 하늘이 알겠지! 용비야가 대체 언제 군영을 떠났
는지 어서 가서 조사해 보는 게 좋을걸!"

"소칠, 저들이 조사한 것을 믿을 수 있겠느냐?"

낙취산이 끼어들었다.

고칠소는 천천히 고개를 돌렸다. 그 눈빛은 당장 사람을 죽
일 수 있을 정도로 사나워서 낙취산은 화들짝 놀라 우물거리며
입을 다물었다.

낙취산이 입을 다물자 널따란 원락은 별안간 조용해졌다. 너
무 조용해서 이상하게 느껴질 지경이었다. 어쩌면 각자 속으로
다른 생각을 하고 있어서인지도 모르지만, 낙취산 외에는 감히
진짜 속마음을 입 밖에 내는 사람은 없었다.

고칠소는 입꼬리를 당기며 한운석에게 웃어 보이려고 했지
만 어찌 된 셈인지 웃음이 나지 않았다. 그가 물었다.

"독누이, 아직 저들을 믿어?"

비록 질문은 '저들을 믿어?'였지만, 사실 그 뿌리를 따져보면
진짜 뜻은 '용비야를 믿어?'였다.

그녀가 용비야를 믿는다면 초서풍과 서동림이 조사한 결과
를 믿어 줄 것이고, 용비야를 믿지 않는다면 이번 일이 처음부

터 끝까지 속임수라고 인정하는 셈이니 자연히 초서풍 일행을 믿지 않을 것이다.

어젯밤에 나타난 적흑색 옷의 자객이 용비야와 얼마나 닮았든 간에 용비야가 군영에 있었고 의성에 오지 않았다는 증거만 있으면, 그 자객이 용비야가 아니라는 것을 충분히 증명할 수 있었다.

검종 노인의 무공은 거의 사라졌고 천산의 존자들은 절대로 산에서 내려와 속세의 일에 나설 리 없었다. 용비야 자신을 제외하면 그의 곁에 그만한 고수는 없었다.

모두가 한운석을 쳐다보며 그녀의 대답을 기다렸다. 한운석은 아무 표정 없이 초서풍을 바라보았다. 그녀가 입을 열려는 순간 초서풍이 다급히 끼어들었다.

"왕비마마, 바로 가서 조사하겠습니다!"

말을 마친 그는 한운석에게 말할 기회를 주지 않은 채 서동림을 끌고 사라졌다.

어쩌면 초서풍 자신도 왕비마마가 거부할까 봐, 그들에게 조사할 기회조차 주지 않을까 봐 두려웠는지도 몰랐다.

한운석은 대체 어떻게 생각하고 있을까?

초서풍이 사라지는 것을 보자 그녀는 어쩔 수 없는 표정으로 가볍게 웃었지만 아무도 그 속을 들여다볼 수 없었다.

"독누이······."

"약귀 노인네, 어서 가서 고북월을 찾아봐 줘. 시간 낭비하지 말고."

간절한 마음을 빼면, 한운석의 말투에서는 다른 감정이라곤 전혀 느껴지지 않았다. 고칠소는 언제나 이 여자의 속을 들여다보지 못했지만, 이렇게까지 가까이하기 어렵게 느껴진 것은 이번이 처음이었다.

그는 그녀의 생각을 알고 싶어 미칠 것 같았다. 그녀가 가장 약해져 있을 때 그녀의 마음속으로 들어가고 싶었다.

사랑이 아니더라도, 위로가 될 수 있으면 좋을 텐데!

하지만 그에겐 그럴 기회조차 없었다.

지난날 약귀곡에서 대치했을 때 그 어떤 일이 벌어져도 철석같이 용비야를 믿으며 단 한 줌도 의심하지 않던 한운석의 모습을, 그는 영원히 잊을 수 없었다.

언젠가 약귀곡에서의 그 거짓말이 백일하에 드러나 용비야에게 삿대질을 하며 한운석이 보는 앞에서 속 시원하게 욕을 퍼부을 수 있기를 얼마나 기대했는지도 영원히 잊을 수 없었다.

그는 모든 것을 바칠 수 있었다. 불사의 몸이라는 비밀을 알리고 용비야와 했던 약속을 깨뜨릴 수도 있었다. 하지만 그럴 수가 없었다. 이런 방식으로 그녀를 아프게 하는 것은 그의 마음이 견디지 못했고, 또 그럴 가치도 없었다.

그녀는 이미 너무나도 상심하고 있었다!

독누이, 네가 아직도 용비야를 믿는지 아닌지, 이 칠 오라버니는 몰라. 하지만 네가 분명히 슬퍼하고 있다는 건 알아.

그 자신조차 용비야가 의리 없이 그 놀라운 소식을 미리 모두에게 알려 주지 않고 천하에 공표해 버렸다는 것에 분노가 치미는데, 하물며 진왕비인 한운석은 어떨까?

고칠소는 힘차게 고개를 끄덕였다.

"알았어! 절대로 시간 낭비 안 할게! 조심해!"

고칠소가 떠나려는데 한운석이 다시 물었다.

"약귀 노인네, 당신 몸은 괜찮지?"

설령 그녀와 고북월이 북려국 태의가 몰고 온 위기를 풀어주었다지만, 그녀 역시 고북월과 마찬가지로 고칠소의 몸에 이상이 있다는 것은 알고 있었다. 어젯밤 그녀는 고북월에게 그 일에 관해 물어볼 생각이었지만 말을 꺼낼 기회조차 없었다.

고칠소는 한운석에게 두 손 두 발 다 들 수밖에 없었다. 정말이지 한운석의 머리를 열고 안에 뭐가 들어있는지 들여다보고 싶었다! 이 여자는 어떻게 이렇게까지 냉정할 수 있을까? 어떻게 이런 순간에도 그의 몸을 걱정할 수 있을까?

고칠소는 싱긋 웃었다.

"괜찮아, 안 죽어!"

그는 재빨리 돌아서서 떠났다. 목령아 말고는 누구도 그의 웃는 얼굴에 어린 고통을 보지 못했다.

목령아는 고칠소를 쫓아가 두 팔을 활짝 벌리고 앞을 가로막더니 진지한 얼굴로 말했다.

"칠 오라버니, 무슨 일이 있어도 령아는 언제까지나 오라버니를 믿을 거예요. 언제까지나 의심하지 않을 거라고요!"

고칠소는 처음에는 무시하고 그녀를 돌아서 지나쳤지만, 다시 고개를 돌리고 물었다.

"내가 널 속이려고 해도 믿을 거야?"

목령아는 아무 망설임 없이 고개를 끄덕였다.

"믿어요. 날 팔아넘긴다 해도 믿을 거예요. 기쁘게요!"

때로는 '믿음'은 판단이 아니라 선택일 수도 있었다.

고칠소는 눈을 찌푸리며 돌아가서 목령아의 이마를 콩 때렸다.

"그녀는 너와는 달라."

"칠 오라버니, 한운석이 어떤 여자인지 알아요?"

목령아는 진지하게 물었다.

놀랍게도 고칠소는 대답할 말이 없었다. 목령아가 혼잣말처럼 중얼거렸다.

"칠 오라버니, 사실 그녀와 난 똑같아요."

고칠소는 들었는지 말았는지, 목령아의 어깨에 팔을 올리며 말했다.

"쓸데없는 이야기는 해서 뭐해, 귀찮기만 하지. 사람이나 찾으러 가자! 산을 옮기고 강을 메워서라도 고북월을 찾아내겠어!"

손가락을 깍지 끼는 건 사랑하는 사이에 하는 행동이고, 어깨에 팔을 올리는 건 절친한 친구끼리 하는 행동이었다.

목령아도 그 도리를 알고 있었지만 그래도 이 행동을 달콤하게 받아들였다.

고칠소가 떠난 후 한운석은 더욱 냉정한 일을 했다.

그녀는 여아성에 서신을 보내, 비밀 시위 중에서 선발하여 훈련시킨 독 시위를 보내 자신을 호위하게 하는 동시에 무공이 뛰어난 여자 용병도 몇 사람 보내라고 했다.

그런 다음 사람을 시켜 독종 금지에 있는 독종의 서책을 모두 가져오게 해서 방에 틀어박혀 책을 뒤적였다.

그녀는 울지도 않았고 소동을 피우지도 않았다. 심지어 분노도 드러내지 않았다. 이상하리만치 냉정하고 이상하리만치 조용해서, 도리어 모두가 조마조마해할 정도였다.

한운석은 대체 어떻게 된 걸까?

초서풍은 몸소 매를 날려 백리원륭에게 서신을 보낸 다음 곧바로 돌아와 계속 방문 앞을 지켰다.

밤이 깊은 후에도 방에는 등불이 환했다. 초서풍도 전혀 졸리지 않아서 눈을 부릅뜬 채 시퍼레진 얼굴로 기다렸다.

날이 밝자 그의 얼굴은 거의 잿빛이 되어 있었다.

어젯밤 그는 진왕 전하에게 특급 서신을 보냈다. 전하가 사강 부근에 있다면 벌써 서신을 받았을 것이고 벌써 답신을 보냈을 것이다. 하지만 지금까지도 답이 없는 것을 보면 서신이 군영에 도착했다가 다른 곳으로 재발송되었다고 생각하기에 충분했다.

초서풍은 죄어드는 심장을 안고 계속 기다렸다.

그러나 날이 캄캄해질 때까지도 여전히 답신은 오지 않았다! 그는 정말로 겁이 났다.

진왕 전하는 대체 어디 계실까? 사강에서 얼마나 멀리 계시기에 아직 서신을 받지 못하고 답신도 보내지 못하실까?

결국, 밤이 깊고 조용해졌을 때 두 통의 서신이 동시에 도착했다. 한 통은 진왕 전하가 보낸 옅은 보라색 봉투고, 다른 한 통은 백리원륭이 보낸 검은색 봉투였다. 첫 번째 서신의 수신인은 왕비마마였고, 두 번째 서신의 수신인은 초서풍이었다.

　초서풍은 서신 두 통을 손에 든 채 결정을 내리지 못하고 망설였다.

　서동림이 백리원륭이 보낸 서신을 홱 낚아채 펼쳐 보았다. 안에 적힌 내용을 보자 두 사람의 눈이 휘둥그레졌다.

　바로 그때, 갑자기 한운석이 문을 열고 나오다가 서동림과 초서풍이 서신을 들고 서 있는 것을 목격했다. 옅은 보라색 봉투를 보는 순간 그녀의 눈빛이 눈에 띄게 멈칫했지만, 곧 냉정함을 되찾았다.

　그녀는 말없이 손만 내밀었다. 초서풍과 서동림은 순순히 두 통 다 그녀에게 넘겼다. 그녀는 검은색 서신을 보고 눈을 찡그렸다.

　"왕비마마, 전하께서는…… 전하께서는……."

　서동림은 변명할 말이 없었다. 백리원륭의 답신에는 진왕 전하는 친정하지 않았고 비밀리에 군영을 떠난 지 벌써 며칠째라고 적혀 있었다.

　한운석은 검은색 서신을 초서풍에게 집어 던진 뒤 돌아서서 안으로 들어갔다. 문을 닫고 나서야 그녀는 자신이 보라색 봉투가 찢어질 정도로 손을 꽉 움켜쥐고 있는 것을 깨달았다.

　그녀는 서신을 탁자 위에 내려놓은 뒤 힘을 주어 구석구석

빳빳하게 폈다.

　설령 빈 종이로 된 서신이라 해도 그녀는 늘 기대에 차 서둘러 뜯어 보곤 했다. 그런데…… 그런데 지금은 이 서신을 뜯는 것이 어쩜 이렇게…… 어려울까?

　분명히 너무나도 익숙한 봉투인데 어째서 이렇게 낯설게 느껴질까? 용비야, 혼례를 올린 후부터 지금까지 난 대체 당신에 대해 얼마나 알고 있었던 걸까?

　해명해야 한다면 이 서신은 너무 늦은 게 아닐까?

　한운석은 심호흡을 한 후 봉투를 뜯고 서신을 펼쳤다. 예상한 것처럼 구구절절한 설명도 없었지만 빈 종이는 아니었다. 서신에는 단 한마디만 적혀 있었다.

들끓는 운공대륙

뒤늦게 도착한 용비야의 서신에는 한마디가 적혀 있었다.

한운석, 아직 나를 믿느냐?

손가락으로 먹 자국을 살며시 쓸어 봤더니 습도는 느껴지지 않았지만, 그래도 희미한 묵향이 났다. 솔직히 그녀는 그의 필적을 본 적이 거의 없었으나 똑똑히 기억하고 있었다.

이 필체는 고아하고 힘차며, 패기 넘치고 소탈해서 그의 기운이 고스란히 묻어 있었다.

글씨는 곧 그 사람이라고들 했다. 하지만 그녀는 아무리 애써도 그가 이 한마디를 쓸 때 어떤 기분이었는지 알아볼 수가 없었다.

낭만적인 연보라색 겉봉투와 그의 고아한 필체는 흡사 그녀의 부드러움과 그의 강함이 서로 어우러진 것 같았다. 이들은 서로 긴밀하게 섞이는 것 같기도 하고, 각자 다른 세상을 만든 채 서로 어우러지지 못하고 하나가 되지 않는 것 같기도 했다.

한운석, 아직 그를 믿어?

그녀는 한 번, 또 한 번 글씨를 쓰다듬다가 결국 예전처럼 조심조심 서신을 곱게 접어 봉투에 넣고 품에 잘 넣었다.

그런 다음 예전처럼 그에게 답신을 썼다. 하지만 이번에는 '용비야, 보고 싶어요'라고 쓰지 않고 빈 종이를 넣었다.

한운석의 서신을 받았을 때 용비야는 의성으로 달려오는 길이었다.

벌써 연달아 이틀 밤낮 쉬지 않고 달렸기 때문에 오늘 밤은 쉬어야 했다. 그렇지 않으면 말과 마부 고 씨가 견디지 못했다.

그는 마차 밖에 기대앉아 서신을 보았다. 여전히 흑의 경장을 입은 그의 모습은 밤빛 아래에서 항거할 수 없는 존귀함과 신비감을 뿌리고 있었다.

그는 고개를 살짝 숙였다. 내리뜬 눈썹에는 쌀쌀함이 살짝 묻어 있었고, 날카롭게 깎인 옆얼굴은 밤하늘 아래에서 더없이 냉랭해 보였다. 그는 조용히 서신을 보면서 자기만의 세상을 만들었다. 얼음처럼 차갑고 외로운 세상을.

분명히 빈 종이인데도 그는 한참, 아주 한참을 바라보았다.

백리명향과 고 씨, 비밀 시위 아동은 옆에서 쉬는 중이었지만, 시선은 하나같이 진왕 전하의 손에 들린 서신에 쏠려 있었다. 진왕 전하가 저렇게 오랫동안 들여다보는 걸 보면 왕비마마의 서신이 분명했다.

그래도 이번에는 너무 오래 보시는 게 아닐까?

고북월의 죽음에 관한 진실이 무엇인지는 그들도 알지 못했다!

백리명향의 머릿속에는 전에 들었던 단어들이 계속해서 떠올랐다. 본래도 말수가 적은 그녀는 요 며칠 더욱더 조용해졌다.

고 씨가 백리명향에게 눈짓했지만 백리명향은 차마 진왕 전하에게 다가갈 용기가 없어 고개를 저었다. 결국 고 씨가 직접 다가갔다.

"전하, 늦었으니 쉬시지요. 몸이 제일 중요합니다."

요 며칠 전하는 내내 각지에서 날아드는 밀서를 처리하느라 쉴 틈조차 없었다.

동진 황족이라는 신분을 공표한 것은 진왕 전하의 천하 정복이 시작되었다는 의미였다. 백리 장군의 대군은 이미 천녕국 소남군 공략을 눈앞에 두고 있었고, 중남도독부의 명문세가들은 일제히 진왕 전하를 지지하며 동진 황족에게 충성을 다하겠다고 선언했다. 서주국과 천안국, 심지어 천녕국의 일부 지방 할거 세력도 차례차례 서신을 보내 투항 의사를 알리며 동진 황족에 충성을 표했다.

아주 좋은 상황이었다!

진왕 전하는 마땅히 군영에 상주해야 했지만, 기어코 모든 것을 내려놓고 비밀리에 출행을 나왔다.

완비婉妃(용비야의 친어머니)마마가 아직 살아 있다면 아마 목덜미를 잡고 쓰러졌을 것이고, 당자진이 이 일을 알면 여 이모를 보내 당장 뒤쫓을 것이 분명했다.

용비야는 정신을 차리고 빈 종이를 접어 심장께에 잘 보관했다.

그가 차갑게 물었다.

"아직 자지 않았느냐?"

고 씨는 뜻밖의 관심에 놀라 뭐라고 대답해야 좋을지 몰랐다. 그런데 용비야의 다음 말은 이랬다.

"자지 않으려면 계속 가지. 사흘 안에 의성에 도착해야 한다. 도착한 다음 너는 당문으로 돌아가 여생을 보내도록 해라."

고 씨는 울고 싶었지만 눈물도 나오지 않았다. 이곳에서 의성까지는 나흘 거리였다. 사흘 안에 도착하려면 눈 한 번 못 붙이고 달려야 할 처지였다.

진왕 전하는 누가 봐도 기분이 썩 좋지 않아서 감히 원망하는 말을 할 수도 없었다.

그는 백리명향과 비밀 시위를 불러 계속 길을 재촉했다.

백리명향은 여전히 고 씨 옆에 앉았다. 그녀는 진왕 전하가 비밀 시위에게 했던 말과 왕비마마 등에 있는 봉황 깃 모반을 생각했다.

왕비마마는 아직도 자신이 서진 황족의 혈육임을 모르는 것이 분명했다.

혹시 고북월은 왕비마마의 출신과 진왕 전하의 출신을 알아차리고 진왕 전하와 충돌한 끝에 목숨을 잃은 것일까?

아니면 고북월은 왕비마마의 출신도 모르고 진왕 전하의 출신도 모르지만, 진왕 전하가 고북월을 이용해 의성을 장악한 다음 먼저 손을 써서 그를 제거한 것일까?

그것도 아니면 고북월이 왕비마마의 출신은 모르지만 먼저 진왕 전하의 출신만 알게 되어 서진 황족의 복수를 하려고 진왕 전하와 충돌을 일으켜 죽임을 당한 것일까?

그렇다면 진왕 전하는? 전하는 봉황 깃 모반의 의미를 알까, 모를까? 왕비마마의 출신을 알까, 모를까? 전하가 왕비마마를 저렇게 총애하시는 건 진짜일까, 가짜일까?

백리명향은 온갖 종류의 가능성을 생각해 보았다.

어쨌든 영족과 동진 황족은 결코 공존할 수 없었다! 그들에게는 원한을 풀만 한 이유가 전혀 없었다!

진왕 전하가 고북월을 죽일 동기와 이유는 차고 넘쳤다!

백리명향은 왕비마마가 그리워졌다. 왕비마마는 예전처럼 아무리 어려운 일이 눈앞에 닥쳐도 침착하고 깔끔하게 풀어낼 수 있을까?

왕비마마는 동서 황족의 오랜 원한을 알까?

마차는 빠르게 앞으로 달려 나갔고 용비야는 다시는 한운석에게 서신을 보내지 않았다. 그는 여전히 예전처럼 밤을 새워 각종 서신을 처리했지만, 평소 급한 건을 처리할 때 한 번도 넋을 놓은 적이 없던 사람이 이번에는 셀 수 없이 넋을 놓곤 했다.

백리명향은 고민을 내려놓지 못했다. 하지만 그녀가 하루를 꼬박 고민하고 난 후, 천둥 같은 소식이 전해져 운공대륙을 뒤흔들고 모두를 혼비백산하게 했다!

한운석의 출신에 관한 소식이었다! 누군가 한운석의 출신을 폭로한 것이다!

진왕비 한운석은 한종안의 딸이 아니라 천심 부인과 독종 후손의 딸이고, 천심 부인은 목씨 집안의 목심으로, 목심의 어머니는 서진 황족의 공주라고 했다. 그 증거는 서진 황족 여자의 몸에 있는 봉황 깃 모양의 모반이라고 했다.

한운석은 서진의 공주라 할 수 없지만, 이 세상에서 유일하게 서진 황족의 피를 이은 사람이고 서진 황족의 유일한 혈육이니 당연히 공주로 떠받들어야 했다!

비밀 시위가 부리나케 와서 그 소식을 전한 순간 용비야는 마차를 세우라고도 하지 않고 곧바로 마차 밖으로 튀어나오는 바람에 밀서 절반이 땅에 흩어지고 말았다.

그는 아동의 말을 빼앗아 타더니 질풍같이 달려가며 한마디만 남겼다.

"백리명향, 군중의 일은 네 아버지에게 전권을 일임한다!"

백리명향은 완전히 넋이 나갔다. 자신이 고민하던 문제가 이렇게 갑자기 세상 사람들에게 알려질 줄은 예상하지 못했다. 하지만 그 사실이 알려진 지금도 진왕 전하가 본래부터 알고 있었는지 아닌지 확실히 알 수가 없었다.

말에서 떨어진 아동은 여전히 바닥에 주저앉은 채 자신의 귀를 의심했다.

고 씨는 한 손으로 심장을 움켜쥐고 숨조차 제대로 쉬지 못했다! 정신이 돌아오자 그는 쉼 없이 혼잣말을 했다.

"세상에…… 세상에, 이런…… 왕비마마께서 어떻게……."

용비야는 미친 듯이 말을 몰았다. 한운석이 이 소식을 들은 뒤 어떤 반응을 보일지 상상할 수가 없었다. 그녀가 어떤 위험을 맞닥뜨리게 될지는 더욱더 상상할 수 없었다. 지금 당장 그녀 앞에 달려가지 못하는 게 한스러웠다.

한운석의 빈 종이를 받았을 때도 그는 여전히 냉정하고 이성적이었다. 하지만 지금 이 순간은 단 한 올도 냉정함을 유지할 수가 없었다!

그는 모든 것을 잘 숨겨 왔고 온갖 심혈을 기울여 실마리를 모두 끊어냈다.

모든 사실을 아는 벙어리 노파는 이미 죽었는데 대체 누가 이 일을 알고 있었던 걸까? 대체 누가 이 중요한 순간에 그 사실을 폭로했을까!

대체…… 누굴까?!

그자일까?

이 소식을 폭로한 사람은 분명히 노리는 것이 있었다. 한번 전해진 소식은 곧 운공대륙 구석구석으로 퍼져나갔고, 당문 같이 은거한 집안조차 누구보다 먼저 이 소식을 들었다.

화가 머리끝까지 솟아 당장 뛰쳐나가려는 당자진을 당 부인이 가로막았다.

"어딜 가시려고요?"

당 부인의 안색도 종잇장처럼 창백했다.

"어딜 가다니? 허 참!"

당자진은 냉소를 금치 못했다.

"애초에 의여가 영족 이야기를 들었다고 했을 때부터 의심하긴 했지만, 한운석이 정말 서진의 후예일 줄 누가 알았겠소. 그때는 증거가 없었지만 이제는 완전히 드러났으니 당연히 비야에게 가서 그 여자를 어떻게 처리하려는지 따져 봐야 하지 않겠소?"

당 부인은 남편을 밀치며 차갑게 말했다.

"영리한 비야가 이 일을 몰랐겠어요? 그 애가 정말 내력조차 모르는 여자를 곁에 두려고 했을까요?"

이 말에 깨달은 당자진은 마음을 가라앉혔다.

"당신 말은…… 비야가, 그 애가…… 일부러 우릴 속였다는 것이오?"

당 부인은 탄식을 지었다.

"십중팔구는요. 어젯밤 리아가 서신으로 고북월 이야기를 하지 않았어요? 내가 볼 때는 비야가 비밀을 지키기 위해 고북월을 죽인 게 분명해요!"

"그런 터무니없는! 동진 황족의 조상들과 우리 당문의 조상들은 그 아이가 이런 터무니없는 짓을 하는 것을 절대로 용납할 수 없소!"

당자진은 버럭 소리를 지르고는 획 돌아서서 뒷산으로 향했다.

"또 어딜 가려는 거예요?"

당 부인이 뒤쫓았지만 당자진은 뒤도 돌아보지 않고 더욱 걸음을 빨리했다.

"의여를 찾아가는 거요!"

분노한 사람은 당자진뿐만이 아니었다. 백리원룡도 그랬다.

한운석이 서진 황족의 후예라는 소식을 들었을 때 그는 완전히 노발대발했고, 당장 붓을 들어 어서 빨리 그 여자를 죽여 없애 후환을 없애고 동진을 위해 죽어간 장사들을 위로해 달라고 청하는 서신을 써 갈겼다.

동서 황족의 지난 싸움으로 무고한 백족 사람들이 얼마나 많이 희생되었던가? 얼마나 많은 이들이 가족을 잃고 정처 없이 떠돌았고, 얼마나 많은 이들이 이름을 숨기고 해를 보지 못하며 살았던가? 이 모든 것이 서진 황족이 벌인 짓이었다!

검종 노인이 소식을 듣고 제일 처음 보인 반응은 이랬다.

"한운석이 서진 황족의 후예라고? 그…… 그런, 비야가 여자에게 속아 넘어가다니!"

파도 하나가 스러지기도 전에 또 다른 파도가 일어 운공대륙 전체가 들끓었다.

진왕 전하가 한운석에게 속았다는 사람도 있고, 진왕 전하가 한운석의 신분을 알면서 일부러 이용했다는 사람도 있고, 두 사람 다 서로의 신분을 몰랐지만 이제 알게 되었으니 반목해서 원수가 될 것이라는 사람도 있었다.

하지만 대체 누가 이 소식을 퍼트렸는지는 아무도 따지지 않았다.

의학원에 있는 한운석은 방 안에서 안절부절못하며 일어났다 앉았다 했다. 그녀도 벙어리 노파가 생각났다! 목씨 집안의 벙어리 노파!

독종의 핏줄이라는 것을 알고 나서부터 그녀는 다시는 자신이 서진 황족의 핏줄이 아닐까 의심하지 않았다. 천심 부인이 목씨 집안의 딸일 뿐 아니라 서진 황족의 딸이기도 하다는 것을, 그녀가 어떻게 알 수 있었을까?

심지어 고북월이 영족이라는 사실이 밝혀진 후에도 의심하지 않았다.

초서풍은 그녀에게 영족은 고북월 한 사람뿐이며 고북월은 그저 조용한 삶을 보내고 싶어 했다고 말했고, 그녀도 믿었다! 그때만 해도 자신이 서진 황족의 후예라면 고북월이 그 사실을 숨길 이유가 없다고 생각했다. 그래서 그녀는 초서풍의 변명을 믿었다.

그런데 이제는…….

용비야는? 그는 얼마나 알고 있을까?

한운석은 양손으로 탁자를 짚고 긴장해서 숨을 가쁘게 내쉬었다. 그녀는 애써 벙어리 노파에 관한 모든 것을 다시 떠올려 보았다. 목령아가 마차를 가로막고 퍼부었던 비난도 떠올려 보았다.

목령아는 그녀와 용비야가 벙어리 노파를 죽였다고 질책했다.

한운석은 몇 번이나 심호흡하고도 냉정해질 수가 없었고 생각을 할 수도 없었다.

"령아……, 령아……."

목령아를 찾아가려고 나가는데, 뜻밖에도 초서풍과 서동림이 비밀 시위 한 무리를 데리고 문 입구를 막고 서 있었다.

그녀는 그들을 쳐다보지도 않고 지나가려 했지만 서동림이 가로막았다.

"왕비마마, 아무 데도 가시면 안 됩니다."

"누가 네게 날 막으라는 권한을 주었지?"

한운석이 노한 목소리로 반문했다.

"용비야냐?"

뜻밖에도 초서풍이 차가운 목소리로 대답했다.

"아니오."

초서풍은…… 어째서 이러는 것일까?

초서풍의 조상은 동서 황족의 전쟁에서 하마터면 서진 황족의 보황군에게 멸족당할 뻔한 적이 있었다.

그에게 묻고 싶은 한 가지

한운석은 아주 예리한 사람이었다!

차갑게 초서풍을 살피던 그녀는 곧 원한의 냄새를 맡았다. 바로 그 원한의 냄새가, 머리에 끼얹은 찬물 한 바가지처럼 철저하게 그녀를 적시고 복잡한 심경에 어쩔 줄 모르던 그녀를 철저하게 냉정해지도록 만들었다.

용비야는 동진의 태자고 그녀는 서진의 혈육이었다. 동서 황족은 한 하늘을 이고 살 수 없는 원수였다!

사실 그녀는 진짜 '한운석'이 아니어서 원한 같은 것은 전혀 느끼지 않았다. 하지만 용비야는 달랐다!

용비야는 어려서부터 자신이 천녕국 황자가 아니라는 것을 알았고, 그의 모비는 일찌감치 미인혈을 기르고 미접몽의 비밀을 풀어 천하를 얻으려고 했다. 이 모든 것은 용비야가 어려서부터 원수를 갚고 나라를 부흥시킬 책임을 짊어지고 있었음을 말해 주었다. 그가 그렇게 오랜 세월 노력해 온 것은 동진 황족의 깃발을 내걸고 천하를 정복하는 날을 위해서였다!

그에게 가장 충성스럽고 그의 출신을 손바닥 들여다보듯 알고 있는 부하라면, 아마 대부분 동진 황족에 충성을 바친 이들일 것이다! 백리 장군이든 비밀 시위대든 당문이든.

초서풍이 그녀를 원망하지 않으면 그게 더 이상했다!

한운석은 비록 서진 황족이 동진 황족에 가진 원한을 느끼지 못했지만, 나라와 가족의 원수가 어떤 것인지는 이해할 수 있었다. 그녀 역시 모국을 사랑했고, 역사상의 침략자와 약탈자와 도살자들을 원망했으니까!

초서풍의 눈동자에 어린 분노에 찬 적의를 보자, 한운석의 머릿속에 복잡하게 엉켜 있던 모든 생각은 더는 중요하지 않게 되었다. 그녀는 오로지 한 가지 진실에만 관심이 있었다.

용비야는 일찍부터 그녀의 출신을 알고 있었을까? 그녀가 서둘러 목령아를 찾아가려는 것도 바로 그 때문이었다!

용비야는 내내 그녀의 출신을 조사했고 약성 목씨 집안에서 목심에 관한 실마리를 찾아냈다. 지금 운공대륙을 들끓게 하는 소식도 하필이면 목심을 언급하며 목심이 서진 황족의 후예라는 것을 명확하게 밝히고 있었다.

이 우연과 목령아가 지난번 마차를 가로막고 퍼부은 비난까지 더해지자 벙어리 노파를 연상하지 않을 수가 없었다!

벙어리 노파는 누구보다 진상을 잘 아는 사람이 분명했다.

용비야가 일찍부터 그녀의 출신을 알았더라면, 얼마든지 비밀을 지키기 위해 벙어리 노파를 죽이고 그녀를 속일 수 있었다. 정말 그렇다면 용비야는 그녀에게 어떤 꿍꿍이를 품고 있었을까? 용비야와 고북월의 협력에는 또 어떤 꿍꿍이가 숨겨져 있었을까?

벙어리 노파 일이 용비야와 무관하고, 용비야 역시 지금껏 그녀의 출신을 모르고 있었을 가능성도 있었다.

하지만 이 가능성은 한운석을 더욱더 힘 빠지게 했고, 심지어 절망에 휩싸이게 했다!

동진 황족의 태자가 어떻게 서진 황족의 후예를 사랑할 수 있을까? 지금쯤 용비야는 '제 발로 들어온' 그녀를 받아 준 것을 후회하고 있지 않을까?

진실, 진실은 대체 무엇일까?

그녀는 의심하기도 싫고 미워하기도 싫었다. 그녀가 원하는 건 단 하나, 진실이었다! 아픔인지 분노인지 증오인지 원망인지, 아니면 어려움을 감수하면서도 끝까지 사랑할 것인지, 어느 쪽이든 진실이 필요했다.

진실을 알고 난 다음에야 선택할 여지가 있었다. 그렇지 않으면 그녀는 바보처럼 이리저리 끌려 다닐 것이고, 그런 기분은 정말 싫었다.

이것이 그녀에게 마지막 남은 이성이었다.

용비야, 아아, 용비야. 적어도, 적어도 당신은 당신이 누군지는 알았어! 하지만 난?

한운석은 고북월을 떠올렸다. 영족의 후예이자 서진 황족에게 가장 충성스러운 지지자. 고북월, 당신은 또 얼마나 알고 있고, 얼마나 날 속였을까?

"초서풍, 하극상을 저지를 생각인가?"

한운석은 따지듯 물었지만 사실은 떠보는 것이었다.

"하극상? 서진의 잔당이 입에 담을 말은 아니지!"

초서풍은 차갑게 콧방귀를 뀌었다.

얼마 전까지만 해도 혹여 그녀가 용비야를 오해할까 두려워하며 소리를 죽이고 기세를 낮춰 해명했던 그였지만 지금은 태도가 싹 바뀌었다. 이것만 봐도 서진 황족에게 얼마나 원한을 품고 있는지 알 수 있었다!

"용비야를 만나야겠네. 어디 있는가?"

한운석이 차갑게 말했다.

"안심하시오. 전하께서는 반드시 마지막으로 얼굴을 보러 오실 테니!"

초서풍이 차갑게 말했다.

"용비야가…… 용비야가 내 출신을 알고 있었나? 내내 나를 속였고?"

한운석은 노기를 억누르며 다시 떠보았다.

초서풍은 약간 망설였지만 이를 악물고 대답했다.

"그렇소!"

한운석은 화가 머리끝까지 나 돌아서서 방으로 들어간 뒤 '쾅' 하고 거칠게 문을 닫았다. 그녀는 방 안을 왔다 갔다 했다. 이렇게 언제까지 버틸 수 있을지 자신도 알 수가 없었다.

방 밖에서는 서동림이 쭈뼛거리며 소리 죽여 묻고 있었다.

"대장, 어…… 어째서 이러십니까? 왕비마마를 속이시다니요!"

사실 그 소식이 전해진 순간 그들 역시 몹시 충격을 받았다. 그들은 진왕 전하가 왕비마마의 출신을 알고 있었는지 아닌지 모르고 있었다.

"속인 게 아니다. 전하께서는 틀림없이 모든 것을 알고 계셨을 것이다. 그렇지 않았다면 뭐 하러 고북월과 협력했겠느냐? 전하께서 군영에 계시지 않으니 틀림없이 의성에 계실 것이다!"

초서풍이 대답했다.

그가 볼 때 전하가 고북월과 협력한 것은 그저 고북월을 이용한 것에 불과했다. 진왕 전하가 어떻게 영족 사람을 의지하고 무겁게 쓸 수 있을까? 그랬다간 늑대를 집안에 끌어들이는 꼴이었다!

고북월이 습격당한 일은 솔직히 그도 마음속 깊은 곳에서 진왕 전하를 의심했지만 함부로 입에 담지 못했을 뿐이었다. 게다가 그때는 부하로서 반드시 전력을 다해 여주인을 설득해야 했다.

하지만 지금은 달랐다! 한운석의 출신은 진왕 전하의 이상 행동을 설명하기에 딱 맞았다.

이제 그는 적흑색 옷을 입은 자객이 바로 전하라고 완전히 확신했다. 전하는 틀림없이 일찍부터 한운석의 출신을 알았을 것이고, 신분을 숨긴 채 고북월을 습격한 것은 아마도 한운석을 계속 이용하기 위해서였을 것이다.

하지만 안타깝게도 그날 밤 우연히 한운석과 마주치고 말았다.

서동림은 연신 고개를 저었다. 그로서는 초서풍의 추측을 인정할 수가 없었다.

"대장, 만약 그렇다면 전하께서 왜 대장에게까지 숨기셨겠습니까? 왜 아직도 모습을 드러내지 않으시겠습니까?"

초서풍은 비밀 시위의 수장이었다. 진왕 전하가 비밀을 지키기 위해 사람들을 속이는 것은 정상이지만 초서풍을 속여서는 안 되었다!

초서풍은 공무를 핑계로 개인적인 원한을 갚으려는 것이 분명했다.

초서풍은 다소 부끄러운 나머지 화가 나서 차갑게 콧방귀를 뀌었다.

"어쨌든 저 여자는 우리 동진의 적이다! 더욱이 전하의 적이고! 진작 이 모든 것을 알고 일부러 전하 곁에 잠복한 것일지도 모른다! 잊지 마라. 혼삿날 저 여자는 제 발로 왕부에 들어왔다!"

"대장, 함부로 추측하지 말고 전하의 답신이 온 후에 다시 논의하시지요."

서동림은 나지막이 말했다. 그 역시 왕비마마의 신분에 놀라기는 했지만, 왕비마마가 평소 비밀 시위들에게 잘해 줬던 것도 기억하고 있었다.

방 안.

한운석은 연보라색 서신을 멍하니 바라보고 있었다.

"한운석, 아직 나를 믿느냐?"

그녀는 혼잣말했다.

"용비야, 당신의 뭘 믿어야 하지?"

그에게 빈 종이를 보낸 건 앞서 그가 그녀에게 했던 것을 흉내 내 그에 대한 자신의 마음은 그가 자신을 대하는 마음과 같다고 말해 주기 위해서였다.

고북월이 자객을 만났던 날 밤에 꼬맹이는 그 적흑색 옷을 입은 자객의 어깨를 깨물었다. 꼬맹이는 아직 독니를 회복하지 못했지만, 의성에 온 후로 그녀는 위급할 때 도움이 될 수 있도록 꼬맹이의 이에 극독인 '파효견혈破曉見血'을 발라 놓았다.

하룻밤이 지나면 발작하는 독이었다.

'파효견혈'은 연못에서 새로 길러 낸 독인데, 독술계에서 흔히 사용되는 '파효봉후破曉封喉'와 매우 유사해서 아주 자세히 살피지 않으면 구별할 수가 없었다.

하지만 해독 방법은 천양지차였다!

'파효견혈'의 해약은 하나뿐이고 그녀가 가지고 있었다. 반면 '파효봉후'는 쉽게 해약을 살 수 있었다.

만약 적흑색 옷의 자객이 용비야라면 곧 '파효봉후'의 해약으로는 해독할 수 없는 것을 알고 그녀에게 해독해 달라고 찾아오거나 죽는 수밖에 없었다.

그 자객이 용비야가 아니라 해도 역시 해약을 찾아올 것이 분명했다. 죽음을 겁내지 않는 사람이 어디 있을까?

하지만 자객은 여태껏 소식이 없었다. 아무리 대단한 고수라도 새로 나타난 독을 하룻밤 새 깨뜨릴 수는 없었다. 게다가 그 날 밤 그녀가 적흑색 옷을 입은 자객의 어깨를 유심히 봤을 때 중독된 현상은 발견하지 못했다.

그 자객이 누군지, 대체 어떻게 순식간에 해독했는지, 한운석은 이미 용의자를 지목해 놓고 있었다. 그 용의자가 천산검법을 쓴 목적은 고북월의 죽음을 이용해 그녀와 용비야를 이간질하려는 것임이 분명했다.

여태 이 이야기를 하지 않은 것은 그자의 계책을 역이용해 적을 동굴에서 끌어내기 위해서이자, 용비야의 화를 돋우기 위해서였다. 그녀는 용비야가 천하에 출신을 공표하기 전에 아내인 자신에게 한마디도 하지 않은 사실을 견딜 수가 없었다!

그래서 그가 직접 달려와 해명하기를 내내 기다렸다.

그런데 웬걸, 기다림 끝에 날아든 것은 무시무시한 소식이었다. 놀랍게도 그녀는 서진의 황족이었다!

이 소식이 가짜이기를 간절히 바랐다. 그렇지만 남들이 쉽게 볼 수 없는 등에 있는 봉황 깃 모반이 어쩌다가 발각된 걸까? 아마도 누군가 그녀의 신분을 안 뒤에 등에 있는 모반을 확인한 모양이었다.

그녀는 이성과 냉정의 끈을 억지로 붙잡은 채 소란피우지 않고 진실이 밝혀지기를 기다렸다.

초서풍의 한마디는 그녀가 원하던 진실을 알려 주었다.

만약 누군가 그녀의 신분을 폭로하지 않았다면, 초서풍과 서동림은 여전히 용비야를 위해 해명하고 연기를 계속했을까?

설령…… 설령 고북월을 습격한 자객이 용비야가 아니라 해도, 동진 태자인 용비야가 그런 식으로 고북월을 속이고 그녀를 속인 것은 무슨 꿍꿍이 때문일까?

이용한 게 아니라면 뭘까?

한때 그녀는 운한각 창 앞에 서서 수없이 상상했었다. 이 세상에서 저 남자가 진심으로 대해 주고 따스한 정을 안겨 줄 여자는 대체 어떤 사람일까 하고.

그 행운의 여자가 자신이라고 믿은 지 오래였다.

그런데 결국에는 이용당한 것뿐이었다!

바보!

서진의 공주는 영원히 그의 진심을 얻을 수 없는 운명이잖아?

한운석은 살며시 소매를 걷어 팔에 찍힌 붉은 자국을 바라보다가 뭔가 깨달은 것처럼 쓴웃음을 지었다.

부부로 산 지 4년 동안, 이 붉은 자국이야말로 그가 그녀에게 보여 준 진심일 테지.

진심에서 우러나온 배척. 진심에서 우러나온 거절!

슬픔으로 심장이 갈가리 찢겨나갔지만 한운석은 그래도 울지 않았다. 원망하지도 않았다. 쓸쓸한 감정을 빼면 남은 것은 자조뿐이었다.

사랑에 있어서도, 그녀는 뼛속부터 고집스럽고 강인한 사람이었다.

그녀는 연보라색 서신을 찻주전자로 눌러놓고 다가가 문을 열러 갔다. 하지만 문은 바깥에서 잠겨 있었다.

"초서풍, 문 열게! 초서풍!"

문밖에는 분명히 사람이 있었지만, 그녀가 몇 번이고 문을 두드려 대도 아무도 신경 쓰지 않았다.

그래, 좋아.

기다려 주지!

설사 속았다 해도, 설사 이용당했다 해도, 그녀에겐 여전히 용비야를 직접 만나 똑똑히 묻고 싶은 말이 있었다.

그녀의 세상이 무너진다 해도 그의 대답을 들은 후 무너져야 했다. 그의 대답을 들은 후 철저하게 무너지고 괴멸해야 했다!

솔직히 무엇보다 더 괴로운 것은, 무너지는 것이 아니라 여전히 이성적이란 사실이었다.

때로는 무너지는 것이 도리어 해탈이 될 수 있었다. 한운석은 울지도 소리 지르지도 않고 조용히 방 안에 앉아 고통스럽게 기다렸다. 평생 겪어 본 고통 중에서 가장 큰 고통이었다.

그녀는 바로 이런 여자였다. 설사 절망에 빠진다 해도 냉정함을 유지할 수 있는 여자.

만약 이런 여자가 정말 무너지는 날이 온다면 어떤 모습일까?

한운석은 용비야를 기다렸고, 초서풍 역시 용비야를 기다렸다.

그때 낙취산은 몹시 초조한 나머지 사람을 고용할 생각을 하고 있었다. 고수를 고용해 절벽 위를 지키는 비밀 시위를 피해 심연으로 내려가서 고칠소와 목령아에게 모든 것을 알려 줄 수 있다면 얼마나 좋을까.

고칠소와 목령아는 심연에서 단 한시도 낭비하지 않고 수색을 벌이느라 운공대륙이 어떤 꼴이 되었는지 알지 못했다.

밤이 되자 의학원 바깥에서 폭죽 소리가 들려오더니 곧이어 하늘 위로 아름다운 불꽃이 피어났다. 어느 집에 경사가 있는 모양이었다.

초서풍과 서동림은 문가에 앉아 묵묵히 입을 다문 채 실의에 빠져 있었고, 누군가 이 폭죽 소리를 빌려 지붕의 기와를 치우고 방 안으로 잠입하는 것을 전혀 알아차리지 못했다.

금침도 얻고 당신도 찾고

폭죽 소리가 계속 이어지고 밤하늘에 피어나는 불꽃이 때때로 어두운 방 안을 비췄다.

한운석은 차 탁자 위에 앉아 서신을 마주 보며 넋을 놓고 있었다.

갑자기 누군가 등 뒤에서 그녀의 입을 막았다. 그녀는 놀라서 재빨리 침을 쐈지만, 등 뒤로 나타난 사람은 그녀의 독술을 잘 아는지 쉽사리 암기를 피한 것은 물론이고 막 독을 쓰려던 다른 쪽 손까지 제압했다.

무공을 모르는 그녀는 고수의 습격을 받으면 언제까지나 당할 수밖에 없는 처지였다. 기분이 아주 좋지 않았던 그녀는 반항하기도 귀찮아 아예 꼼짝도 하지 않았다.

뜻밖에도 그 사람은 느닷없이 그녀가 입은 보라색 면사 겉옷을 북 찢었다!

너무 갑작스러운 상황에 당황한 한운석이 정신을 차렸을 때 옷은 이미 다 찢어져 바닥에 내던져진 후였다!

그녀는 너무 놀라 혼이 싹 달아났다! 격렬하게 발버둥 쳤지만 그 사람은 힘이 너무 세어 한 손으로도 그녀를 단단히 묶어 놓을 수 있었다. 그가 그녀의 귓가에 대고 나지막이 말했다.

"겁내지 마라. 한 가지 확인할 게 있는 것뿐이지 널 해치지는 않을 것이다.”

귓가에 뿌려지는 숨결은 몹시 따뜻했지만, 그 목소리를 들은 한운석은 참지 못하고 몸서리를 쳤다.

그자였다. 영승! 적족의 주인!

'이 나쁜 놈, 넌 이미 나를 해쳤어!'

한운석은 속으로 울부짖었다.

한여름이라 그녀는 도저히 다른 여자들처럼 받침옷을 입을 수가 없어서, 특별히 주문 제작한 튜브톱과 끈 달린 슬립을 걸치고 그 위에 바로 보라색 겉옷을 입은 상태였다.

겉옷이 찢어진 지금 영승 앞에 완전히 몸매를 드러낸 셈이었다. 현대라면 아무 문제도 없는 옷차림이지만, 용비야가 알면 얼마나 분노를 쏟아낼지 상상조차 할 수 없었다.

그녀는 곧 정신을 차렸다.

지금이 어느 땐데 용비야의 반응까지 생각하고 있담.

그가 진심으로 신경 쓰기나 할까?

보기만 해도 간이 떨어질 듯 차가운 얼굴과 노기등등한 눈동자가 막을 새도 없이 머릿속에 떠올랐다. 이렇게 위급한 순간인데도 그녀는 또 다른 생각에 빠졌다.

그가 보였던 반응이, 그가 쏟아냈던 분노가 모두 지어낸 것이라니, 도저히 믿을 수가 없었다.

용비야, 당신은 대체 언제 오는 거야? 그 질문만큼은 무슨 일이 있어도 직접 만나 물어야겠어!

한운석은 곧 정신을 차렸지만, 이번에는 영승이 얼어붙었다!

서진 황족에 관한 출처를 알 수 없는 그 소식은 너무나 자세해서 한운석의 내막을 낱낱이 파헤치다시피 했고, 덕분에 사람들은 놀라기만 했지 의심하는 것은 까맣게 잊었다. 물론 천하의 각 세력은 세상이 어지러워지기를 바라마지 않았지만, 영승에게는 명확한 증거가 필요했다!

서진 황족의 후예가 딸이라면 등 뒤에 반드시 봉황 깃 모반이 있다는 사실은 초운예에게 들은 적이 있었다.

그는 그저 한운석의 겉옷을 찢고 받침옷을 들추어 그녀에게 정말 봉황 깃 모반이 있는지 확인하려던 것뿐이었다. 그런데…… 그런데 한운석이 겉옷 안에 끈 달린 속옷만 입고 있을 줄이야.

그 순간, 언제나 냉정한 영승의 머릿속에서도 봉황 깃 모반 생각은 저 멀리 날아가고 말았다. 한운석을 보는 순간 영승의 강력한 자제력도 눈 깜짝할 사이에 싹 사라져 버린 것 같았다.

이 여자는 그의 첫 경험을 너무 많이 앗아갔다. 처음으로 얼굴에 술을 끼얹고, 처음으로 욕설을 퍼붓고, 처음으로 금침 하나에 안절부절못하게 하고…….

이번에도 마찬가지였다!

이렇게 옷을 다 벗다시피 한 여자를 보는 것도 처음이었고, 이렇게 여자를 품에 꼭 가둔 것도 처음이었고, 이렇게 심장이 통제할 수 없이 빠르게 뛰는 것도 처음이었다!

숫제 자신의 눈동자도 통제할 수가 없었다. 그의 시선은 선이 고운 한운석의 등을 훑은 다음 얇은 슬립 밑으로 보일락 말락 하는 튜브톱에 내려앉았다.

이러면 안 된다는 것을 알면서도 눈을 떼기가 아쉬운 듯 자꾸만 망설였다.

갑자기 한운석이 영승의 왼발을 힘껏 짓밟았다. 그와 동시에 독침 하나가 신발 밑에서 튀어나오더니 곧장 영승의 장화를 뚫고 왼발을 찔렀다.

마침내 영승도 정신이 돌아왔다. 한운석의 다른 쪽 발이 움직였을 때, 그가 오른쪽 무릎으로 한운석의 오금을 힘껏 눌렀다. 한운석은 그만 자리에 꿇어앉고 말았다. 영승은 한 손으로 그녀의 입을 막고 다른 손으로는 두 팔을 옥죈 채 따라서 몸을 숙였다.

한운석은 필사적으로 반항했다. 겨우 영승의 손을 떼어 냈나 싶었는데, 뜻밖에도 영승이 갑자기 몸을 기울여 커다란 몸집으로 그녀를 덮쳤다.

'악당!'

한운석은 속으로 영승의 18대 조상까지 욕설을 퍼부었다.

그녀도 이자가 뭘 하려는지 짐작할 수 있었다. 모반을 찾아 그녀의 신분을 확인하려는 것이었다. 적족은 서진 황족 핏줄을 내세우고 천하를 호령하려던 유족과 다를 게 없었다!

한운석은 바닥에 엎드렸고 못된 악당 영승은 놀랍게도 그녀 위에 올라타 한 손으로는 그녀의 입을 단단히 막고 다른 손으로는 뒤로 포박한 그녀의 손을 꽉 눌렀다.

야릇하다 못해 차마 눈 뜨고 볼 수 없는 자세였다!

'영승, 차라리 날 죽여! 그렇지 않으면 이 한운석이 오늘 겪은 수모를 끝까지 갚아 줄 테니!'

한운석은 속으로 맹세했다!

그녀는 발버둥 치지도 않고 기다렸다.

영승도 양손을 다 써야 해서 그녀의 옷을 들춰 모반을 확인할 방도가 없었다. 그녀는 시간을 끌며 그의 발에 쓴 독이 발작하기를 기다렸다. 그때가 되면 누가 누구에게 빌게 되는지 두고 보라지!

그 독은 일渺이라고 했다. 중독되면 짧은 시간 안에 강렬한 불꽃에 타들어 가는 고통을 느끼게 되는데, 단순히 작열감만 주는 게 아니라 진짜 불에 덴 것처럼 피부에 물집과 궤양이 생겨나게 했다.

제때 해독하지 않으면 영승은 절름발이가 될 터였다. 이 독은 뼈까지 녹여 없앨 수 있었다! 몇 번 위험을 겪은 덕에 한운석은 몸에 지닌 독침에 하나같이 극독을 발라 놓았다.

독침이 다리를 찌른 순간 영승은 자신이 중독된 것을 알았다. 이 독녀의 금침에 독이 없을 리 없었다.

잘된 일이었다!

그렇게 오래 찾아 헤매던 금침을 결국 이런 방법으로 몸속에 지니게 되었으니까.

작열감이 점점 뚜렷해졌지만, 그는 억지로 무시했다. 바깥에 있는 비밀 시위가 언제든 벌어진 지붕 틈을 발견할 수 있으니 서둘러 한운석의 신분을 확인해야 했다.

그가 낮게 속삭였다.

"한운석, 악의는 없다. 나는 네 등에 있는 모반을 보고 싶을 뿐이다. 네가 정말 서진 황족의 후예라면 우리 적족의 주인이니, 오늘 저지른 무례는 그만한 대가를 치르겠다. 네가 원하는 대로 처리해도 좋다. 놓아줄 테니 소리 지르지 말고 가만히 있겠다고 약속해라. 그렇게 하겠다면 고개를 끄덕여라."

한운석은 망설이지 않고 고개를 끄덕였다. 하지만 영승이 손을 놓자마자 곧바로 소리를 지르려고 했다. 다행히 영승도 떠본 것뿐이어서 손을 내리지 않고 있다가 재빨리 다시 입을 막았다.

"신용이 없군!"

영승이 비난했다.

'너 같은 자에게 신용은 무슨? 신용이 뭔데? 먹는 거야?'

한운석은 속으로 고래고래 외쳤다.

모반을 보고 서진 황족이라는 것을 확인하면 과연 영승이 그녀를 놔줄까? 그녀를 전쟁터로 끌고 가 서진 황족의 군기를 내걸고 서진을 지지하는 자들을 모아 용비야에게 대항하지 않을까?

그녀는 당연히 소리를 질러야 했다. 설령 비밀 시위가 뛰쳐들어와 단정하지 못한 그녀의 옷차림을 보게 되더라도 영승의 뜻대로 해 줄 수는 없었다.

물론 영승도 다시는 함부로 한운석을 놓아줄 수가 없었다. 다리의 통증 때문에 더 지체할 수도 없게 된 그는 모질게 마음

먹고 속삭였다.

"협력하지 않으니 미안하지만 어쩔 수 없군."

한운석이 미처 그 의미를 알아듣기도 전에 영승이 입으로 그녀의 소맷자락을 물고 거칠게 잡아당겨 찢어 냈다. 그런 다음 손과 입을 써서 찢어 낸 소맷자락으로 그녀의 두 손을 꽁꽁 묶자 마침내 한 손이 자유로워졌다.

그는 망설이지 않고 그녀의 옷자락을 젖혔다. 한운석은 염치니 정절이니 하는 것을 신경 쓸 겨를도 없이 바닥에 머리를 묻고 눈을 감았다. 심장마저 싸늘하게 식었다.

영승이 서진 공주인 그녀를 납치한다면 일곱 귀족의 나머지 세력을 끌어들일 수 있었다. 심지어 초천은 같은 자도 용비야를 배신할 수 있었다.

적족을 토벌함으로써 원수를 갚아 나라를 부흥시키려던 용비야의 전쟁은 서진 황족 후예와의 결전으로 변할 터였다!

그렇게 되면 그녀와 용비야는 철저하게 대립해 둘 중 한 사람이 죽을 때까지 싸워야 했다!

용비야, 당신에게 그 질문을 할 기회가 올까?

천산에서 헤어진 후 숙적이 되어서 다시 만나야 한다니…….

영승은 모반을 보았다. 옅은 붉은 색에 활짝 펼친 봉황의 양 날개 같은 모양의 그 모반은 가까이에서 보지 않으면 알아차리기 힘들었다.

영승은 처음에는 멈칫했지만 곧 웃음을 지었다. 바보 같은 웃음이었다.

어둠 속에서 그는 가지런한 치아를 드러내며 더없이 보기 좋게 웃었다!

그녀였다! 정말 그녀였다!

얼마 전 한운석이 서진 황족의 후예라는 소식을 들었을 때 그는 한참 동안 넋이 나갔다. 자신의 귀를 믿을 수 없을 지경이었다.

어떻게든 납치하고, 제거하고, 복수하려고 애썼던 상대가 뜻밖에도…… 뜻밖에도 적족이 오랫동안 찾아다닌 주인, 그의 주인이라니. 정말이지 웃어야 할지 울어야 할지 알 수가 없었다! 제 손으로 그녀를 해치지 않아서 얼마나 다행인지 몰랐다. 그렇지 않았다면 평생을 바쳐도 잘못을 보상하지 못했을 것이다.

그의 웃는 얼굴 위로 감격과 흥분이 가득 흘러넘쳤다. 그의 부하가 지금의 그를 봤다면 아마 누군지 알아보지도 못했을 것이다.

서진의 공주를 찾았다는 게 그가 이렇게까지 넋을 놓을 만한 일일까? 이런 반응은 너무 영승답지 않았다.

그는 정말 그녀가 서진의 공주란 이유만으로 이렇게 기뻐하는 걸까?

한운석이 와락 발버둥 치자 영승은 그제야 정신을 차렸다. 그는 제일 먼저 그녀의 옷매무새를 정리하고 자신의 겉옷을 벗어 잘 덮어 주었다.

"공주, 드디어 공주를 찾아냈군요! 짧은 말로는 다하지 못할 일들이 많으니 일단 저를 따라 돌아가시지요. 천천히 말씀드리겠습니다!"

영승의 말투가 공손해졌다.

한운석은 아직도 입이 막혀 있어 발버둥 치며 항의를 표하는 수밖에 없었다. 하지만 뜻밖에도 영승은 '죄송합니다'라며 그녀의 뒤통수를 쳐서 혼절시켰다.

중독된 다리로 바닥을 구르자 지독한 통증에 혼이 쏙 빠져나갈 것 같았다. 그 많은 상처를 입고도 눈 한 번 찡그린 적 없었던 그도 이번에는 눈살을 찌푸렸다. 하지만 그는 단호하게 다시 한번 바닥을 굴러 한운석을 안은 채 지붕의 틈으로 날아올랐다.

폭죽 소리와 불꽃은 아직 계속되고 있었고, 초서풍과 서동림은 아직 각자의 생각에 빠져 있어서 지붕 쪽의 이상을 알아차리지 못했다.

날이 거의 밝을 무렵 초서풍은 진왕 전하의 서신을 받았다.

초서풍이 전에 보낸 서신은 군영에 도착했다가 그곳에 있던 비밀 시위가 용비야에게 전달하느라 시간이 오래 걸렸고, 용비야가 받았는지 아닌지 알 수 없었다.

그가 지금 받은 서신은 그 답신이 아니라 용비야가 오는 길에 한운석의 출신이 알려졌다는 소식을 듣고 보낸 것이었다.

초서풍이 다급히 서신을 펼쳐 보니 단 한 줄만 적혀 있었다.

그녀를 빈틈없이 보호해라.

그렇지 못하면 뒷일을 책임져야 할 것이다. 본 왕은 머지않아

도착한다.

초서풍은 당황했다. 서동림이 다가와 그 한 줄을 보더니 놀라서 반사적으로 외쳤다.

"전하…… 전하께서는 여전히 왕비마마를 보호하시려는 거군요!"

초서풍은 천천히 고개를 돌려 믿을 수 없는 눈길로 서동림을 바라보았다. 하지만 서동림은 벌떡 일어나 문을 열고 안으로 들어갔다. 왕비마마에게 확실히 설명해야 했기 때문이었다.

그런데 그가 방 안으로 뛰어들었을 때 방에는 아무도 없었고 기와지붕 한쪽이 뻥 뚫려 있었다!

"대장! 대장, 큰일 났습니다!"

서동림은 기절초풍하며 외쳤다.

사과, 외상은 사절

방 안으로 뛰어든 초서풍은 텅 빈 방을 보고 눈이 휘둥그레졌다. 진왕 전하가 그 여자를 보호하라고 했든 아니든, 그 여자는 사라져서는 안 되었다!

초서풍도 결국 자신의 실책을 깨달았다. 비밀 시위를 데려와 지켰지만 문과 창문만 지켰지 지붕은 놓치고 말았다! 게다가 조금 전 폭죽 소리를 듣고도 경계하지 않았다.

그는 제 뺨을 후려쳤다.

"이런 멍청이!"

서동림이 방 안을 둘러본 후 뭔가를 찾아내고 놀라서 외쳤다.

"앗……, 대장!"

달려간 초서풍 또한 바닥에 떨어진 것을 보고 혼비백산했다. 바닥에 있는 것은 바로 찢어진 보라색 면사 옷이었다.

"대장, 왕비마마께서…… 설마…… 설마…….'

서동림이 두서없이 중얼거리자 초서풍이 화를 내며 꾸짖었다.

"그 여자는 왕비마마가 아니다. 어서 찾지 않고 뭘 하느냐? 나는 심 부원장에게 가서 성문을 봉쇄해 달라고 청할 테니 너는 서둘러 시위를 이끌고 부근을 수색해라! 어서!"

"대장, 전하께 먼저 소식을 보내야 하지 않겠습니까?"

서동림이 물었다.

초서풍은 초조해 죽을 지경이었다.

"안다."

두 사람은 길을 나눠 달려갔지만, 서동림은 가다 말고 돌아보며 진지하게 일깨워 주었다.

"대장, 그분이 누구시든 전하께서 보호하라고 하셨으니 아직은 우리 여주인입니다!"

"그럴 리 없다!"

초서풍은 노성을 터트렸다.

"대장, 전하의 서신이 거기 있잖습니까?"

서동림은 진지하게 말했다.

"전하의 마음속에는 왕비마마가 계십니다. 대장은 두 분을 가장 오래 따랐으니 저희보다 더 잘 알 겁니다."

"전하는 동진의 유일한 희망이다. 훗날 동진을 다시 일으키고 동진의 황제가 되실 분인데 어떻게 서진의 공주를 좋아할수 있겠느냐? 동진을 다시 일으키려면 반드시 서진의 잔당을 깨끗이 제거해 복수해야 한다! 한운석이 첫 번째다! 전하께서그 여자를 보호하라고 하신 것은 분명히 무슨 계획이 있으시기때문이지, 절대로 남녀 간의 정분 때문이 아니야!"

초서풍은 화도 나고 초조해서 으르렁거렸다.

"어서 가서 찾지 않고 뭘 하느냐? 서둘러라!"

서동림은 까무러칠 듯이 놀라 머리를 싸매고 달아났다.

곧 심 부원장이 의성의 네 성문을 봉쇄하고, 어떤 이유에서건 원장이나 장로회의 허가 없이는 아무도 성 밖으로 나가지 못하게 하라는 명령을 내렸다.

이어서 비밀 시위와 의학원의 수비병이 고요한 의성의 밤 풍경을 깨뜨렸다. 사람들은 무슨 일이 벌어졌는지 모른 채 그저 중요한 인물이 납치되었다는 것만 알 수 있었다.

당리와 영정은 객잔에 있었다. 둘은 아직 냉전 중이어서 한 침상을 쓰면서도 서로 등 돌린 채 잠든 게 벌써 며칠째였다.

쾅쾅쾅 시끄럽게 문 두드리는 소리에 둘 다 놀라 잠에서 깨어났다. 시위가 들어와 방을 수색하더니 아무 수확이 없자 비로소 떠났다. 당리는 곧 객잔 주인에게 달려가 무슨 일이냐고 물었고 시위들이 사람을 찾고 있다는 것을 알아냈다.

"얼마나 중요한 인물이기에 저렇게 소란을 피우는 거요?"

당리가 물었다.

"모르지요. 의학원 사람이거나 어느 명가의 사람이겠지요. 성문도 모두 봉쇄되었답니다!"

주인이 대답했다.

층계참에 서서 그 말을 들은 영정의 낯빛이 다소 창백해졌다.

그녀는 납치를 벌인 사람이 영승이라는 것을 알아차렸다. 영승이 그 여자를 납치했다면 봉황 깃 모반을 확인했다는 뜻이었다. 한운석은 역시 서진 황족의 공주였다!

적족이 드디어 주인을 찾은 것이다! 하지만 그 사람이 한운석일 줄이야!

영정은 갑자기 영승에게 다녀오고 싶어졌다. 지금쯤 그는 어떤 기분일까?

당리가 돌아서 다가오다가 영정과 딱 마주쳤다. 그는 그녀를 흘낏 보더니 다시 돌아서서 문밖으로 나갔다. 영정도 당리가 외출하면 그 틈에 가서 주인을 만나 볼 수 있으니 본래는 그냥 내버려 둘 생각이었다.

하지만 갑자기 무슨 생각이 난 듯 서둘러 문밖으로 쫓아나가 당리를 불러 세웠다.

"이 한밤중에 어딜 가려는 거야?"

당리는 그녀를 무시했다. 그러잖아도 진작 다녀오고 싶었던 차였다.

한운석의 신분을 알고 나서 그는 제일 먼저 벙어리 노파를 떠올렸다. 당시 용비야가 벙어리 노파를 유각에 가뒀을 때 대부분 그가 지켰다. 그때만 해도 그는 용비야가 한낱 노파를 몰래 잡아 두고 뭘 하려는 건지 도저히 짐작이 가지 않았었다.

그 후 용비야와 벙어리 노파가 무슨 이야기를 나누었는지 모르지만, 벙어리 노파는 자결했다.

당리는 용비야가 이미 한운석의 신분을 알고 있었을 뿐 아니라 지금까지 일부러 숨겨 왔다는 것을 거의 확신했다. 한운석뿐 아니라 모든 사람을 속였다. 벙어리 노파가 자결한 것은 분명히 용비야가 무슨 말을 했기 때문일 것이다.

당리가 이해할 수 없는 것은, 이 세상에 벙어리 노파와 용비야 외에 한운석의 진짜 신분을 아는 사람이 누구냐는 것이었다. 고북월일까?

머릿속이 어지러웠다. 형수가 서진의 공주라는 사실을 단번에 받아들이기란 그에게도 어려운 일이었다. 하지만 한운석을 원수처럼 보기도 역시 쉽지 않았다.

의학원에 가서 뭘 하려는 건지 자신도 모르겠지만, 어쨌든 이 핑계로 찾아가 누가 납치되었는지 물어볼 생각이었다.

당리는 일언반구도 없이 계속 걸어갔다.

와락 울화가 치민 영정이 두 팔을 쫙 벌리고 당리의 앞을 가로막았다.

"또 한운석에게 가려는 거지, 응? 이렇게 늦은 시각에 여자를 찾아가다니 부끄럽지도 않아?"

누가 납치되었는지 알아보러 간다는 것을 뻔히 알면서도 그녀는 일부러 질투하는 척했다.

"그러면 어쩔 테야? 네가 무슨 상관이야?"

당리가 반문했다.

"당신 아내인데 어떻게 상관이 없어?"

영정이 화난 소리로 따졌다. 자신이 화난 척하는 건지, 아니면 정말 화난 건지 이미 분간할 수 없는 상태였다.

"아내?"

당리는 큰 소리로 웃음을 터트렸다.

"영정, 이제 보니 너도 내 아내인 건 알고 있었구나? 난 또, 혼례를 올린 후 이날 이때까지 그 사실을 인정하지 않으려는 줄 알았지. 아, 참. 이 당리는 말이야, 오늘에서야 내 아내가 존귀하신 일곱 귀족의 후예라는 걸 알았거든! 하하하!"

"그건……."

영정은 당리의 눈을 들여다보며 진지하게 물었다.

"당리, 당신은 정말 날 아내로 생각해?"

당리는 시선을 피했다. 왜 차마 그녀를 마주 볼 수 없는지는 알 수 없지만, 그는 영정을 지나쳐서 계속 걸어갔다.

갑자기 영정이 그의 손을 붙잡았다.

"당리, 내가 잘못했어! 당신을 때리면 안 되는 건데, 당신을 의심하면 안 되는 건데, 내 잘못이야."

당리, 의성은 평화롭지 않아. 운공대륙도 마찬가지고. 그러니까 당문으로 돌아가자. 이 모든 것에서 멀리 벗어나는 거야, 응?

뒷말은 차마 입 밖으로 꺼내지 못하고 영정은 당리를 바라보았다.

애석하게도 당리는 돌아가고 싶은 생각이 없었다.

냉전을 끝내고 싶지 않았던 그는 담담하게 말했다.

"돌아가고 싶으면 사람을 붙여 줄 테니 먼저 돌아가."

말을 마친 그는 뒤도 돌아보지 않고 떠나갔고, 영정은 칠흑 같은 어둠 속에 외롭고 고독하게 혼자 남겨졌다.

당리의 뒷모습이 저 끝으로 사라질 때쯤 영정은 겨우 정신을 차렸다. 언제나 맑고 예리하던 그녀의 눈동자는 빛이 사라져서 어두컴컴해졌고 심지어 슬픔이 줄기줄기 피어올랐다.

당리는 이미 가 버렸는데 그녀가 뭘 할 수 있을까? 별수 없이 짬을 내 영승에게 다녀오는 수밖에 없었다.

의성 전체가 사람을 찾고 있었지만 영승은 당연히 몸을 숨길 곳이 있었다. 그는 아무도 모르는 외진 저택에 한운석을 숨겼다.

한운석이 몽롱하게 정신이 들었을 때는 이미 이튿날 정오였다.

자신이 명주 이불을 덮고 침상에 누워 있는 것을 깨닫자 그녀는 몸서리를 치며 퉁기듯이 벌떡 일어나 앉았다. 그제야 자신이 아직도 어젯밤 영승이 준 겉옷을 걸치고 있고, 안에 입은 옷도 무사하다는 것을 알 수 있었다.

"공주님, 깨어나셨습니까!"

"공주님, 물부터 드시지요. 아침 식사는 이미 준비해 놓았습니다."

옆을 지키던 시녀 두 명이 황급히 다가와 시중들었다. 한운석은 물 잔을 집어 던지면서 화난 소리로 말했다.

"영승은 어디 있지?"

말이 떨어지기 무섭게 병풍 뒤에서 영승이 꿇어앉아 절하는 소리가 들려왔다.

"소신, 적족 족장 영승, 공주께 인사 올립니다. 공주마마, 천세천세 천천세!"

어젯밤 그녀를 납치해 온 후 그는 밤새 병풍 맡을 지켰다.

한운석도 처음에는 영승이 자신에게 절을 올리고 있다는 사실을 알아차리지 못할 뻔했다. 그녀는 급히 침상에서 내려가 옷을 단단히 여미고 뛰쳐나갔다. 병풍 뒤에 꿇어앉아 있는 영승이 보였다. 그는 큰절을 올리느라 이마를 바닥에 딱 붙이고 있었다.

어젯밤의 일이 생각나자 한운석은 더욱더 분노가 끓어올라 차가운 목소리로 고개를 들라고 명령했다.

영승은 즉시 고개를 들었다. 한운석은 그 얼굴, 짙은 눈썹에 큰 눈을 가진 준수하고 멋진 얼굴을 진지하게 한 번 훑어본 다음 느닷없이 손을 번쩍 들어 힘차게 휘둘렀다.

'철썩' 하는 커다란 소리가 울린 다음 방 안은 정적에 휩싸였다!

영승은 당황한 나머지 공손하던 눈빛이 싸늘하게 식었다. 얼얼하던 뺨이 금세 벌겋게 부어오르는 걸 보면 한운석이 얼마나 힘을 줘서 때렸는지 알 수 있었다.

영승의 얼음 같은 눈빛을 마주하고도 한운석은 추호도 두려워하지 않았다. 영승을 때리는 정도로 그만둘 그녀가 아니었다. 아예 죽여 버리고 싶었다.

그녀는 차갑게 그를 노려보며 비난했다.

"무례한 놈!"

그제야 한운석이 어젯밤 일 때문에 때린 것을 알아차린 영승은 눈을 내리떴다.

"어젯밤에는 소신이 무례했습니다. 벌을 내려 주십시오."

한운석은 곧바로 다시 손을 쳐들었지만 영승은 피하지 않았다. 한운석도 장난치는 게 아니라 진짜였다.

기왕 영승이 공손한 척한다면 끝까지 장단을 맞춰 줄 생각이었다. 그래, 언제까지 참아 내는지 두고 보자!

온 힘을 다해 손을 휘두르려는 순간, 갑자기 영승의 왼발이 눈에 들어왔다. 그녀는 어젯밤에 쓴 독을 떠올렸다.

지금쯤 저 발은 이미 물집이 생기고 아예 짓무르기 시작했을 텐데 아직도 신발을 신고 있다니 아프지도 않나?

한운석은 손을 내리고 그의 등 뒤로 돌아가 흥미로운 듯이 쳐다보았다.

"벌을 내려 주십시오."

영승이 다시 말했다.

"신발을 벗어라. 내가 봐야겠다."

한운석은 느긋하게 옆에 앉았다.

영승은 눈을 내리뜨고 있어 감정을 읽을 수가 없었다. 그는 그 자리에 앉아 정말 신발을 벗었다. 빠르고 민첩한 동작이었다. 신발을 벗자 어젯밤에 찌른 금침은 어디로 갔는지 보이지 않았지만 발바닥 전체는 벌겋게 부어 있었다. 마치 화상을 입은 양 커다란 물집이 몇 개나 잡히고 짓물러 피범벅이 된 곳도 한 군데 있었다. 너무 빠르게 신발을 벗기는 바람에 물집 하나가 터져 고름이 흘렀다.

두 시녀는 이를 보고 몹시 마음 아파했지만, 한운석은 흥미로운 듯이 감상하며 말했다.

"좋아. 벌로 그 다리를 망가뜨리기로 하지. 내일 아침이면 독이 뼛속으로 스며들어 다리뼈가 부러질 것이다."

영승은 복잡한 눈빛이었지만 고개를 숙인 채 아무 말 하지 않았다.

"영승, 이 벌이 어떠냐?"

한운석은 일부러 화를 돋웠다. 어떻게 해서든 영승의 본모습을 끌어내고 싶었다!

적족 영씨 집안은 유족 초씨 집안보다 얼마나 더 고상할까?

"소신이 공주께 무례를 저질렀으니 그 죄는 죽어 마땅합니다. 다만……."

영승은 이렇게 말하더니 결국 고개를 들어 그녀를 쳐다보았다.

"다만 그 벌은 다음에 받을 수는 없겠습니까? 소신이 공주를 보좌해 우리 서진의 치욕을 씻고 대업을 일으킨 다음에 처벌해도 늦지 않습니다! 그때는 공주께서 소신의 목숨을 내놓으라 하셔도 기꺼이 제 손으로 바치겠습니다."

한운석은 속으로 냉소를 지었다. 정말 서진이 다시 일어날 때까지 기다렸다간 그녀는 꼭두각시가 되어 있을 터였다. 영승이라는 섭정왕 손에 좌지우지되는 천녕국의 어린 황제와 초 태후처럼!

그녀는 느릿느릿 차를 마시며 손을 내저었다.

"본 왕비는 외상은 사절한다."

〈천재소독비〉 17권에서 계속